本书是 2018 年度中央高校基本科研业务费项目"比较视野中的莫里森与福克纳小说的互文性研究（HEUCFW181202）"、中国博士后科学基金面上资助项目（第 61 批）（2017M610811）、黑龙江省社会科学界联合会外语专项"当代女性主义伦理学视野下福克纳小说失语的母亲群像研究（WY2019026-B）"的阶段成果。

从福克纳到莫里森

两位诺贝尔奖美国作家作品研究文集

〔美〕罗伯特·W.汉柏林 〔美〕克里斯托弗·瑞格 | 主编
康　毅　王丽丽　等 | 译

中央编译出版社
Central Compilation & Translation Press

图书在版编目（CIP）数据

从福克纳到莫里森：两位诺贝尔奖美国作家作品研究文集／（美）汉柏林，（美）克里斯托弗·瑞格主编；康毅等译. —北京：中央编译出版社，2020.7
书名原文：Faulkner and Morrison
ISBN 978-7-5117-2957-6

Ⅰ.①从… Ⅱ.①汉…②克…③康… Ⅲ.①福克纳（Faulkner, William 1897-1962）-小说研究 ②莫里森（Morrison, Toni 1931-2019）-小说研究 Ⅳ.①I712.074

中国版本图书馆CIP数据核字（2020）第106951号

Copyright © 2013 by
Southeast Missouri State University Press
Cape Girardeau, Missouri 63701
All rights reserved

从福克纳到莫里森：两位诺贝尔奖美国作家作品研究文集

出 版 人	葛海彦
出版统筹	贾宇琰
责任编辑	苗永姝
责任印制	刘 慧
出版发行	中央编译出版社
地　　址	北京西城区车公庄大街乙5号鸿儒大厦B座（100044）
电　　话	（010）52612345（总编室）　　（010）52612335（编辑室）
	（010）52612316（发行部）　　（010）52612346（馆配部）
传　　真	（010）66515838
经　　销	全国新华书店
印　　刷	北京中兴印刷有限公司
开　　本	710毫米×1000毫米　1/16
字　　数	247千字
印　　张	18.5
版　　次	2020年7月第1版
印　　次	2020年7月第1次印刷
定　　价	90.00元
网　　址	www.cctphome.com　　邮　箱：cctp@cctphome.com
新浪微博	@中央编译出版社　　微　信：中央编译出版社（ID: cctphome）
淘宝店铺	中央编译出版社直销店（http://shop108367160.taobao.com）
	（010）55626985

本社常年法律顾问：北京市吴栾赵阎律师事务所律师　闫军　梁勤
凡有印装质量问题，本社负责调换，电话：（010）55626985

原编者序言

威廉·福克纳（William Faulkner）和托妮·莫里森（Toni Morrison）是两位世界顶级的作家，他们都是诺贝尔文学奖的获得者。他们的小说和故事展示了对种族、性别和社会经济问题的共同兴趣，同时，他们都痴迷于各种各样叙事技巧的实验。然而，福克纳是从一个20世纪上半叶的南方白人男性的角度来接近这些主题的，莫里森则是一个20世纪末21世纪初北方黑人女性的角度。对这两位作家作品的互文性考查不仅使两位作家之间的异同显现出来，而且还揭示了重要的历史文化从福克纳时代到莫里森时代的变迁。本卷各篇以重要的、前瞻性的方式挖掘这些问题。

如上所述，本卷的组成原则是当代重要的批评概念"互文性"，即不论是由同一作者还是不同作者所作的独立文学文本，都可以在更广阔的文学维度，被视为相关章节。当然，这种方法长久以来用在考查单个作家的作品时的批评实践中；比如，因其语言的运用，人物性格的刻画和主题，一个文本澄清和洞见其他文本的主题，"莎士比亚悲剧"被视为悲剧的一般概念或一般"版本"，它涵盖各种独立的悲剧。因此，莎士比亚必须承认：理查德二世的王权与麦克白或李尔王甚至凯撒大帝的讨论密切相关，反之亦然。这种互文性阅读在福克纳研究中非常显著，因为其大多数小说和故事的叙述都属于约克纳帕塔法系，许多相同的人物和事件在各种文本中重新出现。莫里森的小说同样也经常用来做互文性阅读，尤其是她小说中女主人公渐进式的性格塑造。

互文性阅读被运用在不同作家作品间的比较中也非常有效。由于应用扩展了古老的文学隐喻技巧，互文性以交互的方式汇集了分散的文本，为每个文本提供了启发性的视角。有些作家特别需要对其作品的这种阅读，如同詹姆斯·乔伊斯希望他的《尤利西斯》的读者能将其与荷马的《奥德赛》相提并论，或者福克纳让《押沙龙，押沙龙!》的读者能够转而思考《旧约》中大卫和押沙龙的故事，或简·斯米利的杰作《陌上伊人》被看作《李尔王》的现代版本，抑或莫里森的《最蓝的眼睛》与流行的儿童故事——《迪克和简》的框架相似。艾略特曾经说过（在《传统与个人才能》中）："没有任何形式的艺术家或诗人的完整思想能独立存在"；而他的《荒原》就是早期作家影响当代作家的如同教科书一般实实在在的例子。但是，当代互文性阅读的实践者往往既前瞻又回顾：荷马的《奥德赛》被乔伊斯带向前，重新演绎重新诠释，而阅读乔伊斯的作品使人重新回顾荷马，提供了新知识和新见解。或者就本书而言，不仅是对福克纳（艾略特的"早期诗人"）的阅读感染、启发了对莫里森（艾略特的"当代诗人"）的阅读，对莫里森的阅读同时也促使读者从一个具有后世知识的视角去阅读福克纳，从而产生更新的视角和新鲜的见解。

本卷的开篇文章，约翰·N. 杜瓦尔的《莫里森与福克纳式的黑暗小说之屋》（本书论文发表会的主题演讲），展示了解读福克纳和莫里森作品互文性的一些成果。杜瓦尔首先指出，两位作家都是通过名称变化和一系列自我突破重塑自己，而莫里森选择了福克纳（和弗吉尼亚·伍尔夫一起）作为她在康奈尔大学的硕士论文题材。杜瓦尔继续阐释说：莫里森的小说很大程度上延续了福克纳的题材内容、人物性格描写和主题。在杜瓦尔看来，《爵士乐》《爱》和《恩惠》都可以被解读为福克纳伟大小说《押沙龙，押沙龙!》（关于种族和家族王朝的小说，始称

《黑屋子》)系列的新元素,但是,正如杜瓦尔所表述的那样,福克纳笔下托马斯·塞德潘的故事结局充满失败、暴力和悲剧性,莫里森在处理《爵士乐》中戈尔登·格雷,《爱》中茜德与克莉斯汀以及《恩惠》中弗洛朗等人物时,和谐、安宁和理解的结局最终得以呈现:举弗洛朗的例子来说,"由有缺陷的人所施行的小慈悲能反映出上帝的慈悲"。因此,在杜瓦尔的评价中,莫里森小说之家中的黑暗比福克纳要少得多。

特里萨·M. 陶纳(Theresa M. Towner)在一篇名为《成千上万人的消失:〈去吧,摩西〉和〈恩惠〉中的新兴殖民地白人性研究》的文章中,将莫里森的最后一部小说与自己以前的一部有关后殖民地时期讲述美国黑人遭遇的小说相联系,这部小说有关奴隶制度但又不完全与种族有关。为了达到联系的目的,陶纳将福克纳的"无情男性主义"恐惧与莫里森的"无情女性护子"恐惧相对比;并将艾克·麦卡斯林的代表经历和他家庭的分类账本与弗洛朗用来记录自己人生故事的"会话室"相比较。在陶纳看来,这两部小说都展现了一个高估男性主义而低估女性主义的社会。因此,她总结道:白人,摩西和仁慈的人记录了家庭的解体;在家庭的重构过程中,这两部小说都暗含了白人意识分散并打破了宗谱观念这一思想。

在《挑战〈押沙龙,押沙龙!〉和〈所罗门之歌〉中的南方例外主义文化逻辑》一文中,泰德·阿肯森(Ted Atkinson)认为,福克纳和莫里森通过描写主人公昆丁·康普生、麦肯·戴德之子奶娃·戴德和其他人物形象在日常闲散的交流中屈服于严密的教育说辞这一行为,来公然反抗南部地方主义的标准。对于昆丁而言,来自南方的深重影响使他孤立无援,过时的地域就是焦虑和消亡的根源;对于奶娃而言,它起着逃避北方城市限制的基本避难所的作用。在这里,他能够发现自我并获得解放。但是,昆丁在与他父亲和施里夫的对话中以及奶娃在与吉他进行有关社会和政治的讨论中,他们却对"南方"这一整体概念产生了疑问。这些讨论表现出南方例外主义中的"南方"是一种文化构造,还构思出国家间、半球间和全球间的联系。这一联系超越并转变了区域间的边界，使其更好地迎接具有挑战性的地理和文化重组。

在《鬼之魅：〈我弥留之际〉和〈宠儿〉中的记忆与巫术思维》一文中，丽萨·赫瑞森（Lisa Hinrichsen）针对历史、记忆和亲密关系问题进行了一系列研究。他们想知道福克纳和莫里森为何调查了不同种神秘学者的经历。因为这些经历使他们似乎对文明和理性的现代性产生了极大分歧。例如，《我弥留之际》就研究了催眠术、传心术、拜物教和各种可怕的声音；《宠儿》则重点研究了延伸和限制想象的创伤恢复形式。赫里森认为这两篇文章均掷地有声地强调了现代性的唯信仰论结构：在"理性"和"科学"的视角下，用这非凡且神秘的方式检验事实是可行的。赫里森认为，莫里森和福克纳在为小说情节创作神秘的中心环节时，不仅强调了它的普遍性，还下功夫研究了文化传递、继承、历史记忆和个人间联合的可替代形式。在他们兴趣领域的幻想世界里，这些小说存在的意义即是重新定义人与人之间的亲密关系、家庭关系和历史关系以对抗男权、继承和社会状态下传统意义上的理性模式。

弗朗索·瓦布伊松（Francoise Buisson）在其文章《〈最蓝的眼睛〉〈喧哗与骚动〉和希腊古瓮：福克纳与莫里森对美的探求》中，对书原作者为了美学设计和追求而运用的一系列想象和比喻进行了研究。由于使用了视觉转换、行为脱节、场景和形象互调等一系列叙事技巧，布瑞森提出了如下观点：福克森和莫里森对"美学定义的中心"是"有序和无序间张力的反映"，并对此给出论据。布瑞森曾这样描述诗人济慈的诗："想要超越艺术之间的矛盾，特别是想保留艺术飘忽的美感。"与之相似的是，《最蓝的眼睛》和《喧哗与骚动》两部小说都致力于在辩证过程中探索"感性与沉寂、安静与音乐、纯洁与成就"之间的悖论。

罗瑞·沃特金斯在《不同的老福克纳式歌舞：托妮·莫里森〈宠儿〉中的孤独》一文中，将莫里森关于福克纳的硕士论文与她小说中对个人和社群的描绘联系起来。沃特金斯主要关注点是《宠儿》，认为它

"标志着莫里森对自我定义和主体间性思想的一个转折点"。正如沃特金斯所指出的,在《宠儿》里,一个相互依存的自我概念创造过程中社区认同的必要性与福克纳在《押沙龙,押沙龙!》中对待孤立的态度形成了鲜明的对比。

莱斯利·比克福德的《界限转移:作为霸权意识形态象征的查尔斯·邦和宠儿》一文中,福克纳和莫里森对白人至上主义、指正主义意识形态的态度形成了鲜明的对比。比克福德通过查尔斯·邦的症状特性,说明昆汀和施里夫面临白人至上主义意识形态的局限。他们试图重读过去,直到他们对故事中的人物满意为止,但这并不排除他们对故事结局的不满;他们对这个故事的讲述无法使他们超越创造邦恩并使亨利成为杀人犯的意识形态。作为一个幽灵和年轻女性,宠儿也是一种症状,但不像邦对昆汀,她并不是泽特所认同的任何意识形态的症状。因此,比克福德认为,福克纳的人物仍然被困在他们继承的意识形态中,而莫里森的角色则能够超越他们的意识形态。

松冈信哉在《寻找福克纳和莫里森的文化杂合》一文中将生态方法与文化研究相结合,对福克纳和莫里森进行了比较。松冈信哉考察了《熊》和《所罗门之歌》的场景,以比较艾克麦克卡斯林和米尔克曼之死是如何寻找意义:他们自己和他们的文化。松冈随后比较了《所罗门之歌》和《押沙龙,押沙龙!》中的历史意义,认为这两部小说都在质疑语言和自然是如何在自我和世界之间起中介作用的。

格瑞辰·马丁的论文《福克纳和莫里森作品中致命的慈悲》,讨论南北战争前反对奴隶制是如何在内战后和重建后的一年里演变成一项共同协议,接受废除死刑,但却使白人优越和黑人野蛮的定型观念永久化。正如马丁所指出的,许多废奴主义者主张对自由的黑人实行殖民统治,南方和其他地方的暴徒处死了数千名被认为对白人妇女构成威胁的黑人。莫里森的《宠儿》和1931年福克纳的短篇小说《干旱的九月》在这些历史和文化背景下呈现出更多的相关性和意义。

塔拉·塔特尔在《隐喻的力量：福克纳和莫里森对〈创世记〉1—3章的运用》一文中，探讨了福克纳和莫里森如何修改对伊甸园神话的解释，这些解释被用来证实美国南部的压迫行为。福克纳在《喧哗与骚动》中提到了伊甸园神话，他在对凯蒂·康普森的描绘中唤起了夏娃；《押沙龙，押沙龙！》里，在对托马斯·苏特兰毁灭行为的描述中，他再次提到了创造和堕落。莫里森也以揭露南方宗教文化中固有的压迫的方式暗示伊甸园。她在《宠儿》中引用的典故谴责了南方的奴隶制做法，从种植园田园诗中撕去了表象，将种植园暴露为一个邪恶的花园。她的小说《天堂》进一步探讨了被宗法宗教价值观和种族排斥所破坏的伊登空间观念。

亚当·朗的文章《"我们都在那里"：莫里森〈宠儿〉和福克纳〈去吧，摩西〉中集体身份的建构》，分析了塞特和莫莉·波尚的特征。龙利用葛洛莉亚·安莎杜娃的观点来看待这两个角色，建议莫莉和塞特都抵制二元对立。就像莫莉把黑白对比的哀伤仪式混在一起一样，杰斐逊的公民泽特，最初坚持要拥有她的女儿，要杀死她而不是让她重新成为奴隶，而他学会了依靠社区的支持。因此，莫莉和塞特都是边疆人物，他们代表了霸权主义二元性的另一种选择。

克莱尔·克雷布特里在《福克纳的〈熊〉和莫里森的〈宠儿〉中神圣的、被玷污的土地》中考察了边境和边疆的位置及其与性别和种族的关系。"福克纳写到南方父权制的削弱，"克雷布特里断言，"而莫里森描述了一个受伤的母系女人，她们的男人已通过奴隶制被出售、发疯或杀害。"克雷布特里认为，莫里森能够创造一个符号和图像网络，治愈奴隶制带来的伤害，而福克纳只能揭露这些伤害。

除上面总结的互文阅读外，本卷还包括两篇福克纳和两篇莫里森专门研究的文章。伊登·威尔斯·福里德曼在《"我出事了！"：见证福克纳〈圣殿〉中的创伤》中，把谭波儿视为创伤后应激障碍的真正受害者。此外，福里德曼将谭波儿的个人经历扩展到了许多现代文本的核心——普遍的意识形态破裂。一些评论家认为，在仔细研读谭波儿的悲剧时，读者加入了她的侵权行为，福里德曼认为，他们也有机会见证她的故事，看穿她的眼睛，用她的声音阅读，在这样做的时候，也有机会和她一起成为受害者。从这一有利的角度来看，读者可能会面对现代条件下的一个更黑暗的悖论：一个人由于存在而注定要受苦、见证和遭受完全的悲剧，但也要通过承认并接受这一令人不安的现实，读者可能会在庇护所找到一种通过个人和文化上的痛苦和焦虑来工作的方法。

在《从边缘到中心：杜威·德尔的实用主义还原》中，安吉莉·艾琳·欧莉芙运用女性实用主义者理论中高度重视的女性生活经验的辩证和交易观，将杜威·德尔·本德仑解读为一个尤其以幸存者的身份出现、积极的、参与和体验的代理人。特别是，她同时承担起养育她的父亲和兄弟的角色，以及她试图让自己的孩子流产的过程中所扮演的角色，这表明了她的务实适应能力。在她应对家庭和社会关系的过程中，她确定并实施各种不同的行动方针，这保留了她继续做出选择的能力。奥尔利夫证明，杜威·德尔并没有被简化或定型的性别认同所束缚，而是通过自己的（相互）行动来构成自己，因此是一个比之前更让人相信、更有活力的角色。

何文敬在《托妮·莫里森〈宠儿〉和〈恩惠〉中的后殖民美学审视》中将后殖民研究的三种思想应用于莫里森对美国奴隶制的描绘：反霸权主义表示法、双重编码和对封闭性的抵抗。在他的分析中，何文敬考察了莫里森的多重视角、移位叙事和其他形式的杂交。例如，"颠覆或批评犹太基督教圣经的非裔或非裔美国民间传统"。何文敬的结论是，《宠儿》和《恩惠》都是以解放的愿景结束，这为被殖民人民提供了一种"可能感"。

杨金才在《托妮·莫里森在中国的批判与接受》一文中，追溯了中国学者对莫里森作品日益增长的兴趣。杨确定了标志着翻译和一些介绍性评论文章的两个阶段的中国学术兴趣；延续到现在的第二部分，对莫里森在中国的观察提出了一种千变万化的观点,强调了通过翻译和专门研究来接受莫里森的过程。正如杨致远所展示的那样,莫里森在中国的"美国经典"和中国的学校课程中都享有有利的地位。

　　总之,这些文章为两位国际知名作家的学术研究作出了独到而重要的贡献。

目 录

莫里森与福克纳式的黑暗小说之屋

    〔美〕约翰·N. 杜瓦尔 著　　康　毅 译／1

成千上万人的消失：《去吧，摩西》和《恩惠》中的新兴殖民地

    白人性研究

    〔美〕特里萨·M. 陶纳 著　　白　晶　回　春 译／19

挑战《押沙龙，押沙龙!》和《所罗门之歌》中的南方例外

    主义文化逻辑

    〔美〕泰德·阿肯森 著　　康　毅 译／38

鬼之魅：《我弥留之际》和《宠儿》中的记忆与巫术思维

    〔美〕丽萨·赫瑞森 著　　康　毅 译／55

《最蓝的眼睛》《喧哗与骚动》和希腊古瓮：福克纳与莫里森

    对美的探求

    〔法〕弗朗索·瓦布伊松 著　　康　毅 译／72

不同的老福克纳式歌舞：托妮·莫里森《宠儿》中的孤独

    〔美〕罗瑞·沃特金斯 著　　王丽丽 译／91

界限转移：作为霸权意识形态象征的查尔斯·邦和宠儿

    〔美〕莱斯利·比克福德 著　　张　毅 译／108

寻找福克纳和莫里森的文化杂合
　　〔日〕松冈信哉　著　　郝红玲　译／122
福克纳和莫里森作品中致命的慈悲
　　〔美〕格瑞辰·马丁　著　　王丽丽　译／138
隐喻的力量：福克纳和莫里森对《创世记》1—3 章的运用
　　〔美〕塔拉·塔特尔　著　　叶晓燕　译／160
"我们都在那里"：莫里森《宠儿》和福克纳《去吧，摩西》中
　　集体身份的建构
　　〔美〕亚当·朗　著　　王丽丽　译／177
福克纳的《熊》和莫里森的《宠儿》中神圣的、被玷污的土地
　　〔美〕克莱尔·克雷布特里　著　　王丽丽　译／193
"我出事了！"：见证福克纳《圣殿》中的创伤
　　〔美〕伊登·威尔斯·福里德曼　著　　白晶　译／206
从边缘到中心：杜威·德尔的实用主义还原
　　——《我弥留之际》中的女儿
　　〔美〕安吉莉·艾琳·欧莉芙　著　　岳铁艳　译／226
托妮·莫里森《宠儿》和《恩惠》中的后殖民美学审视
　　〔中〕何文敬　著　　王丽丽　译／243
托妮·莫里森在中国的批评与接受
　　〔中〕杨金才　著　　王丽丽　译／265

译后记／279

莫里森与福克纳式的黑暗小说之屋

〔美〕约翰·N. 杜瓦尔* 著　　康　毅　译

那座宅子有点情况。①

——威廉·福克纳《押沙龙,押沙龙!》

现在把托妮·莫里森与威廉·福克纳联系起来比过去要安全多了。犹记得二十年前我在一个会议上宣读一篇有关此话题的论文时被某位听众公然指责的情形。这位听众提出了两大反对意见:一、即使莫里森曾阅读过福克纳的作品(他也承认我很有可能是对的),但如果因此就说莫里森实际上在某些时候是借福克纳的素材来创作其小说,则是对莫里森才华的贬低;二、作为一个白人,我总归是无权谈论莫里森的。我无意中被卷入了某种甚为激烈的身份政治旋涡,就算我正要表明莫里森如今获得的所有真实性和文化权威并非来自于其种族身份,而是通过其小说甚至是一部以其自我身份为出发点的小小说得以建立的,也无济于事。

---

* 约翰·N. 杜瓦尔,玛格丽特教会资深教授,美国普渡大学《现代小说研究》(*Modern Fiction Studies*)编辑,出版现代主义和当代小说研究方面著作十余部。

① 〔美〕威廉·福克纳:《押沙龙,押沙龙!》,李文俊译,上海:上海译文出版社2010年版,第155页。

作为一名研究福克纳的学者，我研究莫里森时非常清楚小说家通常会构建他们的作家身份。而与许多经典作家一样，福克纳与莫里森也在他们的个人生活中大刀阔斧地进行了自我塑造，其势之大直接影响到他们为人所熟知的姓名。鉴于两位名字的特殊性，可以说二位创作的第一部小说是围绕单个英文字母而展开的。

于福克纳来说，这个字母就是他在自己的姓里所加的"u"。福克纳曾假称自己在一战期间的法国空战中因飞机被击落而导致头部嵌入一块钢板，与此虚构相比，"u"的虚构甚至更为重要。福克纳的"u"是一种作家身份的建立，于家园的找寻至关重要。与此同时，"u"又使我们联想到福克纳与南方白人男性之间的复杂关系。1931年2月，福克纳对一伙白人如何动用私刑犯下滔天大错的最严厉之控诉——《干旱的九月》（Dry September）出版不及一月，威廉·福克纳（Falkner 为本名；没有"u"——他已经十年以上没有用过这个拼法的名字了）在孟菲斯商业诉求报上发表了一封信，回应另一位去信者。一周之前，W. H. 詹姆斯（W. H. James），一位非洲裔美国男性，曾感谢密西西比州的女性为反对私刑而联合起来。福克纳（同样，没有"u"）用了些许后来成为罗沙·科德菲尔德（Rosa Coldfield）典型话语的比喻手法，说"我不支持私刑"，但接着却令人震惊地暗示社会在挑选其牺牲者时总是做得很好。①我们要感谢这个字母，它创造了一位能挑战南方种族制度的小说家"福克纳（Faulkner 为笔名）"，因为那个一直住在密西西比州牛津市、被邻居叫做"黑鬼爱好者"的人在其个人生活中并非总像小说中的他一样勇敢。

同样地，对莫里森来说，也有一个字母对其作家身份的建立起到了至关重要的作用。她的字母是"A"。自1931年2月以克洛伊 A. 沃福德

---

① 福克纳的信件全文及其背景描述参见 Neil R. McMillen and Noel Polk, "Faulkner on Lynching", in *Faulkner Journal* 8.1 (1992), pp. 411 – 434. 信中关于福克纳另一部小说《圣殿》的部分，参见 Doreen Fowler, "Faulkner's Return to the Freudian Father: *Sanctuary* Reconsidered", *Modern Fiction Studies* 50 (2004), pp. 423 – 424.

(Chole A. Wofford)之名出生以来,莫里森一直声称其中间名首字母"A"代表的是安东尼(Anthony),而她为人所熟知的名字托妮(Toni)正是安东尼的简称。然而几年以前我发现(先是她硕士论文的标题,再是她的出生证明)莫里森的中间名实际上是"阿德利亚(Ardelia)"(她外婆的名字)。莫里森想把安东尼作为自己的名字可能是因为她在霍华德大学求学期间曾为"克洛伊(Chole)"这个名字带有的贬抑形象所困扰,例如"克洛伊阿姨""汤姆叔叔的妻子"。在哈丽叶特·比切·斯托(Harriet Beecher Stowe)所著的《汤姆叔叔的小屋》(*Uncle Tom's Cabin*)中,克洛伊阿姨是一位爱白人孩子胜过自己孩子的黑人保姆。克洛伊这个名字带有黑人性质的刻板印记,这对正要融入黑人中产阶级的莫里森来说并不合意。(莫里森彼时正努力融入这个阶级:她加入女子联谊会,甚至参加了选美比赛。)莫里森出身于俄亥俄州洛里安市的工人阶级,在那里,种族不会对其身份造成多大的影响,但霍华德大学不同,它所代表的这个世界充满了可能性。要是克洛伊这个名字是个困扰,那么阿德利亚可能并不能给莫里森带去多少帮助。因此,莫里森想用安东尼的"A"去解释自己的中间名首字母。但是,为什么选安东尼和其缩写托妮呢?这个安东尼的虚构很可能不知不觉中受到一款当时风靡全国的新护发产品的影响。1949年(也就是莫里森上大学的那年),吉列推出了这款家用卷发产品,而包装盒上印着的名字正是托妮。对于一个渴望进入中产阶级的年轻聪慧的女性来说,这款产品的名字几乎是为她量身定做:她想成为"托妮"(也就是这个名字背后的贵族气派)。①

我于2000年发表了此猜想,而莫里森表示并非如此。在她2003年的人物简介中,她承认阿德利亚是自己的中间名,但却声称自己十二岁时改信了罗马天主教,并且选择了圣·安东尼(St. Anthony)为自己的

---

① 关于莫里森改名及其意义的更为详细的论述请看作者的《托妮·莫里森的身份小说》(*The Identifying Fictions of Toni Morrison*),第36—42页。

主保圣人。因此，人们开始叫她托妮。① 根据这个新的说辞，时间上托妮这个名字的出现比家用卷发产品的托妮推前了六年。但是，莫里森就自己名字之由来的这个新说法其实漏洞百出。其一，女孩通常不会选择男性主保圣人。而且，在俄亥俄州的洛里安市，没有一家天主教堂有记录1943年前后的相关对话以及在莫里森研究学者中广为流传的其他相关信息（尤其是莫里森为嫁与牙买加建筑师哈罗德·莫里森［Harold Morrison］而改信天主教的信息）。学者们认为莫里森皈依天主教的时间要比1943年晚得多。

  但是，福克纳与莫里森之对比研究的可行性并非基于两位都曾改名的事实。即使没有证据表明莫里森曾阅读过福克纳的作品，我们仍有充分的理由将两位的作品进行比较阅读。他们有共同的主题——种族冲突、个人与社区之间的关系、为建立可用身份的挣扎——这些都意味着将福克纳与莫里森放到一起阅读是彼此助益的。当然，如今研究这两位诺贝尔文学奖获得者之联系的学者们已经充分意识到莫里森从其康奈尔大学的硕士论文《威廉·福克纳与维吉尼亚·伍尔夫作品中的异化主题》（"The Theme of Alienation in William Faulkner and Virginia Woolf"）起，对福克纳的批评研究已将近六十年。我在那个会议上受到那位与会者的指责，一部分是因为哈罗德·布鲁姆（Harold Bloom）在其论文中对莫里森与现代作家之关系的不恰当表达。布鲁姆把福克纳与伍尔夫称作"莫里森作品的父亲与母亲"②。就福克纳—莫里森之关系的批判和学术评价已持续了二十年，如今认为两位之间的关系更微妙细致，并非简单的影响关系。第一批论文出现于1989年前后，到1997年出现了两部著作，菲利普·韦恩斯坦（Philip Weinstein）的《"除了爱还有什么

---

  ① Hilton Als, "Ghosts in the House: How Toni Morrison Fostered a Generation of Black Writers", *New Yorker*, 27 Oct. 2003, p. 67.

  ② Hilton Als, "Ghosts in the House: How Toni Morrison Fostered a Generation of Black Writers", *New Yorker*, 27 Oct. 2003, p. 4.

呢?"福克纳与莫里森作品中的种族磨难》("What Else But Love?" The Ordeal of Race in Faulkner and Morrison)以及卡罗尔·科尔默顿(Carol Kolmerten)、史蒂芬·罗斯(Stephen Ross)和朱迪斯·威滕伯格(Judith Wittenberg)共同编纂的论文集《毫不畏惧的凝视:再看莫里森与福克纳》(Unflinching Gaze: Morrison and Faulkner Re-Envisioned),证明了对这两位诺贝尔奖获得者进行对比研究的必要性。在过去二十年间,总共有将近一百篇文章与书目章节讨论福克纳—莫里森之关系,这不禁让人怀疑这个主题是否还有研究的空间。但是,莫里森还在创作,而她的文本则邀请我们去探索她的想象过程,这个过程包括很多组成部分,而福克纳也是其中之一。

奇怪的是,莫里森在1992年所作的影响研究《黑暗中的游戏:白人性与文学想象》(Playing in the Dark: Whiteness and the Literary Imagination)中并未包括福克纳。通过审视美国文学中经典白人小说家如何使用黑人性以及如何描绘她所称的"在场的非洲文化",莫里森对诸如埃德加·爱伦·坡(Edgar Allan Poe)、薇拉·凯瑟(Willa Catha)、欧内斯特·海明威(Ernest Hemingway)等作家进行了集中分析。而福克纳只在几处被随口提及。帕特里克·奥唐纳(Patrick O'Donnell)在其向《毫不畏惧的凝视》的投稿中作过一个贴切的评价——莫里森没必要把福克纳囊括在她的批判研究中,因为"在她的小说中福克纳比比皆是"①。当然,这个观点证明了语言和互文性的后结构主义理论所教给我们的一点——作者先是一个读者,小说与批评之间的界限常常模糊不清。

福克纳的两部主要小说,《八月之光》(Light in August)和《押沙龙,押沙龙!》(Absalom, Absalom!)的暂定标题都是"黑暗之屋",而此名对莫里森最近的两部小说同样适用。特别是,我认为《爱》(Love)

---

① Hilton Als, "Ghosts in the House: How Toni Morrison Fostered a Generation of Black Writers", *New Yorker*, 27 Oct. 2003, p. 225.

和《恩惠》（A Mercy）两本小说都是莫里森对《押沙龙，押沙龙!》的批判性评论的延伸，证明福克纳的这部小说对莫里森是最有助益的一部。

从莫里森在 1993 年《巴黎评论》（Paris Review）的采访中所作的评价来看，我们知道她非常仔细地阅读了福克纳最具有元小说特征的（也是某些批评家认为最具后现代特征的）小说。在此次采访中，她详尽地谈论了在普林斯顿大学教授《押沙龙，押沙龙!》的经历。莫里森表示她沉迷于福克纳的技巧，即采用遁辞和延迟的技巧，迫使读者不断诘问自己所掌握的信息。莫里森说，福克纳是不是一个种族主义者并非关键之所在，重要的是《押沙龙，押沙龙!》怎样描写"种族主义的疯狂"。①

果然，莫里森在 1992 年出版的小说《爵士乐》（Jazz）中就早已表现出对福克纳处理种族问题的欣赏。在福克纳所生活的世界中，白人与非白人之间的异族通婚只可能存在于白人男性与黑人女性之间，但是，福克纳却让查尔斯·邦（Charles Bon）和朱迪思·萨德本（Judith Sutpen）结合，展示了黑人男性与白人女性之间通婚的可能性，导致了最极度的南方恐慌。在塑造戈尔登·格雷（Golden Gray）这个角色时，莫里森使用了福克纳的边缘化处理手法。戈尔登·格雷是一位南方美女与一名黑人男子的儿子，他的肤色浅到可以将其视作白人。戈尔登·格雷使得莫里森能够对福克纳塑造的查尔斯·邦之子查尔斯·埃蒂尼·邦（Charles Etienne Bon）进行批判性的评论。和埃蒂尼·邦一样，戈尔登·格雷由一位白人女性和一位黑人男性抚养长大。两人最终都选择了黑皮肤的女性，而这个行为可以被诠释为他们对黑人性的渴望。然而，尽管埃蒂尼选择黑人女性作为妻子是为了表达其对南方的愤怒以及对萨德本家族的仇恨，格雷的决定则是出于爱与信任。格雷一开始想要杀死

---

① Elissa Schappell, "The Art of Fiction CXXXIV", *Paris Review*, 129（1993），p. 101.

自己的黑人父亲，后来转变为尊敬父亲，格雷选择与怀尔德（Wild）共存则展示了一种亲密与认同。也就是说，莫里森通过互文性评论表明，尽管福克纳认为个人面对其黑人血统时将不可避免地导致自我厌恶与暴力，但是承认个人的黑人性可能有助于人性的完满实现。

2003 年出版的《爱》似乎延续了莫里森对福克纳式的黑暗小屋的思考。比尔·柯西（Bill Cosey）让人联想到托马斯·萨德本（Thomas Sutpen），福克纳小说中的那个男性大家长，怀揣着爬上更高阶层的宏图大略，却因自私自利而害了自己的子孙。柯西诱奸十一岁的希德（Heed the Night）以及两者的婚姻可与萨德本诱奸十四岁的米利·琼斯（Milly Jones）作对比阅读。二者都是男性大家长利用财富和地位换得家人的同意：希德来自于一个暴力的、不识字的、贫穷的小区，而米利则是萨德本一个白人家仆的孙女。对萨德本与柯西两人来说，他们的诱奸言说了一种权利意识，而他们对于自己的行为对那些女孩以及其他家庭成员造成的伤害则全然漠视。福克纳在描绘萨德本的宅邸时运用的哥特式风格同样出现在莫里森的小说《爱》中，柯西死后长久游荡于自己破败的房子与酒店里。莫里森对柯西的女人们是这样评论的："但是把精力放到他（柯西）身上耗尽了她们对彼此相爱的所有憧憬。他是那个鉴定她们的人。他是那个遗产被她们争夺的人。他是那个破坏她们生活到无法修复的人。她们对此总是自欺欺人。而很可能她们一个也没拴住他的心"①。莫里森对柯西的描述很容易让人联想到萨德本，但是正如她之前与福克纳的互动一样，莫里森改写了福克纳式的悲剧。萨德本的妻儿以及罗沙·科德菲尔德都毁于萨德本的遗产，而柯西的女人们最后，正如莫里森所说，"终于驱除了他"②。

---

① Michael Silverblatt, "Michael Silverblatt Talks with Toni Morrison about *Love*", 2004. In *Toni Morrison: Conversations*, edited by Carolyn C. Denard, Jackson: UP of Mississippi, 2008, pp. 221 - 222.

② Michael Silverblatt, "Michael Silverblatt Talks with Toni Morrison about *Love*", 2004. In *Toni Morrison: Conversations*, edited by Carolyn C. Denard, Jackson: UP of Mississippi, 2008, p. 222.

福克纳笔下的萨德本家庭混杂了多个种族，而最具悲剧性的是某些白人角色在某种程度上确实了解自己与黑人亲戚之间的联系。其中最令人痛心的一幕是查尔斯·邦被亨利杀害之后，罗沙想要上楼安慰朱迪思。罗沙是朱迪思的阿姨，也就是说，她也是克莱蒂的阿姨，尽管法律和习俗都不承认后者的关系。克莱蒂警告罗沙不准上楼，罗沙本想不顾她这个不被承认的侄子径直上楼，但却被克莱蒂用手拦下。那么罗沙是怎么理解的呢？她是这样跟昆丁说的：

> 在肉体与肉体的接触里有某种东西，它废止正常秩序下那些迂回曲折的渠道，朝它们拦腰砍下猛烈、绝情的一刀，对此敌人与情人都心中有数，因为制造出敌人与情人二者的正是这东西——接触，而且是接触居中的"我是"这独自拥有的城堡：而不是接触精神、灵魂；于是那醉醺醺、不受约束的头脑便不由自主地进入这个尘世栖息所的任何一个幽暗的过道。可是让肉体接触肉体，你就等着看阶级也包括种族方面全部蛋壳般薄的禁忌的崩溃吧。①

尽管在这极具诗意的篇章中，罗沙能理解南方种族制度与阶级制度的脆弱与虚幻，但是在与她的黑人侄子正面交流的那个当下，她脱口而出的却仍是南方种族主义者的口头禅："把你的手从我身上拿开，黑鬼！"② 诸如此类的例子凸显出福克纳世界的悲剧本质。与莫里森的小说不同，福克纳的小说中鲜有文化创伤或者个人创伤的消解。《押沙龙，押沙龙！》结尾，罗沙于1909年说服昆丁一起前往萨德本宅邸的黑暗废墟以查看住在那里的人时，我们看到了发生在罗沙与克莱蒂之

---

① 〔美〕威廉·福克纳：《押沙龙，押沙龙！》，李文俊译，上海：上海译文出版社2010年版，第120页。

② 〔美〕威廉·福克纳：《押沙龙，押沙龙！》，李文俊译，上海：上海译文出版社2010年版，第121页。

间和 1865 年一样的冲突。但是没有片刻的治愈，罗沙反而比前次反抗得更为激烈，她转过身来向克莱蒂"抡了个满拳，只有男人才会有那种动作"①。

然而，在莫里森的小说《爱》中，为柯西的遗嘱斗了几十年的两个女人，最后通过语言与抚摸找回了她们童年的友谊。在柯西的酒店，留心已是弥留之际，克里斯廷（Christine）宽慰了她。两人从童年友谊的破裂造成的创伤中恢复过来，为这经年两人所失去的一切而原谅了彼此。尽管留心死了，但是克里斯廷发现自己仍能与她的这位好友交谈。柯西的孙女和他的童养媳以这种方式战胜了这个老人的父权制遗留问题。

莫里森最新的一本小说进一步延伸了她对男性之志向落空的思考。《恩惠》发生在 1682 年到 1690 年间，那时美洲仍处于殖民初期——距离美利坚合众国的建立还要将近百年。莫里森在"悲哀"（Sorrow）这个人物上再次触及自我命名的问题。当"悲哀"有了孩子后，她给自己改名叫"完整"（Complete）。然而，与莫里森之前的小说相比，命名并不是这部小说的核心主题。《恩惠》与莫里森早期创作的小说截然不同，它不探索黑人群体的可能性。在这部小说中，莫里森考察的是美国成立前的那段历史，彼时将奠定白人物质特权的那些法律才刚刚开始撰写。也就是说，小说设定在一个文化多元的美洲，那时白人性的建构还在初期阶段。从马里兰到纽约，莫里森带我们走近孤立的社区。宗教不容忍现象常常出现，但是种族还未成为一个人的评判标准。某些地方黑人的社会地位与白人还是平等的。（而在这个世界上，女性不管在什么种族都是无足轻重的。）和《宠儿》（Beloved）一样，莫里森在《恩惠》中描绘了奴隶受到的虐待，尤其是黑人女性受到的性虐待，但是此时她的想象延伸到了那些乘船前往美国的欧洲人，他们本来是契约仆役，而实

---

① 〔美〕威廉·福克纳：《押沙龙，押沙龙!》，李文俊译，上海：上海译文出版社 2010 年版，第 331 页。

际上这个契约持续了他们的一生。

　　福克纳的《押沙龙，押沙龙!》再次成为雅各布·伐尔克（Jacob Vaark）的对照。我们知道，托马斯·萨德本（Thomas Sutpen）因受到对其存在的侮辱而痛苦不堪，他的设计便是由此而来：当他被一个奴隶教训再也别去庄园门口时，他的阶级身份以及他意外的白人性才被揭露出来。回到那个洞穴一样的地方，小萨德本的第一个念头是去杀了那个庄园主，但又想到这样做并不能改变整个社会体系，于是他决定要通过获取庄园主拥有的所有东西——奴隶、宅邸以及社会地位来对抗庄园主。萨德本从洞穴起家，从某种意义上来说他就像孤儿一样，因为他选择离开自己的原生家庭，再也不见他们，这个遗弃也预示了他对未来新生家庭的否认。而像萨德本一样，雅各布·伐尔克也是一个出身卑微的孤儿。伐尔克是一个农民，也是一个贷款人，他同样受到了来自庄园主的侮辱。虽然不像萨德本一样被拒之门外，但是伐尔克在见到庄园主前先遇到了一个黑人奴隶，而对这人的简要描写显然是福克纳式的。当伐尔克走上门厅的台阶时，"没等他敲，门便被一个小个子男人打开了，那人周身反差强烈：白发黑脸，年老中透着某种永恒，毕恭毕敬的同时又面带嘲讽"①。在某种程度上，侮辱伐尔克的是正是马里兰庄园主的社会优越感，但这个侮辱不仅仅停留在阶级层面。对伐尔克来说，最侮辱他的是这个叫德奥尔特加（D'Ortega）的天主教庄园主以为他能用奴隶去抵债，以为伐尔克收到奴隶后会把奴隶套现。也就是说，伐尔克觉得受到侮辱是因为那个庄园主竟然会以为他会脏了自己的手去做人肉生意。而伐尔克的设计正是始于此次的冒犯事件，也就是"证明他个人的勤劳也能够为他积累德奥尔特加所获得的财富和地位，而不必用自己的良心去换金钱"②。伐尔克用了七年才意识到自己的一个梦想是建一幢像庄园主的房子那样宏伟的宅邸，作为遗产传给他未来的孩子。这个故事

---

① 〔美〕托妮·莫里森：《恩惠》，胡允桓译，海口：南海出版公司2013年版，第16页。
② 〔美〕托妮·莫里森：《恩惠》，胡允桓译，海口：南海出版公司2013年版，第29页。

走向与托马斯·萨德本的极其相似。且和萨德本一样,伐尔克亦犯了罪而不自知。庄园主也许侮辱了伐尔克,但是伐尔克早已涉入了人肉生意。伐尔克替来自英国的丽贝卡(Rebekka)一家付了路费,还给了其他补偿金。伐尔克从没见过丽贝卡,但他却把她带到了美国,因为他需要一位新娘。他已经买了一个叫莉娜(Lina)的印第安人在他的农场干活。他的农场里还有一个叫"悲哀"的奴隶,是一个锯木工人想用她换一堆木柴,伐尔克勉强同意,于是留下的。而伐尔克同意让德奥尔特加用黑奴女孩佛罗伦斯(Florens)抵债时想的也只是为了刚刚失去女儿的丽贝卡。

萨德本的无知在于他一心想实现他的计划,而忽略了自己对他人,不管是对奴隶还是对家人的虐待。相比之下,伐尔克则更人性化,他会施与一些小恩小惠。但是飞黄腾达的欲望蒙蔽了他的理智。莫里森笔下的人物虽不会像萨德本一样为了财富远赴加勒比海的甘蔗种植园,但是伐尔克也是因投资那些甘蔗种植园而起家的。伐尔克没有意识到自己这样做也涉及了野蛮的奴隶贸易,因为他远离了"黑奴的亲密无间"[1]。但是,伐尔克想晋升贵族的梦想被自身的死亡所打断。福克纳的小说关注的是第二代人经历的心灵创伤,这个创伤是象征性的,来自一位已逝男性家长的缠扰。福克纳没能写好萨德本死后活着的那些黑人和白人女性的日常生活。但是当我们分析伐尔克那个种族多元的"家庭"——他的白人妻子,一个美国印第安人,和两个非洲人——的分裂时,我们发现这些女性的生活恰恰是莫里森的焦点所在。而莫里森正是通过这种方式在《恩惠》中对《押沙龙,押沙龙!》进行了再定义。伐尔克一旦死亡,他就变成了小说的边缘人物。莫里森在小说中并没有让所有人为那个男性大家长所困扰,相反地,她向我们展示活着的人要继续生活下去。

---

[1] 〔美〕托妮·莫里森:《恩惠》,胡允桓译,海口:南海出版公司2013年版,第37页。

读第一遍的时候可能会觉得《恩惠》很像莫里森于 1997 年出版的小说《天堂》(*Paradise*),没有主人公。尽管在《恩惠》中有多个故事、多种视角,但其故事与话语最终把那个已逝的男性大家长、伐尔克,消解了,而佛罗伦斯则被上升到了核心位置。佛罗伦斯不仅是一个人物角色,也是一个叙事者,是莫里森笔下另一个元小说式的作者人物。就情节来看,佛罗伦斯历尽艰辛,寻找那个拥有治愈力、能治好她女主人的非洲铁匠(也是佛罗伦斯的心上人),正是这场艰苦的旅程成为小说的线性脉络,串起了许多其他人物的回忆与过去。

佛罗伦斯叙述之中心地位在小说将近结束时变得清晰起来。伐尔克那个未建成的宅邸成为莫里森笔下的另一幢鬼屋。当然,那两个在伐尔克家族工作的白人契约奴仆相信自己在夜晚看到了那个死者的灵魂飘荡在屋中。但是在倒数第二章,我们看到这个"鬼"其实是佛罗伦斯,她前往禁屋是为了用指尖在地板和墙壁上写下自己的故事。伐尔克那个未建成的宅邸变成了名副其实的小说之屋,在这个屋里,一个天主教的黑人女性在言说着作者身份。佛罗伦斯正是在这间小说之屋里开始了自我解放的工作,她将自己从奴隶的身份中解放出来,这个身份对人的桎梏比制度本身要来得更为深远。铁匠护理完女主人,回到自己家中时,他发现佛罗伦斯虐待了他收养的弃婴。看到男孩受了伤,铁匠选择了孩子,抛弃了佛罗伦斯。他告诉佛罗伦斯她太粗野了——没有头脑。他告诉她,缺乏独立思考才是使她沦为奴隶的原因。但她用锤子和钳子去攻击她的爱人并不完全是因为他说她是个奴隶。铁匠在孩子和佛罗伦斯之间选择了孩子,而这激起了她最深的创伤,让她想起当时自己的母亲选择留下儿子而把她送走的那一刻。

知道佛罗伦斯的作者身份后再去读第一章就会有新的发现。从我们读的第一页开始就已经是佛罗伦斯在伐尔克的黑屋子里的写作了。虽然听到了声音,但是佛罗伦斯并不是在说,而是在写。通过表明自己是在书写想法,她将自己的作文行为与天主教中的告解圣事进行了对比,宣明了自己的天主教信仰:"我们说出而不是像我现在所做的这样写下忏悔"①。尽管佛罗伦斯在此强调的是不同,但是二者唯一的不同之处恐怕就是一个是说出来的而另一个是写下来的了。也就是说,告诫圣事与法律上的忏悔在世俗层面上是难以区分的。② 毕竟佛罗伦斯讲述的这个故事包含了对一项罪行的忏悔:她攻击甚至差点杀了她的爱人,也就是那个铁匠。那么,开篇第一章就可以当作反思的序言来读,它概述了未来将要发生之事,就像在《押沙龙,押沙龙!》第一章里的罗沙·科德菲尔德一样,从某个视角讲述了将要发生的一切。特别的是,莫里森在第一章间接地交代了佛罗伦斯被遗弃的创伤性时刻;最后几句明显地描写了母亲为了留下儿子而不得不送走女儿的情形,母亲"死盯着"佛罗伦斯,好像要说"十分重要的事"③。

佛罗伦斯想要通过书写来证明铁匠的错误,来表明自己是有头脑的。与此同时,让佛罗伦斯去讨论书写之困难,莫里森在这里运用了元小说后现代叙述传统——即小说本身自觉地意识到叙事的可能性与局限性。对佛罗伦斯来说,书写这个身体行为本身是辛苦的,这似乎是莫里森作为一个仔细而非高产的作家,在表达自己写作的痛苦与作家身份的代价:"有时指甲尖会划开,词句的结构就乱了套"④。佛罗伦斯同样说出了作者最大的焦虑,也就是作家永远都不知道会不会有读者理解自己所写的东西。很明显,佛罗伦斯深感忧虑是因为她知道那个铁匠,也就是她书写的真正对象,是不识字的:"要是你永远都不读这个,就没有人会读了"⑤。尽管我们知道佛罗伦斯所说的"你"是那个铁匠,但这

---

① 〔美〕托妮·莫里森:《恩惠》,胡允桓译,海口:南海出版公司2013年版,第4页。
② 我对后世俗的理解来自于约翰·麦克卢尔(John McClure),他认为精神可能性的形态是后现代主义的一个构成特点,第1—25页。
③ 〔美〕托妮·莫里森:《恩惠》,胡允桓译,海口:南海出版公司2013年版,第7页。
④ 〔美〕托妮·莫里森:《恩惠》,胡允桓译,海口:南海出版公司2013年版,第174页。
⑤ 〔美〕托妮·莫里森:《恩惠》,胡允桓译,海口:南海出版公司2013年版,第177页。

个"你"又似乎在指涉着我们。正如小说第一页所写的——彼时我们并不知道佛罗伦斯是对谁而说:"你要是乐意,尽可以把我将要告诉你的当作一种忏悔,但这其中充满了奇怪的事物,仿佛只可能出现在梦里……你知道的。我知道你知道。但问题是:谁该负责呢?另一个问题是:你能读懂吗?"① 表面上担忧的是铁匠不识字,但就叙述的修辞逻辑来讲,第二个问题几乎是提出了一个挑战:读者,你能读懂多少?

对作者与读者之关系的叩问再次把《恩惠》和《押沙龙,押沙龙!》联系起来。福克纳的小说中有多位叙述者,他们对萨德本的家族历史有着不同的叙述,这不仅体现了萨德本的悲剧,也体现了叙事的本质和局限。事实上,福克纳的小说通过元小说性极大地扰乱了我们的本体论方向,以致布莱恩·麦克哈尔(Brain McHale)在其著书《后现代小说》(Postmodernist Fiction)中认定后现代主义始于《押沙龙,押沙龙!》的第八章。② 在《恩惠》中,佛罗伦斯在其最后的叙述中担忧她的文本会没有读者,担忧她的目标读者,那个铁匠,再也不会走进那幢黑暗的屋子。要是没有读者,她的文字又会怎么样呢?

> 这些小心谨慎的词句,闭合而又敞开着,它们将自己跟自己交谈。一圈又一圈,从一边到一边,从上到下,从下到上,满屋子地交谈。或者。或者也许不。也许这些词句需要外部世界的空气。需要飞起再落下,像灰烬一样落到一片又一片的报春花和锦葵上。落到一片碧绿的湖水上,穿过那些永恒的铁杉和被彩虹划破的云朵,给大地之土增添风韵。莉娜会帮忙。她憎恶这栋宅子,而且虽然她需要成为太太,但我知道她更喜欢火。③

---

① 〔美〕托妮·莫里森:《恩惠》,胡允桓译,海口:南海出版公司2013年版,第1页。
② 〔美〕托妮·莫里森:《恩惠》,胡允桓译,海口:南海出版公司2013年版,第10页。
③ 〔美〕托妮·莫里森:《恩惠》,胡允桓译,海口:南海出版公司2013年版,第177页。

在《押沙龙，押沙龙!》里，奴隶克吕泰涅斯特拉（Clytemnestra）（克莱蒂），同时也是萨德本的一个女儿，为了保住家族悲剧的秘密，一把火把萨德本黑暗的宅子烧成了灰烬；在《恩惠》里，佛罗伦斯预言奴隶麦瑟琳娜（Messalina）（莉娜）会烧了伐尔克黑暗的宅子以去除这块土地的恐怖之状。尽管莉娜纵火烧房子的行为与克莱蒂有诸多相似之处，但是佛罗伦斯却把此火视为其文字的传播，因为这把火把写着她故事的"书页"烧成了灰烬，乡村里将漂浮着这些灰烬，大地上将充满着这些灰烬所讲的故事。

但是佛罗伦斯就作者最重要的问题——永远不知道自己的文字是不是有读者来读——所作的元小说式的反思则将莫里森笔下的人物与萨德本的另一个白人女儿朱迪思，联系起来。例如，佛罗伦斯担心自己为写故事的一切努力可能会付诸东流，这让我们联想到朱迪思把查尔斯·邦的一封信交给康普生将军之妻时所做的评论。康普生夫人不理解朱迪思为什么要送这封信，而且还不是送给写信人的目标对象。朱迪思对人类不懈奋斗的徒然沉思良久，为文字究竟能不能将信息传达给他人产生了怀疑。但是尽管徒然，朱迪思还是说：

你不断试着做或是只得不断地去试，可是接下去突然之间一切都完了，你留下的一切仅仅是一大块石头，上面有刮擦的痕迹，倘若有人记得要把那块大理石刮擦几下并且树立起来或是有闲空这样干的话，这以后雨落在它上面太阳晒在它上面过了些时候人们甚至都不记得那名字也不记得刮擦出来的符号想说明什么了，但这也无关紧要。因此说不定假如你有谁可以去看望，越陌生越好，要给他们一些东西——一张纸片啦——某些东西，任何东西，它本身不见得有什么意义而他们甚至也不会读它，保留它，连花点力气去扔掉它或是毁掉它都懒得，但至少它还会是某样东西，因为它也算有过这么件事，能让人记得即使仅仅因为曾从一只手传到另一只手，从一个人的头脑传到另一个人的头脑,再说它至少是些刮擦出来的痕迹,某种,某种能在什么东西上留下记号的东西,这东西曾经存在理由是某一天可以死去,而那块大石头却不能现在存在,因为它永远也不能成为曾经存在,因为它永远也不可能死去或是灭亡。①

尽管朱迪思要传递的这封信不是她自己写的,但是她精确地表达了书写的内在焦虑。佛罗伦斯同样也表达过这种焦虑,它并不是影响的焦虑,也许我们可以把其称为读者焦虑:我辛苦创作的成果会有人问津吗?朱迪思所说的刮擦的痕迹有佛罗伦斯在伐尔克的黑暗宅子里所写的两倍之多。康普生先生与昆丁讲述时也提及了朱迪思的这番话,后来康普生先生又强调了这番话体现的作者进行创作的迫切欲望:"以便留下那刮擦的痕迹,那在'湮没'的空白表面上不消褪的记号,而湮没恰恰是我们所有人都注定要得到的命运"②。

这其中的元小说特征让我想到,佛罗伦斯既然被莫里森塑造为一位作家,那么我们在《恩惠》中从头到尾读到的都是佛罗伦斯写给铁匠的故事。毕竟佛罗伦斯的故事要成立就不可避免地要涉及其他的故事。当然,我说佛罗伦斯是小说的作者并不是指小说完全由佛罗伦斯所写。显然伐尔克、丽贝卡、莉娜以及"悲哀"的故事都不是佛罗伦斯讲述的,那么就有一个第三人称叙述者在文中填补了佛罗伦斯没有叙述的空白。但是佛罗伦斯要实现自由就要摆脱其奴隶的身份,要讲出不仅仅是自己的故事,还有身边所有塑造她生活的那些人的故事。最后佛罗伦斯用第一人称完成叙述时,她也获得了新生。作者身份(也只有作者身份能)让佛罗伦斯解放自我。在书写自己的故事之前,这个自由的自我是不存

---

① 〔美〕威廉·福克纳:《押沙龙,押沙龙!》,李文俊译,上海:上海译文出版社2010年版,第109页。

② 〔美〕威廉·福克纳:《押沙龙,押沙龙!》,李文俊译,上海:上海译文出版社2010年版,第110页。

在的，它是随着书写这个行为本身而出现的。佛罗伦斯寻求新的自我身份反映出莫里森本人的自我塑造。对于很多美国黑人女性读者来说，莫里森代表了真实性。但是克洛伊·沃福德（Chole Wofford）的第一身份与其说是黑人，不如说是工人阶级。如今，莫里森的地位因描写美国种族经历而得以确立，但莫里森的真实性来自于其茹苦含辛的书写，而非其种族身份。

然而，尽管佛罗伦斯通过文字建立了思想自由，她似乎仍为她的创伤所困。她的书写没能揭露母亲把她从马里兰农场送走的那一刻想对她说的话："我将保留一件伤心事。那就是一直以来我都没法知道我妈妈在对我说什么"①。当然，她也不可能知道。那个时刻已经过去。这位历史研究者不可避免地触及了认识论的局限。但是在《押沙龙，押沙龙！》里，昆丁与施里夫（Shreve）碰到这个阻碍时又是什么情况呢？1910年，他们想弄清楚萨德本及其儿女的想法时，也碰到了这个理智所不能触及的壁垒。但就在那一刻，他们克服了这个局限，神奇地再现了内战时父子之间的关键一刻，解释了昆丁与施里夫一直以来想知道的——萨德本不承认查尔斯·邦是自己儿子的真正原因。

在《恩惠》的最后一章里，我感受到了类似的对局限的超越。佛罗伦斯证明了自己有头脑、解放了自我之后，就可以去到她知道去不了的地方，也就是，在孩童时期被母亲遗弃的那个创伤时刻。通过母亲的第一人称叙述——除佛罗伦斯以外唯一的第一人陈叙述，依旧在黑暗之屋里挣扎的佛罗伦斯现在可以把那一刻视为母爱的自我牺牲。佛罗伦斯在完成故事的书写/忏悔后终于听到了当时没能知道的"十分重要的事"②。那时她即将被送往伐尔克农场，母亲想告诉她——把佛罗伦斯从马里兰农场送走不是要遗弃她，而是为了救她。母亲知道如果佛罗伦斯留下

---

① 〔美〕托妮·莫里森：《恩惠》，胡允桓译，海口：南海出版公司2013年版，第177页。

② 〔美〕托妮·莫里森：《恩惠》，胡允桓译，海口：南海出版公司2013年版，第9页。

来，她的命运就是不断地被强奸，不断受到性侮辱。对母亲来说看着佛罗伦斯受到如此遭遇比失去女儿更为痛苦。佛罗伦斯的书写——即忏悔——使其最终与母亲达成了和解，也让她在有缺陷的人类施与的小小的慈悲中理解了神的慈悲。

也许把佛罗伦斯看作《恩惠》的作者过度解读了莫里森为其角色所塑造的作者身份的隐喻，但是用这种方式去阅读小说证明了莫里森一直告诉我们的——当作者与读者相遇在其神秘怪诞的（我们斗胆称为）福克纳式的黑暗小说之屋时，无法知道的创伤只能被部分地想象，无法言说的历史也只能发出断断续续的声音。

成千上万人的消失:《去吧,摩西》和《恩惠》中的新兴殖民地白人性研究

〔美〕特里萨·M. 陶纳* 著　白晶 回春 译

《柏油孩子》是托妮·莫里森后殖民主义思想表露最为明显的小说,其根源在于美国白人资本家瓦莱里安·斯特利特(Valerian Street)与非裔美国兄弟会成员森·格林(Son Green)之间的意识形态冲突;它印证了劳特利奇出版社(Routledge)的《后殖民研究选集》(Post-Colonial Studies Reader)编辑所描述"殖民化的物质影响和世界每天发生的巨大变化及其潜在影响"①。莫里森通过她的里程碑式著作《黑暗中的游戏》开创了白人性研究领域,在本书中莫里森指出典型的美国文学常常对"非洲他者"的存在做出回应。② 如果《后殖民研究选集》编辑所说的"移居者/入侵者社会"属于帝国主义范畴,那么我们可以假定,自

---

* 特里萨·M. 陶纳是达拉斯德克萨斯大学文学研究教授,著有《色彩线上的福克纳:后来的小说》、《读福克纳:故事集》(与詹姆斯·B. 卡洛丝合著)以及《威廉·福克纳剑桥导论》和关于非裔美国文学和文化的文章。

① Bill Ashcroft, Gareth Griffiths, and Helen Tiffin, eds., *The Post-Colonial Studies Reader*, London: Routledge, 1995, p. 3; Homi K. Bhabha, *The Location of Culture*, 1994, London: Routledge Classics, 2004. Yogita Goyal, "The Gender of Diaspora in Toni Morrison's *Tar Baby*", *Modern Fiction Studies* 52: 2 (2006), pp. 393–414.

② Richard Dyer, *White*. London: Routledge, 1997. Alfred J. López, "Introduction: Whiteness After Empire", In López, 1–27. Patricia McKee, *Producing American Races: Henry James, William Faulkner, Toni Morrison*, Durham, NC: Duke UP, 1999.

《柏油孩子》这部小说以来，莫里森的整个小说世界就开始讨论处于对抗白人性意识形态过程中的非裔美国人，因为这种意识形态既塑造又否认了他们社会和经济上相互冲突的欲望：《宠儿》直面奴隶制的直接后果；《爵士乐》里提到一个种族混血"白人"男子，名叫戈尔登·格雷，他放弃了属于纯种黑人或白人的生活方式，独自和一名黑人女子生活在一起，这个女人恰如其分地被命名为疯女人（Wild）；《天堂》描写了逃亡黑人定居到俄克拉荷马州的鲁比镇以及小镇外的修道院里一群特立独行的女人的故事；《爱》讲述了一个黑人企业家的遗产问题，他的商业帝国建立在一个以白人男性为主导的商业模式上，没有女性争夺遗产的余地。① 这些小说描述了殖民后期的美国黑人，而她最新的小说《恩惠》与之相反，背景为殖民前期的美国。我写作本文是希望尝试回答为何莫里森要转换她书写的历史进程，从奴隶制转换到美国内战后的重建，到爵士时代，到20世纪40年代、20世纪50年代，再几乎转换到当代。在把《恩惠》与威廉·福克纳的《去吧，摩西》进行比较后，我发现至少一部分答案。福克纳的《去吧，摩西》探讨了奴隶制对白人、黑人和混合族裔个体心理所造成的可怕后果。17世纪的弗吉尼亚和18世纪的密西西比的发展始于那些追求资本主义成功的白人的努力。消逝的世代被殖民进程完全覆盖，伴随着对此消逝世代的回忆，他们的后代苦苦挣扎。在《恩惠》与《去吧，摩西》中，两位作家都勇敢地面对在当前根深蒂固的白人性思想，该思想形成于两个移居者/入侵者的社会开始形成和生根的历史时期，比起白人性思想刚出现之时，这两个社会拥有了更多的相似之处。②

　　接下来本文所要进行的不是影响研究，而是互文性比较，这种比较是基于T. S. 艾略特在《传统与个人才能》中所提供的模式。众所周知，莫里森自己承认过，艾略特所谓"巨大困难与责任"要由有历史意识的

---

① 具体见文末注释1。
② 具体见文末注释2。

非裔美国艺术家承担,她会将自己的声音加入"现有的丰碑"中①:

> 作为一个来自俄亥俄州洛兰的有色女孩,我从来没有要求托尔斯泰为我写作,从没有要求乔伊斯不要说天主教或都柏林的世界。从来没有。而且我不知道为什么我被要求向你解释你的生活。我们有伟大的作家这样做,但我不是其中之一。正是这个普遍的事业完完全全地剥夺了我的意义。福克纳写的是我认为的区域文学,并已在世界各地出版。这是合理且普遍的——因为它是关于一个特定的世界。②

> 如果有人说我写的像乔伊斯,我认为这是一种信任,但冒犯到我了。这与我喜欢乔伊斯无关。我的确喜欢他,但这种比较与我写的内容没有什么关系。我觉得这样的批评是不诚实的,因为它没有按照作品本身的情况深入到作品中。它来自其他地方,发现了作品以外的内容,完全无关于支持作品……这种批评可能读起来觉得很好,实际上是非常好,但这不是关于这本书的。它只是想把这本书放在一个已经确立的文学传统中。评论家太惧怕,或者太无知,无法取得新突破。③

在以上评论和莫里森新近非小说类文学作品集中,莫里森对她职业的坚持表明她整个职业生涯都会与她继承的以往文学有关。像艾略特和福克纳一样,她写出的作品"意义"在很大程度上来自于与艾略特所说"死亡诗人和艺术家"的关系④:

---

① T. S. Eliot, "Tradition and the Individual Talent", *Selected Essays*, New York: Harcourt, Brace and World, 1950, p. 5.
② Thomas LeClair, "The Language Must Not Sweat: A Conversation with Toni Morrison", in Taylor-Guthrie, p. 124.
③ Claudia Tate, "Toni Morrison", in Taylor-Guthrie, pp. 160–161.
④ T. S. Eliot, "Tradition and the Individual Talent", *Selected Essays*, New York: Harcourt, Brace and World, 1950, p. 4.

他要遵循和坚持的必要性，不是一味的；当一件新的艺术作品被创造出来时，会发生与之前所有艺术作品同步出现的事情。现有的不朽之作在他们之间形成理想的秩序，但会被新的（真正新的）艺术作品引入修改……任何赞同这种欧洲形式、英国文学秩序的人，就会发现过去会被现在所改变，就像现在会受到过去的指引一样，这并不荒谬。①

像《最蓝的眼睛》中可鄙的滑头教士这样的人物可能会尊崇欧洲传统，并因此为莫里森所批评，但她也利用这一传统来谴责这样的人物："小艾利休（Elihu）学习了他应该知晓的一切，尤其是关于自我欺骗的艺术……尽管他接触的是西方世界最为杰出的思想家，他却只允许自己吸收最为狭隘的理解。"② 针对志向远大的作家，福克纳本人所提出的建议展示出一个更宽广（也许更粗糙）的文学网："任何想写作的人都必须阅读所有东西，垃圾的，最好的，最糟糕的，都要读，因为他永远不会知道他什么时候会找到他需要和会使用的东西，因为任何作家都是小偷和强盗。他将从任何来源窃取素材，所以他必须也应该阅读所有东西。"③ 为揣摩莫里森和福克纳对新兴殖民地白人性的描述，我转向三个比较领域，这些比较应该能解释一个《恩惠》早期评论者说的，"在残酷生活条件和泛滥种族与性别不平等时期，民族和种族身份的潜在不稳定性——在种族社会建构之前就存在"④。也许这并不足为奇，我们将从研究一只熊开始，接着到通常的书面语言，然后专门针对家族史—家谱

---

① T. S. Eliot, "Tradition and the Individual Talent", *Selected Essays*, New York: Harcourt, Brace and World, 1950, p. 5; 具体见文末注释 3。

② 〔美〕托妮·莫里森：《最蓝的眼睛》，陈苏东，胡允桓译，海口：南海出版公司 2005 年版，第 108 页。

③ James B. Meriwether and Michael Millgate, eds., *Lion in the Garden: Interviews with William Faulkner* 1926–1962, New York: Random House, 1968; Lincoln: U of Nebraska P, 1980, p. 181.

④ Darryl Lorenzo Wellington, "Readers Will Find Familiar Themes in New Morrison Novel", *Crisis* 115: 4 (2008), p. 35.

及其悲剧性的缺失。

福克纳的老班（Old Ben）是一个传说："这只巨大的老熊被捕兽夹伤过一只脚，方圆百里之内无人不知，像个有生命的人一样被正式命名"：

> 有许许多多传说，说它如何经常捣毁谷仓，把储藏的玉米棒子偷走，说它如何把一整只一整只的猪娃、大猪甚至牛犊拖到森林里去吞吃掉，如何捣毁陷阱，掀翻捕兽夹，把猎狗撕咬得血肉模糊，死于非命的；还说猎枪至步枪近距离照直了对它放，也如同小孩从竹筒里吹出来的豌豆，一点也不起作用——这是一连串在小艾克出生前即已开始的破坏与毁灭行动。在这些行动里，这毛茸茸、硕大无比的身形像一台火车头，速度虽然不算快，却是无情地、不可抗拒地、不慌不忙地径自往前推进。①

如同荒野中"拿着犁头和斧子的人们（他们害怕它因为它是荒野）"的入侵而"注定要灭亡"一样，这只熊是"一个从已逝的古老年代里残留下来的顽强不屈、无法征服的时代错误的产物……孤独，顽强，形单影只；没有配偶，没有儿女，也无所谓死亡"。②他无妻无儿女的状态预示了麦卡斯林种植园昔日和不情愿的继承人艾萨克·麦卡斯林（Isaac McCaslin）"已经继承了"熊的传说，并将见证这个"丧失了老妻并比所有的儿子都活得长的老普里阿摩斯（Priam）"的死亡。③福克纳的熊被描绘为无情男子的形象，老熊对具有同样男子气概的摧毁它的企图无

---

① 〔美〕威廉·福克纳：《去吧，摩西》，李文俊译，北京：中央编译出版社2014年版，第241页。
② 〔美〕威廉·福克纳：《去吧，摩西》，李文俊译，北京：中央编译出版社2014年版，第242页。
③ 〔美〕威廉·福克纳：《去吧，摩西》，李文俊译，北京：中央编译出版社2014年版，第242页。

动于衷。跟踪他的猎人是享有特权的白人，其仆人是黑人叔叔阿许（Uncle Ash）、印第安和黑人混血儿山姆·法泽斯（Sam Fathers）、黑白混血儿谭尼的吉姆（Tennie's Jim），以及印第安和白人混血儿"勇敢，忠诚、目光短浅且不可靠"的布恩·霍根贝克（Boon Hogganbeck）。从所有人初次露面来看，艾萨克似乎是将会杀死"老班"的猎人，例如，康普森将军（General Compson）认为"树林里的事他已经比你我（麦卡斯林和将军自己）都知道得多了"①。然而，在一个故意反高潮情景中，布恩用刀攻击老班，不是以猎手的身份，而是出于对猎狗"狮子"的保护，根据印第安的男性等级制度，"山姆是酋长，是君王；布恩是庶民"，"管狗自然是布恩的事"②：

  孩子看见他胳膊和肩部把刀子往里探时那轻微得几乎察觉不出的动作；接着大熊把身子挺直了，把人和狗也一起带了起来，它转了个身，像人那样用后腿朝树林那边走了两三步路。人和狗仍然趴在它的身上，这以后，它才倒了下去。它不是软疲疲地瘫下去的。它是像一棵树似的作为一个整体直挺挺地倒下去的。因此，这三者，人、狗和熊，还似乎从地上反弹起来了一下。③

在小说中，狩猎是学习的主要隐喻说法，这种学习尤其是指对团体和家庭领域的学习。福克纳笔下的那头既像树又像男人的老熊倒下了，落在了一位下层混血儿的手里，老熊被杀仅仅是为了"杂种狗'狮子'"

---

① 〔美〕威廉·福克纳：《去吧，摩西》，李文俊译，北京：中央编译出版社2014年版，第299页。
② 〔美〕威廉·福克纳：《去吧，摩西》，李文俊译，北京：中央编译出版社2014年版，第280页。
③ 〔美〕威廉·福克纳：《去吧，摩西》，李文俊译，北京：中央编译出版社2014年版，第304—305页。

的缘故。① 莫里森的熊为保护她孩子成为一个无情的女人。她进攻两名白人契约仆人斯卡利（Scully）和威拉德（Willard），因为威拉德在树林里悠闲地抽烟。因为恐惧，威拉德藏起来了，斯卡利跳到最近的树上：

> 这不明智。熊本身就会爬树，何况它只消站直身子，就能用嘴咬住他的一只脚。不过，斯卡利虽恐惧但并不怯懦，他决心无论多么绝望都至少要有一番强有力的防卫举动。他抽出刀子，调转身体，瞄都没有瞄一下，就向下方那个敏捷的黑色庞然大物头部一阵乱捅。这一次，绝望是一份礼物。刀刃像根针似的刺中并滑入了熊的眼中。随着一声骇人的咆哮，熊撕抓着树皮，跌坐到地上。即便是一群猎犬围着它吠叫也不会让它更恼怒了。它吼叫着直起身，用掌拍击被卡住的刀刃，直到它跌出来。随后它四掌着地，边晃动肩部，边左右摇头。斯卡利觉得过了好长时间，一头幼熊的呼噜声才引起了它的注意。刀刃损伤了它天生就欠佳的视力，失去平衡的它笨重而迟缓地离开去找它的幼崽了。②

莫里森笔下的熊生活在17世纪末期的一片尚未被人类嚼碎毁坏的荒野。移居者雅各布·伐尔克带走了女奴佛罗伦斯以抵消一个奴隶主的债务，他看到残酷严苛，关乎种族的"维护秩序，镇压骚乱的新法律"③和美洲新大陆自然的荣耀："在一片如此崭新、危险的天地里，呼吸着这般生疏而又充满诱惑的空气，从来都令他生机勃勃。刚一驰出温暖的金色海湾，他便望见了自挪亚时代就未被触碰过的森林，海岸线美得叫

---

① 〔美〕威廉·福克纳：《去吧，摩西》，李文俊译，北京：中央编译出版社2014年版，第239页。
② 〔美〕托妮·莫里森：《恩惠》，胡允桓译，海口：南海出版公司2013年版，第161—162页。
③ 〔美〕托妮·莫里森：《恩惠》，胡允桓译，海口：南海出版公司2013年版，第10页。

人落泪,野果在等待采撷"①。母熊自然地在这个仍然自然的地方生活,嗅烟雾气味,攻击对她幼崽的潜在威胁,当幼崽呼唤时回到它们身边,由于遇到遭受长久虐待的契约劳工,她受伤了。凯西·科维尔·韦格纳(Cathy Covell Waegner)对这部小说中自然与民族"不稳定性与混杂性"的总结,同样适用于福克纳的"移居者/入侵者社会":"这些混血儿发现自己到了社会等级最底端,遭受着剥削和歧视,这些让人紧张不安的干扰者无法适应新世界殖民地正在形成的白人主人/黑人奴隶的分类方式。"②

  几乎所有《恩惠》早期的评论员都注意到这部小说中人物使用的语言是口语和书面语的奇怪混合。《大西洋月刊》(The Atlantic)的评论员出语尖刻:"一位小说家在书写 17 世纪时至少应该避免前后极为不一致,或者用词极为不恰当的语言。回想过去时,奴隶们在想要使用诗意的英语与好莱坞印第安式英语之间摇摆不定……时代错误比比皆是,从新世纪的术语……到战后南部的方言"③。在《危机》(Crisis)中,达里克·惠灵顿(Darryl Wellington)将小说以第一人称叙事部分单独拿出来,认为"如果晦涩的段落充满托妮·莫里森小说所描绘那种反常多样的文字,那么用第一人称就是可爱、抒情的。到目前为止,莫里森的读者们都知道她的抒情与阴暗并存"④。约翰·厄普代克(John Updike)抱怨说,莫里森没有任何提醒就让读者陷入这种第一人称的画面,"这种习惯,也许可以追溯到威廉·福克纳的有害影响"⑤。更有耐心的读者发现,《恩惠》的叙事在佛罗伦斯的叙述视角和其他居民的全知视角之

---

  ① 〔美〕托妮·莫里森:《恩惠》,胡允桓译,海口:南海出版公司 2013 年版,第 12 页。
  ② Cathy Covell Waegner, "Ruthless Epic Footsteps: Shoes, Migrants, and the Settlement of the Americas in Toni Morrison's *A Mercy*." In Nyman, p. 105.
  ③ B. R. Myers, "Mercy!" *Atlantic*, (January/February) 2009, p. 104.
  ④ Darryl Lorenzo Wellington, "Readers Will Find Familiar Themes in New Morrison Novel", *Crisis*, 115: 4 (2008), p. 35.
  ⑤ John Updike, "Dreamy Wilderness", *New Yorker*, 84 (3 November 2008), p. 112.

间切换，佛罗伦斯是雅各布·伐尔克农场一个十六岁的奴隶女孩。① 这两个叙述者都非常注意语言的归属。让厄普代克烦恼的是开头第三句话，这是一个承诺："我在解释"②，而佛罗伦斯最后还在想她"小心谨慎的词句，闭合而又敞开着，它们将自己跟自己交谈。一圈又一圈，从一边到一边，从上到下，从下到上，满屋子地交谈。或者。或者也许不。也许这些词句需要外部世界的空气"③。自荷马以来，叙述者就在想："我应该先说什么？我应该坚持到底的是什么？"④ 莫里森全知视角的叙述者按照伐尔克家庭主要成员到来的顺序叙述他们的事迹，以此回答了这个问题：雅各布，来自英国；莉娜，印第安土著，在莉娜十四岁时雅各布将她买来；丽贝卡，他从英国"邮购"的新娘；悲哀，他出于怜悯收养的野生孤儿；以及威拉德和斯卡利，他雇用的临时契约白人仆人来建造他的豪宅。围绕这位白人"老爷"讲述了这些为满足他财产需要而占有其他人的生活：⑤

  身为一个四处奔波的土地主，他深知在他长期外出期间，土地上满是男劳力并不是什么明智之举。他宁肯用稳定的女劳力而非狡猾的男劳力，这主要基于他自己年轻时的经验。主人经常不在家不失为一种邀约和诱惑——逃跑，强奸或抢劫。不过他用的那两个临时男帮工表现得毫无威胁。在正常的环境中，女人们天生很可靠。如今他仍对此坚信不疑，他相信这个遭母亲抛弃的穿着一双大鞋的

---

① La Vinia Delois Jennings, "*A Mercy*: Toni Morrison Plots the Formation of Racial Slavery in Seventeenth-Century America", *Callaloo*, 32.2 (2009), p. 646.
② 〔美〕托妮·莫里森：《恩惠》，胡允桓译，海口：南海出版公司2013年版，第1页。
③ 〔美〕托妮·莫里森：《恩惠》，胡允桓译，海口：南海出版公司2013年版，第177页。
④ Homer, *The Odyssey*, Trans. by Robert Fitzgerald, New York: Vintage, 1990, IX, pp. 14 – 15.
⑤ 具体见文末注释4。

孩子……①

最后一句话指的是佛罗伦斯，她通过使用钉子在伐尔克尚未竣工的宅邸的房间墙壁和地板上刻字来讲述自己的故事，伐尔克正是在这幢宅邸里患上疟疾而撒手人寰的。莫里森的象征手法不容忽视。佛罗伦斯由一位天主教神父教导学习读书，由她的拥有者交易得来用以抵债，佛罗伦斯准备了一间说话的屋子，用于向她所爱的男人讲述自己的故事，这男人是个铁匠，也在伐尔克的宅子里工作。这铁匠尽管是自由的非洲男人，他也生活在以一名白人男子为中心的世界里，"欧洲人（指伐尔克）"，莉娜说，"是精明的生意人，保证只进不出"："给你打过下手的威拉德和斯卡利，他们从来不在这里过夜，因为他们的主人不允许。你记得他们吧，他们不肯听从你的吩咐，直到老爷出面才行？他能够命令他们，因为他们是老爷用土地租约交换来的"②。在美国拥有独立国地位之前的动荡时期，小说的语言本身以这位渴望得到财产的白人男子为中心，并且语言（无论涉及什么主题都会）返回到他身上。③莉娜给佛罗伦斯讲了一只母鹰的故事，她被一个荒野中旅行的人打落，进入永恒的自由落体。这个人宣称所有的自然美景都是自己的："'完美极了。这是我的。'这个字眼膨胀着，雷鸣般轰隆隆进入山口，掠过一片片锦葵和报春花。动物们纷纷走出洞穴，想知道它的含义。我的。我的。我的。"④ 这个故事，莉娜和佛罗伦斯都认为是无母幼崽的故事，其实代表着小说中欧洲男性对所有权的渴望与为之牺牲的人们之间联系的缩影。⑤

福克纳笔下与佛罗伦斯说话的屋子功用等同的是种植园的小铺，

---

① ［美］托妮·莫里森：《恩惠》，胡允桓译，海口：南海出版公司2013年版，第36页。
② ［美］托妮·莫里森：《恩惠》，胡允桓译，海口：南海出版公司2013年版，第5页。
③ 具体见文末注释5。
④ ［美］托妮·莫里森：《恩惠》，胡允桓译，海口：南海出版公司2013年版，第68页。
⑤ 具体见文末注释6。

里面的老账簿记录着"人间的不正义以及至少是一点点的改善和补偿"①——特别是那些麦卡斯林亲属的奴隶。

(艾萨克)意识到他们没准包含着一部编年史式的记录,一部极其详尽却无疑是非常乏味的记录,这样的材料是从别处得不到的,里面不仅有关于他的亲骨肉的情况而且还有全部亲属的有关情况,不仅有白人也包括黑人,他们和他的白人祖先一样,也是他的长辈……但是要看账簿也得等到有空闲的某一天,那时他上了年纪,说不定也有点感到厌烦了,因为这么多年之后这些老账本里的事早已经是铁定了、结束了、不可改变了、没有危害了。②

十六岁的他发现这些账本远远不是"没有危害了",他们说的故事也远不是"铁定了"或"结束了"。账本中描述了图尔(Turl)的出生,其母为没有嫁人的托梅(Tomey),其父为图尔自己的姥爷,艾萨克试着要弄明白账本中这些条目背后的情绪表述,艾萨克想:"不过这里面总还是有点爱的……即使是他称之为爱的某种东西:总不仅仅是某个下午或晚上使用的痰盂吧"③。在试图想象这种爱情的时候,他想象老卡洛瑟斯(Old Carothers)"在人们出门不是骑马便是坐汽船的日子里,亲自赶了三百多英里路到新奥尔良去买回来那个姑娘的母亲给他做妻子":句子和段落在这里中断了,因为艾萨克当时惊讶地意

---

① 〔美〕威廉·福克纳:《去吧,摩西》,李文俊译,北京:中央编译出版社2014年版,第337页。
② 〔美〕威廉·福克纳:《去吧,摩西》,李文俊译,北京:中央编译出版社2014年版,第340页。
③ 〔美〕威廉·福克纳:《去吧,摩西》,李文俊译,北京:中央编译出版社2014年版,第342页。

识到，老卡罗瑟斯与"他自己的女儿"生了图尔①。② 为了让艾萨克准确想象那奴隶自杀的画面，福克纳在开始叙述账本时写道："那孩子俯身细看那张发黄的纸页时，他似乎看见在那个圣诞节，就在她的女儿和她的情人（**她的第一个情人他想。她的第一个**）的孩子出生前的六个月，她真的走进了冰冷的溪水"③。视线移开，但这些账本遗留的问题依旧还在："那些逐渐褪色但是绝对不会消失的发黄的纸页已经成为他意识的一个组成部分，永远留在那里，就像他本人的诞生是件无可置疑的事实一样"④。

《熊》的第四部分，包含老账本和艾萨克阅读账本的故事，以麦卡斯林未履行的遗赠的三个延伸故事为结尾。第一个也是最著名的是艾萨克放弃麦卡斯林种植园。关于这个场景的批判性文学普遍得出结论：在艾萨克的推理中，他至少是天真的，至多是虚伪的。⑤ 但是现在我想指出，他把与卡斯（Cass）的讨论做成框架，作为一种尝试"解释"，"如果可以的话我尽可能地解释清楚"——换句话说，就是制造一个他放弃控制的主叙事。在这个过程中，他声称南方的黑人"比我们优秀"。⑥ 但是艾萨克不信这个；福克纳表明他在犹豫：

> 仿佛他……没办法讲……这件事对他自己也是如此……（也许这就是他需要逃避的现实与真理）也是异端邪说；因此即使是在逃避，他也是比自己所担心的更多地把自己和那个邪恶而死不悔改的

---

① 〔美〕威廉·福克纳：《去吧，摩西》，李文俊译，北京：中央编译出版社2014年版，第343页。
② 具体见文末注释7。
③ 〔美〕威廉·福克纳：《去吧，摩西》，李文俊译，北京：中央编译出版社2014年版，第344页。
④ 〔美〕威廉·福克纳：《去吧，摩西》，李文俊译，北京：中央编译出版社2014年版，第344页。
⑤ 具体见文末注释8。
⑥ 〔美〕威廉·福克纳：《去吧，摩西》，李文俊译，北京：中央编译出版社2014年版，第368，376页。

老人联系在一起,那个老人能把一个女人召到自己鳏夫的屋子里来,因为她是自己的财产,因为她已经够大了而且是个女的,他让她怀了孕又把她遣走,因为她属于劣等种族……反正到那时他也已经死去,不用自己付钱了。①

第二份未履行的遗赠属于他的舅舅休伯特·布钱普(Hubert Beauchamp):"一件实物,搁在手里有分量,用眼睛看得见,甚至是听得见:一只放满金币的银杯,用粗麻布包好,用他教父的戒指在热的火漆上打了封印"②。在福克纳的文本中用大写字母 L 识别,这个遗赠随着时间的推移而消失,因为休伯特借用它,并用无价值的 IOUs 取代 L,这告诉我们,如果不是艾萨克,家族母系那个家伙(指舅舅休伯特)的欺骗就在慢慢消失在荒野中,"这荒野是注定要灭亡的,其边缘正一小口一小口地不断被人们用犁头和斧子蚕食"③。福克纳从这些具有强烈讽刺意味的遗产,转向了艾萨克的故事,他怎样从"如今是个鳏夫,半个县的人都叫他大叔,但他连个儿子都没有"成为"人夫但不是人父,不是鳏夫但却可算是没有妻子"。④ 他的妻子拼命地想留在麦卡斯林种植园生活,并为此与他结婚。她尝试使用性敲诈勒索的故事在第四部分结尾:"在他们新婚之夜她哭过来着,因此他起先以为她现在又哭了……那声音来自枕头与高声哄笑之间的某处:'也就到此为止了。我这方面就只能做到这地步了。如果这次不能使你得到你说起的那个儿子,那么你的儿子也不会是我生的了。'她侧身躺着,背朝那间租来的空荡荡的房间,

---

① 〔美〕威廉·福克纳:《去吧,摩西》,李文俊译,北京:中央编译出版社 2014 年版,第 376 页。
② 〔美〕威廉·福克纳:《去吧,摩西》,李文俊译,北京:中央编译出版社 2014 年版,第 385 页。
③ 〔美〕威廉·福克纳:《去吧,摩西》,李文俊译,北京:中央编译出版社 2014 年版,第 242 页。
④ 〔美〕威廉·福克纳:《去吧,摩西》,李文俊译,北京:中央编译出版社 2014 年版,第 11、358 页。

笑啊，笑啊"①。艾萨克在《三角洲之秋》（Delta Autumn）中拒绝接纳自己的女性亲属的身份，这向我们表明他确实"活在世上太久，忘记的事情太多"，以至于"对［他］了解过、感觉过甚至是听说过的关于爱情的事儿一点点都记不起来了"②，这种拒绝反映了第三份未曾履行的遗赠所产生的影响；而他对于种族混合的恐惧眼光解释了他在20世纪时与那个出生在18世纪的始作俑者的血缘关系，"他的直系男性后代，"卡斯指出，"他看到了机会，抓住了机会，买下了地，拿到了地，反正不管怎么样得到了地……把它变成一样可以流传给儿孙的东西"③。甚至他的笔迹也标志着他是老卡洛瑟斯的再现："现在是他自己的笔迹了，奇怪得很，他的笔迹既不像他父亲的，也不像他叔叔的，甚至也不像麦卡斯林的，倒是与他祖父的极为相似，只是拼法并不一样"④。

《去吧，摩西》和《恩惠》记录了家庭的解体；在两部小说的背后都有在白人性意识形成过程中家谱被打破和被分散的现象。⑤ 当艾萨克"在一秒钟的时间里接触到了年轻人半滑、细嫩的肉，在这里，顽强、古老的血液跑了一大圈之后又回到了老家"⑥，就在塞缪尔·沃森姆·布钱普（Samuel Worsham Beauchamp）的骨灰被装进一个盒子里运回家乡，他的祖母莫利（Mollie）要求在报纸上刊发消息（并"全登出来"）时，福克纳的小说停下了叙述以纪念几代人的逝去。麦卡斯琳-布钱普（McCaslin-Beauchamp）的故事线从一个被摧毁的女儿开始消失。家族的埃

---

① ［美］威廉·福克纳：《去吧，摩西》，李文俊译，北京：中央编译出版社2014年版，第403页。
② ［美］威廉·福克纳：《去吧，摩西》，李文俊译，北京：中央编译出版社2014年版，第462页。
③ ［美］威廉·福克纳：《去吧，摩西》，李文俊译，北京：中央编译出版社2014年版，第324页。
④ ［美］威廉·福克纳：《去吧，摩西》，李文俊译，北京：中央编译出版社2014年版，第347页。
⑤ 具体见文末注释9。
⑥ ［美］威廉·福克纳：《去吧，摩西》，李文俊译，北京：中央编译出版社2014年版，第460页。

德蒙兹（Edmonds）分支由洛斯（Roth）的混血儿子延续，但是通过那些当代的段落来看，是没有几代人会出现——具体来说，应该不是到老卡洛瑟斯和尤妮丝（Eunice）的孩子，而是到尤妮丝和她丈夫图西底德（Thucydus）所生的孩子。她的名字——希腊语中"胜利"的意思——却与她的命运相矛盾。她的丈夫引发了一场战争，这场战争使一个年轻的国家在争夺南方霸主地位的战斗中分裂，产生"黑暗、腐朽与血腥的时代，三种不同的人不仅想调整好与另两种人的关系，也想调整好与新土地的关系"①。更加邪恶的是，希特勒的阴影出现在《三角洲之秋》中，暗示了这个世纪最可怕的白人性意识形态运动。② 在历史范围的另一端，莫里森小说探索了新世界所持的意识形态，儿童，特别是女童的地位和相对价值，最多是骰子。例如，小说开始时，佛罗伦斯在寻找铁匠的路上，回忆她是怎样来到伐尔克农场的："老爷说，用那女人和那女孩顶替，但不要那小男孩，债务就此了结。悯哈妹（minha mãe）求他别这样做。她的小男孩还在吃奶。带走女孩吧，她说，我女儿，她说。就是我。我。"③ 雅各布得到了他的仆人悲哀，当时"他在某河岸发现一个脸色阴沉、头发鬈曲的半死不活的女孩，一名锯木工请求他把她带走"④；"老爷把莉娜从长老会那里买回来时，她已经是个十四岁的高个子姑娘了"⑤；丽贝卡"可以指望的只能是做佣仆、娼妓和妻子，虽说关于这几种生涯都有种种可怕的传闻，但最后一条路似乎最为安全"⑥；女儿简，从相信她是魔鬼的人手中救出了佛罗伦斯；被她母亲打得浑身

---

① 〔美〕威廉·福克纳：《去吧，摩西》，李文俊译，北京：中央编译出版社2014年版，第369—370页。
② 〔美〕威廉·福克纳：《去吧，摩西》，李文俊译，北京：中央编译出版社2014年版，第429页。
③ 〔美〕托妮·莫里森：《恩惠》，胡允桓译，海口：南海出版公司2013年版，第5—6页。
④ 〔美〕托妮·莫里森：《恩惠》，胡允桓译，海口：南海出版公司2013年版，第35页。
⑤ 〔美〕托妮·莫里森：《恩惠》，胡允桓译，海口：南海出版公司2013年版，第56页。
⑥ 〔美〕托妮·莫里森：《恩惠》，胡允桓译，海口：南海出版公司2013年版，第85页。

血迹;① 这本书中的所有女性"在一件事上却完全一致:关于男人的承诺和威胁"②。雅各布死后,他的妻子也生病了,这时莉娜意识到,"三个无主的女人和一个婴儿远在这里,不属于任何人,因而会成为任何人都可以猎取的野物……身为不合法的女性劳工,如果在太太死后留下不走,她们就会成为非法闯入、擅自占有财产者,注定要被购买、租用、殴打、劫持、放逐"③。如果"接手庄园需要位贤内助"④,那么庄园工作的继续就需要越来越脆弱的妇女们,她们依次生下女儿。⑤ 讽刺比比皆是:悲哀有一个女儿,她自己改名为"完整"(Complete),即使小孩长大也会成为奴隶;丽贝卡的女儿,名叫帕特丽仙(Patrician),在她可以成为女人或长辈之前就死了。佛罗伦斯和铁匠之间有激烈的爱情却没有孩子;我们都不知道她的弟弟是否长大,更别说有没有孩子了;伐尔克的孩子无论男女都死了。佛罗伦斯的谈话室依然安静,是一封给她文盲情人的秘密信。有趣的是,佛罗伦斯在灯光下写下两个背叛,导致威拉德和斯卡利认为,雅各布·伐尔克的灵魂来到了他的大房子。⑥ 这两个契约帮佣看见的灵魂将他们(的心)紧紧抓住,实际上那灵魂是个心碎的女孩,她"将保留一件伤心事。那就是一直以来我都没法知道我妈妈在对我说什么",因为母亲把她给了陌生人。⑦ 悲哀的母亲讲出了小说的最后一段文字,这段话解释了她将佛罗伦斯给了一个男人,那男人把她"看成一个人的孩子,而不是八枚西班牙硬币",这正是小说题目中

---

① 〔美〕托妮·莫里森:《恩惠》,胡允桓译,海口:南海出版公司2013年版,第121页。
② 〔美〕托妮·莫里森:《恩惠》,胡允桓译,海口:南海出版公司2013年版,第109页。
③ 〔美〕托妮·莫里森:《恩惠》,胡允桓译,海口:南海出版公司2013年版,第77页。
④ 〔美〕托妮·莫里森:《恩惠》,胡允桓译,海口:南海出版公司2013年版,第21页。
⑤ 具体见文末注释10。
⑥ 〔美〕托妮·莫里森:《恩惠》,胡允桓译,海口:南海出版公司2013年版,第157—158页。
⑦ 〔美〕托妮·莫里森:《恩惠》,胡允桓译,海口:南海出版公司2013年版,第177页。

所说的"恩惠"。① 作为运奴途中的幸存者，奴隶调教师摧残人性的对待以及原来的葡萄牙主人奥尔特加（Ortega）手下的幸存者，佛罗伦斯的母亲仅仅要求她的女儿"听听你妈妈的话吧"②。一位来自以往世代的母亲对着《去吧，摩西》中父母缺失的儿童，也对着这部小说的读者，讲出了让人难以忘怀的话语。

注　释

1. 特里姆（Trimm）综合了弗朗茨·法农（Frantz Fanon）和理查德·戴尔（Richard Dyer）关于这个大众话题的思考，得出结论："种族身份认同被无限延期，这种认同是一种向他人传递的诉求，用以在此基础上树立自我感知。正是这种延迟导致了不断受困于过往事件爆发的种族现状。这造成了身份认同的时间性不稳定问题。"肯尼迪（Kennedy）对于莫里森小说的观点与此几乎完全一致：

　　融合了资本家的贪婪，鲁比镇的种族政治与剥削因素的破坏力一样，这种剥削因素奴役了保罗·D.（Paul D.）和塞丝（Sethe），剥夺了美国东南部（土著）切罗基族人（Cherokee）的土地。《天堂》措辞严厉地批判了鲁比镇的文化变迁，鲁比家族采纳了与那些奴役他们祖先的殖民者和开拓者所施行的方法去施行种族隔离和土地剥削。

2. 莫里森在《恩惠》中记录了自己的写作计划从"奴隶制中分离出种族来查看奴隶制的过去，它本该有的样子，身为奴隶却未被奴役；你的地位是被奴役，但却没有种族低劣说法的实际应用。"正如詹宁斯（Jennings）解释的那样："在这部小说的情节中，莫里森改变了对历史的理解，即奴隶制和种族主义的耦合并不一直都是美国建国时殖民社会所固有意识形态，而是存在着'人为建造的，根深蒂固

---

① 〔美〕托妮·莫里森：《恩惠》，胡允桓译，海口：南海出版公司2013年版，第184页。
② 〔美〕托妮·莫里森：《恩惠》，胡允桓译，海口：南海出版公司2013年版，第184页。

的，制度化的，合法化的'逐步发展"。当我们把美国内战前早期的密西西比看做移居者/入侵者的社会，这些观察用于福克纳的小说也同样是真实的。

3. 在这方面，杜瓦尔（Duvall）对莫里森和福克纳特定的评论有助于让艾略特言论的当代相关性更形象。争论福克纳是一个"黑人"作家，就像争论克林顿总统是一个"黑人"总统一样，杜瓦尔说："福克纳的黑人观……相反，产生于他所想象出的一个以白人男性化呈现为特点的奇怪地域，这种呈现最终从南方的奴隶观念中分离出黑人性。"《南方小说中的种族和白人身份认同》（*Race and White Identity in Southern Fiction*）的副标题也许本该是"从托妮·莫里森到威廉·福克纳"，以便"提出其他建议——将对莫里森的评论放在福克纳身上，这使得我们有可能去阅读，可以说是一封莫里森写给福克纳的从未寄出的信函，一封概述约克纳帕塔法县的创造者如何，以及在多大程度上……不仅仅只是在黑暗中游戏，正如莫里森所经历的一样，而且也把黑暗当儿戏。"

4. 詹宁斯指出，伐尔克对美洲土著人的立场是虚伪的："他承认，在'这一切都属于谁'的事情上，这些土著人拥有优先权，但是他赞同欧洲人立标确定地产拥有者"。韦格纳对于能使伐尔克建造豪宅的投资也提出类似的观点："为了收集物资，雅各布做出决定，投资建立在奴隶劳动经济之上的巴巴多斯（Barbados）朗姆酒和糖类种植园。"

5. 韦格纳解释了从伐尔克这样努力中消失的历史和法律语言："莫里森强调……随后［到培根起义时］殖民地政治和经济领导人适时的'分裂和统治'策略伴随着可怕的司法成果：新的法律针对非洲人，致力于将奴隶制牢固地与黑人社会联系起来"。

6. 詹宁斯指出，莫里森对"底层欧洲人经历的殖民地服务类型的历史见解揭示了他们的奴役与非洲人奴役的相似之处"。

7. 戈登（Godden）和波尔克（Polk）认为读这个分类账是有问题的。戴维斯（Davis）提供了一个细微差别进行反驳说明：

白人父亲和黑人女儿的乱伦和性支配扮演着针对奴工经济及其经济遗产，和土地租赁权的界定比喻的角色，放大了权利的系统性失衡中的种族和种族差异。特别是，它表明在这种历史和经济条件下的白人性不受任何限制其欲望的企图的影响。

8. 正如戴维斯所解释的那样，

反对奴役白人和黑人的法律规范和种族法典的道德立场，如果使之充分发挥作用，艾萨克必须如同灵歌中的摩西，采取行动并引领其余白人跟随更高权柄，反抗不公义的所有权法和财产法律。弃绝法老的权柄却留下以色列人为奴的做法并不足够。对于艾克和他这代人来说，尽管他们在狩猎游戏中践行了兄弟情义和地位平等，但是伴随处理棘手财产难题及其对白人或黑人个体造成的问题影响的行动却没有得到改善。

9. 在她对凯博（Cable）、吐温（Twain）和福克纳种族和国家的重要研究中，拉德（Ladd）总结了福克纳的想法："与在美国语境下的历史和文化上切实可行的叙述能力相比，作者较少关注对文本中的家谱进行管理。"艾萨克做不到这些；他既不能撰写自己的生活也不能创造其他人的生活。

10. 见韦格纳对岌岌可危妇女的讨论。

挑战《押沙龙，押沙龙!》和《所罗门之歌》中的南方例外主义文化逻辑

〔美〕泰德·阿肯森* 著 康 毅 译

自威廉·福克纳的《押沙龙，押沙龙!》于1936年出版以来，历史学家所称的"第二次新政"迎来了田纳西河流域管理局和一系列佃农和外来务工人员救济方案。1938年罗斯福政府宣布南方为国家首要经济问题，该年末，为促进南方现代化、改善南方经济而出台的配套措施要么已经就位，要么已经在准备阶段。尽管历史学家就这些措施之效力仍有存虑，但是他们普遍认为这些措施为大大缩小该地区与国内其他地区的物质差距奠定了基础。到1977年托妮·莫里森的《所罗门之歌》(*Song of Solomon*)出版时，尽管大城市和农村地区的经济发展并不均衡，但是该过程已经基本完成了。考虑到社会、经济以及地形上的转变，专家对地区进行了重新划分。如今，新划出的阳光地带令南方成为全国头号经济引擎的一部分。反过来，区域独特性受到了威胁，引发了约翰·埃杰顿（John Egerton）说的"迪克西（美国东南部各州的非正式统称）美国化"或者"美国南方化"的忧虑。

国防工业——军事—工业联合体在现代化和全球化的这段时期有了

---

* 泰迪·阿肯森，密西西比州立大学助理教授，著有《福克纳与大萧条》(*Faulkner and Depression*)。

里程碑式的发展，但也因爱德华 L. 埃尔斯（Edward L. Ayers）直言的那个现象而处于高度警戒状态："因为只要人们相信南方还存在，他们就会认为南方正在消亡。"在美国文化中，为传统南方地区主义辩护的形式多样：唐纳德·戴维森（Donald Davidson）的"乡土理想"认为南方文化意识在本质上是和谐的；20 世纪 30 年代南方重农派表明了立场；学者们对战后美国学术界就南方文学和南方历史的研究之热情堪比《退伍军人权利法案》之慷慨；《飘》促生了一个注定失败的神话，该神话的两个化身都极具影响力，甚至在民权运动期间及之后依旧坚不可摧；黑人艺术运动倡导从区域的负面影响转向庆祝城市贫民区成为新的文化影响中心，而美国黑人艺术家们却提出"转向南方"或者回"老家"以表示违抗。这些以及其他例子证明，南方例外主义的文化逻辑认同南方与其他地区有本质上的不同，回应了社会及经济力量的整合会对地方或区域认同构成威胁之说。

福克纳的《押沙龙，押沙龙!》及莫里森的《所罗门之歌》如实记录了南方在这段时期的巨大变革，也为其引起的区域现状作了强有力的辩护，但是与此同时，他们也深深地卷入了文化政治的漩涡之中。一些评论者将这些小说看作南方例外主义文化逻辑的代言者——这就是为什么它们经常作为论述"本质的"南方性被引用，也解释了最近的评论文章对此不加怀疑的引用行为。将本质主义作为堡垒以防卫传统的区域认同模型，或用本质主义去揭露策略的缺陷会面临一定的风险。南方例外主义文化逻辑依赖于某种二元对立，而这些文本通过解构该二元对立挑战了该文化逻辑。上文所说的风险指的是在诠释文本时把文本分成独立的几个部分会削弱这些文本的重要性。尽管在福克纳与莫里森的文本中，源自作者背景差异、创造性想象以及文化资源的解构有其独特作用，但是就地区、国家及国际参考标准对二者进行比较分析能让我们更透彻地理解这些作品是如何反思南方研究和美国研究中的传统地域主义的。

就南方例外主义作学术研究时,很容易就能看到文章引用福克纳的《押沙龙,押沙龙!》及其最经典的人物之一,昆丁·康普生。从事南方例外主义研究的学者经常为了阐述或者证明这个概念而把昆丁作为一个例证——虽然在某些情况下注定要失败。有时候这个引用没有那么明显,例如 C. 范恩·伍德沃德(C. Vann Woodward)于 1958 年发表了一篇极具影响力的文章《寻找南方身份》("The Search of Southern Identity"),其中,在伍德沃德描写一个面临区域划分困境的典型南方人时,可以看到昆丁的身影潜伏在字里行间:"只要他还留在家里,人人都了解他,那就不成问题。但是如果他冒险去往陌生人之间,尤其是北上,有多少次他要忍住不说明显的方言"①。在其他情况下,昆丁可以说很明显地被作为辩护的主要证人。例如,想想弗莱德·霍布森(Fred Hobson)为延伸到那些熟悉的后现代特征领域所作的努力。后现代主义把"南方"和"南方文学"具体为独立的存在。在《后现代世界中的南方作家》(*The Southern Writer in the Postmodern World*)中,霍布森援引昆丁为例,说明当代南方文学中依旧存在南方文艺复兴文学的典型特征——"失败与挫折的传统"和"悲剧感",即使不是特别明显。② 为证明内战前的南方例外主义,历史学家詹姆斯·麦克弗森(James McPherson)对此概念提出了一个惯用定义,并且在阐述时援引了昆丁·康普生为例。用小说人物去支撑南方确实存在特殊性虽然相当奇怪,但是自南方文学和南方历史作为学术体系建立以来,这个做法不仅被坚持了下来,而且被广为使用。迈克尔·克雷林(Michael Kreyling)敏锐地观察到,福克纳让在昆丁的自杀中"幸存下来的人作为我们在南方研究中核心论争的分裂人格模型",其对于"逃亡者—重农派的兄弟情谊"尤其有用,因为他们

---

① C. Vann Woodward, "The Search for Southern Identity", in *The Burden of Southern History*, Baton Rouge: Louisiana State UP, 1968, p. 3.

② Fred Hobson, *The Southern Writers in the Postmodern World*, Athens: U of Georgia P, 1991, p. 2.

"通过划分前/后,新—/后—,复兴/其他,决定了未来[二十]世纪大部分时间的潮流"。① 乔·史密斯(Jon Smith)主张此种用法导致"昆丁·康普生成为公认的南方精神的代言人"②。

既然南方文学和南方历史已经转变为南方研究,并且进一步成为"新南方研究",致使南方例外主义受到密切关注,那么作为辩护的主要证人,昆丁自然面临着十分严格的盘问。迈克尔·奥布莱恩(Michael O'Brien)极端地主张昆丁·康普生已经没有什么用了,而且昆丁和昆丁的文字"应该被封到水泥里,沉到汤比格比河里"。很明显,平整的铁块和查尔斯河不足以当此任。克雷林在某些方面同意奥布莱恩的观点,但是克雷林采用了更为温和的表达,他支持奥布莱恩对昆丁的厌倦,但是保留"用昆丁去反驳他自己"的权力。相应的,克雷林创造了"昆丁命题"一词以解释该人物对塑造南方身份的影响,这个身份植根于悲剧情感,甚至可能植根于一种更为悲剧的本质主义——或者,如克雷林所说的,一种"'昆丁质主义的'种族与历史经验",这种经验植根于本土主义,并且通常默认白人性是南方性的固有属性。③ 史密斯(Smith)在批判南方研究中的整体概念和陈腐的批评方式时对"昆丁质主义"的援引表明克雷林的评判是站得住脚的。马丁·伯恩(Martyn Bone)如法炮制,改写了克雷林的术语,认为"昆丁质主义的谬误"是南方例外主义之错误逻辑的核心。

这些对昆丁·康普生的援引和批判显示了他与南方例外主义文化逻辑之关系是错综复杂的,且经常被归结为本质主义。当推崇昆丁为此意识形态最杰出之代表时,评论家们总是指向某个时刻,即他的室友施里夫·麦坎农(Shreve McCannon)质问昆丁过度迷恋过去,那个过去显然

---

① Michael Kreyling, *Inventing Southern Literature*, Jackson: UP of Mississippi, 1998, p. 6.
② Jon Smith, "Postcolonial, Black and Nobody's Margin: The U. S. South and New World Studies", *American Literary History* 16. 1, *Project Muse*, Web. 12 Oct. 2010, p. 99.
③ 〔美〕托妮·莫里森:《恩惠》,胡允桓译,海口:南海出版公司2013年版,第110页。

是美国南方所独有的——施里夫所说的"那些事是我们那儿的人没有碰到过的"。"我们不是生活在被挫败的老爷爷们与解放了的黑奴当中,"施里夫继续说道,"……也没有餐厅桌子上嵌进了子弹诸如此类的事,一直提醒我们永远也不要忘记"。① 接着,纠正施里夫弄混的皮克特发起冲锋的地点之后,昆丁说了一句话,很多评论家在定义南方时都会引用这句话去维护或者怀疑本质主义:"你不会理解的。你得在那儿出生才行"②。伯恩认为在这番话中,"昆丁不仅缓和了他作为一个密西西比人却住在马萨诸塞州的错位,而且通过援引(他自己的)本土知识消除了这位非南方友人对理解之合理性的主张"③。事实上,昆丁确实感到必须对施里夫的说法进行反驳,但是他以本土知识去表明立场时并没有言之凿凿,而是闪烁其词。毕竟,在此次交谈中还有其他内容未在文本证据中被引用,这些证据本为定义"昆丁质主义",却更说明了昆丁的观点。值得注意的是,是施里夫先用了本质主义逻辑,而不是昆丁。这说明施里夫生来就是一个局外人:"很可能我怎么也不会愿意从南方出来,假若我能待在那里的话"④。为了回应昆丁那句著名的话,施里夫问道,"那你理解吗?"接着:"'我不知道,'昆丁说。'是的,我当然是理解的。'他们在黑暗里出气吸气。过了一会儿昆丁说:'我也不知道'"⑤。如果昆丁支持南方例外主义,如果他的辩论建立在本地人生来就理解和外地人不会理解的二元论之上,那么他接下去的含糊其词则削弱了他的论点。我同意伯恩所说的昆丁对施里夫的回应表现了南方例外主义的局

---

① 〔美〕威廉·福克纳:《押沙龙,押沙龙!》,李文俊译,上海:上海译文出版社2010年版,第324页。
② 〔美〕威廉·福克纳:《押沙龙,押沙龙!》,李文俊译,上海:上海译文出版社2010年版,第325页。
③ Martyn Bone, "The transnational Turn, Houston Baker's New Southern Studies, and Patrick Neate's *Twelve Bar Blues*", *Comparative American Studies*, 3.2, 2005, p.192.
④ 〔美〕威廉·福克纳:《押沙龙,押沙龙!》,李文俊译,上海:上海译文出版社2010年版,第324页。
⑤ 〔美〕威廉·福克纳:《押沙龙,押沙龙!》,李文俊译,上海:上海译文出版社2010年版,第325页。

限，但是我认为原因在于昆丁对本质主义的不确定而不是昆丁质主义谬误的拙劣表达。

昆丁的本质主义受到的另一个苛评是，其把合法参与者限定为本地（白）人，由此否认了对南方不同的观点。"根据昆丁的规则，"克雷林写道，"只有南方人可以和南方人质询，因此不可能存在逻辑辩证。"①同样地，伯恩认为支持南方例外主义的昆丁质主义谬误导致了某个局限，即其"排除了除南方以外的其他国内或国际的辩证视角"②。但是我们必须要注意，在传统南方研究或新南方研究中，《押沙龙，押沙龙!》和为了说明南方例外主义的优点和危害而从小说中提取的或者援引的——也就是昆丁——是不同的概念。正如克雷林接下去说的，施里夫没有接受知识与生俱来的说法，而是对昆丁咄咄相逼，"指责他室友不过是一套专横的（南方）社会制度为了维持自身的运转而创造出来的'假象'"。③尽管把昆丁·康普生从《押沙龙，押沙龙!》中拿出来单独使用时，会觉得他有预先排除逻辑辩证的嫌疑，但是小说中的昆丁却因其室友而体验到那些辩证对立的观点也能有所收获。而我想补充的是，这个逻辑辩证的开展使得南方以外的其他国内或国际视角成为可能，而不是对其进行限制。

尽管昆丁和施里夫出身不同，小说也确实强调了两者的区别，但是他们的合作叙事，正如很多评论家观察到的，模糊了划分个人与集体身份的界限和历史意识的时间性。通过他们共同创造的叙事力量，昆丁和施里夫几乎在某些时刻与亨利（Henry）、查尔斯（Charles）融为一体，而于他们来说，托马斯·萨德本家族故事中的这两位人物也是最有认同

---

① 〔美〕威廉·福克纳：《押沙龙，押沙龙!》，李文俊译，上海：上海译文出版社2010年版，第6页。
② 〔美〕威廉·福克纳：《押沙龙，押沙龙!》，李文俊译，上海：上海译文出版社2010年版，第192页。
③ 〔美〕威廉·福克纳：《押沙龙，押沙龙!》，李文俊译，上海：上海译文出版社2010年版，第6页。

感的。他们的合作中也包含了非常强烈的空间和身体转变——例如重新审视传统意义上的地区和国家边界和从属关系，提出新的可能。在共同叙述的某个间歇插入了叙事者的描述：

> 他们两人都不动除了呼气吸气，两个人都很年轻，都在同一年出生：一个在阿尔伯达，另一个在密西西比；出生地远隔半个大陆然而联系、连接在一起，按照一种模式，通过一种地理上的圣餐变体，依靠那个大陆水槽，那条大河，这河不仅流经物质上的土地对于这片土地它是地理上的一根脐带，不仅流经它流域内人们的精神生命，而且它嘲弄纬度与温度因为它本身就是环境，虽然人们中的某些个，如施里夫，从来没有见到过它——①

这个"地理上的圣餐变体"以及河流的意象是对用坐标和气候去划定和维持边界的嘲笑，展现了从故事中的广阔地域到"连逗号、顿号或是段落都不用"的叙事形式的解域化。②

这个解域化对进一步理解小说对南方例外主义的质疑来说十分重要——这个结构主要因施里夫的积极参与而推动，例如他坚持让昆丁"你等等。现在该让咱唱上一段了"③。正如克雷林所说，此处施里夫英勇地揭露了南方与南方身份是想象的概念而不是天然存在的。④ 这些概念并不扎根于土壤，而是生长于"早年间故事和流言的陈芝麻烂谷子里"⑤。

---

① 〔美〕威廉·福克纳：《押沙龙，押沙龙！》，李文俊译，上海：上海译文出版社 2010 年版，第 233 页。
② 〔美〕威廉·福克纳：《押沙龙，押沙龙！》，李文俊译，上海：上海译文出版社 2010 年版，第 253 页。
③ 〔美〕威廉·福克纳：《押沙龙，押沙龙！》，李文俊译，上海：上海译文出版社 2010 年版，第 252 页。
④ Michael Kreyling, *Inventing Southern Literature*, Jackson: UP of Mississippi, 1998, p. 6.
⑤ 〔美〕威廉·福克纳：《押沙龙，押沙龙！》，李文俊译，上海：上海译文出版社 2010 年版，第 273 页。

通常认为施里夫开始叙述后,重点便在昆丁的创伤经历。然而,根据他们"脐带般的"联系,如果我们把关注点从对昆丁的挫败转移到施里夫被激起的兴趣——不仅仅因为施里夫是一个,伯恩所说的,"认为南方不管是在美国还是在北美洲都是一个奇异的所在而寻求刺激的偷窥者",我们或许能获益颇多。① 尽管施里夫确实醉心于这种偷窥行为,但是同时他也使视南方为他者的一种二元逻辑复杂化。施里夫在讲述自己想象查尔斯·邦与其律师的对话时,他觉得邦会镇定自若地去密西西比州牛津市上学。于邦而言,"一个地方与另一个都没有什么不同就像对一只猫一样——十里洋场的新奥尔良或是田园式的密西西比"②。值得注意的是,施里夫在地区内运用了农村—都市的并置,由此强调了一种多样性,而这种多样性是把南方农村视为北方都市之对立的正统南方例外主义不会认可的。

施里夫在叙事中的积极参与及其引起的解构欲望可以从他所说的话中看出,也可以从他没有说的话中推测出来。以萨德本在西印度群岛的旅居为例,在萨德本家族故事中的淡淡几笔如今成为学术界讨论的焦点所在。随着美国研究和南方研究的跨国转向——具体来讲,后殖民主义理论推动了新世界研究与南方研究的交叉研究——南方研究进入了一个新的阶段,学者们希望摆脱剑桥宿舍冷冰冰的束缚,探索《押沙龙,押沙龙!》里的海地转向对游离于北半球殖民者和南半球被殖民者之间的美国南方进行重新定位时起到的重要作用。萨德本去西印度群岛的具体时间引起了争议,争议的焦点在于年代误植——在故事中,萨德本是19世纪20年代去的,但是又有多处描写到他镇压当时并不可能发生的奴隶叛乱,因为在1804年的海地抗争中已经废除了奴隶和法国殖民统治。

---

① Martyn Bone, "The Transnational Turn, Houston Baker's New Southern Studies, and Patrick Neate's Twelve Bar Blues", *Comparative American Studies*, 3.2 (2005), p.191.

② 〔美〕威廉·福克纳:《押沙龙,押沙龙!》,李文俊译,上海:上海译文出版社2010年版,第283页。

霍顿斯·斯皮勒斯（Hortense Spillers）把这个错误视为进一步证明美国否认参与大西洋奴隶贸易的证据。理查德·戈登（Richard Godden）认为这是福克纳有意为之，海地象征了实行与拒绝奴隶制之间永恒的矛盾。约翰·T. 马修斯（John T. Matthews）则认为那些反叛者从来没有被描述为奴隶，所以其中根本不存在错误。

  各种诠释多多益善。我认为，在昆丁叙述了年代错误或者至少是年代未明的那段故事后，施里夫的沉默是相当反常的。施里夫之前曾反复强调昆丁弄错了西弗吉尼亚获得独立的时间，那么他为什么对这个与如此重大的历史事件相关的可疑细节问都不问呢？也许那个"地理上的圣餐变体"，那个将施里夫的加拿大阿尔伯特和昆丁的美国密西西比联系起来的"脐带般的"联结可以给我们提供一些解释。毕竟这些生动的表达确实明确地展示出其与历史之间的联系：1803 年的路易斯安那购地不仅包括了未来的美国各州，也包括了后来成为施里夫出生省份的广阔地带。保罗·拉茜斯（Paul Lachance）写到海地抗争对路易斯安那的影响时，提到如果拿破仑能平息这场叛乱并且维持奴隶制度，他肯定不会同意路易斯安那购地案。言下之意就是，从历史的角度来看，诞生于此购买案的未来美国各州以及那个加拿大省是受了海地之惠。昆丁叙事的模棱两可让施里夫至少在合作叙事的限制下，象征性地抹去了这笔情债，在与南方有过多牵涉前切断了这脐带般的联结，推迟了他在小说结尾预言的不可避免的种族融合。如此一来，这个跨国的北美洲的想象把这个未来的偷窥者牵涉进来，而不是容许他保持一个安全的距离，远远地看着奇异的南方，好像看着他完全不熟悉的某样东西。也许，于施里夫而言，他在萨德本家族故事中看到的再熟悉不过了，尤其近来的历史事件又使得其祖国的理想化形象更加复杂。这些历史事件记录了奴隶在著名的"逃往加拿大"之后实际上遭遇的种族隔离、加拿大在美国对海地以及加勒比某地施行的帝国主义中扮演的相当沉默的合伙人角色以及阿尔伯达历史上和现今为供应美国石油进口大亨（恩氏和芬顿［Engler and

Fenton];温柯斯[Winks];卡斯柯[Chastko])而开采油砂导致的对劳动力的剥削和对环境的破坏。为了反驳南方例外主义的指控,马尔科姆·艾克斯(Malcolm X.)宣称:"加拿大边境以南密西西比无处不在"①。虽然受到"昆丁质主义"的影响,但是,昆丁和施里夫的辩证交流中对"密西西比"超越北纬49度边界的创意性设想使得《押沙龙,押沙龙!》给出了自己的反驳。

尽管在南方研究的语境下,昆丁·康普生在南方例外主义的讨论中极为关键,但是在托妮·莫里森的《所罗门之歌》等美国非洲裔文学批评中"转向南方"的语境下,他同样扮演了极为重要的角色。这种文化现象在南方作家的自传性文本中十分明显,例如1970年艾丽丝·沃克(Alice Walker)的《黑人作家和南方经验》(*The Black Writer and the Southern Experience*)和1971年阿尔伯特·默里(Albert Murray)的回忆录《去往古老的南方》(*South to a Very Old Place*)。沃克在文章中写道,她不会"把南方浪漫化"。她坦白道,"我想我基本上是恨它的",接着开始长篇叙述如此强烈情感之缘由。但是,沃克也说自己和其他南方黑人作家"继承了爱恨的传统",让人想起昆丁的"爱—我不恨"这个地方。② 小休斯顿·贝克尔(Houston Baker, Jr.)敏锐地把回忆性自传和文化批评结合,将转向南方延伸到当代社会,表示昆丁探索了南方遗产之蕴涵。贝克尔的著书《我不恨南方:反思福克纳、家庭以及南方》(*I Don't Hate the South: Reflections on Faulkner, Family, and the South*, 2007)中明显地运用了该批评策略。在《再次转向南方:重读现代主义/反思布克·T.》(*Turning South Again: Re-reading Modernism/Re-thinking Booker T.*, 2001)中,贝克尔推进了一种新的南方研究,其对往事的回忆

---

① Massaquoi, Hans J., "Mystery of Malcolm X.", *Ebony* Sep. 1964: 38 – 42, 44 – 46, Google Books, Web. 12 Oct. 2010, p. 39.

② Alice Walker, "The Black Writer and the Southern Experience", *In Search of Our Mothers' Gardens: Womanist Prose*, New York: Houghton – Mifflin, 2004, p. 21.

泄露了一种"不可磨灭又影响极深的矛盾心理",让人联想到昆丁的矛盾意识。尽管二者极其相似,抑或正是**因为**二者的相似,贝克尔有意与自己可能成为的这个对象保持距离:

> 哦,我认为这与昆廷[原文如此]·康普生那个威严庄重且赫赫有名的强迫性重复"我不恨南方!我不恨南方!"毫不相干。尽管这也许仅仅是因为"家"对于我们人类而言总是一种爱—恨的矛盾综合体,体现在对过去情不自禁的、细微的而又极度模糊的再现中。①

史密斯认为此中贝克尔的否认"似乎体现了一种昆丁的镜像,其中,爱,而非恨,才是禁忌的情感";因此贝克尔明智地哀悼了而非深陷于自我放纵——想必是昆丁式的——的忧郁之泽。② 当然,正如伯恩指出的,在某些地方,贝克尔和沃克确实诉诸某种本质主义,而昆丁则被认为是这种本质主义的倡导者。

如果为了便于讨论,我们说这些作家在谈论南方时总要诉诸本质主义是因为他们生于南方,那么我们又怎么解释托妮·莫里森的转向南方呢?她又非南方出生。如果真有的话,南方例外主义在《所罗门之歌》和其他以南方为背景的作品里又扮演了什么角色呢?南方研究中的本质主义问题体现在怎样解读莫里森和南方的关系。从后南方角度来看,苏珊娜·W. 琼斯(Suzanne W. Jones)和莎伦·蒙蒂思(Sharon Monteith)认为莫里森的作品反映了南方如何"吸引那些生于别处却想讲述'南方

---

① Huston A. Baker, Jr, *Turning South Again: Re-thinking Modernism/Rereading Booker T. Durham*: Duke UP, 2001, p. 18.
② Jon Smith, "Postcolonial, Black and Nobody's Margin: The U. S. South and New World Studies", *American Literary History* 16.1, *Project Muse*, Web. 12 Oct. 2010, pp. 158 – 159.

故事'的作家"①。当焦点从作者的出身转移到其小说常用的背景时,莫里森的"南方性"就明晰起来了。但是以传统主义视角来看,这条路可能会"去往古老的南方"。凯瑟琳·卡尔·李(Catherine Carr Lee)对莫里森的南方进行了定义,她关注过去对现在产生的影响,暗示奶娃(Milkman)从格格不入的北方都市到友爱的南方农村之旅事实上帮助他发现了一种地方情结。威廉·拉姆西(William Ramsey)认为莫里森《所罗门之歌》中的转向南方极具后现代特色,因为它向地方情结极为浓烈的南方例外主义之白人话语发起了美学挑战。和其他评论家一样,拉姆西承认莫里森在其经常被引用的文章——《根深蒂固:作为基础的祖先》("Rootedness: The Ancestor as Foundation")和《不可言说之不被言说:美国文学中的非裔美国人》("Unspeakable Things Unspoken: The Afro-American Presence in American Literature")中提出的种族身份的本质主义观点,但是他认为莫里森大部分的论点都华而不实,而且她引入了"另一种黑人话语",这种话语在后现代多样化叙事中与南方白人地方主义话语相对应,从而"削弱"了该论证的效力。② 马杜·迪贝(Madhu Dubey)对莫里森的后现代主义作出了极具争议性的评价。与拉姆西不同,他认为《所罗门之歌》中的美学十分复杂。他认为《所罗门之歌》是典型的"南方民间美学",书中描写了南方独特的乡村生活、严格的种族隔离以及长期的贫困状态——所有这些构成了一个"真实"的非洲裔美国社区,这里没有北方都市环境中感觉被疏远的绝望,而是等着那些寻求稳固价值观以及文化传统的人去恢复它的活力。因此,照迪贝引用阿道夫·里德(Adolph Reed)的说法,《所罗门之歌》其实是

---

① Suzanne W. Jones and Sharon Monteith, "Introduction", *South to a New Place: Literature, Region, Culture*, Baton Rouge: Louisiana State UP, 2002, p. 6.

② William Ramsey, "An End of Southern History: The Down-home Quests of Toni Morrison and Colson Whitehead", *African American Review*, 41.4, 2007, pp. 771–772.

"把黑人浪漫化"了。① 基于以上理由，迪贝颇具讽刺意味地把莫里森与美国非洲裔艺术家的转向南方和南方白人地区主义者的话语拼凑到一起，因为他们都基于同一个论点：南方在本质上与其他地区是不同的。

在说明《所罗门之歌》和《押沙龙，押沙龙!》一样具有解构南方例外主义文化逻辑的元素时，我想先把焦点放在另外一个逻辑辩论上，这个逻辑辩论来自于一群人——这里是奶娃和吉他（Guitar）——的对话。昆丁和施里夫的不同随着合作叙事的开展而消减了，但是奶娃和吉他却发现交流得越多，年龄、阶级以及意识形态上的不同就更为明显，他们作为南方居民的共同身份也随之破裂。奶娃是南方标准的含着金汤匙出生的孩子，他从没想要很多东西，也从没严肃地思考过当下之外的问题——更遑论种族不平等这个严峻问题了，这个问题毁灭了老年吉他，逼得他以"除去爱以外还有什么呢"之名加入复仇的"七日"。② 通过这些年轻人不着边际的交流，莫里森对本质主义就种族和地区身份提出了尖锐的质询，指出了逻辑错误，展现了不同的思考方式。

地理环境作为一种转喻贯穿了整部小说。在某个对话中，莫里森同样用地理环境颇具创意地重新划定以及拷问了相关用词，检验了传统地区主义的效力。在某次交谈中，吉他痛斥奶娃，说他资本家的兴趣和志向使人回想起其父亲从南方房地产生意中贪得无厌地获取利润，积累物质财富、权力和地位。奶娃反击道："凡是不以扫地和摘棉为业的黑人，你都看不惯。这地方可不是阿拉巴马州的蒙特哥马里。"③ 此处奶娃的评论和吉他的回应——他的好友太弱小了，忍受不了阿拉巴马州的生活——运用了熟悉的南方例外主义策略。外部的"阿拉巴马州的蒙特哥

---

① Madhu Dubey, *Signs and Cities: Black Literary Postmodernism*, Chicago: U of Chicago P, 2003, p. 160.
② 〔美〕托妮·莫里森：《所罗门之歌》，胡允桓译，海口：南海出版公司2010年版，第289页。
③ 〔美〕托妮·莫里森：《所罗门之歌》，胡允桓译，海口：南海出版公司2010年版，第106页。

马里"代表了整体的种族压迫,这个提喻法把问题有效地集中在南方,模糊了其在别处的存在。然而,在接下去的一次争论中,吉他和奶娃耽溺于一场独特的"口头较量",在这场争吵中,吉他无视奶娃"不要地理"的请求,上了一堂"地理课",其中吉他有一些微妙的观点值得注意。在课上,吉他阐述了自己和奶娃要喝的茶的发展史。"你一定认为茶是长在小纸包里的吧,"吉他说道,"就像路易斯安那的棉花。只不过摘棉花的黑人穿着带菱形图案的棉布,还要戴头巾。而在整个印度,你能看到的就是:长满小小的白色茶叶包的开花丛林。对吧?"① 吉他的类比虽不太文雅,却颇有启发性——即使未能对奶娃有所启发,至少能使读者若有所思。其明确了一种国际间的联系,即通过在农业生产上对劳动力的共同剥削,把美国南方与更广阔的南方半球联系起来。然后,在某种程度上跟施里夫的"那一套"类似,吉他继续对传统地区主义进行检验:

> 比方说,我现在住在北方。所以脑子里想到的第一个问题就是:什么的北方?还用说嘛,当然是南方的北方。所以说,由于有南方存在才有北方。不过,这是不是说,北方和南方不同呢?绝不!南方不过是北方的南方。②

吉他出于机巧应对的精神,在想象中质问了由区域的本质所定义的地理。而在别处他又传扬了种族本质主义。这也许破坏了其分析的合理性,但是它出现在一个广泛的模式中,在质问南北方本质是否存在不同的文本中。在这个模式中,吉他对南—北二元对立的解构性重复构成了

---

① 〔美〕托妮·莫里森:《所罗门之歌》,胡允桓译,海口:南海出版公司2010年版,第117页。

② 〔美〕托妮·莫里森:《所罗门之歌》,胡允桓译,海口:南海出版公司2010年版,第117页。

一个有用的参考框架，诠释了内战后发生在奶娃祖父身上的悲剧的地理学意涵。值得注意的是，莫里森没有把其致命的谩骂和谋杀放在于南方例外主义文化逻辑而言更为合理的南方，而是放在了宾夕法尼亚州。当奶娃在巴特拉（Butler）家的庄园里碰到幽灵般的瑟丝（Circe）时，这个设定显得更为怪异了。巴特拉——这个渴望土地的罪犯——之死具有的南方哥特色彩，让人联想到《押沙龙，押沙龙！》里萨德本的毁灭。尽管苏珊·威利斯（Susan Willis）、南希·艾伦·巴蒂（Nancy Ellen Batty）等评论家都作了此类联系，但是他们主要关注的是人物关系和互动的相似。背景的设置——吉他所说的"不过是北方的南方"——同样值得注意，因为它体现了对简化的主导叙事的反对，这种叙事使我们相信梅森—迪克森线以北完全是"林肯天堂"。

要清楚，我详细地描述迪贝的观点，也就是莫里森的南方民间美学不仅稳定了而且维护了南方，不是为了建议我们在阅读《所罗门之歌》时要带着反戈一击的目的。相反地，我提倡在阅读时把莫里森的小说作为重要文本去重新评价正在进行的南方研究和美国研究中的关键范式。正如马修·D. 拉塞特（Matthew D. Lassiter）和约瑟夫·克雷斯皮诺（Joseph Crespino）所说的，"挑战南方例外主义"的工作不应该是"为了给南方脱罪，而是为了让整个国家都意识到"历史上和如今依然存在的种族不平等。① 这个工作的关键一步便是揭露事实上的种族隔离，这个现象一直以来在整个国家范围内都默认存在，却没能出现在几乎只关注历史和南方种族隔离遗留问题的主流历史和文化叙事中。莫里森在《所罗门之歌》里对南方的描写频繁展示了事实上的种族隔离是如何运转的。在某个与奶娃和吉他的对话中，丽巴（Reba）和哈格尔（Hagar）回忆起丽巴是因为走进西尔斯暨罗巴克公司的"第五十万个"顾客而得了一枚戒指的经历，但是最后报纸上放的照片却是中"二等奖"的那个

---

① Matthew D. Lassiter and Joseph Crespino, eds. *The Myth of Southern Exceptionalism*, New York: Oxford UP, 2010, p. 7.

白人男子，而不是丽巴。吉他指出了那个不言而喻的种族主义者的荒谬之处："你要么就是那第五十万个人，要么不是。不会有什么仅次于第五十万个人一说"①。尽管西尔斯暨罗巴克公司没有贴出公告划分"白人"和"黑人"区域，但是种族歧视的存在无疑是一清二楚又危害严重的。在叙述者描述麦肯·戴德（Macon Dead）计划从二战后"军事工厂周围涌现出大批仓促建成的居民区"中获利的时候，隐蔽的种族歧视同样明显。麦肯知道"他不会分上一大杯羹"，所以他关注的是"还有没人想要的财产，或是有些人不想让犹太人或者天主教徒染指的边缘财产，或是还没人认识到其价值的财产"。典型实用主义的麦肯决定购买"在一九四五年，这种刮刮盆底碗边就可弄到的甚是可观的残羹剩饭"。②莫里森用分一杯羹去比喻根据不同种族和民族分割财富的规则其实是借用了联邦住房管理局批准的限制性条款，该条款是为了保证对那些在战后郊区以莱维敦名义建造的建筑物等新的建房土地实施种族隔离。此处文学再现的历史意涵比我们在施里夫对于海地工人起义的明显沉默里读到的意涵要明显得多。莫里森展现了一段被压抑的历史，凸显了戴安·哈里森（Dianne Harrison）所说的"没有区域差别的固有的种族隔离模式"，使得被麦肯·戴德比作烘焙食品的郊区实际上成为"和更知名的南方一样重要的独立运动的战场"。③像这样令人信服的莫里森式的"记忆重现"恢复了那段几乎被遗忘的历史，质问了一直以来把这个民族长期的种族歧视归结于"南方"问题的惯例。莫里森不但没有"把黑人浪漫化"，而且还迫使我们承认其危害远远不止通常认为的有限区域。《所罗门之歌》和《押沙龙，押沙龙!》一样，通过起解本质之锚，实现了

---

① 〔美〕托妮·莫里森:《所罗门之歌》，胡允桓译，海口:南海出版公司 2010 年版，第 47 页。

② 〔美〕托妮·莫里森:《所罗门之歌》，胡允桓译，海口:南海出版公司 2010 年版，第 64 页。

③ Dianne Harrison, *Second Suburb*: *Levittown*, *Pennsylvania*, Pittsburgh: U of Pittsburgh P, 2010, p. 175.

对传统地区主义的解域化,挑战了南方例外主义文化逻辑,

  在后现代与后南方语境下,废除本质主义被视为获得个人或集体身份的先决条件。因此,把南方地区主义者和转向南方奇异地联系起来可以说对于福克纳和莫里森的研究有着重要意涵。这个批评实践使南方研究和美国研究意识到"南方历史的终结"以及"超越南方例外主义"的必要性。正如近来的批评研究所意识到的,如果《押沙龙,押沙龙!》和《所罗门之歌》一样是南方例外主义文化逻辑的同谋,那么我们是否应该在阅读和教授时把它们当作典型的认识与存在的过时思想呢?如果我们承担了"进行"新南方研究的重任,那么正如凯思林·麦基(Kathryn Mckee)和安妮特·特雷泽(Annette Trefzer)所说,我们要怎么处理——《所罗门之歌》也一样——"《押沙龙,押沙龙!》那套陈腐却仍有用的批注"① 呢?除了《天上的自动点唱机》(*The Celestial Jukebox*)的幻灯片之外,它们还有别的用处吗?我们是不是真的应该把昆丁和他的文字都沉到汤比格比河去,或者换一个对象,比如好好地摆脱奶娃和他"把自己交给空气就能驾驭它"的所谓落后的南方民间美学?当然,不是说恶劣的环境要用恶劣的手段去对付。随着范式转变不断获得令人激动的丰富学术成果,吸引我们的加入,我认为福克纳和莫里森的这些著名小说提醒着我们——借用一句谚语——书是越读越"新"的。

---

 ① Kathryn McKee and Annette Trefzer, "Preface: Global Contexts, Local Literatures: The New Southern Studies", *American Literature*, 78.4, 2006, p.688.

鬼之魅:《我弥留之际》和《宠儿》中的记忆与巫术思维

〔美〕丽萨·赫瑞森* 著　康毅 译

现代性一直以来都和理性联系在一起。马克斯·韦伯（Max Weber）于1917年对现代资本主义的兴起发表了经典评论:"我们这个时代的特点是理性化和理智化，以及最重要的'世界的祛魅'"[1]。韦伯所说的"祛魅"有两大特征:世俗化的兴起与巫术的没落;科学、官僚主义、法律、政策制定的合理性在范围、规模以及影响力上的增长。于韦伯而言，世界的祛魅是现代性的核心:现代性在他看来就是随着历史的前进，人类经验的所有领域都变得不再神秘，因而更加容易理解、容易预测，因为它们都被科学和理性所解释了，所征服了。在韦伯的现代世界中，"个人不再需要像野蛮人一样，为了控制或者祈求鬼神而求助于巫术，野蛮人相信此类神秘力量的存在"[2]。

然而自韦伯发表这些言论以来，祛魅，如同现代性本身，显然并没有得到很好的实现。韦伯假定现代化必然意味着"祛魅"，但有趣的是，

---

* 丽萨·赫瑞森，阿肯色大学助理教授，致力于南方文学研究等方向。

[1] 〔德〕马克斯·韦伯:《新教伦理与资本主义精神》，于晓、陈维纲译，北京:生活·读书·新知三联书店1987年版，第155页。

[2] 〔德〕马克斯·韦伯:《新教伦理与资本主义精神》，于晓、陈维纲译，北京:生活·读书·新知三联书店1987年版，第139页。

关于世俗巫术和法术的新文本大量出现，使人不得不对韦伯的逻辑提出质疑。而现代性，正如约书亚·兰迪（Joshua Landy）和迈克尔·塞勒（Michael Saler）在他们编的书《世界的复魅：理性时代的世俗巫术》(*The Re-enchantment of the World*: *Secular Magic in a Rational Age*, 2009) 中所说的，其自身也带有巫术的性质："每次当宗教不情愿地退出某个特定的经验领域时，就会有一个新的、完全世俗的复魅策略出现，愉快地来填补空白"①。复魅的身影经常出现在日常的解释框架中，不管是解释运气和命运，还是解释早已有之的"传统"精神信仰，其他"新时代"的信仰，民族、帝国和某地区的神话，金钱与市场的神奇，各种伪科学；性爱、酒精和迷幻药，以及逃避现实和消费主义。

事实上，尽管韦伯在《新教伦理与资本主义精神》(*The Protestant Ethic*, 1905) 中总结道，现代祛魅文化导致了"专家没有灵魂，纵欲者没有心肝"，而他们本应该"达到了前所未有的文明程度"。② 韦伯自己也想到了古老的神明并没有完全消失："很多古老的神明从他们的坟墓中升起，"他写道，"转化为非人力量"。③ 在强调自然法则和市场法则的"非人力量"如何创造了现代消费意识时——其中永远无法满足的欲望正体现了某种神秘的力量，韦伯也承认了把现代化等同于理性化的局限。现代性（代表着理性、进步、现实）与巫术（代表着落后、非理性、非现实）之间所谓的二元对立似乎没有那么明确可靠了。

我认为，探索这部学术著作中巫术在现代美国扮演的挥之不去的角色不管对我们理解现代性还是对我们阅读现代和当代文学作品都有极大的助益。在本文中，我将威廉·福克纳的《我弥留之际》(*As I Lay Dy-*

---

① 〔德〕马克斯·韦伯：《新教伦理与资本主义精神》，于晓、陈维纲译，北京：生活·读书·新知三联书店1987年版，第1页。
② 〔德〕马克斯·韦伯：《新教伦理与资本主义精神》，于晓、陈维纲译，北京：生活·读书·新知三联书店1987年版，第179页。
③ 〔德〕马克斯·韦伯：《新教伦理与资本主义精神》，于晓、陈维纲译，北京：生活·读书·新知三联书店1987年版，第149页。

ing）和托妮·莫里森的《宠儿》（Beloved）联系起来，一方面揭示了这些小说是如何强调超自然的神秘力量仍然存在于我们评判现实的"理性"与"科学"的视角中，另一方面阐明后启蒙运动时代心理经验的语言是如何充满了超自然主义的修辞。《我弥留之际》和《宠儿》不仅认同巫术与现代资本主义之间纠结缠绕，认同现代资本主义依赖于某种法术、魅力或者魔力，而且还对构成南方后种植园精神的"巫术思维"进行了具体分析，确定了某个特定的区域、历史以及文学框架中存在世俗巫术的力量。"巫术"成为一种调解过去与历史的方式——这个过去充满了各种自我幻想，包括家长主义的魔力、白人性的神奇特点以及奴隶制的主宰魅力——和一种富于想象力的策略，以重新定义现今人与人之间亲密的、家庭的以及历史的关系，反抗现代性的"理性化"与同质化。

正如约翰·T. 马休斯（John T. Matthews）在《〈我弥留之际〉在机器时代》（*As I Lay Dying* in the Machine Age）中所提出的，福克纳30年代初的小说对现代性承诺的启蒙与解放表达了一种怀疑的矛盾心理。考虑到这种矛盾心理，我认为《我弥留之际》中巫术和现代性的透明以及理性的进步形成了对比，表达了一种对现代性"古怪的"妄想和幻觉的迷恋。尽管达尔·本德仑（Darl Bundren）对其身份的努力解析被认为是典型的"纯粹理性"，但是我们忽略了其唤起自我本身就极为关键地佐证了施咒般的、像幻觉一样的语言，这种语言召唤了位于现代性核心的、非理性的、巫术的、令人眩晕的魔法："我并不知道我是什么。我并不知道我是还是不是。朱厄尔知道他是，因为他所不知道的是：他不知道自己到底是还是不是。他不能排空自己准备睡觉因为他不是他所是而正是他所不是"[①]。这里，达尔解析了自我身份。福克纳在小说中通过暗示达尔具有心灵感应的能力，探讨了心灵、肉体以及灵魂的分离，强

[①] 〔美〕威廉·福克纳：《我弥留之际》，李文俊译，上海：上海译文出版社2004年版，第65页。

调了现代身份的错位问题。

纵观《我弥留之际》全书,很多叙事者都认为达尔"古怪"得令人不安:科拉(Cora)说,"人们都说他脾气古怪,懒惰,成天东游西逛"①,塔尔(Tull)注意到他"招人议论的古怪的眼睛"②。正如福克纳在文本中所展现的,很明显达尔的"古怪"是因为他拥有一种神秘的透彻的预知能力:他"没有开口"就知道他母亲命不久矣,知道朱厄尔(Jewel)是他同母异父的兄弟,知道杜威·德尔(Dewey Dell)怀孕了。正如塔尔所说,他的凝视穿透了身体的屏障、入侵了心灵的隐私,打破了社会的礼节,造成了一种危险的亲密关系:"仿佛是他把你的五脏六腑都看透了。仿佛是不知怎的从他那两只眼睛里你都可以看见你自己和你的所作所为"③。达尔的感知能力模糊了内心与外在、私人和公共的界限:他那双能心灵感应的、有洞察力的慧眼揭开了那些幽违隐蔽之物,他体现了、代表了与"理性的"、科技的现代性不同的那一面。

当然,达尔的古怪是小说整体神秘结构的一部分。他的存在突出了文本中其他的超自然事件:艾迪(Addie)的声音从坟墓里飘出来,卡什(Cash)"动物性磁力"的解释,朱厄尔与其珍贵的房子之间的心理感应,还有本德仑家族通过文中福克纳描述的"一种心灵感应的默契"所共有的"没有开口"就洞察一切的能力。④ 事实上,福克纳在研究历史问题、记忆、家庭亲密关系以及个体心理学的同时,不断地在考察各种神秘体验:除了《我弥留之际》中对催眠术、心灵感应、拜物教以及幽灵般的声音有所考察之外,《八月之光》(*Light in August*) 中也有好

---

① 〔美〕威廉·福克纳:《我弥留之际》,李文俊译,上海:上海译文出版社2004年版,第18页。

② 〔美〕威廉·福克纳:《我弥留之际》,李文俊译,上海:上海译文出版社2004年版,第106页。

③ 〔美〕威廉·福克纳:《我弥留之际》,李文俊译,上海:上海译文出版社2004年版,第106页。

④ 〔美〕威廉·福克纳:《我弥留之际》,李文俊译,上海:上海译文出版社2004年版,第113页。

几个人物能未卜先知；《押沙龙，押沙龙！》中也出现了"未卜先知"以及"催眠"等词：当罗沙讲述她对萨德本家族故事的理解时，曾两次说自己"我，自我催眠的傻瓜"。

这些巫术与法术的出现似乎与开明的、"理性的"现代性格格不入，正如卡什在《我弥留之际》的结尾处表达的："这个世界不是他的；这种生活也不是他该过的"①，而它们似乎也被众多福克纳批评研究所忽略。然而我认为这些零散的提及对研究巫术如何参与了文本的运转以及巫术如何彻底地改变了我们对现代性的理解都是十分关键的。福克纳的心灵感应和未卜先知都有非常明确的历史现象的痕迹，反映了世纪之交时巫术产生的严重伤害，例如精神分析对催眠和心灵感应的早期研究；英国 1850—1875 年间的巫术复兴；美国 1850—1875 年间尤其流行的招魂术，以及一战期间招魂术的再度流行；诸如神智学会、金色曙光秘术修道会、银星修道会、心灵研究学会等广为传播与认可的组织机构。兰迪和塞勒极具说服力地指出，巫术与现代生活的数学相伴相随，现代性的关键话语中充满了巫术的隐喻和明喻——想想马克斯的神魔鬼怪，他甚至还召唤革命之"魂"；弗洛伊德（Freud）对催眠、移情、歇斯底里和梦的研究，以及他在《梦与心灵感应》（"Dreams and Telepathy"）《梦与神秘主义》（"Dreams and Occultism"）以及《精神分析与心灵感应》（"Psychoanalysis and Telepathy"）等文中对巫术的研究；W. E. B. 杜波依斯（W. E. B. Du Bois）对"神秘面纱"、弥赛亚的预见之力以及双重意识的召唤；本雅明（Benjamin）对先兆的阐述；以及霍克海默（Horkheimer）和阿多诺（Adorno）把资本主义比作一种全球化的巫术，通过文化产业的自我合法化能力神奇地超越了批判。

像坡（Poe）、惠特曼（Whitman）、济慈（Yeats）、吉卜林（Kipling）、艾略特、庞德（Pound）、亨利·詹姆斯（Henry James）、D. H. 劳

---

① 〔美〕威廉·福克纳：《我弥留之际》，李文俊译，上海：上海译文出版社 2004 年版，第 225 页。

伦斯（D. H. Lawrence）、阿瑟·柯南·道尔（Arthur Conan Doyle）、布莱姆·斯托克（Bram Stoker）、安德烈·布莱顿（Andre Breton）一样，福克纳利用对巫术的普遍兴趣，极具自我风格地演示了新兴的现代性，引用了威廉·詹姆斯（William James）所称的现代文化"未经分类的残渣"，即被追求"封闭、完整的真理体系"的科学所拒绝的"特殊知识的尘云"，也就是"大量通常被形容为**神秘的**现象"：梦游症、招魂术、潜意识、泛灵论、伏都教巫术、物神崇拜、心灵感应、恍惚的言语、塔罗牌、催眠术、胡言乱语、自动书写、信仰疗法、晶体视觉以及未卜先知。事实上，正如苏珊娜·雷特（Suzanne Raitt）所提倡的，我们应该"至少要像在现代文学研究方法中被广泛关注的心理学一样"[①] 去理解神秘主义。正如普鲁斯特（Proust）、乔伊斯和伍尔夫对顿悟和"重要瞬间"的关注将现代对意识局限的研究与神秘的、狂喜的精神状态联系起来，成为现代心理学和浪漫主义运动中"自然的超自然主义"的先驱，福克纳的作品——以及我将简要说明的托妮·莫里森——强调了某些"巫术"行为和"文明的"审美欣赏、社交以及亲密关系等领域关系密切。福克纳与莫里森通过描写心灵感应和未卜先知展现的"南方思想"，强调了后启蒙运动时代心理经验的语言充满了一种错位的超自然主义。

回到福克纳在《我弥留之际》中对达尔的神秘直觉的描写，我们可以看到福克纳把心灵感应和未卜先知直接与亲密关系、身份认同、社交以及感受力等问题——即那些缝合建构了个人、家庭以及社会身份的纽带——联系起来。想想那家人"那种心灵感应的默契"[②]，它让家庭成员不"必说"就能交流：正如艾迪所说的，"卡什就不需要对我说这个词

[①] Suzanne Raitt, *Vita and Virginia: The Work and Friendship of Vita Sackville-West and Virginia Woolf*, Oxford: Clarendon, 1993, p.139.

[②] 〔美〕威廉·福克纳：《我弥留之际》，李文俊译，上海：上海译文出版社2004年版，第113页。

儿我也无需对他说……"①　类似地，想想达尔凭直觉就知道了朱厄尔和艾迪的关系："我那天才知道得清清楚楚，就跟早先的那天对杜威·德尔的事情知道得清清楚楚一样"②。此处，和别处一样，达尔洞察的目光照亮了克里斯托弗·博拉斯（Christopher Bollas）所说的"未想到的已知"，使其变得"清晰"、明显、可见，将其转化，以便他"知道〔他〕知道"。

感受力，正如简·思雷基尔（Jane Thrailkill）在《影响小说：美国文学现实主义的思想、身体和情感》（*Affecting Fictions: Mind, Body, and Emotion in American Literary Realism*, 2007）中所描述的，这个术语游走在不同的学科之间，以"不同的名字出现：在文学研究中是'同情'和'认同'，在人类学中是'恍惚'，在心理学中是'移情'，在生物医学中则是'安慰剂效应'"③。正如威廉·詹姆斯（William James）在《宗教经验的种类》（*The Varieties of Religious Experience*, 1902）中所说的，这些现象迫使我们"放弃"、重构自我，甚至消解："有些东西必须让步，"他写道，"一种与生俱来的坚硬必须被打破，被液化……使主体感到他已经被一种外部力量所锻造"。④　"锻造"一词贴切地描述了塔尔在达尔洞察的目光中所感受到的："仿佛是他把你的五脏六腑都看透了"⑤。在另一幕中，卡什与达尔用心灵感应交流："他和我对看了一会儿，用的是长时间的、探索性的眼光，那种眼光能毫无阻碍地穿透对方的眼睛

---

①　〔美〕威廉·福克纳：《我弥留之际》，李文俊译，上海：上海译文出版社 2004 年版，第 148 页。
②　〔美〕威廉·福克纳：《我弥留之际》，李文俊译，上海：上海译文出版社 2004 年版，第 115 页。
③　参见 Jane Thrailkell, *Affecting Fictions: Mind, Body, and Emotion in American Literary Realism*, 2007, p. 209。
④　参见 William James, *The Varieties of Religious Experience*, 1902, p. 101。
⑤　〔美〕威廉·福克纳：《我弥留之际》，李文俊译，上海：上海译文出版社 2004 年版，第 106 页。

直趋最隐秘的深处"①。因此心灵感应的"液化"效果就与透明性、无限权力以及情感投入联系在一起，展现出对身体与心灵的渗透性和影响力的焦虑。

对达尔而言，感知别人的感受与想法使其产生了一种身体的情欲，他的移情与心灵感应包含了跨越阶级与性别的接触，就像莫里森在《宠儿》里描写的女同性恋的同性之情一样，质问了与"巫术"有关的性别与性取向的传统认知。因此，福克纳与莫里森写巫术与法术不是为了具体化南方落后的、反科学的形象，也不是为了把闹鬼写成另一个"独属于"南方的特点。我认为，福克纳与莫里森把巫术作为《我弥留之际》和《宠儿》的核心情节不仅强调了其无处不在的事实，而且有力地探讨了非主流的文化传播、传承、历史记忆以及人际关系模式。通过对幻觉空间和"巫术思维"的探讨——也就是说，一系列超越了自我和他者、因和果、虚拟与现实以及欲望和满足欲望之间的界限的个人行动和文化行为——这些小说重新定义了人与人之间亲密的、家庭的以及历史的联结：福克纳探讨了由非理性思维所建构的意义和身份问题；而莫里森则进一步对自我的这些方面作了再定义，反对常见的父权制和被传统所束缚的"理性的"（和白人的）传承模式和社区模式。

事实上，达尔的未卜先知超越了很多看似有本质区别的对立——生与死、理智与疯狂、自我与他者——使它们变成可渗透的、可流动的状态。本德仑家的孩子在艾迪死后还能从她棺材的"木盒里"② 听到她的声音，好像"她有时会发出一阵轻轻的细语，那是流水般的秘密的喃喃声"③。艾迪一生都想"用自己的血永远、永远地在［他们的］血液里

---

① 〔美〕威廉·福克纳：《我弥留之际》，李文俊译，上海：上海译文出版社2004年版，第121页。

② 〔美〕威廉·福克纳：《我弥留之际》，李文俊译，上海：上海译文出版社2004年版，第185页。

③ 〔美〕威廉·福克纳：《我弥留之际》，李文俊译，上海：上海译文出版社2004年版，第183页。

留下痕迹"①，直到她的"孤独"被"侵扰"时，她感受到了"我的血和他们的血流在一根脉管里"②。这种生物学上的融合有一种内在的痛苦，而这种痛苦与主体间心灵感应的亲密关系是并列的。通过这种方式，心灵感应，正如福克纳所探讨的，成为一种结构，强化了人与人之间情感与想象力的联系，创造了一种跨越时间的主体间的纽带——可以看到这些纽带提供了一种存在与感受的形态，最终创造出一种奇怪的"南方社区"，它通过秘密血统、神秘联系、死亡后仍继续存在的不可废止的来生得以建立。因此，尽管个人的肉体分解了，巫术思维与心灵感应却不可思议地促成了家庭的和解；尽管本德仑一家在靠近杰弗逊城时搬去的新南方快速地现代化，巫术思维与心灵感应却促成了"南方"这个社会主体的和解。如此，心灵感应，正如福克纳所安排的，成为一种矛盾的思维模式，它既依赖又治愈心灵和现代主义的社会分裂，充当了一种有机的、受血缘束缚的假体，一种主观性和选择性亲密关系的模式，它使得在现代化的分裂状态和机械生产的离散状态下家庭的存续成为可能。《我弥留之际》中，达尔富于想象力的生活为其提供了一种另类空间，让其可以表达、可以自我定义、可以自我实现，这个空间抵消了其贫乏生活中的异化，与此同时，小说关注了现代性的破裂，强调了破坏性的心灵创伤，这种创伤会影响个人的身份认同，使得自我满足变得遥不可及。我强调这些是为了说明巫术思维调解了现代化转变中的矛盾。巫术是一种快乐的方式——也许能解除体制、科技以及现代化话语的控制。

小说《我弥留之际》最后，达尔被送往杰克逊的州立精神病院，但这并没有终结家庭成员间亲密的思维交流。瓦达曼（Vardaman）的最后

---

① 〔美〕威廉·福克纳：《我弥留之际》，李文俊译，上海：上海译文出版社2004年版，第146—147页。

② 〔美〕威廉·福克纳：《我弥留之际》，李文俊译，上海：上海译文出版社2004年版，第148页。

一章中，他对达尔的消失始终念念不忘，达尔的预知能力引起了他对差异与同一的思考："达尔他去杰克逊了，我的哥哥达尔……他到杰克逊去了。他发疯了也去了杰克逊。许多人都没有发疯。爹、卡什、杜威·德尔和我都没有发疯。我们从来没有发过疯。我们也从来没去过杰克逊。"① 在小说最后一幕，达尔喃喃着"是啊是啊是啊是啊是啊"②，这种绝对肯定和他心灵感应的能力使他的身份处于一种他周围的人甚至他自己都很难理解的流动状态："我并不知道我是什么。我并不知道我是还是不是"③。达尔离开的那一刻，福克纳用一种预言的形式把我们的目光引到了差异和区别的问题上："大车停在广场上……它看上去跟广场上那一百辆别的大车没有什么两样；朱厄尔站在车旁朝街上张望，跟那天在镇上的任何一个人没有什么两样，不过还是有些明显的不同"④。像达尔自己一样，福克纳在强调火车"即将离别时那种错不了必然会有的气氛"时，微妙地把我们的注意力引向我们如何知道我们所知道的东西：我们如何理解仅仅通过"空气"就感受到的"没有什么两样，不过还是有些明显的不同"。福克纳强调思维的"静静的格缝"⑤，使得思维在日常生活中表现出来的直觉性的、"没有开口"⑥ 就能了解的巫术行为普遍化了。这样，他就把达尔这个普遍被认为是最具艺术性的人物人性化了，此外，他还把巫术的预见工作与艺术的想象力联系起来，创作出

---

① 〔美〕威廉·福克纳：《我弥留之际》，李文俊译，上海：上海译文出版社2004年版，第217页。
② 〔美〕威廉·福克纳：《我弥留之际》，李文俊译，上海：上海译文出版社2004年版，第219页。
③ 〔美〕威廉·福克纳：《我弥留之际》，李文俊译，上海：上海译文出版社2004年版，第65页。
④ 〔美〕威廉·福克纳：《我弥留之际》，李文俊译，上海：上海译文出版社2004年版，第220页。
⑤ 〔美〕威廉·福克纳：《我弥留之际》，李文俊译，上海：上海译文出版社2004年版，第220页。
⑥ 〔美〕威廉·福克纳：《我弥留之际》，李文俊译，上海：上海译文出版社2004年版，第21页。

"没有什么两样，不过还是有些明显的不同"。

我认为在《我弥留之际》中，巫术，尽管在小说最后被放逐了，浸透在最隐私的个人身份的建构中——主体性、欲望、创造力、亲密关系——通过莫里森的《宠儿》中采用的质问、政治化以及最终批判的方式。《宠儿》中的巫术利用了非洲宗教和奴隶制的历史，唤起了对亲密与疏离、主体间性与集体记忆的类似思考，但其在使用巫术时把巫术种族化和历史化了。和莫里森的其他小说一样，在《宠儿》中，莫里森把魔幻现实主义元素和巫术思维结合在一起，参考了西方文化、非洲本土文化以及美国非裔文化中的民间传说、童话故事、神话、文化和精神传统；能看到过去和未来的先知、会"变身术"的人、治愈者、巫师和魔术师等拥有神奇能力的人物；鬼魂；还有能与死者交流的人，所有这些元素与其小说探讨的社区、家庭和个体意识，意识经验、情感、记忆和认知结构紧密交织在一起。

和《我弥留之际》一样，《宠儿》关注的是挥之不去的创伤再现，它引人联想却又无法解释：《宠儿》就"像是一个密友"，"一个鬼孩子"，在其中，过去和现实交汇在一起。《宠儿》这部小说从开篇就向我们呈现了怪异、错位的意象以及一种闹鬼的氛围。莫里森在探索"闹鬼的真正乐趣"[①] 时，立刻把她的读者放到了一个充满超自然现象"令人难以置信的事情"[②] 中："一百二十四号充斥着恶意。充斥着一个婴儿的怨毒"[③]。这个屋子被拟人化了，被描写为一个狭小的、神奇的空间，"悬在生活的龌龊和死者的刻毒之间"[④]，充满了"来自另一个世界

[①] 〔美〕托妮·莫里森：《宠儿》，潘岳、雷格译，海口：南海出版公司2013年版，第44页。

[②] 〔美〕托妮·莫里森：《宠儿》，潘岳、雷格译，海口：南海出版公司2013年版，第172页。

[③] 〔美〕托妮·莫里森：《宠儿》，潘岳、雷格译，海口：南海出版公司2013年版，第3页。

[④] 〔美〕托妮·莫里森：《宠儿》，潘岳、雷格译，海口：南海出版公司2013年版，第4页。

的触摸"①。此处的魔幻特征在于其既抵触又巩固了日常"现实"的复刻。和《我弥留之际》一样,《宠儿》这部小说让超自然和自然交汇在一起——蛋糕上婴儿的指印,令人不安的鬼屋——描写了一种潜在的心灵与肉体之间超常的关系,就像"重现的记忆"中那幅"想象的画"②表露了、公开了那个私密的、主观的记忆结构,并且把这个结构转变,以便记忆能"漂浮在我的脑海之外"③,所以"什么都不会死"④。

宠儿不仅仅是一个没有实体的鬼魂,她给我们一种客观存在的亲密关系,当然最终还有一种解释的含混:她是幻影般的投射、幻象、书写和想象。整部小说中,保罗·D.(Paul D.)的疑问,"可是如果那姑娘不是个姑娘,而是什么东西假装的呢"⑤,回响在读者的脑海中,构成了令人不安的闹鬼主题。宠儿则被视为鬼魂般萦绕着的过去的复活。保罗·D.的"如果"——暂缓了他的怀疑——饶有兴趣地把宠儿描写为一个超自然的形象。宠儿的出现挑战了不断的遗忘、拒绝和逃避,正如塞丝(Sethe)决定"尽量不去记忆,因为只有这样才是安全的",决定每天伊始就"击退过去"⑥。

像福克纳的小说一样,莫里森的《宠儿》通过探讨无意识的概念和公共记忆的主体间维度来处理巫术问题。莫里森的小说证明了根本没有足够历史文件记录奴隶主、奴隶贩子以及美国奴隶制这个制度本身的暴

---

① 〔美〕托妮·莫里森:《宠儿》,潘岳、雷格译,海口:南海出版公司2013年版,第114页。
② 〔美〕托妮·莫里森:《宠儿》,潘岳、雷格译,海口:南海出版公司2013年版,第42页。
③ 〔美〕托妮·莫里森:《宠儿》,潘岳、雷格译,海口:南海出版公司2013年版,第42页。
④ 〔美〕托妮·莫里森:《宠儿》,潘岳、雷格译,海口:南海出版公司2013年版,第43页。
⑤ 〔美〕托妮·莫里森:《宠儿》,潘岳、雷格译,海口:南海出版公司2013年版,第148页。
⑥ 〔美〕托妮·莫里森:《宠儿》,潘岳、雷格译,海口:南海出版公司2013年版,第6—85页。

行,且认为这段未被记录的历史挑战了传统史学。莫里森的证明形式承认并且接受历史的摇摆不定,接受历史"在能被人认识到的瞬间闪现出来而又一去不复返"①,而历史本身就像是一种亡魂、一个幻影。因此,面对历史文件的缺乏,宠儿——不管是小说人物还是小说本身——去寻找纪念的其他形式和完成的其他方式。虽然《宠儿》强调非洲裔美国人的历史创伤经验缺乏合适的纪念空间,但是小说此行的目的并非填补空白,而是如实地说明缺席与在场、记忆与遗忘、不可言说与言说之间的矛盾关系。正如内尔·麦凯(Nellie Mckay)所说,"[莫里森的]主题围绕着想要忘记又必须记得,想要拒绝又必须夺回,模糊过去与现在的界限展开"②,而巫术实现了这一点。

但是我认为《宠儿》批判性地——也至为关键地——反思了《我弥留之际》中与神秘主义和家庭血缘的黑暗科学紧密相关的心灵感应。尽管,如杰拉尔丁·史密斯–赖特(Geraldine Smith-Wright)所言,非洲超自然信仰的存留是"民族大移居时黑人的生存范式",鬼故事也常常描写了"黑人如何富有创意地应付白人的压迫,体现了加强黑人群体凝聚力的一种方式",但是巫术也进一步巩固了非洲裔美国人遭受的压迫。正如苏珊·吉尔曼(Susan Gillman)在《血在诉说:美国种族情节剧和巫术文化》(*Blood Talk: American Race Melodrama and the Culture of the Occult*, 2003)中说明的,19世纪晚期的"神秘主义"意识观形成了一种对种族身份的颇具神秘色彩的理解方式。在剖析如"看不见的帝国"三K党等秘密社会组织和旧种族科学的相似点时,吉尔曼展现了芭芭拉·菲尔兹(Barbara Fields)所称的"种族意识形态的朦胧的世界",展现了一种巫术体系,这个体系赋予家长制以咒语般的力量,给予白人

---

① Benjamin, Walter, "Theses on the Philosophy of History", In *Illuminations: Essays and Reflections*, edited by Hannah Arendt, Translated by Harry Zohn, New York: Schocken, 1968, p. 255.

② Nellie Mckay, "Introduction", in *Toni Morrison's Beloved: A Casebook*, edited by William L. Andrews and Wellie Y. Mckay, Oxford: Oxford UP, 2009, p. 12.

性以神秘的特性,强调巫术思维是奴隶制这种巫术本身的一部分。某些巫术类型,像沃尔特·约翰逊(Walter Johnson)在《灵魂对灵魂:内战前奴隶市场的生活》(Soul by Soul: Life Inside the Antebellum Slave Market)中所阐述的,支撑了特别是他称为"黑暗巫术"的奴隶制度,它是奴隶市场的核心,在奴隶市场中,人贩子们为了"让真正的奴隶表现得和他们想象的一样"①,"通过市场的魔力"逼迫疲惫不堪的奴隶们"动起来"。② 塞蒂亚·哈特曼(Saidiya Hartman)在研究19世纪法律和文学中对诱奸的使用时,曾作过贴切的描述,奴隶的身体发生的这种"魔法般的"物质转变伴随着"话语的神秘变化"(将话语变得更加委婉,譬如,"强奸"变成了两厢情愿的"诱奸"),把主人与奴隶解释为"'着了魔的关系',从而掩盖了直接的暴力形式"。

相应地,莫里森的小说也敏锐地察觉到巫术不仅仅带来了"彻底的愉悦",而且更可能诱人犯罪。尽管巫术思维使得塞丝(Sethe)和丹芙(Denver)能够用另类的存在方式去对抗残酷的"学校老师"灌输的"理性",莫里森在文本最后却批判这种巫术孤立了个人,给人以不可持续的甚至是病态的幻觉。莫里森的《宠儿》探究了"理性"、语言、法律以及科学是如何交织在一起的,使我们理解塞丝和丹芙为何想要"不可言说之事不被言说",但是小说也微妙地批判了巫术会造成它的另一种形式——创伤。

自塞丝和丹芙第一眼见到宠儿穿戴齐全地从水中走出来起,她们就没有把她当作人类,而是把她想象为一个令人不安的"被人遗忘、来历不明"③ 的化身。宠儿唤醒了她们的渴望和欲望,她无所不知,她用

---

① 参见 Walter Johnson, *Soul by Soul: Life Inside the Antebellum Slave Market*, p. 206。
② 参见 Walter Johnson, *Soul by Soul: Life Inside the Antebellum Slave Market*, p. 118。
③ 〔美〕托妮·莫里森:《宠儿》,潘岳、雷格译,海口:南海出版公司2013年版,第318页。

"光芒四射的"①、迷人的微笑蛊惑她们,使她们的生活变得日益褊狭与孤立。在尤其震撼的一幕中,喜欢听故事的丹芙发现自己被宠儿的声音和身体所迷惑,以致与宠儿变得异常亲密,在某一刻实现了主体间性的交流:"此刻丹芙看到了,也感受到了——借助宠儿。感受到她妈妈当时的真实感受。看到当时的真实景象……当她们两个一起躺下的时候,独角戏实际上变成了二重唱,由丹芙来满足宠儿的嗜好,表现得好像一个情人,他的乐趣就是过分娇惯他的心上人"②。讲故事的人感受到听的人的快乐,进入到他人的体验中去。在这里,象征的呈现方式使叙述变得生动起来,就像"谁都无法诉诸语言的事情"被赋予了血肉和心跳,变成了"二重唱",产生了一种移情式的亲密关系,亲密得像乳母和孩子一样。如此一来,故事就和养育和爱联系在了一起;实现主体间性的这一刻说明语言能神奇地使缺席成为在场,使不在场的东西被呈现出来。在《宠儿》中,是身体,尤其是奴隶的身体,既表现又挑战了语言与压迫的同谋关系,既呈现了一种非正统的契约关系又诱人犯罪。莫里森警告我们,像这样的语言诱惑最终可能会成为巫术的遁词,造成"萦绕在房子周围、辨不清的吵闹声",斯坦普·沛德(Stamp Paid)还以为这刺耳的声音是"愤怒的黑人亡魂在咕哝"③。

尽管《宠儿》承认在某种程度上,在场的总是已经"着了魔的",但是小说也提出有时巫术的施展会让人难以忍受:"要是那个鬼只是隐身在它的鬼地方捣乱——摇晃东西,哭叫,摔摔打打——艾拉会尊重它的。可它要是附了肉体来到她的世界里,那就另当别论了。她不介意两

---

① 〔美〕托妮·莫里森:《宠儿》,潘岳、雷格译,海口:南海出版公司2013年版,第303页。
② 〔美〕托妮·莫里森:《宠儿》,潘岳、雷格译,海口:南海出版公司2013年版,第91页。
③ 〔美〕托妮·莫里森:《宠儿》,潘岳、雷格译,海口:南海出版公司2013年版,第230页。

个世界之间来一点交流,可这一回明明是侵犯"①。当大家为了赶走124号的"鬼孩子"而准备集体驱邪时②,莫里森又担忧故事"流传"时能否传达到主体间性以及集体记忆中,有些被忽视了("被传送"),有些被采集了("被传送"并且流传下来):

  于是他们忘掉了她。好像忘掉睡不安稳时做过的一个不快的梦。然而,他们醒来的时候,偶有一条裙子的窸窣声倏然而逝,而在那梦乡里擦着脸颊的指节也似乎是酣睡者自己的。有的时候,一个亲朋故友的相片——盯着看得太久——也会变样,上面移动着比亲人的脸更为熟悉的什么。③

《宠儿》强调了"这样熟悉"④事物的陌生感,通过描写现实的暂时"变样"与扭曲,把这种不安与怪异带入了日常生活。

  《我弥留之际》和《宠儿》都用巫术蛊惑了我们,把我们带入文字的咒语中,参与到它描述的巫术中去。这些小说凭借美学的力量,体现了文学创作本身具有的魔力,展示了阅读如何实现精神上的亲密关系,在这种亲密关系中,语言本身会"为了一个吻而吵吵闹闹"⑤,而我们可以暂时性地、古怪地、巫术般神奇地代入这些小说中的"我";说明了作者的全知视角如何在想象中映照出一种心灵感应的过程;强调了文学如何巫术般神奇地把过去呈现出来,唤起读者的情感反应,使在场的与

---

① 〔美〕托妮·莫里森:《宠儿》,潘岳、雷格译,海口:南海出版公司2013年版,第298页。
② 〔美〕托妮·莫里森:《宠儿》,潘岳、雷格译,海口:南海出版公司2013年版,第303页。
③ 〔美〕托妮·莫里森:《宠儿》,潘岳、雷格译,海口:南海出版公司2013年版,第319页。
④ 〔美〕托妮·莫里森:《宠儿》,潘岳、雷格译,海口:南海出版公司2013年版,第319页。
⑤ 〔美〕托妮·莫里森:《宠儿》,潘岳、雷格译,海口:南海出版公司2013年版,第320页。

缺席的都调动起来，把不是我们自己的经验"传送"给我们。不管是福克纳还是莫里森都向我们展示了巫术，并且邀请我们接受他们描写的特异景象，让我们相信他们笔下的鬼魂，否则我们是走不进他们的故事的。

《最蓝的眼睛》《喧哗与骚动》和希腊古瓮：福克纳与莫里森对美的探求

〔法〕弗朗索·瓦布伊松* 著　康毅 译

一双蓝色的眼睛虽使读者想到圆形的球体，继而联想到约翰·济慈（John Keats）的希腊古瓮，然而威廉·福克纳的《喧哗与骚动》（The Sound and the Fury，1929）和托妮·莫里森的《最蓝的眼睛》（The Bluest Eye，1970）之间的互文性却相当出人意料且难以置信。尽管如此，美学探求——到底美是秩序、真理、纯洁，还是一种商品化、标准化的模式——是他们共同的主题之一，也是小说人物的关注点之一。福克纳于1929年创作这部小说时并非为了畅销，而是出于一种美学目的："但是我在写班吉（Benjy）的部分时，我不是为了出版才写的"[①]。而莫里森在其第一部小说中便在尝试找到一种属于自己的艺术形式——以及一种属于她的民族的艺术形式。这位非裔美国小说家通过塑造一个想拥有最蓝的眼睛的黑人女孩，谨慎地表达了因刻板印象去树立理想的危险，这个刻板印象不在人力所能及的范围内，被白人社会强加在这个自我厌恶的黑人女孩身上。莫里森"敬畏于福克纳的班吉的权威"时，她

---

* 弗朗索·瓦布伊松，法国波城大学副教授，法国美国研究协会成员。

① Wiliam Faulkner, "Introduction to The Sound and the Fury", in The Sound and the Fury: Norton Critical Edition, p. 231.

面临着一种美学挑战,她必须找到自己的视角和声音。① 她清楚地意识到艺术形式若杂乱无序是很危险的,《秀拉》的叙事者也强调了这一点:"正如那些找不到艺术形式的艺术家一样,她［秀拉］变成了危险人物"②。因此,在某种程度上,《喧哗与骚动》和《最蓝的眼睛》于作者于人物都是成长小说。

《希腊古瓮颂》(*The Grecian Urn*, 1820)在《喧哗与骚动》的创作与结构上扮演了极其重要的角色,促成了凯蒂(Caddy)——福克纳的花瓶、古瓮或器皿——这个人物的塑造:"我对我自己说,现在我可以写作了。现在我可以把自己变成一个花瓶了,就像那个年迈的罗马人放在床边亲吻而渐渐磨损了边沿的那个花瓶一样。因此,没有姐妹、女儿又很小就去世的我准备自己创造一个美丽的、悲惨的小女孩"③。这样一来,其美学就带上了情欲的色彩:花瓶成为其力比多或迷恋的对象,令人陶醉,与此同时,花瓶又有死亡和衰败的意涵。正如伯纳德·布莱克斯通(Bernard Blackstone),某位济慈评论家,所言,"古瓮就像一个子宫,一切皆始于此。它又像是一座坟墓,一切皆终于此"④。莫里森小说的灵感并非来自于这位英国浪漫主义诗人的颂,而是源自莫里森与其童年好友的一次对话,这位好友便想要一双蓝色的眼睛。虽如此,但佩科拉(Pecola)同样可以视为"一个悲惨的小女孩",她对美"热烈的探求"⑤。

"热烈的探求""怎样的逃躲"其至"怎样的狂喜"这些主题在

---

① Toni Morrison, *Playing in the Dark*: *Whiteness and the Literary Imagination*, Cambridge, MA: Harvard UP, 1992, p. 4.

② 〔美〕托妮·莫里森:《秀拉》,胡允桓译,海口:南海出版公司2014年版,第121页。

③ William Faulkner, "Introduction to *The Sound and the Fury*", in *The Sound and the Fury*, Norton Critical Edition, pp. 227 – 228.

④ John Keats, "Ode on the Grecian Urn", in *The Complete Poems*, edited by John Barnard, Harmondsworth: Penguin Books, 1973, p. 333.

⑤ John Keats, "Ode on the Grecian Urn", in *The Complete Poems*, edited by John Barnard, Harmondsworth: Penguin Books, 1973, p. 346.

《喧哗与骚动》和《最蓝的眼睛》中亦有所体现。事实上，福克纳和莫里森的小说在某些地方与古瓮或其引发的思考所隐含的意象或辩证过程有异曲同工之处，例如动与静、沉默与音乐、纯洁与强奸形式的圆方之间形成的张力。一系列的问题（听上去像感叹一样）形成的狂乱节奏和福克纳、莫里森小说中的独白或对话一样紧迫又生动。这首"冰冷的牧歌"创造的只有荒芜，其中，花常常与未满足的欲望或种子联系起来。第四节中提到的牺牲同样使读者想到替罪羊的母题，就像班吉和佩科拉被社区人民的疯狂探求所牺牲一样。古瓮象征的视觉与触觉艺术形式中也含有音乐这种艺术形式，而音乐在两部小说中都扮演了极其重要的角色，例如《喧哗与骚动》中复活节的教堂礼拜仪式，以及《最蓝的眼睛》中黑人妇女的日常生活都有音乐元素。这首颂试图超越艺术的矛盾，尤其是"冻结"难以捉摸的美，在凝望着古瓮的读者眼中，它也是个镜像迷宫。

视角主题是福克纳和莫里森美学中的另一个要素。图画的视角，图像符号，似乎在福克纳文本的最后部分叠见层出。① 而众所周知小说开篇便是一幅幻想的图像：梨树下凯蒂（Caddy）沾满泥泞的衬裤。最蓝的眼睛是一个悲惨女孩的美学理想，这个女孩的命运与蓝眼睛的班吉如出一辙。她仪式性地杀了一个绝望的生物之后便疯了，便以为自己拥有蓝色的眼睛，而只有在她疯了之后才被赋予了叙述人"我"的话语权。如果美和真理紧密相连，那么看见和存在也一样，尤其如果我们考虑到人物对镜子的迷恋的话。这双眼睛提出了认识论层面上的问题——我看得见吗？我的视力可靠吗？——而"我"，也就是叙述者，提出了本体论层面上的问题：我存在吗？我存在在语言里吗？对两位作者在探求美的叙事策略上进行研究，成果表明，这些问题的答案是一种在分裂和稳定之间摇摆的艺术形式。然而，探求美是危险的，就像看美杜莎的眼

---

① John Keats, "Ode on the Grecian Urn", in *The Complete Poems*, edited by John Barnard, Harmondsworth: Penguin Books, 1973, p. 193.

睛，可能会失去知觉、会被僵化。文本探索了一种艺术张力，某些人物角色，某些失败的艺术家，也感受到了这种张力。这也不禁让我们想到两部小说在对美的探求上是"最辉煌的失败"还是成就呢?①

福克纳与莫里森在对美的探求上的叙事策略

《喧哗与骚动》与《最蓝的眼睛》都被分为四个部分，分别为四天或者四个季节，但是它们在结构上显然都是松散不连续的，因为他们经常依赖独白或者不同的叙事声音。写完班吉的部分后，福克纳觉得必须写剩下三个部分——尤其是由第三人称叙述者讲述的第四部分——来阐明班吉的部分；而且他依然感觉小说没有完成："我试着让我自己作为发言人，把碎片拼凑起来填补空白。它仍然是没有完成的状态……"②混乱的情节构造反映出有序和无序之间的张力。这种张力也体现在莫里森的文本中。莫里森的第三人称叙述者选择了用棉被作为隐喻："家庭的每个成员只生存在自己的意识中，搜索零散经历与信息，用来缝制现实生活的拼花棉被。相互之间的点滴了解使他们产生了一线归属感，试图将就地共同生活下去"③。小说结尾，群体的叙事声音发现很难去重新回忆或者重建佩科拉的故事，尤其是那次她受到的乱伦强奸："渐渐的，我们把只言片语联串起来，连成一个机密可怕的故事"④。这个元小说式

---

① John Keats, "Ode on the Grecian Urn", in *The Complete Poems*, edited by John Barnard, Harmondsworth: Penguin Books, 1973, p.193.
② John Keats, "Ode on the Grecian Urn", in *The Complete Poems*, edited by John Barnard, Harmondsworth: Penguin Books, 1973, p.233.
③ 〔美〕托妮·莫里森：《最蓝的眼睛》，陈苏东、胡允桓译，海口：南海出版公司2005年版，第22页。
④ 〔美〕托妮·莫里森：《最蓝的眼睛》，陈苏东、胡允桓译，海口：南海出版公司2005年版，第119页。

的评论也体现了那个把小女孩排斥在外的俄亥俄州洛兰小镇刺探偷窥的恶习。迪克（Dick）和珍妮（Jane）扭曲的复述、独白或者心理叙事之间的来回往复创造了这样混杂的效果。然而，尽管总体的叙事是流动的、混乱的，但是叙事围绕着复调的结构组织起来，这种复调在音乐中也有所体现，其具有戏剧性的讽刺效果。

《喧哗与骚动》的结尾给人的印象是封闭、完整的：班吉"沉迷"的严格的秩序被重新建立起来，即使是回归到某种荒谬的秩序中，且这种秩序对阻止家族的败落毫无用处。小说结构前后更加呼应：故事中第一视角/我，班吉明（Benjamin），也是最后聚焦的人物。至于迪尔西（Dilsey），她看见了初，也看见了终，而读者也感觉到他们得读到小说结尾才能理解小说的开端：就像班吉绕着南方联盟士兵的雕像"转动"，小说像希腊古瓮一样围绕着自己转动。事实上，小说采用了一种精明的蒙太奇对比视角与色调：真实的、悲剧的、喜剧的，或者怪诞的。而小说人物，尤其是康普生兄弟三人，就是彼此的镜了：例如，班吉和昆丁不仅对他们的妹妹有同样的迷恋，而且两人都有想要强奸某个女孩的嫌疑；杰生（Jason）和昆丁看上去是对立的，但是昆丁与吉拉德·布兰特（Gerald Bland）的战斗和杰生与那个老人的战斗一样荒诞不经；班吉明和杰生同样可以被视为总是把衰败之感理性化的昆丁的夸张版。三兄弟之间的同或异突出体现在他们面对同样的现实所作的反应上。鸟的意象提供了一个很好的例子：昆丁看到的是"海鸥挂在看不见的线上"①，象征了波德莱尔式的理想探求，也反映了世俗中其自身的无能为力，而杰生对鸟的看法则更为单调平庸，尤其是鸽子和麻雀因为粪便被他幽默地形容为一件麻烦事儿。这些对立的视角反映出小说的复调特色，在悲剧、戏剧甚至是闹剧间来回摆动。虽然于昆丁和班吉而言，水象征着女

---

① William Faulkner, "Appendix Compson", in *The Sound and the Fury: Norton Critical Edition*, p. 57.

性和性欲，但是杰生却明显地讨厌水："我连看见水都要恶心"①。复调叙事使得福克纳在象征层面和语言层面上都让人物之间形成对立的同时展现了人物间的相似之处。

据撒迪厄斯·M. 戴维斯（Thadious M. Davis）所言，对非裔美国人的描写构成了小说复调叙事的一部分。吉布森（Gibson）一家，对立的黑人家庭的作用并非喜剧性的穿插，而是作为美学和伦理策略的一部分，旨在突出康普生一家的分崩离析和人丁稀少，这种衰败的状态与他们的生存和承受能力形成了对比："在《喧哗与骚动》中，福克纳把南方分为白人和黑人两个世界。他用他从外部观察到的黑人世界去反衬白人世界和白人的弱点或者鲜有的优点。"② 黑人家庭和白人家庭形成的这种叙事关系在《在黑暗中游戏》（*Playing in the Dark*）中更为有趣，其中，托妮·莫里森暗示道，在美国文学中，白人身份是通过抹杀黑人身份，使其不可见、使其沉默而得以建立的："为了使黑人沉默，以加强黑人的不可见性，就让黑人连影子都无法参与主流文化的建设。"③ 与此相反，福克纳似乎促进了黑人的可见性，让黑人发声，虽然即使在小说最后一部分，主人公迪尔西也是被白人叙述者讲述的。事实上，据帕特丽夏·麦基（Patricia Mckee）所言，尽管迪尔西确实是小说中最个性化的黑人角色，但是非裔美国人总体被视为"可被同化的"，也就是说，黑人的个体性没有体现出来，而白人男性角色却通过独白的形式被描写为"异化的"形象："尤其是在教堂礼拜仪式中，希谷克（Shegog）这个'人物'并不被人们放在心上，人们'看见了初，也看见了终'，个

---

① 〔美〕威廉·福克纳：《喧哗与骚动》，李文俊译，上海：上海译文出版社1984年版，第259页。

② Patricia McKee, *Producing American Races*: *Henry James*, *William Faulkner*, *Toni Morrison*, Durham: Duke UP, 1999, p. 70.

③ Patricia McKee, *Producing American Races*: *Henry James*, *William Faulkner*, *Toni Morrison*, Durham: Duke UP, 1999, p. 10.

人的、暂时的不同在个人意识和集体意识中都被同化了"①。麦基总结道，非裔美国人既不与白人平等，又不是白人的敌对者。此分析也许有其意义所在，但是我们不禁会想，在众声喧哗的群体中，黑人能超越自我之不同的力量到底是不是福克纳在附录中总结的美学理想和伦理理想："他们艰辛地活着"②，"他们"指的是在康普生家族中没有的团结和安定感。

在《最蓝的眼睛》中，托妮·莫里森用了一种复调的结构突出了黑人群体内部的分裂，黑人的团结完全是一种谬误。麦克迪亚（McTeer）一家与布里德洛夫（Breedlove）这个滋生着对彼此的恨意与暴力的不正常家庭，与杰萝丹（Geraldine）这个遵从白人美国梦规范的中产阶级家庭形成了对比。三个家庭的不同体现在对三家屋子的描写上，屋子是居住者的镜子，反映出他们生活的社会与经济环境："布里德洛夫一家住在库房并不是因为工厂裁员造成暂时困难。他们住在那里是因为他们穷，他们是黑人。他们住在那里也是因为他们相信自己十分丑陋"③。黑人的房屋与费舍尔（Fisher）这个白人家庭的屋子形成了对照，费舍尔一家的屋子也是迪克和珍妮描绘的最理想的房子："在那里，她享受的是美丽、井然、清静的生活以及人们的赞扬"④。复调叙事也批判了二人讲述的美国典型的生活方式；莫里森有条不紊地运用每一个元素——房子、母亲、父亲、猫、狗——来表现这种生活方式的谬误与缺陷。母亲波莉（Pauline），她孩子叫她布里德洛夫夫人，没能保护好她的女儿，使女儿被其父无节制的本我欲望所害；杰萝丹的猫被她儿子路易斯·裘

---

① Patricia McKee, *Producing American Races*: *Henry James*, *William Faulkner*, *Toni Morrison*, Durham: Duke UP, 1999, p. 115.

② 〔美〕威廉·福克纳：《喧哗与骚动》，李文俊译，上海：上海译文出版社 1984 年版，第 371 页。

③ 〔美〕托妮·莫里森：《最蓝的眼睛》，陈苏东、胡允桓译，海口：南海出版公司 2005 年版，第 24 页。

④ 〔美〕托妮·莫里森：《最蓝的眼睛》，陈苏东、胡允桓译，海口：南海出版公司 2005 年版，第 99 页。

尼尔（Louis Junior）所杀；还有皂头牧师（Soaphead Church）这个恋童癖，自称能弥补上帝的缺席，却利用佩科拉对美的欲望除去了邻居的老狗。每一段前面都有漏洞百出的迪克和珍妮混乱、不和谐的重述。理想之美被成人与儿童之间不正常的关系所破坏了。和布里德洛夫一家住在一起的亨利先生是一个诱奸者，爱拈花惹草，从他企图触摸弗里达·麦克迪尔（Frieda McTeer）就可以看出来；其实，亨利先生是皂头牧师和真的强奸了女儿佩科拉的乔利·布里德洛夫（Cholly Breedlove）的喜剧对照。

《喧哗与骚动》和《最蓝的眼睛》的对比研究表明两位作家的美学事实上都反映了有序和无序之间的张力，而这个张力就是美的定义的核心。故事中不同的视角和声音可能会显得分散与碎片化。就像福克纳的小说是由三个第一人称叙事者和一个第三人称叙事者组成，叙事似乎从内部转换到了外部，莫里森的叙事同样由第三人称和第一人称组成，再加上斜体、正常字体、标点符号、空格等。甚至很难辨别某些独白的叙述者，例如按说是波莉·布里德洛夫的独白，听上去却更像是一个采访或者一份证词。此外，皂头牧师给上帝写了一封信，在信中他为自己所谓上帝般的干预进行了辩护，这信却更像是伪装的独白，使得莫里森能够在与人物保持距离的情况下，揭示恋童癖和欲求不满者的内心。而且，就像福克纳玩弄时态、破坏线性时间顺序一样，莫里森的小说结构围绕着四个季节，从秋到春，采用了常常带有人物传记的外部追叙；克劳迪娅（Claudia）是第一人称叙事者，也是佩科拉堕落的主要证人之一，她突然转换时态，模糊了过去与现在的界限，使得其回忆叙事显得不可靠：

> 姐姐进来了。她眼里充满了悲伤。她唱歌给我听："当黑紫的夜幕降临在昏昏欲睡的花园围墙上时，有个人儿在想念着我……"我困得睁不开眼，但仍想着黑紫的梅子、围墙，以及"那个人儿"。

可是往事真是如此吗？和我记忆中一样的痛楚吗？不完全如此。①

时态的变换在克劳迪娅以成年人的角度评论自己幼时的观点时产生了更强的张力。佩科拉最后的独白中也可以听到双重叙事声音。因为班吉是一个傻子，所以他被赋予了话语权，去讲述一个充满喧哗与骚动的故事。佩科拉在盲目相信皂头牧师给了她蓝色的眼睛后，也被赋予了话语权——一个忧郁的"我"："《最蓝的眼睛》的神秘标题——只有一只眼睛（译者注：原文的眼睛［eye］是单数），还有，比什么更蓝呢？——变成了佩科拉对'世界上最蓝的眼睛'的疯狂探求，最后写出了佩科拉孤立、孤独的自我。她就是最忧郁的我。"② 她和自己的对话用了斜体文字，周围都是空白，这使我们想到凯蒂（Caddy）和昆丁之间的对话，昆丁也有一个忧郁的自我。此外，正如班吉似乎被困在某种怪圈一样，佩科拉也花了一辈子在游荡，想飞却无法展翅翱翔。鸟在昆丁的独白中也是一个重要的象征，他想飞向永恒。

事实上，两部小说的意象都很丰富，也惊人地相似。例如，篱笆象征着班吉的犯罪，最终导致他被阉割。而在《最蓝的眼睛》中，篱笆同样扮演了十分重要的角色。乔利·布里德洛夫遇到波莉时，"倚靠在篱笆上眼睛凝视着远方"③，光着脚挠着腿。他女儿佩科拉在厨房里做相同的动作时立刻激起了他乱伦的欲望；因此篱笆是一种预兆，预示了他未来犯的罪。两个文本中都穿插着花与种子的隐喻，花与种子通常表达了美和多产，但是在这里却颇具讽刺意味地把两部小说变成了"冰冷的牧歌"，把小说的背景变成了荒原。克劳迪娅在佩科拉被强奸、佩科拉的

---

① 〔美〕托妮·莫里森：《最蓝的眼睛》，陈苏东、胡允桓译，海口：南海出版公司2005年版，第7页。
② Theresa Towner, "Black Matters on the Dixie Limited", in *Unflinching Gaze*: *Morrison and Faulkner Re-Envisioned*, edited by Carol A. Kolmerten, Stephen M. Ross, and Judith Bryant Wittenberg, Jackson: UP of Mississippi, 1997, p. 116.
③ 〔美〕托妮·莫里森：《最蓝的眼睛》，陈苏东、胡允桓译，海口：南海出版公司2005年版，第104页。

孩子去世之后，强调春天以后万寿菊就不长了。《喧哗与骚动》最后一部分，复活节象征着春天、重生以及丰饶；然而，"这一天在萧瑟与寒冷中破晓了。一堵灰黯的光线组成的移动的墙从东北方向挨近过来，它没有稀释成为潮气，却像是分解成为尘埃似的细微、有毒的颗粒"①。我们甚至可以牵强地把昆丁和班吉对凯蒂的迷恋与《最蓝的眼睛》中小女孩对"糖果"的渴望联系起来。（译者注：英文中，凯蒂[Candace/Caddy]与糖果[candy]拼写和发音都类似）然而，两部小说中最重要的还是眼睛的主题，眼睛与欲望、与探求美可能会导致的自恋危险有直接的联系。

眼睛作为美的障碍

视觉在美学探求中其实是一个关键元素，因为作家必须眼对眼地去看现实，而莫里森正是欣赏福克纳作品中不逃避现实的勇气："他的凝视是不同的。那时在他的书写中，我最赞赏的是一种似是找寻，甚至像是注视，一种拒绝把目光移开的态度。"② 然而，凝视并不一定能获得完美的视野。《喧哗与骚动》中十分细致地描写了钟表匠的眼睛；实际上，他是一个独眼龙："他抬起头来，他那只眼睛显得又大又模糊，简直要从镜片里冲出来"③。这双眼睛似乎占了很大的比例，尽管"冲出来"好像表达了一种渴望，眼睛"模糊"说明其视觉是失真的。这位独眼人物既是时间的象征，也是盲目的象征，好像一个怪物。实际上，在整部

---

① 〔美〕威廉·福克纳：《喧哗与骚动》，李文俊译，上海：上海译文出版社1984年版，第292页。

② "Faulkner and Women", in *Faulkner and Women*, edited by Doreen Fowler and Ann J. Abadie, Jackson: UP of Mississippi, 1986, pp. 299–297.

③ 〔美〕威廉·福克纳：《喧哗与骚动》，李文俊译，上海：上海译文出版社1984年版，第94页。

小说中，视觉感知都飘忽不定、难以实现。同样，镜子象征着模仿，也不是一个可靠的框架："在镜子里只见她一溜烟地跑了过去，我［班吉］简直莫名其妙"①。即使那个傻子成功地捉到了视觉框架中的图像，但那个轮廓，那个无法得到的古瓮，还是像空气一样难以捕捉。班吉的眼睛总是面对着一个移动的框架，在最后，他就不再是眼睛了，而只是一声叫喊、一张嘴巴。在最后部分，异故事叙述者把他的眼睛描述为"宁静安详，难以描摹"②，好像这个人物没有内心的思想。镜子就是眼睛的重像，在镜子里，昆丁看到的只是模糊的、不完整的或者失真的自己在运动。昆丁在水——另一种镜子——中看到的并不是映像，而是一个影子，一个黑暗的重像，既没有脸，也没有四肢。那条河本身便是一个巨大的、不稳定的镜子，文本的另一个镜像迷宫，其呈现的都是分裂的、不完整的："我看见最后的光线懒洋洋而平静地依附在沙洲上，沙洲像是许多镜子的残片"③。在杰生的部分，眼睛这个意象就出现得没有那么频繁了，可能是因为他比起眼睛而言，更像是一张嘴巴，他说的比看的多。但是，他也是一位"独眼的"聚焦者，他对周围人的评价是失真的，带有歧视女性的偏见。杰生只能看到红色（"我看到了红色"），他像俄狄浦斯的化身一样，是盲目的、悲剧的。

在最后的部分，异故事叙述者的视角应该更加敏锐。毫无疑问，他尝试着去描述得准确、全面。他敏锐的眼睛，通过明喻和描述性的类比，旨在实现精确的视觉，他对黑人教堂的描述显示了他对绘画以及图画般的细节颇有兴趣："这儿的景象像画出来的布景"，"像画里的教

---

① 〔美〕威廉·福克纳：《喧哗与骚动》，李文俊译，上海：上海译文出版社1984年版，第91—92页。

② 〔美〕威廉·福克纳：《喧哗与骚动》，李文俊译，上海：上海译文出版社1984年版，第348页。

③ 〔美〕威廉·福克纳：《喧哗与骚动》，李文俊译，上海：上海译文出版社1984年版，第192页。

堂","画着风景的硬纸板"。① 叙述者喜欢模仿现实主义作家；但是因为他属于当地的白人群体，他的视野是扭曲的，尤其是他对黑人的描绘："刺鼻与独特的黑人气味"；"孩子们穿的是白人卖出来的二手货，他们以昼伏夜出的动物那种偷偷摸摸的神情窥探着班"；② "希谷克有一张瘦小的老猴子那样的皱缩的黑脸。"③ 叙述者把黑人和黑暗和动物联系在一起。这证明了莫里森在《在黑暗中游戏》中提出的白人身份建构理论是正确的。叙述者的视角扩大了他自己和隐含作者的距离；最后一部分是对第三人称叙述的模仿，而第三人称叙述总是聚焦在思想上：眼睛不可能只是一台相机。在《最蓝的眼睛》中，正如我在本文第一部分所阐述的，通过多种叙述手法实现了不同的聚焦，这同样导致了叙述的模糊与碎片化。而且，虽然在福克纳的小说中，眼睛常常与欲望的失落或身份的追寻联系在一起，但是在莫里森的小说中，眼睛与美的探求之间的联系则更为直接，因为于佩科拉而言，眼睛也是一种饰物，可以把她变成一个更美丽的生物。很多批评家认为《最蓝的眼睛》其实是对《白雪公主》的戏仿。《白雪公主》这个童话故事除了讲"古代的那喀索斯之事——他只爱自己，且爱得如此之深，以致被其自爱所吞噬"之外，还讲到了父母与孩子之间的关系。④

眼睛常常与危险，尤其是与因偷窥或者自恋而导致的石化——甚至是死亡——联系起来。昆丁就是在他淹死的河里被其自恋所吞噬的。至于佩科拉，她就是白雪公主的对立人物：她在小说开篇流的三滴血象征着她的性成熟，但也为她被父亲——俄狄浦斯的化身——强奸埋下了伏

---

① 〔美〕威廉·福克纳：《喧哗与骚动》，李文俊译，上海：上海译文出版社1984年版，第319页。
② 〔美〕威廉·福克纳：《喧哗与骚动》，李文俊译，上海：上海译文出版社1984年版，第318页。
③ 〔美〕威廉·福克纳：《喧哗与骚动》，李文俊译，上海：上海译文出版社1984年版，第320页。
④ Bruno Bettelheim, *The Uses of Enchantment: The Meaning and Importance of Fairy-Tales*, 1975, Harmondsworth: Penguin Books, 1991, p. 202.

笔。她父亲自己就是"眼神强奸"的受害者。两个白人猎手用手电照着他的臀部,在他们吓人的目光中,他必须与一个黑人女孩进行性行为:"手电筒的灯光爬进了他的肠道"①。他对他女儿施行的乱伦强奸证明了他是盲目暴力的受害者,这个暴力并非源于自爱,而是源于自我厌恶,尤其是他父亲拒绝"看"他而产生的自我厌恶。眼神也代表着一种认可;但是小说中很多人——尤其是佩科拉——都被忽视、都缺少他人的认可,而这可能像偷窥一样有石化的风险。

于黑人女性而言,最具伤害性的就是社会建构的审美眼光,它把白人的审美标准强加到她们身上,并以这个标准去要求她们,例如,像秀兰·邓波儿(Shirley Temple)和珍·哈露(Jean Harlow)一样有一双蓝色的眼睛。而且,总体而言,美总是和秩序、洁净、贞操和真理联系在一起:济慈在他的希腊古瓮中把美等同于真理。莫里森谴责的是这种美学概念的武断和危险,思想与心灵之美在麦莉(Marie)小姐等角色中也有所体现。麦莉小姐的昵称是玛杰诺·兰(Maginot Line),像戈尔工一样,她是三个妓女之一。那个举止粗鲁、眼睛又像美杜莎一样的让人们石化的大女人是关注佩科拉的寥寥几人之一,她把自己比作蒲公英:她不理解这么美丽的一种花可能会像野草一样消散。惊人的是,班吉也把自己比作花朵,像曼陀罗等有毒的花朵,还有狗茴香等发臭的花朵,而狗茴香是动物性的象征。班吉的外表不仅丑陋,还体现了分裂、不和谐,还有无序:"一个大个子,这人身上的分子好像不愿或是不能粘聚在一起,也不愿或是不能与支撑身体的骨架粘聚似的"②。这两位人物也是自恋的——班吉凝视着花朵,好像花是其自我的映照,而"蓝眼睛的"佩科拉对着她的镜子自言自语——因此,他们无意中颠覆了审美规

---

① 〔美〕托妮·莫里森:《最蓝的眼睛》,陈苏东、胡允桓译,海口:南海出版公司2005年版,第95页。

② 〔美〕威廉·福克纳:《喧哗与骚动》,李文俊译,上海:上海译文出版社1984年版,第301页。

范。佩科拉被其无用的母亲波莉否认，她母亲只把她当作"一个毛茸茸的小黑球"①。波莉因为掉了一颗牙齿和她"没有脚弓的跛足"②而觉得自己丑陋。她活在错位的幻觉中，活在美和连贯的幻觉中，就像电影院的大屏幕一样："在那里黑白形象由光线打上银幕聚拢在一起，形成完美的整体"③。黑白形象的融合同样创造了一种种族和解的幻觉，体现了一种保守的意识形态。

在莫里森的作品中，商品化和标准化的美会对黑人女性造成伤害。在福克纳的作品中，凯蒂基本上就是被男性的眼睛所害。福克纳似乎对美丑的标准并不特别感兴趣；他写凯蒂的性感时没有特别细致地描写其外貌；她只是一个妹妹，一个可以乱伦的对象，虽然这也是一种自爱和自恋。于班吉而言，凯蒂本质上是一种嗅觉的味道，是树的气味；于昆丁而言，他敬畏那些戴着面纱和面具的女人："她们的面纱翻起在她们的小白鼻子上，神秘的眼光在面纱下面流星般闪来闪去"④。尽管女孩们都是白人，但是她们仍是难以理解、难以解读、难以书写的，就像黑人一样是无形的。到最后，我们可能会想谁才是那个美杜莎的角色，谁又是那个被石化、被他者的眼睛剥夺了身份的人，而这也使读者联想到萨特（Sartre）哲学中的定与慧、视力与洞察力，萨特的哲学理论常常被用来解释莫里森小说中认知与身份的关系。凯蒂被男性目光所鄙视、所强奸，她是这出荒诞闹剧的受害者："我身子里有一样可怕的东西，黑夜里有时我可以看到它露出牙齿对着我狞笑，我可以看到它透过人们的

---

① 〔美〕托妮·莫里森：《最蓝的眼睛》，陈苏东、胡允桓译，海口：南海出版公司2005年版，第72页。

② 〔美〕托妮·莫里森：《最蓝的眼睛》，陈苏东、胡允桓译，海口：南海出版公司2005年版，第63页。

③ 〔美〕托妮·莫里森：《最蓝的眼睛》，陈苏东、胡允桓译，海口：南海出版公司2005年版，第71页。

④ 〔美〕威廉·福克纳：《喧哗与骚动》，李文俊译，上海：上海译文出版社1984年版，第165页。

脸对我狞笑，它现在不见了，可是我病了"①。佩科拉被困在一个蓝色的假象中，而凯蒂则被一个空白的空间所吞噬："朦朦胧胧的一团白色"②，安德烈·布雷凯斯坦（Andre Bleikasten）对此评价道："凯蒂就是一个虚度的、破灭了的美丽的梦"③。

对美的探求是最壮丽的失败？

昆丁的独白有时表现出一位青年艺术家的形象。事实上，在福克纳和莫里森的小说中，有好几位主要人物都是失败的艺术家或是没有意识到自己能力的艺术家。例如，班吉就可以被视为一个诗人，他即兴创作的天赋让我们想到爵士乐。他的风格雄伟壮丽又质朴天然，他把多种感官以出人意料的方式融合在一起："我的影子在草上滑过，月光底下的草发出了沙沙声"④。昆丁对河流的描绘有一种图画般的质感，和印象派绘画一样："我们渡过了河。那座桥坡度很小，却高高地耸立在空中，在寂静与虚无里，黄色、红色与绿色的电火花在清澈的空气里一遍又一遍地闪烁着"⑤。波莉·布里德洛夫也表达了对颜色的关注，她试图让家里的东西变得有意义，她"根据东西的大小，形态或颜色的深浅"⑥ 来

---

① 〔美〕威廉·福克纳：《喧哗与骚动》，李文俊译，上海：上海译文出版社1984年版，第128页。
② 〔美〕威廉·福克纳：《喧哗与骚动》，李文俊译，上海：上海译文出版社1984年版，第170页。
③ 〔美〕威廉·福克纳：《喧哗与骚动》，李文俊译，上海：上海译文出版社1984年版，第66页。
④ 〔美〕威廉·福克纳：《喧哗与骚动》，李文俊译，上海：上海译文出版社1984年版，第51页。
⑤ 〔美〕威廉·福克纳：《喧哗与骚动》，李文俊译，上海：上海译文出版社1984年版，第193页。
⑥ 〔美〕托妮·莫里森：《最蓝的眼睛》，陈苏东、胡允桓译，海口：南海出版公司2005年版，第64页。

整理。她在独白中把性高潮比作一道"彩虹"①，继而名副其实地用颜色"画出"了她的快乐："六月虫发出的道道绿光，大腿上流下来的野果的紫浆，妈妈的黄柠檬水，混合在一起在体内流动。之后我觉得我在两腿之间大笑，笑声和色彩融合在一起……像是体内的一道彩虹"②。性欲——古瓮上的那对恋人从来没能实现的——在这里与创作力、与笑声中蕴涵的喜剧气氛等同起来了。

　　在小说中，笑声常常象征了反叛与自信。克劳迪娅自己就是一个颠覆性的画家，她描绘保护她的父亲的脸，就好像在描绘一幅冬季景观——白色取代了黑色，白人性取代了黑人性："他的眼睛就变成了积雪的悬崖，随时可能发生雪崩；眉毛弯成了干枯无叶的树枝。皮肤和冬季暗淡无力的阳光一样；下巴像积雪覆盖的田野，带着星星点点残留的麦茬"③。这种描绘方式令人惊异，令人联想到济慈的古瓮，她用现在时把父亲的形象冻结了，使其"耐得住琢磨"。这个黑人父亲似乎变成了白人，而白人性与荒芜、与惆怅联系在一起，这样的改变更具破坏性。然而，矛盾的是，这位父亲又与火有联系，他甚至被形容为"像火神一样看管炉火"④。佩科拉的经历被克劳迪娅成功地赋予了意义；如此一来，她这个艺术家就不是失败的，虽然她也暗示美和爱在这个世界上不会获得胜利，暗示人们注定要生活在"向日葵和垃圾堆之间"⑤。这样的矛盾也揭露了某些人物的行为：失去超我的乔利·布里德洛夫认为强奸

---

　　① 〔美〕托妮·莫里森：《最蓝的眼睛》，陈苏东、胡允桓译，海口：南海出版公司2005年版，第83页。
　　② 〔美〕托妮·莫里森：《最蓝的眼睛》，陈苏东、胡允桓译，海口：南海出版公司2005年版，第83页。
　　③ 〔美〕托妮·莫里森：《最蓝的眼睛》，陈苏东、胡允桓译，海口：南海出版公司2005年版，第39页。
　　④ 〔美〕托妮·莫里森：《最蓝的眼睛》，陈苏东、胡允桓译，海口：南海出版公司2005年版，第39页。
　　⑤ 〔美〕托妮·莫里森：《最蓝的眼睛》，陈苏东、胡允桓译，海口：南海出版公司2005年版，第134页。

他女儿是一份爱的礼物:"他想占有她,但要温柔"①。这句话运用了矛盾修辞法,体现了莫里森对恶的两重性的强调。

事实上,美学理想受到了不贞、邪恶、肉体衰败——皂头牧师和昆丁·康普生厌恶肉体——以及无法抗拒的被玷污感的威胁。两部小说中最弱的角色分别是班吉和佩科拉,他们是仪式化暴力的受害者,为了重建秩序而被牺牲。这种秩序在《最蓝的眼睛》中是一种错误的美。佩科拉牺牲了,这样黑人群体才能重新发现自己的美:"与她的丑陋相比感到美丽"②。如果对美的探求必须要这样的牺牲——还要牺牲无辜的生命,像佩科拉喂的那条狗,它甚至不知道佩科拉要毒死它——我们可以说,这个探求并不是那么值得赞扬。佩科拉的经血也让她成为理想的替罪羊,因为按勒内·吉拉德(Rene Girard)的说法,月经同样被视为不贞的象征。勒内·吉拉德也强调乱伦强奸是一种极端的暴力形式,象征着家庭的毁灭。但是讽刺的是,在佩科拉牺牲之后,甚至在班吉被送去杰克逊精神病院后,群体内部还是没有实现真正的净化。如今布里德洛夫一家败落了,而大自然好像在哀悼一般。

在两部小说中,是坚忍的美挽救了美的失落。这种坚忍体现在《喧哗与骚动》中的迪尔西身上,也体现在照顾乔利的吉米(Jimmy)姨婆的三位黑人老妇女身上:像迪尔西一样,她们看见了初,也看见了终:"这些黑人老妇女一生的甘苦都凝聚在她们的眼睛里——浓缩了悲伤与幽默、狡黠与平静、现实与幻想";"三个老妇人低低的说话声汇合成了口琴美妙的音符"③。这些妇人用歌唱超越了悲伤。很多时候,在莫里森的小说中,歌唱或者欢笑的人才是坚忍的化身,而那些沉默的人却无法

---

① 〔美〕托妮·莫里森:《最蓝的眼睛》,陈苏东、胡允桓译,海口:南海出版公司2005年版,第105页。

② 〔美〕托妮·莫里森:《最蓝的眼睛》,陈苏东、胡允桓译,海口:南海出版公司2005年版,第133页。

③ 〔美〕托妮·莫里森:《最蓝的眼睛》,陈苏东、胡允桓译,海口:南海出版公司2005年版,第89页。

克服他们的苦难或身份的失落。事实上，莫里森把音乐，尤其是爵士乐，视为最具救赎力量的艺术形式："乔利支离破碎的生活只有音乐家能理解。只有那些通过镀金弯曲铁片弹奏黑白长键的人，那些用紧绷的蛇皮和琴弦使风箱产生回音的人才能使他的生命成形"①。因此，莫里森承认艺术家在某种程度上是无能为力的，虽然她的文本，像维瓦尔第（Vivaldi）的《四季》（"Four Seasons"）一样，充满了歌曲的片段。女人们吟唱着这些歌曲，这样她们才能坚忍地生活下去。最典型的例子就是音乐在妓女身上产生的治愈效果，尤其是波兰（Poland），她唱的歌有一种草莓的感觉，而食物也是一种带来治愈和安慰的正面象征："波兰用她那甜草莓般的嗓音又唱开了"②。音乐是小说的一个主要结构，这个结构围绕着对比展开。因此，小说赞美音乐和嗓音，把它们视为最理想的美学形式，比只是虚构的文学形式更为可靠。克劳迪娅作的元小说式的评论中便体现了这个观点："重新组合谎言称其为真理；把以新形式出现的老观点视为上帝之启示"③。

在《喧哗与骚动》中，嗓音在黑人教堂中也显示了一种暂时性的治愈力量。希谷克的布道让会众了解了上帝的启示。"看"这个动词多次出现，证明了眼睛在宗教顿悟上扮演了重要角色。视觉使得听众在布道和言语中能看见、能交流。如奥黑丽·吉兰（Aurelie Guillain）所言，"就好像是眼睛，而不是耳朵，变成了听觉器官：好像当面看到上帝表明看到的启示和听到的领悟没有什么区别"④。圣餐仪式可以被解释为一种喜剧性的和解，但是白人，尤其是康普生一家却没有达到和解。康普

---

① 〔美〕托妮·莫里森：《最蓝的眼睛》，陈苏东、胡允桓译，海口：南海出版公司2005年版，第102页。

② 〔美〕托妮·莫里森：《最蓝的眼睛》，陈苏东、胡允桓译，海口：南海出版公司2005年版，第33页。

③ 〔美〕托妮·莫里森：《最蓝的眼睛》，陈苏东、胡允桓译，海口：南海出版公司2005年版，第134页。

④ Aurélie Guillain, *The Sound and the Fury: William Faulkner*, Paris: VUEF-CNED, 2002, p.185.

生一家象征着基督教价值观、人世间的爱,以及怜悯的失落。家族的分裂虽被延迟了,却终究无法避免。那么,读者不禁要想,一旦人们回归到尘世的生活,圣餐仪式还会对人们产生普遍的、持续的影响吗?在一篇名为《福克纳小说中的"上帝"》("The 'God' of Faulkner's Fiction")的文章中,米歇尔·格雷寨(Michel Gresset)甚至更为悲观:"不管做什么,人类都注定要受到旁观者的监视,他们的眼睛永远一动不动地睁着,让人难以忍受"①。希谷克牧师可能最终还是一个表演者,他的表演是为了给真理披上咒语般美丽的外衣。然而,像这样的美学上的美不能被错误地认为是真理或美德。

《喧哗与骚动》和《最蓝的眼睛》两部小说中的美学探求都注定不会成功。就像希腊古瓮一样,两部小说都是精心制造的人为产物,可以让读者审视其创作过程中的美学张力;但是两部小说又都是一种镜像迷宫,反映着世上"虚度的、破灭了的美丽的梦"。不能通过仪式化的暴力,而要以笑声和喜剧气氛,还有音乐持久的力量去救赎这个梦。在某种程度上,托妮·莫里森在解答世界的丑陋时比福克纳来得更为乐观。

---

① Michel Gresset, "The 'God' of Faulkner's Fiction", in *Faulkner and Idealism: Perspectives from Paris*, edited by Michel Gresset and Patrick Samway, Jackson: UP of Mississippi, 1983, p. 56.

不同的老福克纳式歌舞：
托妮·莫里森《宠儿》中的孤独

〔美〕罗瑞·沃特金斯* 著 王丽丽 译

> 楼上，宠儿在跳舞。轻轻的两步，两步，再跳一步，滑步，滑步，高视阔步。
>
> ——《宠儿》①

在 1983 年尼利·麦凯的访谈中，读者几乎可以听出托妮·莫里森话语中的不满："我不像詹姆斯·乔伊斯，我不像托马斯·哈代，我不像福克纳，我和他们哪里都不像。"② 在其他地方莫里森也说过："我不确定他（福克纳）对我的作品有任何影响"，"我没发现自己的作品和福克纳的作品有任何紧密的联系"。③ 她的不满是合理的；莫里森创作生涯的大部分时间都用于重新定义现代作家尤其是威廉·福克纳的主题和技

---

* 罗瑞·沃特金斯，美国威廉凯瑞大学副教授，致力于密西西比流域文学研究。

① 〔美〕托妮·莫里森：《宠儿》，潘岳、雷格译，北京：中国文学出版社 1996 年版，第 87 页。

② Toni Morrison, "Interview with Nellie McKay", in Danille Taylor-Guthrie (ed.), *Conversations with Toni Morrison*, Jackson: University of Mississippi, 1994, p. 152.

③ Toni Morrison, "Faulkner and Women", in Doreen Fowler and Ann J. Abadie (eds.), *Faulkner and Women: Faulkner and Yoknapatawpha*, Jackson: University Press of Mississippi, 1986, pp. 296 – 297.

巧。不可否认，莫里森确实研究了福克纳的作品。这篇论文以莫里森模式为研究框架展开，莫里森模式是指"阅读或者写作过程中经常发生的、普遍的、自然的活动——两个开放文本间的互动"。①

莫里森在康奈尔大学撰写了关于福克纳的论文，这标志着她的作品与福克纳的作品互动的开端。在她的论文中，她认为"异化"（alienation）（她的论文中此词经常与"孤独"［isolation］换用）是20世纪重要的文学主题，她还分析了弗吉尼亚·伍尔夫的《达洛维夫人》、福克纳的《押沙龙，押沙龙!》和《喧嚣与骚动》中孤独主题的不同表达方法。她的论文在论述福克纳的一章中，详细记录了两位主人公昆丁·康普生（Quentin Compson）和托马斯·萨德本（Thomas Sutpen）的生活因孤独造成的破坏，她认为福克纳笔下的这两个人物"注定有一个悲哀的失败结局"。② 我认为莫里森反对福克纳式主题之一就是孤独导致的结局。以莫里森的硕士论文为参照，这篇文章探讨莫里森早期小说如何在后现代语境中重新书写现代孤独问题。从《最蓝的眼睛》和《秀拉》开始，莫里森刻画了存在各种问题的个人和社区关系；接着在《所罗门之歌》和《柏油孩子》中她又探讨了个人与家庭的关系。我认为，这些小说之后，在《宠儿》中莫里森复杂地展现了孤独和社区间的矛盾，这也体现了莫里森硕士论文中明显的张力。

首先，我简单总结下这篇论文，她的论文题目是《弗吉尼亚·伍尔夫和威廉·福克纳对异化的处理》。我要声明，尽管一想到有人阅读我二十四岁时写的任何文章我就感到恐惧，但我还是小心翼翼地继续写，因为那些文章为早期小说研究开辟了一扇有价值的窗口。莫里森认为伍尔夫和福克纳一致同意诚实和自我认识对于解决生存关键问题至关重要，这些问题包括生命、死亡、时间及道德。然而，两位作家在对待孤

---

① Toni Morrison, *The Dancing Mind*, New York: Knopf, 1996, p. 7.
② Toni Morrison, "Virginia Woolf's and William Faulkner's Treatment of Alienated", M. A. Thesis, Cornell, 1955, p. 3.

独的作用上观点截然不同。伍尔夫认为只有通过孤独才能实现诚实和自我认识,然而福克纳认为孤独阻止了这种理解。① 莫里森指出伍尔夫的作品表明孤独难以避免而且具有优势。相反,福克纳的作品暗示孤独既是机会也是"罪恶"(莫里森用的词),因为它忽视了世界的道德秩序。在她的硕士论文引言中,莫里森写道:"异化不是福克纳解决现代性问题的答案"②,也不是莫里森的。

孤独和自我定义是莫里森早期小说作品中一致表达的主题,《最蓝的眼睛》所有人物中最孤独的是佩科拉·布里德洛夫。佩科拉讨厌自己的容貌,渴望得到一双蓝眼睛,甚至痛恨自己。正如特蕾沙·M. 唐纳尔(Theresa M. Towner)指出的,她是"最蓝的'我'"③。克劳迪娅说佩科拉充当整个社区替罪羊的角色:"这世间一切美丽与废弃的物质(包括她本人)之间徘徊彷徨。废弃之物我们倾倒给她,由她吸收;美好之物原先属于她,她却给了我们。所有认识她的人通过与她相比感到完整,与她的丑陋相比感到美丽。"④ 莫里森在她 1973 年出版的小说《秀拉》中刻画了另一个孤独的人物。叙事者将秀拉生命中两个成长的经历联系起来。第一次出现在她听到母亲说她根本不"喜欢"秀拉,第二次与她意外致使邻居的小男孩溺水身亡有关:"前一次经历教育她世上没有你可指望的人;后一次经历使她相信连自己也靠不住。她没有中心,没有一个支点可以支撑其成长"。⑤ 结果是,秀拉成为莫里森笔下刻

---

① Toni Morrison, "Virginia Woolf's and William Faulkner's Treatment of Alienated", M. A. Thesis, Cornell, 1955, pp. 2 - 3.

② Toni Morrison, "Virginia Woolf's and William Faulkner's Treatment of Alienated", M. A. Thesis, Cornell, 1955, p. 3.

③ Theresa M. Towner, " Black Matters on the Dixie Limited: *As I Lay Dying* and *The Bluest Eye*", in Stephen M. Rose, Judith Bryant Wittenberg and Carol A. Kolmerten (eds.), *Unflinching Gaze: Morrison and Faulkner Re-Envisioned*, University Press of Mississippi, 1997, p. 116.

④ 〔美〕托妮·莫里森:《最蓝的眼睛》,陈苏东、胡允桓译,海口:南海出版公司 2005 年版,第 133 页。

⑤ 〔美〕托妮·莫里森:《秀拉》,陈苏东、胡允桓译,海口:南海出版公司 2005 年版,第 219 页。

画的最孤独、最具有社会反叛精神的人物形象，甚至她无法保持与她最好的朋友奈尔的友情。然而，当奈尔和秀拉"很难分出是谁的想法，难分彼此"① 时，小说暗示将自己与他人融为一体的危险，这是莫里森在《宠儿》中深入探讨的主题。

莫里森接下来的两部小说从探讨具体的、当代的社区主题转向揭示通过家庭、历史的团体与过去建立联系的必要性。《所罗门之歌》出版于1977年，最后让读者看到了主人公通过寻找并获得家族和历史知识而成长的故事。在这部小说中，我们看到，莫里森让她的主人公奶娃·戴德（Milkman Dead）离开一个关系异常的没有亲情联系的家庭，寻找自己的家族历史和非裔传统。我在其他地方提到过，莫里森在刻画奶娃这个人物时，她重写了她硕士论文里的特殊理论，即昆丁和萨德本的死亡源于孤独，她重写孤独，正是孤独为奶娃创造条件并使他在《所罗门之歌》中胜利。② 他在黑暗中打猎顿悟的一刻说明了这一点：

> 月光之下，他孑然一身地躺在地上，连那使他记起是同别人一起来到林中的犬吠声都没有，他自身——那个所谓"人格"的外壳——让位了。他只能看到他自己的手，而看不到他的脚。他只是他的呼吸，现在越来越缓慢的呼吸，他还是他的思想。他的其余部分都已经消失了。于是这些想法就畅通无阻地来了，没有别人的拦挡，没有他事干扰，甚至也没有他本人目光的妨碍。这里没有任何东西可以帮助他——他的钱不成，他的车不成，他父亲的声名不成，他的西装不成，他的皮鞋也不成。事实上，这些全是他的绊脚石。③

---

① 〔美〕托妮·莫里森：《秀拉》，陈苏东、胡允桓译，海口：南海出版公司2005年版，第195页。

② 参见《再现的威廉·福克纳：托妮·莫里森〈所罗门之歌〉中的孤独》。

③ 〔美〕托妮·莫里森：《所罗门之歌》，胡允桓译，海口：南海出版公司2010年版，第284页。

解除束缚的不是奶娃的性格，而是控制欲极强的父亲和占有欲极强的母亲所培养的他自己。奶娃放弃了自我，更愿意接受姑妈派拉特（Pilate）的观点，盖伊·维伦茨（Gay Wilentz）认为派拉特象征传统非洲祖先人物。① 在奶娃寻找祖先的路途中，我们看到莫里森再现了《宠儿》中强大的集体救助的力量。

相反，出版于1981年的《柏油孩子》关注的是丧失与过去联系的机会，至少体现在婶婶昂丁（Ondine）身上。吉丁夸张了现代黑人女性主体的危机，黑人女性需要与过去建立联系，尤其当她想挣脱过去赋予女性的束缚时。婶婶昂丁告诉她：

> 吉丁，一个女孩家先要当女儿。她得懂这个道理。要是她从来没学会怎么当女人，也就永远学不会怎么当女儿。我指的是真正的女人：一个对孩子好的女人；对男人好的女人——而且要好到尊重别的女人……女儿是关心生她养她的女人……我不想要你为了我的原故而照顾我。我只想要你为了你的原故来照顾我。②

在《所罗门之歌》中，如果一个人在超越过去之前能够记住并接纳过去，记忆似乎有神奇的治疗作用。然而，吉丁说："我不想学会如何变成你所说的那种女人，因为我不想成为那种女人。"③ 特蕾莎认为吉丁放弃了与过去的联系，她也"忘记了她的古老的特色"④。结果，莫里森将雅丹塑造成与奶娃相反的角色，一个没有真正自我意识的文化孤儿，

---

① Gay Wilentz, "Civilizations Underneath: African Heritage as Cultural Discourse in Toni Morrison's *Song of Solomon*", *African-American Review* Vol. 26, No. 1, 1992, pp. 63-65.
② 〔美〕托妮·莫里森：《柏油孩子》，胡允桓译，海口：南海出版公司2005年版，第246页。
③ 〔美〕托妮·莫里森：《柏油孩子》，胡允桓译，海口：南海出版公司2005年版，第247页。
④ 〔美〕托妮·莫里森：《柏油孩子》，胡允桓译，海口：南海出版公司2005年版，第267页。

注定要和裸露胸部的"深夜女人"抗争,认为自己是"梦境中让你充当一个孤立无援的牺牲品"。①

《宠儿》是莫里森对自我定义和主体间性观点发生变化的转折点。贝蒂·珍·鲍威尔(Betty Jane Powell)认为莫里森早期的小说指出在集体语境中个体身份的需求,但是在《宠儿》中,莫里森写出了"受害者们在面对破碎的、无法接受的生存现状时将自我与集体融合的需求"②。蓄奴制及其后续影响否认自主权使得女性难以识别自我。简言之,身份必定是分裂的。自我没有主体性或自我定义性,而是被客体化或被他者定义。塞丝提到了这个矛盾,她说:"解放自我是一回事;赢得那个解放了的自我的所有权却是另一回事。"③ 芭芭拉·夏皮罗(Barbara Schapiro)在她运用杰西卡·本杰明(Jessica Benjamin)修正客体关系的理论——主体间性理论分析这部小说时指出了同样的问题,即自我通过与另一个主体而不是它的客体建立关系才能成长。④ 她认为《宠儿》说明脱离社会环境的个体无法实现主体,只有通过彼此爱的回应和认可才能定义自我。⑤ 夏皮罗认为宠儿自我定义的尝试是这部小说的核心:

> 最后,这是一部更多关于宠儿而不是塞丝的小说。宠儿人物形象既是这本书的框架也是这本书的核心,是关于她的故事——或者

---

① 〔美〕托妮·莫里森:《柏油孩子》,胡允桓译,海口:南海出版公司2005年版,第229页。

② Betty Jane Powell, "Will the parts hold: The Journey Toward a Coherent Self in *Beloved*", in Solomon O. Iyasere and Marla W. Iyasere (eds.), *Understanding Toni Morrison's Beloved and Sula*, Troy, New York: Whitston, 2000, p. 143.

③ 〔美〕托妮·莫里森:《宠儿》,潘岳、雷格译,北京:中国文学出版社1996年版,第113页。

④ Barbara Schapiro, "The Bonds of Love and the Boundaries of Self in Toni Morrison's Beloved", in Solomon O. Iyasere and Marla W. Iyasere (eds.), *Understanding Toni Morrison's Beloved and Sula*, Troy, New York: Whitston, 2000, p. 157.

⑤ Barbara Schapiro, "The Bonds of Love and the Boundaries of Self in Toni Morrison's Beloved", in Solomon O. Iyasere and Marla W. Iyasere (eds.), *Understanding Toni Morrison's Beloved and Sula*, Troy, New York: Whitston, 2000, p. 156.

说是关于她竭尽全力感知和经历自我的故事——这是整部小说令人心跳的部分。宠儿的抗争就是塞丝的抗争,也是丹芙的,保罗·D.的,贝比·萨格斯的。莫里森认为,这是整个种族社会全体黑人的抗争,他们努力成为自己叙事的主体……《宠儿》教会的是自由、自主的自我,是植根于关系中的内在社会自我,它的核心是依赖于集体认可的至关重要的纽带。①

当然,宠儿的抗争并未成功。不管到底发生了什么,在小说结尾她还是被赶走、被驱散、被清除了。不管她的命运如何,显然她是一个牺牲了的人物。然而,这部小说的特点是莫里森戏剧化描述集体拯救自我——作为寻求男性话语中心的叙事,《所罗门之歌》可能给予更多希望,但是对于莫里森《宠儿》中的女性人物来说更多的是危险。我主要在小说结尾丹芙不断发展的自我身份中看到了积极的意义,莫里森的硕士论文阐释了她的小说和福克纳作品之间"互动"的关键部分,具体说就是《押沙龙,押沙龙!》与丹芙的相通之处。②

当然,很多评论家已经指出了《宠儿》和《押沙龙,押沙龙!》两部作品之间很多具体的关联:都是援引希腊悲剧哥特形式的历史小说;菲利普·诺瓦克(Philip Novak)指出两部小说是关于被谋杀家庭成员再次出现的鬼故事;③ 凯瑟琳·冈特·科达特(Catherine Gunter Kodat)指出它们都将家庭悲剧作为"更大社会场景的缩影",迫使读者"与难以

---

① Barbara Schapiro, "The Bonds of Love and the Boundaries of Self in Toni Morrison's *Beloved*", in Solomon O. Iyasere and Marla W. Iyasere Troy (eds.), *Understanding Toni Morrison's Beloved and Sula*, New York: Whitston, 2000, p.171.

② 在《意指的猴子》中,亨利·路易斯·盖茨认为非裔美国作家经常改写西方文本,即他所描述的"基于黑人口语的强烈的差异感"(xxii)。在"关于有限的迪克西黑人事件:《我弥留之际》和《最蓝的眼睛》"中,特蕾莎·M. 托纳运用盖茨的意指概念和迈克尔·奥克沃德的激励影响理论说出了福克纳和莫里森的互文关系。

③ Philip Novak, "Signifying Silences: Morrison's Soundings in the Faulknerian Void", in Stephen M. Rose, Judith Bryant Wittenberg and Carol A. Kolmerten (eds.), *Unflinching Gaze: Morrison and Faulkner Re-Envisioned*, University Press of Mississippi, 1997, p.200.

用言语表达的苦难一同抗争""宠儿本身的特点和目的,萨德本设计的最后结局";① 迈克·霍根(Michael Hogan)说明"描述塞丝和萨德本人物时,傲慢如何丰富了情节"②。③ 霍根认为丹芙的成长变化与《押沙龙,押沙龙!》中克莱蒂的成熟过程相似。他认为莫里森将丹芙刻画成"黑人女性",一个民族"传统的继承者"。④ 我将进一步探讨两者间的联系,说明莫里森的硕士论文允许读者将丹芙与另一个正统的继承者,即昆丁·康普生建立联系。实质上,莫里森给予丹芙的机会昆丁从未获得,她允许丹芙摆脱疏远的桎梏并以某种方式建立与外部世界的联系,而昆丁却未能做到。莫里森细致地重写了她论文中让昆丁和萨德本失败的孤独,她使丹芙融入更大的集体并成为其中的一份子。

  莫里森的论文中福克纳一章以讨论孤独的"罪恶"开篇。昆丁孤独地站着,他是"不竭余力与命运抗争保持仅有的康普生荣耀的家族最后一人"⑤。昆丁不会成功,尽管他"敏感",因为他"被疏离",而且"他沉迷于自我毁掉了所有昆丁贵族的特征"。⑥ 莫里森接着阐释"福克纳如何让昆丁在一个完全外来人施里夫眼下彻底学习并吸收他所接触的

---

① Catherine Gunther Kodat, "A Postmodern *Absalom*! *Absalom*!, a Modern Beloved: The Dialectic of Form", in Stephen M. Rose, Judith Bryant Wittenberg and Carol A. Kolmerten (eds.), *Unflinching Gaze: Morrison and Faulkner Re-Envisioned*, University Press of Mississippi, 1997, pp. 182 - 183.

② Michael Hogan, "Built on the Ashes: The Fall of the House of Sutpen and the Rise of the House of Sethe", in Stephen M. Rose, Judith Bryant Wittenberg and Carol A. Kolmerten (eds.), *Unflinching Gaze: Morrison and Faulkner Re-Envisioned*, University Press of Mississippi, 1997, pp. 168, 175.

③ 这个列表不包含在内。见《坚定的目光:莫里森和福克纳再想象》,书中有每个作者关系的详尽列表。

④ Michael Hogan, "Built on the Ashes: The Fall of the House of Sutpen and the Rise of the House of Sethe", in Stephen M. Rose, Judith Bryant Wittenberg and Carol A. Kolmerten (eds.), *Unflinching Gaze: Morrison and Faulkner Re-Envisioned*, University Press of Mississippi, 1997, p. 176.

⑤ Toni Morrison, "Virginia Woolf's and William Faulkner's Treatment of Alienated", M. A. Thesis, Cornell, 1955, p. 25.

⑥ Toni Morrison, "Virginia Woolf's and William Faulkner's Treatment of Alienated", M. A. Thesis, Cornell, 1955, pp. 25 - 26.

南方的全部"①。通过他们的讨论,我们看到影响昆丁的矛盾的观点,也就是罗沙对萨德本的看法,她认为萨德本是恶魔,是被上帝惩罚的南方人,因为上帝允许像萨德本这样的人变得富有。这一观点与康普生先生的看法截然相反,康普生先生更具有同情心,他把萨德本描述成一个在南方被上帝遗忘的人。②莫里森确定尽管昆丁与施里夫一起重写了故事,但是昆丁无法理解,因为施里夫使他"意识到为了定义自我他必须相信某些事"③。然而,莫里森指出昆丁不把萨德本故事中的角色看作"真正"的人。如她所说,"昆丁的骄傲……是孤独的骄傲。他没有被萨德本故事中人物的痛苦遭遇所感动"。④

当然,在《宠儿》开篇丹芙就过着孤独的生活,她也有同样的追求,但是显然她没有选择这种生存方式。莫里森告诉读者,因为她妈妈的行为,她与别人隔离,"丹芙是孤独的",她非常孤独,因此她"渴望,由衷地渴望一个来自那个婴儿鬼魂的怨恨的表示"。⑤在保罗·D.到了之后,丹芙甚至告诉塞丝:"我不能住在这儿了。没有人跟我们说话。没有人来。男孩子不喜欢我。女孩子也不喜欢我。"⑥丹芙一次又一次尝试逃离她的孤独——在对哥哥的记忆中,在"树屋"里⑦,在琼斯女士的学校里。事实上,在宠儿来到124号之后,丹芙不再去上学,她

---

① Toni Morrison, "Virginia Woolf's and William Faulkner's Treatment of Alienated", M. A. Thesis, Cornell, 1955, p. 26.

② Toni Morrison, "Virginia Woolf's and William Faulkner's Treatment of Alienated", M. A. Thesis, Cornell, 1955, p. 27.

③ Toni Morrison, "Virginia Woolf's and William Faulkner's Treatment of Alienated", M. A. Thesis, Cornell, 1955, p. 28.

④ Toni Morrison, "Virginia Woolf's and William Faulkner's Treatment of Alienated", M. A. Thesis, Cornell, 1955, p. 28.

⑤ 〔美〕托妮·莫里森:《宠儿》,潘岳、雷格译,北京:中国文学出版社1996年版,第15页。

⑥ 〔美〕托妮·莫里森:《宠儿》,潘岳、雷格译,北京:中国文学出版社1996年版,第18页。

⑦ 〔美〕托妮·莫里森:《宠儿》,潘岳、雷格译,北京:中国文学出版社1996年版,第90页。

内心感到的孤独强烈地把她与宠儿拉得更近。莫里森在《宠儿》中写道："什么都比最初的饥饿要好——那个时期，在整整一年美妙的小写 i、馅饼面团一样滚出来的句子以及同其他孩子的相伴之后，就再没有声音了。"①

更重要的是，宠儿是丹芙的玩伴，从宠儿那里丹芙了解到家庭历史。塞丝也曾经只言片语地给丹芙讲过有关她自己过去的故事，丹芙也从贝比·萨格斯、保罗·D.，内尔森·洛德听过关于她妈妈的过去的不同版本。②这强烈地让人联想到施里夫和昆丁杜撰萨德本故事中缺少的部分场景，为了宠儿，丹芙编造塞丝过去的故事。在开始之前，丹芙"她咽了两口唾沫，准备讲故事，准备用她有生以来听到的所有线索织成一张网，去抓住宠儿"③。在丹芙讲述故事时，她融入故事，完全感受到故事中人物的经历，莫里森认为昆丁讲故事的方式与此不同。莫里森写道："此刻丹芙看到了，也感受到了——借助宠儿。感受到她妈妈当时的真实感受。看到当时的真实景象。而且好点子出得越多，提供的细节越多，宠儿就越爱听。于是她通过向妈妈、奶奶给她讲的故事注入血液——和心跳，预先设想出问题和答案。"正如昆丁和施里夫之间的对话，"当她们两个一起躺下的时候，独角戏实际上变成了二重唱……丹芙说着，宠儿听着，两个人尽最大的努力去重现事情的真相，而到底是怎么回事，只有塞丝知道，因为只有她一个人有心思去琢磨，事后又有空将它勾勒出来"。④ 如此含糊的介绍，故事一直讲下去，接下来的八页可能是塞丝杜撰的，"宠儿"和丹芙加以想象重新编撰的，也可能是两

---

① 〔美〕托妮·莫里森：《宠儿》，潘岳、雷格译，北京：中国文学出版社 1996 年版，第 145 页。

② 莫里森写道："过去的一切都是痛苦，或者遗忘。她和贝比·萨格斯心照不宣地认为它苦不堪言；丹芙打听的时候，塞丝总是简短地答复她，要么就瞎编一通。"见〔美〕托妮·莫里森：《宠儿》，潘岳、雷格译，北京：中国文学出版社 1996 年版，第 69 页。

③ 〔美〕托妮·莫里森：《宠儿》，潘岳、雷格译，北京：中国文学出版社 1996 年版，第 90 页。

④ 〔美〕托妮·莫里森：《宠儿》，潘岳、雷格译，北京：中国文学出版社 1996 年版，第 92 页。

者的混合。① 正如萨德本的过去以罗沙的形式侵入并影响了昆丁的生活，随着"宠儿"的到来，莫里森非常直接地改写了塞丝过去的状况来影响丹芙对当时情况的理解。

丹芙突然意识到她必须走出 124 号寻求帮助保证全家的安全②，通过这样的结局莫里森反驳了解读昆丁哭泣中的混乱与否认，"我不恨它"③。丹芙被困在 124 号，她知道任何"逼着妈妈杀死我姐姐的那个正当理由"来自"院子的外面"，④ 然而，鼓起勇气采取明确的行动，这是昆丁能力所不及的。尽管丹芙梦到塞丝"每天晚上割下我的头"⑤，如她自己所说，她从未冒险"被大门以外的世界吞没。在外面，有小东西在刨洞，有时还会碰你。在外面，话一说出来，就能堵住你的耳朵。在外面，如果你形单影只，感觉就会驾驭你，像影子一样粘着你"⑥。不但没有被"吞没"，丹芙还获得了她非常需要的帮助。她返回家后，知道自己该如何去琼斯女士的家。她注意到"原来那么大的东西竟是这么小"时，她意识到自己长大了很多。她发现，"她以前看不到背面的那块路边的大磐石，只不过是块歇脚的石墩"。⑦ 不久，丹芙的感情也开始成长。当她到琼斯女士家寻求帮助时，具体地说就是要点食物，莫里森

---

① 后来，丹芙同样给宠儿讲故事，她讲"从前认识和见过的人，讲得栩栩如生，比真人还真"。见〔美〕托妮·莫里森：《宠儿》，潘岳、雷格译，北京：中国文学出版社 1996 年版，第 101 页。
② 〔美〕托妮·莫里森：《宠儿》，潘岳、雷格译，北京：中国文学出版社 1996 年版，第 289 页。
③ Toni Morrison, "Virginia Woolf's and William Faulkner's Treatment of Alienated", M. A. Thesis, Cornell, 1955, p. 28.
④ 〔美〕托妮·莫里森：《宠儿》，潘岳、雷格译，北京：中国文学出版社 1996 年版，第 245 页。
⑤ 〔美〕托妮·莫里森：《宠儿》，潘岳、雷格译，北京：中国文学出版社 1996 年版，第 246 页。
⑥ 〔美〕托妮·莫里森：《宠儿》，潘岳、雷格译，北京：中国文学出版社 1996 年版，第 290 页。
⑦ 〔美〕托妮·莫里森：《宠儿》，潘岳、雷格译，北京：中国文学出版社 1996 年版，第 292—293 页。

认为寻求帮助"宣告她在世界上作为一个女人的生活从此开始了"①。琼斯女士把丹芙和塞丝糟糕的状况告诉教堂里的其他女士,当她们给124号送食物的时候,丹芙开始与认识并深爱着她奶奶的那些人重新建立联系。② 这样做,丹芙寻求并获得帮助,这是昆丁永远做不到的。在莫里森的硕士论文中,她对昆丁的命运解读时,她认为昆丁"犯下了一个可怕而孤独的罪,为自己创造了一个人间地狱"③,因此他否认了外面世界的作用。丹芙的故事中书写和改写了那些过去的情况,莫里森使她成为昆丁只能梦想的救世主。

莫里森提及昆丁,"自杀是他试图停止时间的一部分——真正异化的解决办法"。莫里森肯定说对昆丁而言,死亡"不是逃离而是反击世界苦难的方式"④。她继续说"那些能够恢复我们所需的世界秩序的人是黑人,像迪尔西,那些饱受苦难的人,但是只有那些心有愧疚的人才有权赎罪"⑤。在《宠儿》中,莫里森恰当地让丹芙参与并恢复她生活的世界。丹芙理解宠儿和她妈妈的关系的破坏性本质。她知道"塞丝企图为那把手锯补过;宠儿在逼她偿还"。丹芙也明白她必须采取行动,因为毁灭性的循环"是没有止境的"⑥。当丹芙出去寻求帮助,"124号所标榜的个人尊严和傲慢主张……得到了应得的下场"⑦。艾拉立刻说服三

---

① 〔美〕托妮·莫里森:《宠儿》,潘岳、雷格译,北京:中国文学出版社1996年版,第296页。

② 〔美〕托妮·莫里森:《宠儿》,潘岳、雷格译,北京:中国文学出版社1996年版,第297页。

③ Toni Morrison, " Virginia Woolf's and William Faulkner's Treatment of Alienated ", M. A. Thesis, Cornell, 1955, p. 32.

④ Toni Morrison, "Virginia Woolf's and William Faulkner's Treatment of Alienated", M. A. Thesis, Cornell, 1955, p. 34.

⑤ Toni Morrison, " Virginia Woolf's and William Faulkner's Treatment of Alienated ", M. A. Thesis, Cornell, 1955, p. 35.

⑥ 〔美〕托妮·莫里森:《宠儿》,潘岳、雷格译,北京:中国文学出版社1996年版,第299页。

⑦ 〔美〕托妮·莫里森:《宠儿》,潘岳、雷格译,北京:中国文学出版社1996年版,第297页。

十多个居住在附近的女人,"救人已迫在眉睫"①,莫里森注意强调这种努力对于黑人彼此的帮助作用。"艾拉都不喜欢这个说法:过去做错了,现在也好不了"②,这句话指出莫里森对待福克纳关于过去的观点,福克纳认为过去"永远不会死亡。它甚至不会过去"③。可能艾拉想起自己的孩子,被强奸生下的"一个毛茸茸的白东西",她却拒绝给它喂奶,让它死去,④艾拉说:"未来是黄昏;过去本该留在身后。如果它不肯留在身后,那么,你只好把它踢出去。"⑤虽然所有的女人都跟随艾拉来到塞丝的房门前加入了戏剧般的合唱中,"那种打破语义的声音",但是不确定他们是否真的做了什么别的事。⑥塞丝像受洗者"接受洗礼"那样在歌声中颤抖起来,似乎打破了宠儿出现时施给她的咒语。塞丝误认为鲍德温先生就是重返院子的"学校老师",此时,她的过去与现在重合在一起。然而,这一次她袭击了鲍德温先生而不是自己的孩子;或者至少在丹芙抓住她、艾拉"夹住她"之前。⑦

宠儿离开后不久,保罗·D. 回来了,他发现丹芙因为这次经历明显改变了。他们见面时,她"先笑的"。她向他问好"早上好,D. 先生",开始了下面的对话,

---

① 〔美〕托妮·莫里森:《宠儿》,潘岳、雷格译,北京:中国文学出版社1996年版,第305页。
② 〔美〕托妮·莫里森:《宠儿》,潘岳、雷格译,北京:中国文学出版社1996年版,第306页。
③ William Faulkner, "Requiem for a Nun", in Joseph Blotner and Noel Polk (eds.), *William Faulkner: Novels 1942–1954*, New York: Library of America, 1994, p. 535.
④ 〔美〕托妮·莫里森:《宠儿》,潘岳、雷格译,北京:中国文学出版社1996年版,第309页。
⑤ 〔美〕托妮·莫里森:《宠儿》,潘岳、雷格译,北京:中国文学出版社1996年版,第306页。
⑥ 〔美〕托妮·莫里森:《宠儿》,潘岳、雷格译,北京:中国文学出版社1996年版,第312页。
⑦ 〔美〕托妮·莫里森:《宠儿》,潘岳、雷格译,北京:中国文学出版社1996年版,第316页。

"唉，今非昔比了。"她的微笑不再是他记忆中的讥笑了，而是含着善意，再加上塞丝嘴角的那种坚毅。"你过得怎么样？"

"还凑合吧。"

"你这是回家去吗？"

她说不是。她听说衬衫厂有个下午的工作。她希望得到了在鲍德温家的夜班和另一个工作以后，她能有点积蓄，还能帮帮妈妈。他问她，他们待她是不是不错，她说比不错还强。鲍德温小姐能教她点东西。他问她是什么东西，她笑了，说是书本知识。"她说我可以去奥伯林。她正在我身上做试验。"①

丹芙继续说她害怕失去妈妈，然而不管怎样她似乎向前迈进了一步。保罗·D. 问丹芙是否认为宠儿真是她的姐姐，她回答说："有时候吧。有时候我觉得她是——甚至不止。"② 丹芙接着开始了另一段对话，

"可谁能比你更清楚呢，保罗·D.？我是说，你肯定了解她。"

他舔了舔嘴唇。"嗯，如果你要我的看法——"

"我不要。"她说道，"我有我自己的。"

"你长大了。"他说。

"是的，先生。"

"好吧。那么，祝你找工作走运。"

"谢谢你。还有，保罗·D.，你不一定要回避，但是你跟我妈妈说话要小心，听见了吗？"③

---

① 〔美〕托妮·莫里森：《宠儿》，潘岳、雷格译，北京：中国文学出版社1996年版，第318页。

② 〔美〕托妮·莫里森：《宠儿》，潘岳、雷格译，北京：中国文学出版社1996年版，第318页。

③ 〔美〕托妮·莫里森：《宠儿》，潘岳、雷格译，北京：中国文学出版社1996年版，第319页。

当她从保罗·D. 身边走开时，一个年轻人喊道："喂，丹芙小姐。等一等。"丹芙的脸"看上去就像让人拧开了煤气喷嘴一样，一下子亮了起来"①，在见到内尔森·洛德之后丹芙首先考虑到的自我保护似乎又被紧紧抓住了。之前当丹芙碰到内尔森从他奶奶家房子出来时，"他不过笑着说了句'保重你自己，丹芙'"，但是莫里森写道，丹芙"听到的却是字面本身的含义。上一次他对她说话时，他的话堵住了她的耳朵。这一次，却让她的脑子开了窍"。丹芙反思"她有个自我，需要去期待、去保存，这是个新的想法"。② 丹芙尽管仍然关心她的妈妈，但是她不再执着地保护她，她开始摆脱童年的束缚并创造自己的新生活，而这是昆丁永远摆脱不了的世界。

最后，孤独的想法对小说结尾意味深长。小说的最后一部分以反思两种不同的孤独开始，

> 有一种孤独可以被摇晃。手臂交叉，双膝蜷起；抱住，别动，这动作并不像轮船的颠簸，它使人平静，而且不需要摇晃者。它是一种内心的孤独——好像有皮肤将它紧紧裹严。还有一种孤独四处流浪。任你摇晃，绝不就范。它活着，一意孤行。它是一种干燥的、蔓延着的东西，哪怕是你自己的脚步声，听起来也仿佛来自一个遥不可及的地方。③

文本接着转向宠儿的故事："人人都知道怎么称呼她，却没有人知道她

---

① 〔美〕托妮·莫里森：《宠儿》，潘岳、雷格译，北京：中国文学出版社1996年版，第319页。

② 〔美〕托妮·莫里森：《宠儿》，潘岳、雷格译，北京：中国文学出版社1996年版，第301页。

③ 〔美〕托妮·莫里森：《宠儿》，潘岳、雷格译，北京：中国文学出版社1996年版，第328页。

的名字"。① 这样安排说明宠儿的故事属于第二种孤独，无法得到安慰的那种。或许是无法传承的故事；反之应该传承的故事是有治疗空间的。宠儿孤独的故事不能得到安慰可能是不能被"记住"，用莫里森的词就是"记忆似乎是不明智的"。② 如果重现记忆作为记忆和创作的行为存在，那么有理由认为"忘却"可能同样活跃，一种故意忘记的行为——重新记住的行为，然后为了克服它把记忆放在一边，丹芙就是这样做的。在小说结尾，保罗·D. 说："塞丝……我和你，我们拥有的昨天比谁都多。我们需要一种明天。"③

在格罗利亚·内勒（Gloria Naylor）的访谈中，莫里森自己谈到这部作品和她很多其他作品中的这种修正问题，

> 对我来说没有什么能和阅读一本非常好的书相比；我不介意书是谁写的。你转动三棱镜的一面，你知道，就一面，或者这一面，它有上百个面，然后你读了一本书，有一个黑人女性有智慧、有能力、有天赋，她来到这撰写了我看到的巨大的宝石的那一面。然后你知道最终所有都会被照亮——这些平面和所有的面……那真是太令人高兴，令人激动了。那去除了开始时（写作生涯）我拥有的感觉——孤独的感觉。④

在《宠儿》中，莫里森修正了昆丁注定失败的条件，使得丹芙在互相依

---

① 〔美〕托妮·莫里森：《宠儿》，潘岳、雷格译，北京：中国文学出版社1996年版，第328页。
② 〔美〕托妮·莫里森：《宠儿》，潘岳、雷格译，北京：中国文学出版社1996年版，第329页。
③ 〔美〕托妮·莫里森：《宠儿》，潘岳、雷格译，北京：中国文学出版社1996年版，第326页。
④ Toni Morrison, "A Conversation: Interview with Gloria Naylor", in Danille Taylor-Guthrie (ed.), *Conversations with Toni Morrison*, Jackson: University Press of Mississippi, 1994, pp. 214 - 215.

靠的环境中成长为独立的个体,她这样的写作方式很有启发性。我认为这种修正是莫里森故意为之。正如莫里森在《舞动的心灵》中评论的:"图书世界的生活非常严肃。它的真正生命在于创造、生产及传播知识;在于使有权利和被剥夺权利的人都能够体验到自己的心灵与另一个人的舞动。"① 莫里森补充说:"保护那种平静——舞动的心灵的平静——是我们的工作。"② 《宠儿》中,在互文性层面她为丹芙保护了那种平静,这样做她把自己的故事与福克纳的故事并置,率先在文学作品"双人舞"(借用保罗·D. 的用词)中脱颖而出。③

---

① Toni Morrison, *The Dancing Mind*, New York: Knopf, 1996, p. 16.
② Toni Morrison, *The Dancing Mind*, New York: Knopf, 1996, p. 17.
③ 保罗·D. "想把自己的故事同她[塞丝]的放在一起"。

界限转移：作为霸权意识形态象征的查尔斯·邦和宠儿

〔美〕莱斯利·比克福德* 著 张 毅 译

雅克·拉康在他的《著作集》中写道："以父之名，我们必须认识到：有史以来象征性功能以法的形式将他的人物确定。"① 父之名允许个体成为主体，但要通过父之法控制主体。只有服从父之名和父之法，主体才能进入象征界。这个法来自于父的"禁止"，是反对乱伦的禁令。在谈及象征功能时，拉康描述了俄狄浦斯情结终结的意义。主体离开了前俄狄浦斯、自恋的状态，以父之名成为一个社会化的人。对弗洛伊德和拉康来说，这个阶段与母亲相关。然而，父之法在其功能上超越了禁令：它本身就是塑造我们愿望的象征领域结构。这种结构是从或通过父之名发出的。本次研究中，我阅读了以白人、父权意识形态为主的拉康模式。在我的解读中，名义是我们构建愿望的拉康式的代表。在父权话语中，父之名将主体置于意识形态之内，将主体确定为白人、男性、上层阶级（或其他社会强权）；抑或是白人、男性、上层阶级（或其他社

---

* 莱斯利·比克福德（Leslie Bickford），美国南卡罗来纳州温索普大学英语助理教授。研究领域包括20世纪美国文学、文学理论，美国南方文学以及非裔美国文学。本文作者以拉康主义为研究视角，解读福克纳《押沙龙，押沙龙!》和莫里森《宠儿》中的人物，并比较其在处理男权主义和种族意识形态方面的能力。

① Jacques Lacan, *Écrits: A Selection*, New York: Norton, 1977, p. 67.

会强权)的对立面。可以把意识形态中的主体比作游戏的玩家：主体认为，在通过协商法的结构来实现自己的欲望时，他们是游戏的积极参与者。但在现实中，情况则恰恰相反。

福克纳的作品《押沙龙，押沙龙！》描绘了这个问题：小说中的人物（黑人和白人）与白人男性霸权相冲突，他们无法在定义他们的意识形态之外找到任何解决问题的空间。使用精神分析法来研究这些人物的心理斗争既适合又存在问题，因为精神分析理论通常被同样陷入困境的西方霸权主义思潮所掩盖。因此，我们必须看到福克纳作品中那些表明弗洛伊德所谓"肚脐"的含义：意义的折中点是不可确定的。我将其解读为拉康的真实观：即所有符号结构的消失点已经超越了语言和符号系统。

尽管通过阅读来寻找违反象征的描述看似艰难，但福克纳的作品却能把角色和读者带入他与弗洛伊德描述的意识形态的情境。拉康派学者斯拉沃热·齐泽克将意识形态描述为"一种现实，其本体论的一致性暗指参与者的某些非知识——如果我们'知道太多'，以此刺穿社会现实的真正功能，现实本身将会消散"①；因此认识到意识形态极限的虚假本质威胁着主体本身的存在。此外，任何意识形态中固有的性质表现为一种象征，即某种裂缝，呈不对称性，一种"病态"的不平衡掩饰某种意识形态的普遍化。② 弗洛伊德将这种象征定义为精神分析对象的"妥协的愿望满足"③，即通过伪装来满足无意识愿望的无意识机制。齐泽克把这种象征定义为真实的一个片段，在意识形态内相互碰撞且不能同化。如果我们把真实看作是所有意识形态无意识化的产物、存在于意识形态之外的不可思议的"空间"，我们就能够理解，意识形态就像是精神分

---

① Slavoj Žižek, *The Sublime Object of Ideology*, New York: Verso, 1989, p. 21.
② Slavoj Žižek, *The Sublime Object of Ideology*, New York: Verso, 1989, p. 21.
③ Sigmund Freud, *The Interpretation of Dreams*, James Strachey (trans. and ed.), New York: Avon, 1965, p. 606.

析对象，压制可能会对它产生危害，因此也必须忍受它的象征意义。查尔斯·邦冒充白人，在他生活的世界中黑人既具备本体属性又低人一等，所以他被看作是危及主流意识形态的象征，而昆丁则着魔般地试图逃离这种意识形态。托妮·莫里森的作品《宠儿》中的宠儿也是一种象征，但是以一种截然不同的方式来表达。

莫里森笔下的人物虽然也饱受种族主义之苦，但与福克纳笔下人物的结局又截然不同。莫里森拥有开放的表达方式和手段，而福克纳对此则束手无策。福克纳的小说以俄狄浦斯情结为基础；莫里森则以非裔美国黑人的神话和意识形态为框架，并恰当地加以改变，如改变美国黑人文学中的双重意识传统，以此来挑战西方意识形态、重塑民族意识。她的小说从未停止对白人、西方世界和霸权主义意识形态的批评，也不断地游走在意识形态的边界，为非裔美国人的主体性创造空间，为那些公然挑衅象征主义的真实象征和价值创造空间。在奴隶制肆虐的南方，黑人们明白自己就是"棋子"①。正如贝比·萨格斯所描述的，作为"游戏中的棋子"，宠儿并不同于小说中的其他人物，她不代表任何意识形态。她只是一个以读者的思考方式存在的象征，因此我们对20—21世纪西方霸权主义意识形态的认识甚至是抵抗的可能性存在质疑。莫里森笔下的人物和读者均有机会去体验真实和意识形态之外的空间，而福克纳笔下的人物则困于意识形态之中。

不仅仅是在小说《押沙龙，押沙龙！》中，在福克纳所有小说中，非裔美国人、白人女性还有白人男性都受到男权主义、白人至上主义意识形态的限制。尽管昆丁和施里夫设想出查尔斯·邦谋杀的故事来以此逃避，但他们寻求的意识形态和讲故事的方式限制了他们对这场游戏的设计。这种意识形态影响到他们的故事内容以及他们对讲述的迷恋。

昆丁和施里夫在"听与说的快乐结合"似乎为他们提供了一种个性

---

① 〔美〕托妮·莫里森：《宠儿》，潘岳、雷格译，北京：中国文学出版社1996年版，第28页。

优先于合作的意识形态①,暂时消除了差异。与小说中的其他叙述者不同(因为我们只有通过昆丁和施里夫的复述才能听到康普生先生②的声音,他不会故意或自愿地合作),他们在叙述萨德本的故事时合作无间,两人中的任何一个讲述皆可:

> 现在是施里夫在说话,虽然存在着间隔的纬度所造成的轻微差别,说话的可能是这个或那个而且在某种意义上是两个人一起在说:两人像一个人那样思想,那声音恰好讲出了那个思想,只是思想变得可以听见,具有了人声;他们两人,在他们之间,从早年间故事和流言的陈谷子烂芝麻里,创造出了人物,这些人说不定在任何地方都从未存在过。③

昆丁和施里夫成长在不同的地区,如果"两者被认为是一样的",那么他们自身的个人特质就崩塌了。讲述者的声音只是让他们两个人的思想被大家了解。但他们两人所做的事并不符合象征意义:他们体验到自己是无边界的,就像自己没有按照父之法而成为个体。前俄狄浦斯情结和虚幻的定位使他们比罗沙和康普生先生更自由。昆丁和施里夫共同努力从"古老叙事方式的束缚"中创造出新的东西。

在第八章,昆丁和施里夫的讲述使他们超越了之前所有的故事版本。正是叙事方式令他们成功,这一点毋庸置疑。根据昆丁从亨利那天晚些时候拜访萨德本而得知的信息,我们知道这两个人将会讲述一个更为翔实的故事,之后在他们讲述的故事中,我们听到了比其他叙述者更真实的版本。

---

① 〔美〕威廉·福克纳:《押沙龙,押沙龙!》,李文俊译,上海:上海译文出版社2010年版,第284页。
② 为简洁起见,我将老杰森·康普生称为"康普生先生"或简称为"康普生"。
③ 〔美〕威廉·福克纳:《押沙龙,押沙龙!》,李文俊译,上海:上海译文出版社2010年版,第273页。

我们被告知的有关事实的细节，至少对于他们（昆丁和施里夫）来说是无关紧要的，他们可以不动，肉体上是自由的，如同那位下令禁止做这做那的父亲，那位拒绝听从并与家里脱离关系的儿子，那位默许顺从的情郎，那位并未丧失配偶的爱人，而且也无须作令人厌烦的移动，从壁炉和花园（就算是花园吧）移到马鞍上，已经在布满冰冻辙印的路上嘚嘚策马行进了，时间是那个12月的深夜与圣诞节破晓时分。①

在这段文字之前，虽然在圣诞节期间发生了否定和断绝关系的事件，昆丁和施里夫却一直在想象当时花园里开的是什么花。时间和花园的细节出现在括号中，讲述者以此提醒我们查尔斯·邦可能不在那儿，不过这并不重要。重要的是，昆丁和施里夫的名字也出现在括号中，这就指明当时他们与亨利和邦在一起。由于他们对想象的故事的讲述比对实际发生的真实更感兴趣，昆丁和施里夫能够同情他们讲述的角色，愿与他们成为一体。因为他们讲的故事不仅仅以事实为基础，而且发挥想象力，他们成为创作的主宰。这样看来，他们不仅是游戏的玩家而且赢得了胜利：通过合作讲述，他们超越了象征性境界，即父之法之下的意识形态。

昆丁和施里夫的讲述是成功的，这种乐观的看法从小说一开始随着昆丁自杀就不存在了。那么，作为福克纳的读者，我们必须更加深入探讨是什么在维系他们的叙述。只要他们所讲述的故事导致并集中在朱迪思和邦之间的乱伦问题，那么昆丁和施里夫就能够保持这种合作的创造力，这使他们能够在摆脱意识形态的限制方面取得微妙的胜利。他们一致认为乱伦代表了一种超越构建身份的意识形态的方式。施里夫描述乱伦的诱惑，他说："不过没准如果这里也存在着罪恶的话也许就会不让

---

① 〔美〕威廉·福克纳：《押沙龙，押沙龙!》，李文俊译，上海：上海译文出版社2010年版，第266页。

你逃走，不让你不交配，让你回去。"① 此外，叙述者（或者昆丁本人）描述亨利感谢上帝的决定："自然不是因为乱伦而是因为他们终于将采取某种行动了，终于他可以成为某种人物了虽然那是对古老传统和训练的彻底背弃也是对永恒受谴的接受。"② 这几段引文都指出昆丁和施里夫对乱伦想法非常着迷的原因：它超越了快乐原则，是一种摆脱了意识形态并获得真实感的方式。以乱伦为代表的自恋，即与自己的相遇，将是永恒的，而这一行为本身也将永远持续下去。反对乱伦就是反抗否定规则，最终是反抗父之法。正如我稍后所说，昆丁和施里夫此刻在他们的叙述中了解到，由于可能发生乱伦而没有发生谋杀。他们并不认为乱伦是动机，而是对这个含义着迷；他们试图在他们讲述的故事中找到摆脱意识形态束缚的方法。此外，他们也不愿面对查尔斯·邦的种族成为谋杀动机。乱伦，是一种对没有回报的行为的迷恋，已经使小说继续近百页，而异族通婚在第四章就结束了小说。③

故事的核心不在于邦与朱迪思的兄妹关系，而在于他的肤色与种族之间的不可协调的关系。在法律上查尔斯·邦是一个黑人，冒充白人而违反法律，因而他是本质主义的象征，白人至上主义意识形态将种族视为本体。将查尔斯·邦描述成具有象征意义的人物是有问题的：查尔斯·邦是真实的一部分，是一个摆脱符号化的象征。在昆丁和施里夫的叙事中，查尔斯·邦作为一个复杂的主题出现，他渴望得到萨德本认可。但是萨德本不认他这个儿子，因为他身上的黑人血统对萨德本的意识形态造成冲击；换句话说，意识形态本身不承认他。而且，虽然叙述者们谈论他，至少三个人详细描述过他的欲望和动机，但他们告诉大家

---

① 〔美〕威廉·福克纳：《押沙龙，押沙龙!》，李文俊译，上海：上海译文出版社2010年版，第291页。
② 〔美〕威廉·福克纳：《押沙龙，押沙龙!》，李文俊译，上海：上海译文出版社2010年版，第311页。
③ 〔美〕威廉·福克纳：《押沙龙，押沙龙!》，李文俊译，上海：上海译文出版社2010年版，第318—322页。

查尔斯·邦并不在现场。康普生称他为"一个神话,一个幻影"①,不知不觉中将他的种族说成是谋杀中的"少了的部分"②。罗沙说,查尔斯·邦对她来说并不存在,因为她没有见到过他,在棺木里感觉不到他的体重。③ 昆丁和施里夫对谋杀的迷恋意味着查尔斯·邦在他们开始讲故事之前就是缺失的;他们所讲的一切直接指向他死亡的那一刻。他们能够在故事中让查尔斯·邦获得生命,但最终他们描述的仍然是他的死亡。这当然是因为象征必须要被销毁,它对具有象征意义的意识形态构成威胁。唯一能够保证他成为一个活生生的角色的方法是避免提到他的种族、真实存在的缺失和最终将会杀死他的事件。

只要昆丁和施里夫将查尔斯·邦的种族与故事脱离,将他具体化,赋予他过去、动力和欲望,他们就能够胜过其他的叙述者。托妮·莫里森在一场采访中引用多琳·福勒的《阅读缺席:福克纳〈押沙龙,押沙龙!〉的种族与叙述》,与她的学生分享了在小说分析中考量种族的方法:"当一个种族事件或线索出现但并未完全显现时,我为我的学生做了这场演讲,我花大量时间去描述所有被隐瞒的、不全面的或虚假信息的时刻。"④ 她的结论是:"福克纳在《押沙龙,押沙龙!》整本书中描述种族问题,但你却没能觉察。"⑤ 福勒认为这是令人信服的,因为小说

---

① 〔美〕威廉·福克纳:《押沙龙,押沙龙!》,李文俊译,上海:上海译文出版社2010年版,第88页。

② 〔美〕威廉·福克纳:《押沙龙,押沙龙!》,李文俊译,上海:上海译文出版社2010年版,第85页。

③ 〔美〕威廉·福克纳:《押沙龙,押沙龙!》,李文俊译,上海:上海译文出版社2010年版,第127—128页。

④ Doreen Fowler, "*Reading the Absences: Race and Narration in Faulkner's Absalom, Absalom!*", in Donald M. Kartiganer and Ann J. Abadie (ed.), *Faulkner at 100: Retrospect and Prospect*, Jackson: UP of Mississippi, 2000, p. 134.

⑤ Doreen Fowler, "*Reading the Absences: Race and Narration in Faulkner's Absalom, Absalom!*", in Donald M. Kartiganer and Ann J. Abadie (ed.), *Faulkner at 100: Retrospect and Prospect*, Jackson: UP of Mississippi, 2000, p. 134.

的叙述者未曾意识到黑白分离的种族意识形态。① 于是他们既无法面对查尔斯·邦的异族通婚,也无法面对邦与朱迪思的错误交往。种族意识形态的力量不仅凌驾在叙述者之上,也凌驾于他们描述的角色之上:亨利由此杀死查尔斯·邦。邦的血一次又一次在小说中被加以暗示,直到第283页才表达出来,但并没有直言不讳;萨德本将查尔斯·邦的母亲,而不是邦本人称为"有黑人血液"②,这是被压抑者的回归。因为他的种族对种族主义和种族主义意识形态构成威胁,所以才被压制。查尔斯·邦是种族结构化意识形态的一种象征,提醒我们不能在肤色之下凝视意识形态,提醒我们黑人本体论的架构是任意的。当他的种族不再被压制时,必会被驱逐。

　　昆丁和施里夫讲故事的时候有意隐去查尔斯·邦的种族,但他们对此心知肚明。施里夫在50页提到,在打出种族这张"王牌"之前,昆丁拜访了萨德本的百里地庄园。他问康普生如何发现查尔斯·邦是萨德本的儿子,当昆丁说他是自己告诉父亲但没有全部解释清楚时,施里夫填补了空白。昆丁只说,"我做了……当天晚上我们——那晚之后当我们——"这样施里夫能够慢慢汇总信息,昆丁指的是他和罗沙拜访了萨德本的百里地庄园的时候:"哦……你和那位老阿姨去过之后。我懂了。"③ 施里夫知道昆丁谈话的方式与自己一样,昆丁早些时候也曾告诉他。如果昆丁告诉施里夫,亨利说他和邦是兄弟;昆丁肯定也告诉施里夫,亨利告诉他邦的血统。施里夫进一步证明他对邦的种族的了解,当昆丁讲述萨德本告诉康普生将军他所要作的神秘选择、选择泄露邦的种族时,施里夫打断了他的话。施里夫说:"你老爸……在你爷爷告诉他

---

① Doreen Fowler, "Reading the Absences: Race and Narration in Faulkner's Absalom, Absalom!", in Donald M. Kartiganer and Ann J. Abadie (ed.), *Faulkner at 100: Retrospect and Prospect*, Jackson: UP of Mississippi, 2000, p. 134.

② 〔美〕威廉·福克纳:《押沙龙,押沙龙!》,李文俊译,上海:上海译文出版社2010年版,第318页。

③ 〔美〕威廉·福克纳:《押沙龙,押沙龙!》,李文俊译,上海:上海译文出版社2010年版,第240页。

这件事时,根本不懂你爷爷说的是怎么回事,正如那恶魔把事情告诉你爷爷时,你爷爷也对恶魔说的全摸不着头脑,对不对?而当你老爸告诉你时,你对人家讲的也不会分出个东南西北,倘然不是你去过那边见到过克莱蒂的话。这话不错吧?"①

昆丁再次被认为是在萨德本的百里地庄园直接了解到事情的原委。施里夫在小说结尾提到克莱蒂特别关心的是什么,事实是,看着克莱蒂的脸,黑皮肤,但带有萨德本的相貌特征,昆丁便明白克莱蒂一直保守的"秘密"。这个秘密导致下文中查尔斯·邦的种族被揭露。② 昆丁和施里夫可以面对由乱伦导致的谋杀,他们反复思考决定"撤销"谋杀(他们认为亨利可以接受乱伦),但他们不能面对异族通婚,从而无法真正"撤销"因其威胁而发生的谋杀。

像《押沙龙,押沙龙!》一样,《宠儿》也是一部关于叙事者压制故事中心的小说。当塞丝告诉保罗·D.她谋杀自己孩子时,她把这个话题和他圈在一起。她盘算着:"她在房间、他和话题周围兜的圈子会延续下去。她永远不能围拢来,为了哪个刨根问底的人将它按住。如果他们没有马上明白——她也永远不会解释。"③ 在讲述这个故事的时候,塞丝并不是故事的中心:她从来没有向保罗·D. 描述过她用锯子割断婴儿喉咙的情景,或者当血液流淌在她手中时她的感受。故事中的心理创伤值得多多推敲。因此,故事的中心是缺失的,在她对他编造的话语中缺失。虽然故事缺失中心,但谎言围绕当前主题展开。当塞丝讲故事圈住保罗·D. 时,她把他当成观众的中心。故事中难以言表的中心被已经知道故事的观众所取代(因为他已经看到了"官方"报纸报道),观众

---

① 〔美〕威廉·福克纳:《押沙龙,押沙龙!》,李文俊译,上海:上海译文出版社 2010 年版,第 247 页。

② 〔美〕威廉·福克纳:《押沙龙,押沙龙!》,李文俊译,上海:上海译文出版社 2010 年版,第 314 页。

③ 〔美〕托妮·莫里森:《宠儿》,潘岳、雷格译,北京:中国文学出版社 1996 年版,第 195 页。

必须直接听到故事的中心并体会它的缺失。

像保罗·D.一样,《宠儿》的读者最有可能在美国看到有关奴隶制带来的创伤的"官方"历史记录,但我们仍然缺少故事中的细节。部分原因是,我们就像塞丝一样,并不想记住这一切。历史书籍、奴隶叙述以及世代传承下来的个人经历已经在奴隶制问题上"教育"了我们,但仍然还是有一些缺失的东西。当莫里森描述美国奴隶的故事和悼歌时,她解释了缺失的部分。"作家们反复用这样一句话来描述:让我们揭下诉讼的面纱,看一看那可怕的事儿。"他们积累经验,使那些有能力缓解这种感觉的人可以接受,他们对许多事情都保持沉默,也忘记了"许多事情"。① 莫里森不仅指出在奴隶制方面民族意识出现分歧,而且也指出我们的民族文学在叙事中的分歧。

当塞丝看到保罗·D.保留的报纸时,我们在《宠儿》中看到这种分歧。在"官方"报纸刊登的故事中,塞丝"只能认出七十五个印出来的词(一半出现在那张剪报上),可她知道,自己不认识的字不比她要解释的话更有力"②;她知道因为言语无力传达她的经历,在澄清她的故事方面印刷的内容并不会比她做得好。《宠儿》是一部小说,就像主角一样,知道言语不足以"封闭,约束"或"解释"奴隶制带来的创伤。莫里森承认故事中心的缺失、空间词无法填补,她把读者,如保罗·D.,放在中心位置,我们将围绕着这个故事来了解中心缺失的部分。如果言语不充分,象征领域就会出现缺陷,那么我们必须越过象征领域,这就意味着直面现实世界。我们并未经历过奴隶制时代,而且对奴隶制历史知识的理解也存在缺失,这样的我们正准备与以宠儿为代表的现实世界相遇。

---

① Mae G. Henderson, "*Toni Morrison's Beloved*: *Re-Membering the Body as Historical Text*", in William Andrews and Nellie McKay(ed.), *Toni Morrison's Beloved*: *A Casebook*, New York: Oxford UP, 1999, p. 81.

② 〔美〕托妮·莫里森:《宠儿》,潘岳、雷格译,北京:中国文学出版社1996年版,第193页。

通过追捕塞丝的白人的讲述而不是通过塞丝的回忆自述，小说呈现出的精神上的创伤便能够以此消除。我们从未在小说中读到塞丝关于这段创伤的记忆，所以"绝对无法了解"这种创伤，而白人如此误读，我们知道他们真的不了解。通过"学校老师"的回忆，我们了解并目睹婴儿死亡的现场（在婴儿的脖子被切断之后，我们从未见过塞丝以这种方式对待任何人）；我们将重点放在他优先考虑的事情上："那里没什么可索回的了"①。虽然我们对他以不人道的方式作出评价感到愤怒，但"黑人小孩"和"丧失至少十年养育的女人"并未"平安地回到肯塔基州"。我们不会隐藏对塞丝的想法或感觉。杀婴不仅令塞丝痛苦，对小说本身来说也是如此。小说或我们需要处理塞丝百感交集的情绪，所以"学校老师"无情的调停使我们与创伤割裂开来。由于小说中的精神创伤令人胆寒，却无法立刻呈现；结果是故事的一部分是缺失的，我们必须碎片化阅读故事。

对于塞丝而言，宠儿是缺失的部分；她是被压抑者的回归。一旦塞丝把宠儿和她死了的女婴之间建立起联系，她便开始回忆她无法告诉保罗·D.的那些无以言表的事情。"她甚至直盯着棚屋微笑，笑她现在不必再记起的那些事情"②。如同塞丝所预料的那样，当她看到发生谋杀事件的小屋，宠儿的存在勾起她对过去的回忆，而不是抹去过去。塞丝继续说道，"她被那些不必再记起的事情激动得头昏眼花"③ 她对自己说："我什么都不必再记起了"，双重否定战胜了回忆，她忆起握着儿子们的手、忆起贝比·萨格斯去监狱里看她和婴儿的坟墓。④ 离开索耶，塞丝

---

① 〔美〕托妮·莫里森：《宠儿》，潘岳、雷格译，北京：中国文学出版社1996年版，第178页。

② 〔美〕托妮·莫里森：《宠儿》，潘岳、雷格译，北京：中国文学出版社1996年版，第216页。

③ 〔美〕托妮·莫里森：《宠儿》，潘岳、雷格译，北京：中国文学出版社1996年版，第218页。

④ 〔美〕托妮·莫里森：《宠儿》，潘岳、雷格译，北京：中国文学出版社1996年版，第218—219页。

开始以第二人称回忆,她对着宠儿说话,解释了她以前认为不会"甚至不必解释"的所有事情。① 她告诉宠儿她无意间听到"学校老师"和侄子聊起报纸上对她进行的解剖;② 她将她的话与加纳夫人关于"属性"及哈利关于白人的谈话联系起来,③ 直到现在塞丝才开始有意识地谈论这些事。宠儿,是被压抑者的回归,要求并使得塞丝通过讲故事的方式来回味她曾经经历的恐怖。

宠儿对于她的读者来说也有类似的效果:通过她的性格,我们被迫面对一代代人犯下的罪行。同时,她也是在运奴途中忍受痛苦的代言人,是奴隶制下性犯罪和精神犯罪的化身,是塞丝死去婴孩的鬼魂以女性身份的回归。小说在塞丝叙述的部分中,缺乏标点符号说明,并且塞丝作为母亲的象征形象和奴隶船的象征形象之间游移不定,这些使得宠儿的声音成为一种没有时间或个性界限的存在实体。宠儿,不是孤单的个体,是千万奴隶制受害者中的一员。因此,艾拉亲口对塞丝说,也正如我们看到的那样,宠儿不仅仅是一直困扰着她的幽灵,也困扰着奴隶制下的所有人。宠儿是我们所有人的被压抑情感的回归。

作为集三种个性于一身的角色,宠儿是读者西方思维方式的象征。角色应该是历史上某个特定时期人物的代表。宠儿,1873年时十八岁,是塞丝的婴孩(如果我们相信鬼魂之说)。1808年大西洋奴隶贸易在北美被禁止,所以她不可能出现在奴隶船上。正如卡洛琳·罗迪所说,"宠儿显然填补了历史空白"④。我们看到小说有意让读者体验这些分歧;

---

① 〔美〕托妮·莫里森:《宠儿》,潘岳、雷格译,北京:中国文学出版社1996年版,第218页。

② 〔美〕托妮·莫里森:《宠儿》,潘岳、雷格译,北京:中国文学出版社1996年版,第230页。

③ 〔美〕托妮·莫里森:《宠儿》,潘岳、雷格译,北京:中国文学出版社1996年版,第231—234页。

④ Caroline Rody, "Toni Morrison's Beloved: History, 'Rememory,' and a Clamor for a Kiss", in Solomon O. Iyasere and Marla W. Iyasere (ed.), *Understanding Toni Morrison's Beloved and Sula: Selected Essays & Criticisms of the Works by the Nobel Prize-Winning Author*, Troy, NY: Whitston, 2000, p. 84.

一旦我们处于这样的历史背景下,我们就将面对宠儿,面对令人费解的、不能完全言说的故事中心。宠儿的故事是碎片状的,归根结底,是令人费解的。宠儿坚定地说:"一切一切都是现在　永远是现在　无时无刻我不在蜷缩着和观看着其他同样蜷缩的人　我总在蜷缩"①,即使当她告诉我们她遇到塞丝并且进了她的房子,宠儿依旧是"蜷缩"的。宠儿与昆丁不同,昆丁被困在时间的齿轮上,他最终弄坏了祖父的手表,用自杀的方式逃离时间的束缚;而宠儿则存在于时间之外。宠儿也表示文字无法言说,她问:"我怎么能把看到的图画说出来"②,宠儿也不同于昆丁和施里夫,他们努力在象征之外实现虚构,但最终不能维持;宠儿永远不会在婴儿被谋杀之前开始象征,她永远存在于语言之外。她试图通过象征性语言进行沟通,为了告诉我们:我们沟通的系统和理解她故事的系统不够好。任何读者如果认为西方对奴隶制和运奴历史的叙述是"足够的"、是正确的,那么定会遭到宠儿的质疑。

　　有趣的是宠儿如何成为象征:对于读者,她是象征,但与查尔斯·邦不同,她并没有对小说中任何角色所代表的意识形态构成象征。齐泽克对"象征"的定义是:真实的一部分,是一种漂浮在意识形态之内、具有暴露其构造威胁的有价值的部分,③ 这有助于澄清象征这种说法。虽然从弗洛伊德的角度看,宠儿是塞丝被压制的恐惧和记忆的回归,对塞丝来说宠儿具有象征意义,但她并不能揭露塞丝信奉的意识形态构造。塞丝对"回想"的描述证明,她不仅相信时间是循环运动的(与线性相反),而且她相信丹芙所说,"什么都不死"④。接受超自然现象,是非裔美国人的特征;而西方抛弃逻各斯中心话语一般不能容忍超自然

---

① 〔美〕托妮·莫里森:《宠儿》,潘岳、雷格译,北京:中国文学出版社1996年版,第251页。
② 〔美〕托妮·莫里森:《宠儿》,潘岳、雷格译,北京:中国文学出版社1996年版,第251页。
③ Slavoj Žižek, *The Sublime Object of Ideology*, New York: Verso, 1989, p. 23.
④ 〔美〕托妮·莫里森:《宠儿》,潘岳、雷格译,北京:中国文学出版社1996年版,第44页。

现象，而且肯定不会产生超自然现象。小说的开头和结尾蕴含着隐性理解：人物认识、相信甚至与符号领域之外的东西沟通。对真实的隐性认知和理解基于这样一个事实：即使这些角色受到父之法带来的精神创伤，但他们知道他们应该承受这一切。他们不相信这种意识形态会摧毁他们，所以当出现揭露构建这种意识形态本质的象征时，他们不会感受到危险。像昆丁一样，塞丝选择用死亡超越主体化；但与昆丁不同的是，她选择死亡并不是因为她相信意识形态，而是因为她不相信意识形态。她宁愿杀死所有的孩子，也不愿他们遭受奴隶制带来的身体和精神上的恐惧。昆丁和施里夫通过以查尔斯·邦为代表的象征再现过去发生的事件，塞丝不仅重返过去发生的事件，而且修正、改变过去发生的事件。这个行为似乎最终使得宠儿消失。塞丝准备采取行动，试图改正过往的行为，所以被压抑情感的回归必须消失。

莫里森笔下的人物虽然遭受种族主义的压迫，但与福克纳笔下人物的结局又截然不同。福克纳的小说基于俄狄浦斯情结，而莫里森挑战西方意识形态、重新构建民族意识。她的小说从未停止对白人、西方世界和霸权主义意识形态的批评，也不断地游走在意识形态的边界，为非裔美国黑人的主体性创造空间、为那些公然挑衅象征主义的真实象征和价值创造空间。福克纳和莫里森的小说都想改变世界；两者之间的区别在于，莫里森的小说告诉我们如何改变世界。

寻找福克纳和莫里森的文化杂合

〔日〕松冈信哉* 著　　郝红玲 译

猎人与被猎者

本文将通过论证男性与自然和语言的关系，探讨威廉·福克纳《熊》《押沙龙，押沙龙!》和托妮·莫里森《所罗门之歌》中杂合的民族/文化身份。这些作品中的狩猎主题似乎强调了男性人物对于他们身份的追寻，而这种身份只有在与未知的自然对抗中才能获取。然而，评论家们对两位作家处理狩猎素材的观点却截然不同。露辛达·麦克凯森（Lucida MacKethan）坚持认为《所罗门之歌》中男性非裔美国人（包括奶娃·戴德）的狩猎行为在威廉·福克纳《熊》中则成为一种夸张的描述。① 还有人认为《所罗门之歌》深受福克纳影响，但约翰·杜瓦尔

---

* 松冈信哉，日本谷龙大学英语副教授，近期发表的作品有《反资本主义空虚与怜悯的思想：加里·西德纳与佛教》，发表于《北海道教育大学学报》；《福克纳〈喧嚣与骚动〉附录历史叙事》，发表于《日本美国文学学会杂志》。

① Lucinda H. MacKethan, "The Grandfather Clause: Reading the Legacy from 'The Bear' to *Song of Solomon*", in *Unflinching Gaze: Morrison and Faulkner Re-envisioned*, edited by Carol A. Kolmerten, Stephen M. Ross, and Judith B. Wittenberg, Jackson: UP of Mississippi, 1997, p.107.

(John Duvall)却对这一观点持怀疑态度,他认为莫里森的作品极有可能影响了福克纳。① 从《所罗门之歌》的视角解读福克纳,其作品中看似父权社会的狩猎行为则有截然不同的理解。通过分析福克纳和莫里森对于狩猎行为的描述,麦克凯森和杜瓦尔一定程度上确认了他们对于父权价值观的态度。在这部分,我将分析两位作家作品中的捕猎场景,进而阐释主人公追捕被猎者过程与他们探寻人生意义是一致的。这一论点与猎人的内在本质譬如民族/文化身份密切相关。

首先,我通过分析《熊》中艾克·麦卡斯林(Ike McCaslin)和《所罗门之歌》中奶娃·戴德的性格特征展示他们如何通过狩猎面对自然并实现自我内在本质。为了探讨艾克和奶娃与自然的遭遇,我首先要分析福克纳和莫里森如何以不同的方式描述被猎者。

在福克纳的作品中,大型被猎者通常象征着大自然无穷的创造力。在大自然的壮丽景色面前,不同种族的人是平等的;更重要的是,人类与其他动物也是平等的,正如福克纳写道:"猎人们还讲关于人的事,不是白人、黑人或红种人,而是关于人,猎人,他们有毅力,不怕吃苦,因而能够忍耐,他们能屈能伸,掌握诀窍,因而能够生存,猎人们还讲关于狗、熊和鹿的事,这些动物混杂在一起,像浮雕似地出现在荒野的背景之前,它们生活在荒野里,受到荒野的驱策和支配,按照古老的毫不通融的规则,进行着一场古老的永不止息的竞争。"② 猎人只有足够谦虚和谨慎才能面对自然。他们不应为个人利益而利用动植物。另外,猎人还应具有敏锐的感知能力去感受森林丰富多彩的生命形式。大型被猎者是人类与自然间的斡旋者,譬如《熊》中的老班(Old Ben)。

艾克一直梦想着有朝一日可以射杀那头大熊。但是,对于艾克来

---

① John N. Duvall, "Doe Hunting and Masculinity: *Song of Solomon* and *Go Down, Moses*", *Arizona Quarterly*, 47.1 (1991), p. 96.

② 〔美〕威廉·福克纳:《去吧,摩西》,李文俊译,上海:上海译文出版社2010年版,第165页。

说，这头熊不仅仅是一个被猎者，而是一个极其伟大的生物，他决定了艾克的文化身份；艾克与这头熊同住在生物区。作为一个经验不足的猎手，艾克不能清晰目睹那头大熊的完整身材；而"熊一直在注意他"。① 大熊不再仅仅是一个被盯梢、最终被杀害的被猎者，而是一个不可见、极其伟大的能指，他完全决定了森林的意义所在。艾克与老班的关系暗示了人类与生态体系的关系，即人类是综合生态体系的一部分；人类从属于老班代表的大自然力量。这种力量极有可能在没有任何警示情况下剥夺人类生命。

在福克纳与莫里森作品中，人类经常被置于与外界生物的神圣联盟中。格雷格·杰勒德（Greg Gerrard）指出，殖民年代，美国荒野为移民提供了一种神圣的价值观。这种神圣的价值观首次出现于人类与自然的后基督誓约中。② 在福克纳以及莫里森的部分作品中，为与自然共生，人类克服了人本主义和自然敏感性，与半人半兽的生物，例如老班，建立了关系。在此过程中，"后基督誓约"被制定。在《熊》中，艾克的印第安黑人导师——山姆·法泽斯（Sam Fathers）帮助他经历与大自然的神圣交流。为了融入自然界③，艾克不得不抛弃他的私人物品：手表和指南针等（猎人的必需物品），因为"他仍然被这些物品污染"④。扔掉这些物质世界的标志后，艾克便能够面对自然并融入其中："这是出于自愿的一种舍弃，不是一种策略，也不是自发的抉择，而是他接受的一个条件，他这样做后，不仅老熊迄今为止未被打破的神秘性可以消除，而且自古以来存在于猎人与被猎者之间的一切规则、一切均势也可

---

① 〔美〕威廉·福克纳：《去吧，摩西》，李文俊译，上海：上海译文出版社2010年版，第178页。
② 具体见文末注释1。
③ 具体见文末注释2。
④ 〔美〕威廉·福克纳：《去吧，摩西》，李文俊译，上海：上海译文出版社2010年版，第180页。

以废去"①。当艾克摆脱猎人（利用自然资源为自己谋利）与被猎者（被猎人毁灭）的单向关系时，融入自然成为一种可能。人类主体性决定了人类世界观，而时间轴（手表）和空间轴（指南针）又是人类主体性的基础。当艾克扔掉手表和指南针时，他就开始慢慢深入自然界。②

在描述奶娃在沙理玛（Shalimar）参与的一次狩猎时，莫里森也展示了上述猎人与被猎者之间的流态化转换。在这次狩猎中，猎人是来自乡村的穷苦非裔美国人。作为一个城市中产阶级的非裔美国人，奶娃的主体性在这次狩猎中被击得粉碎。他突然发现自己就像被猎者一样被自己的朋友吉他·海纳斯（Guitar Hanes）偷偷接近，因为他怀疑奶娃试图独吞传说中藏在沙理玛一个山洞、两人约定一起去寻找的金块。我认为这种猎人与被猎者之间的角色转换发生在奶娃身上，是因为在这次狩猎过程中他转变成为一种人兽混合体。在我的理解中，转变成动物意味着于自我内心深处找到了一股自然力量；因此，在这次寻找身份的过程中，奶娃渐渐知道了自己印第安人身份，而这个过程与变成动物的过程是一致的。

亨利·路易斯·盖茨（Henry Louis Gates）认为象征是非裔美国文学最重要的特点。③ 为了描述这一特点，他注意到一个无赖人物——埃苏（Esu）。这个人物在非洲民间故事里面经常出现，而且有很多类似人物："据说，由于他的斡旋角色，埃苏走路时会一瘸一拐：他的两条腿长短不一，因为他的一条腿停留在神的领域，而另外一条还留在人间。"④ 与盖茨对埃苏描述极其相似的是，老班和奶娃·戴德的腿也长短不一，这也证明了他们各自的斡旋角色。这一斡旋角色也许与他们在猎

---

① 〔美〕威廉·福克纳：《去吧，摩西》，李文俊译，上海：上海译文出版社 2010 年版，第 179 页。
② 具体见文末注释 3。
③ 具体见文末注释 4。
④ Henry Louis Gates, Jr., *The Signifying Monkey: A Theory of African-American Literary Criticism*, New York: Oxford UP, 1989, p. 6.

人(人类)与被猎者(自然/来自神的礼物)二元对立中流体定位角色也紧密相关。奶娃的腿这样被描述:"一条腿比另外一条要短……左脚离地大概有半英寸"①。奶娃的腿部残疾与"大熊"老班非常相似——"这只熊被捕兽夹伤过一只脚"②。尽管原始大自然在慢慢消失,但是老班是完美大自然再生的象征。老班弯曲的腿暗示目前的大自然体系出现了功能障碍。另一方面,奶娃的两条腿长短不一则暗示了他与大自然的隔绝,他的身体残疾与他同自己的种族—文化根源分离紧密相关:由于他缺乏与自然的联系,所以,"这种畸形主要还是在他自己的头脑里"③。在沙理玛,奶娃与其他非裔男性一起去狩猎,不仅仅为了打到一只浣熊或一只山猫,而是为了最终寻找他的民族/文化根基,因为他渴望与某种事物统一或取得联系,而不是他现在拥有的成功地产商儿子的中产阶级价值观:"他想到,不错,他和他妹妹有过一个祖先,一个肤色微红、两腿像甘蔗秆一样挺直、动作灵活的年轻人,姓氏也是确确实实的。"④

奶娃去沙理玛寻找他爸爸麦肯·戴德和姑姑派拉特留在"猎人洞"里的金子。到了那里,他渐渐同情当地穷苦的非裔美国人。但是,一次关于挑逗黑人女性的不经意对话使他与一位沙理玛男士发生了激烈的争吵。争吵之后,他被邀与沙理玛男人一起去狩猎。奶娃欣然接受。虽然奶娃强装镇定,但是当一个男人告诉他"现在不要射熊"的时候,他还是战战兢兢地问道,"这里有熊出没吗?"为了缓解客人的焦虑情绪,一个叫加尔文(Calvin)的男人回答了他的问题——"只有我们,手里拿

---

① 〔美〕托妮·莫里森:《所罗门之歌》,胡允桓译,海口:南海出版公司2009年版,第63页。

② 〔美〕威廉·福克纳:《去吧,摩西》,李文俊译,上海:上海译文出版社2010年版,第166页。

③ 〔美〕托妮·莫里森:《所罗门之歌》,胡允桓译,海口:南海出版公司2009年版,第64页。

④ 〔美〕托妮·莫里森:《所罗门之歌》,胡允桓译,海口:南海出版公司2009年版,第17页。

着枪。"①

引用前面提到的盖茨的结论，我假设奶娃的身体残疾与老班受伤的腿是对等的。在这种假设下，奶娃害怕遇到熊可以解释为他害怕遇到他自己。如果奶娃因为知道自己与熊有共性而惧怕遇到熊的话，那么这种恐惧可以理解为心理恐惧；他惧怕了解自己真实的内在本质。在这次狩猎中，奶娃不会遇到象征富有、来自城市中产阶级的他的熊。加入沙理玛人的狩猎，奶娃便与白人中产阶级价值观脱离了联系，取而代之的是非裔美国人身份。

麦克凯森指出，在福克纳作品中，约克纳帕塔法世系中的上层社会白人猎手的目标是像熊和鹿一样的大型动物，而黑人猎手只猎杀浣熊、山猫等小型动物作为食物。② 作为一个成功地产商的儿子，奶娃的主体性形成由白人男性中产阶级价值观决定，所以他脱离了非裔美国人的兄弟情谊。在狩猎过程中，熊虽然是白人猎手的首要目标，但是，奶娃对于熊的态度却是他实现自我种族/文化杂合的试金石。因为奶娃是在自然（非裔美国人身体）与文化（白人男子气概）交杂的中间地带长大的，所以他真正害怕的是遇到他自己的多元文化身份。

奶娃在这次狩猎结束时遇到两个问题：（1）他的非裔种族/文化身份，这与大自然紧密结合，其代表物是爵士乐；（2）吉他·海纳斯——他的童年伙伴和寻找金块的合伙人。他曾经试图用一根金属线勒死奶娃。在这次狩猎过程中，由于自己的腿部残疾，奶娃在森林中行进困难，所以他决定坐在一棵树下休息。在黑暗中，奶娃筋疲力尽，无法动弹，他坐在树下听到同行的猎人们互相交流。他们还吹着口哨或哼着小曲与狗交流。虽然这种交流从语言角度无法解读，但却意味深长。在奶

---

① 〔美〕托妮·莫里森：《所罗门之歌》，胡允桓译，海口：南海出版公司2009年版，第280页。

② Lucinda H MacKethan, "The Grandfather Clause: Reading the Legacy from 'The Bear' to *Song of Solomon*." In *Unflinching Gaze: Morrison and Faulkner Re-envisioned*, edited by Carol A. Kolmerten, Stephen M. Ross, and Judith B. Wittenberg, Jackson: UP of Mississippi, 1997, p. 108.

娃的眼里，这种人与动物间音乐般的交流就像一场爵士乐研讨会，他不禁想到："（这）是早在语言之前就已存在的信号……是人和动物彼此确实交谈的时代的语言……是一个人可以和一只虎共用一棵树，而且彼此了解的时代的语言。"① 奶娃对于人与动物音乐般交流的认识使自己升华到一幅人与动物共生的画面。奶娃感知到了黑暗中贯穿这次狩猎的爵士乐核心内容，并且感受到了与大自然结合的浪漫感。当奶娃带着被启发的感觉企图用手去触摸大地的时候，直觉告诉他，吉他·海纳斯要从背后袭击他。在这次狩猎中，正当奶娃意识到人类与自然共存的重要性时，他的生命反而受到他最亲密朋友的威胁。这里的关键点是奶娃转型为狩猎游戏，而这只有在他狂喜地认识到人与动物的共生之后才成为可能。奶娃遇到了由吉他·海纳斯代表的真实内在自我，并且实际上分享了这次狩猎中被猎者的经验（熊是他白人身份的象征，浣熊和山猫是他黑人身份的象征）。因此，事实证明，奶娃的身份是种族和文化的杂合体，分裂于白人特质与黑人特质之间。当他与非裔美国兄弟一起狩猎时，他总想避免遇到熊（他的白人身份象征）。在黑暗中相遇时，吉他·海纳斯代表了奶娃的另一面；面对吉他，奶娃成了一只熊——白人猎人的首选目标，他差点被自己最亲密的兄弟杀死。通过这次狩猎，奶娃与动物和大自然产生了共鸣。

寻找文化杂合：现象学和萨满教

从前面的讨论可以得出结论：艾克·麦卡斯林遇到"大熊"老班，奶娃·戴德遭遇吉他·海纳斯，使他们各自认识到以前未知的内在本质。奶娃的身份以双重形式暴露出来（白人特质/黑人特质），所以，它

---

① 〔美〕托妮·莫里森：《所罗门之歌》，胡允桓译，海口：南海出版公司2009年版，第285页。

是种族和文化杂合体。另一个带有比喻色彩但是与种族/文化杂合体紧密相关的狩猎主题是寻找历史真实的意义。在探寻戴德家族历史的过程中，奶娃发现他的祖母——兴·勃德（Sing Byrd）是印第安人，因此，他也发现了自己印第安人的杂合身份。如果没有姑母派拉特的精神支持的话，奶娃也不会进行这次祖先血统探寻。她运用魔法般的技能，并对超自然事物具有感知力；因此，她被描述为一个具有传承本土、部落过去文化遗产能力的人。

就叙事而言，奶娃融进祖先历史与福克纳《押沙龙，押沙龙!》中昆丁·康普生试图讲述萨德本家悲剧事件具有很大相似之处。奶娃和昆丁都发现了他们的种族/文化杂合身份，或混血身份。对奶娃而言，这一发现是通过探寻他印第安人身份根源实现的，而昆丁则是通过探寻亨利·萨德本杀害查尔斯·邦的原因实现的（昆丁认为邦的混血身份迫使亨利杀害了他，这样就可以阻止邦同他姐姐朱迪斯恋爱）。两位主人公对真理的追寻都采用了重构解释模式。

我认为如果要研究《所罗门之歌》与《押沙龙，押沙龙!》之间共性和个性的话，我们可以借助埃德蒙德·胡塞尔（Edmund Husserl）的解释学理论框架——关于解释理论的研究。这一理论指出，事物本身是未知的，我们也无法主观辨别发生的事情；但是，我们却可以通过主观认识或协商确认事物的真实性并达成共识。胡塞尔的现象学以及他的"自由变更"和"本质直观"思想可以帮助我们更好地理解《押沙龙，押沙龙!》中的解释学叙事。"本质直观"指通过想象改变该事物的形象。让我们以"房屋"为例研究这一理论。

在我们的意识中，房屋可以经历各种变化；通过想象，房屋的大小、形状、颜色等特征在人的意识里发生改变。最后，经历主观想象的房屋不再是原来的房屋。此时，我们意识到这个房屋的某些特征是不可改变的了，因为这些特征已经成为辨别这个房屋必不可少的因素。因此，胡塞尔强调利用想象自由变更在头脑中感知事物从而认识事物的本质。①

在《押沙龙，押沙龙!》中，当萨德本家族发生的事情真相浮出水面时，昆丁和室友施里夫的讲述正是遵循了胡塞尔提出的通过自由变更感知事物本质这一过程。在罗沙的叙事中，由于痛恨，托马斯·萨德本被描述成了魔鬼；昆丁父亲的叙事中则运用了丰富的古典文学典故。为了探究事件的真实性，昆丁和施里夫仔细研究了二人的叙事。在昆丁的意识中，他们的叙事内容相同。作为原始材料的自由变更，不同版本的萨德本家族故事相互背离但又汇合到一起，最终形成一个确定版本。通过这个最终版本，昆丁和施里夫看到萨德本一家变故的本质。为了决定最终接受还是摒弃之前叙事者的叙事（"也许这个地方你父亲说得对"②；"……你父亲这里说的也不对!"③），昆丁和施里夫在仔细研究他们叙事细节时，充分发挥了想象力，在叙事者叙述基础上加入了可能的变量，就好像他们在做游戏一样（"现在让我先玩一会儿"④）。萨德本家族素材是通过不同叙述积累起来的，而本质直观则出现在自由变更结束之时。《押沙龙，押沙龙!》突然从个人独白转变为第三人称全知风格，转入内战军营，在那里，联邦战士查尔斯·邦向亨利坦白了自己的混血身份。⑤

在《所罗门之歌》中，奶娃通过寻找自己的种族/文化身份，发现了一个貌似真实的关于祖先历史的解释。有趣的是，奶娃融入家族历史的方式与昆丁和施里夫对家族历史的调查具有共性与差异。我们可以参

---

① 具体见文末注释5。
② 〔美〕威廉·福克纳：《押沙龙，押沙龙!》，李文俊译，上海：上海译文出版社2010年版，第273页。
③ 〔美〕威廉·福克纳：《押沙龙，押沙龙!》，李文俊译，上海：上海译文出版社2010年版，第275页。
④ 〔美〕威廉·福克纳：《押沙龙，押沙龙!》，李文俊译，上海：上海译文出版社2010年版，第274页。
⑤ 参见〔美〕威廉·福克纳：《押沙龙，押沙龙!》，李文俊译，上海：上海译文出版社2010年版，第286页。

考德里达（Derrida）的《声音与现象》（Speech and Phenomena）来解释《押沙龙，押沙龙！》与《所罗门之歌》之间的这种差异。在这本书中，德里达用他的"分延"思想批判了胡塞尔的理论。胡塞尔认为，主体通过自由变更和本质直观可以接近事物的本质。但是，德里达认为由于语言的本质是符号，所以在词语与所要表达的意义之间总是存在差异；为表达这一思想，德里达杜撰了他自己的词语"分延"（differance）。我认为，《所罗门之歌》意在解构《押沙龙，押沙龙！》，因为前者更注重语言的物质性，所以通过自由变更和本质直观探究历史真实性是不可能的。

尽管奶娃沙理玛之旅的初衷是寻找金子，但是后来却演变为探寻祖先历史。在这个过程中，他恢复了家族失去的姓氏。他的家族是在一次偶然情况下盗用了"戴德"这个怪异姓氏的；他爷爷成为自由民后去自由民管理局登记，但是，接待他的白人官员喝醉了，错填了申请者的信息栏。[①] 同样，在《所罗门之歌》中，符号（词语）与所指事物之间的对应关系总不确定；由于失误填错了信息栏，唯一指向事情真相的能指丢失了。从他祖父错误地被给予这个姓氏开始，奶娃的生命就被定义为某种死亡的东西。

正如前面提到的，派拉特为奶娃寻找身世提供了精神支持。从这个角度讲，她是他的导师，因为她本人生活也深受这个姓氏的影响，但是她在这个姓氏与她本人之间塑造了一个全新的对应关系，成功颠覆了这个姓氏带给她的消极文化意义。派拉特这个名字是她那不识字的父亲随意翻看《圣经》时意外发现的。他选择这个名字是因为构成这个词的字母形状就像一棵大树陪伴着许多小树。他认为这个词象征着多子多孙，虽然不理解这个词的文化内涵，但他给女儿取这个名字是为了祈祷她好运。好像受到这个词的形状启示一样，派拉特长大成人，并对大自然有

---

① 参见〔美〕托妮·莫里森：《所罗门之歌》，胡允桓译，海口：南海出版公司2009年版，第54—55页。

种特殊的亲和感。她开启了奶娃的旅程。她开放超然的思想为奶娃提供了一条通往不同世界的路，那里是奶娃民族/文化身份的起源地。

在《所罗门之歌》中，能够提供奶娃家族历史信息的线索都刻在沙理玛地形中，例如"所罗门跳台"（Solomon's Leap）（奶娃的曾祖父从那里飞回了非洲）；"莱娜沟"（Ryna's Gulch）（莱娜是所罗门的妻子）。当用作地名时，奶娃祖先的名字成为当地的商品，没有人记得他们的根源。本故事中最重要的一个情节是戴德家族历史被开发为商品的另一个例子：派拉特过去常常唱一首歌，奶娃在沙理玛也听到孩子们唱过这首歌，歌词记载了戴德家族的历史。奶娃认为这首歌讲述了他的家族历史，其中包括他的祖母可能是印第安人。莫里森详细讲述了奶娃如何开始学习解密展现在他面前、隐藏在已经成为当地财产的文字中的含义。奶娃试图恢复家族姓氏失去的意义，同时找到一直被"戴德"替代的家族姓氏。可以这样合理地认为，奶娃的旅程与名字或词语解析是平行的，同时，与他试图解密那些只有来自戴德家族成员才能读懂的文字中包含的私人的、秘密的含义也是平行的。

奶娃探寻自己血统之旅得到了萨满教似的人物——派拉特的支持，同时，他的旅程也具有萨满教的特征。米尔恰·伊利亚德（Mircea Eliade）写过一本关于萨满教的巨著。谈到米尔恰时，吉姆·铂金森（Jim Perkinson）指出，美国前奴隶叙事已经彰显了远古萨满教的旅途模式，而几个世纪以来，这种旅行已经在很多部落里被详细口述过。伊利亚德认为，为实现精神上进入另外一个世界，萨满教徒们进入伪死亡状态。尽管奶娃极不情愿与沙理玛人一起去狩猎，但是，这次行程之后，奶娃发现原来"所罗门"就是他曾祖父的名字，大家相信他已经飞回非洲了。奶娃还发现"戴德"这个姓氏的另一面，即这个姓氏是在不情愿情况下给予他家族的。另外，他还找到了他祖先的真实名字。通过奶娃对家族血统的回顾性/怀旧性探究，上述地名和歌词中呈现的名字意义再次恢复生机。这次对意义的探寻也许可以代表死亡与再生，而这正是萨满教旅行的特征。找到祖先真实名字之后，奶娃回想起他自出生以来就被死亡剥夺的生活，而这种死亡感觉来自于被无情刻在他身体上的姓氏——戴德。

当奶娃要接近家族历史真相的时候，他则被引诱献身于一个超然领域，这也是萨满教的一个方面。正如朱迪斯·弗莱彻（Judith Fletcher）指出，奶娃遇到接生婆瑟丝可以理解为与来自冥界生灵的对话，就像派拉特与她父亲的幽灵对话一样。① 奶娃在与幽灵的对话中得到关于他祖先历史的至关重要信息，而派拉特则以另外一种方式获得了这个信息。在《所罗门之歌》中，派拉特被刻画为一个能够进入超然领域的人物，这与她的部落文化密不可分。然而，需要指出的是，与超然领域的交流并不能总是将她引向正确的方向，有时甚至将她引入歧途。

派拉特能够与来自其他世界的生灵交流，所以她充当了唯心媒介的角色。但是，她又注定误解了她所接收的信息，并传递给他人，其中就包括奶娃。比如说，当父亲的幽灵告诉她"唱"的时候，她把它当为一种命令："成为一个会唱歌的人。"而事实上，幽灵想告诉她的是她祖母的名字，"兴·勃德（=勃德）"②。我们不禁想起黑格尔的"理想诡计"。派拉特对自己从父亲幽灵那里得到的信息坚信不疑，所以她唱起这首歌，歌词中渗透着发生在奶娃祖父——所罗门身上的事。因此，这首歌渲染了戴德家族的历史，并传给派拉特的后代。她的侄子重构隐藏在这首歌中的信息，发现貌似真实的家族历史。因此，派拉特以这种奇妙方式表现了语言的本质；也就是说，在词与意之间，或符号与所指之间，语言（或声音）能够产生巨大的差异或分歧。因此，她作为真理传递者的角色是矛盾的；她只有在错误理解了从超然领域得到的信息后，才能够传递原始意义。

---

① 具体见文末注释6。
② 〔美〕托妮·莫里森：《所罗门之歌》，胡允桓译，海口：南海出版公司2009年版，第302页。

在《萨满教》一书中，伊利亚德把萨满教徒与多种象征联系起来，他指出，萨满教徒在狂喜状态下是连接天堂与大地的桥梁："对于一个狂喜的萨满教徒来说，桥梁或树木、藤蔓、绳子等——任何连接天堂与大地的事物——……都变成现实。"① 这不禁使我们想起"派拉特"这个名字正源于名字中的字母形状看起来像一棵棵树木。派拉特还非法卖酒，象征着大地的富有；这也许与她和大地的密切联系相关，也在一定程度上由于她的名字成为可能。因此，派拉特从很多方面暗示了她与大自然、超然领域的联系，但是她还被赋予残疾的萨满教徒特征，即缺少与大地母亲持续联系的符号。

值得注意的是，派拉特没有肚脐。这暗示她缺少与任何家庭的自然联系或断绝了与任何社会团体的联系。德里达认为词语所要表达的原始含义在话语中仅仅表现为原始含义的痕迹。原始意义以自己的方式隐藏自己，但又因为留下的痕迹而展示它的存在，德里达称之为"分延"。同样，派拉特缺少能够定义自己从属于某一特定身份的符号，没有肚脐是她没有根的象征。"没有肚脐"这个短语贯穿了她的人生经历和表现，因此，她被定义为缺少确定身份的一个人，除了些许也许存在于过去的原始意义痕迹，她什么也没有。派拉特肚子平平，因此，她象征着意义的空无，这就是语言作为符号体系所产生的空无。

具有讽刺意味的是，派拉特一直唱着那首歌，但却不知歌词到底意味着什么，而奶娃却破译了隐藏在歌里的信息，重构戴德家族过去历史并找到他混杂的黑人印第安人民族/文化身份。派拉特不知那首歌里包含能够重构她家族历史的重要信息，但她却将歌传给了奶娃。然而，只有通过这条弯路，奶娃才能够"重述原意，也就是说，纯粹的思想创造

---

① Mircea Eliade, *Shamanism*: *Archaic Techniques of Ecstasy*, Princeton: Princeton UP, 2004, p. 485.

理想意义",并发现自己民族/文化的混合体身份。①

在《声音与现象》中,德里达对胡塞尔最强烈的攻击是他认为胡塞尔忽略了语言的实用性。《所罗门之歌》中的故事情节似乎在强调语言的实用性。尽管语言被用作一套系统的符号、透明媒介来指涉事物或传递给听众加密信息,但是,不管口语或书面语,都具有原材料的特征。因此,从本质上讲,语言同时介于真实与虚构之间。由于这一本质特征,声音的意义就是强行进入一场无穷的相互阐释之中;不同语境下,听者不断破译原始讲话者试图编译的信息,并且由于过多解读而掩盖了原始意义。因此,词语的意义必然包含原始含义的痕迹。

结　论

第一部分中,我探讨了《熊》和《所罗门之歌》中的狩猎主题。从前者中,我得出结论:在印第安人山姆·法泽斯的指引下,艾克与老班——他的混杂身份象征,不期而遇。白人猎手和黑人猎手都崇拜老班,因为它是链接人类与自然界的纽带,而艾克首次进入他内在本质的方式既不是纯粹黑人式也不是纯粹白人式。在《所罗门之歌》中,熊是白人猎手青睐的典型动物,而奶娃却惧怕与它们相遇。最后,在参加狩猎过程中,他发现自己的民族/文化身份植根于爵士乐等黑人文化中;然而,在他觉醒的瞬间,他险些被自己最好的朋友杀害。奶娃在白人本质与黑人本质间犹豫不决、摇摆不定。狩猎场景淋漓尽致地表现了他的内心矛盾。

如果狩猎在福克纳和莫里森笔下都与身份问题密切相关的话,那么从寻找意义的角度研究并比较《押沙龙,押沙龙!》和《所罗门之歌》

---

① Jacques Derrida, *Speech and Phenomena and Other Essays on Husserl's Theory of Signs*, Translated by David B., Allison, Evanston: Northwestern UP, 1973, p. 81.

是非常必要的。两本书中，主人公在探寻家族历史的过程中都意识到自己混血的身份。在《押沙龙，押沙龙!》中，昆丁·康普生得出结论：查尔斯·邦是黑人混血，但这只是在想象地重构历史后得出的解释。我在前文中提到胡塞尔的目的是解释如何通过阐释者主观理解事实后捕捉"事实真相"。另一方面，《所罗门之歌》强调语言的排他性，我们可以通过排他性了解事情的真相。我引用德里达的目的是证明《所罗门之歌》解构了《押沙龙，押沙龙!》的叙事。奶娃通过内心深处的自我找到了外在自我：他是印第安人的后裔。因此，昆丁找到了他外在的民族/文化杂合身份，而奶娃找到了他内在的杂合身份。

在福克纳和莫里森笔下，自然和语言被当作自我与外界间的媒介来处理。因此，我大胆得出结论：在这些作品中，尽管在自我与外界之间，大自然与语言不可避免地存在差异，但是他们促成了自我与外界的互相融合。

注　释

1. 这种神圣价值观体现在山姆·法泽斯的教导中，其中一个例子是他向艾克渗透猎人要尊敬蛇的思想，因为蛇可以轻而易举地索人性命。同时，他还告诉艾克在狩猎过程中要同情猎物。参见 Barbara L. Pittman, "Faulkner's *Big Woods* and the Historical Necessity of Revision", *Mississippi Quarterly*: *The Journal of Southern Culture* 49 (1996), p.484。

2. 韦瑟比（Weatherby）说《熊》中的自然界以老班和山姆·法泽斯为代表。参见 Harold L. Weatherby, "Faulkner's Wilderness", in *Place in American Fiction*: *Excursions and Explorations*, edited by Harold L. Weatherby and George Core, Columbia: UP of Missouri, 2004, p.88。

3. 劳伦斯·比尔（Lawrence Buell）把男人与自然的这种关系定义为"放弃美学"，即在想象的自然界中，彻底消除人类影子，向人本位世界观展现一个对象。这就是比尔提倡的第一批生态批评主义特点之一。参见 Lawrence Buell, *The Future of Environmental Criticism*: *Environmental Crisis and Literary Imagination*, Malden: Wiley-

Blackwell, 2005, p. 100。

4. 盖茨解释说"象征"（signifying）一词隐含了黑人方言，黑人在读这个词时不发"g"音。非裔美国人在讲白人语言的时候，通过各种技巧赋予语言以不同含义，例如讽刺、戏仿等，从而颠覆白人语言的主导地位。

5. "本质直观将一个被经验的或被想象的变成随意的例子，这个例子同时具有引导性的'前图像'的特征，具有一种对创造开放无限的变项的多样性来说开端环节的特征，就是说，这个成就首先在于一种变更……因此，我们自由地、任意地创造变项，这些变项中的每一个以及整个变化过程本身都是以'随意'的主观体验的方式出现。""然后会表明，在这种后构造的多样性中贯穿着一个统一，即在对一个原初图像，例如，一个事物的这种自由变更中，必然有一个常项作为必然的一般形式保留下来，没有这个形式，一个图像，如这个事物，作为它这一个类的例子是不可想象的。"参见〔德〕德埃德蒙德·胡塞尔：《现象学的方法》，倪梁康译，上海：上海译文出版社 2016 年版，第 233 页。

6. 虽然麦肯先生最终还是被巴特拉杀害了，但是，在老麦肯和派拉特被巴特拉追杀的时候，瑟丝保护了他们。当奶娃在丹维尔见到她时，她应该已经死了，因为奶娃祖父的一个老朋友说："我还是个小孩子的时候，她就已经过一百岁了。"奶娃见到她时，他想："也许这个老太太是瑟丝。可是瑟丝已经死了。"参见〔美〕托妮·莫里森：《所罗门之歌》，胡允桓译，海口：南海出版公司 2009 年版，第 237、244 页。

福克纳和莫里森作品中致命的慈悲

〔美〕格瑞辰·马丁* 著　王丽丽 译

很多历史学家和文学学者都注意到：在 19 世纪改革时代的前几年，南方对蓄奴制的观点改变了，原来认为蓄奴制"绝对邪恶"，后来认为蓄奴制"积极有益"。北方"救济会"开始质疑蓄奴制的伦理道德，作为回应，南方作家、政治家和宗教领袖们捍卫蓄奴制，认为这是理想的社会安排，由荣誉贵族控制，这种统治是在履行他们的贵族义务。尽管南北方对蓄奴制的观点存在分歧，不论南方还是北方的理论家、作家、政治家、科学家，他们的种族观念趋于一致，都认为黑人是劣等的，认为黑人是"人类永远的异类和无法同化的因素"[①]，他们对这个观点却有共识。美国内战之前，大多数美国白人都理所当然地认为"种族平等的社会是不可思议的"[②]，黑人在美国社会的地位在内战之前一直是个问题。北方认为解决办法就是废除蓄奴制和殖民化，然而南方通过强化种植园主专制的社会理想来捍卫蓄奴制；两种观点假设黑人种族劣等的理

---

* 格瑞辰·马丁，美国维吉尼亚大学外斯分校副教授，《美国现实主义的前沿根基》(*Frontier Roots of American Realism*) 一书的作者。

① George M. Fredrickson, *The Black Image in the White Mind*: *The Debate on Afro-American Character and Destiny*, New York: Harper & Row, 2008, p. 1.

② George M. Fredrickson, *The Black Image in the White Mind*: *The Debate on Afro-American Character and Destiny*, New York: Harper & Row, 2008, p. 26.

论毁灭了黑人身份,黑人刻板印象和典型黑人文学人物的出现,彻底掩盖了黑人的人格。

这些种族理论始于殖民时期,在19世纪早期逐渐政治化,然而强化黑人劣等观点的法律、政治、宗教和科学基础并没有因为内战而终结。实际上,这些理论不断发展、兴盛,在美国重建时期对美国黑人更加致命,尤其是黑人男性,导致他们在20世纪的美国受到严重迫害。在这篇论文中,我探讨了莫里森在她的小说《宠儿》和福克纳的短篇小说《干旱的九月》中如何展现暴力和不公正。19世纪至20世纪的"仁慈"话语强化了种族主义并使之合理化,导致种族间的不平等现象。莫里森不仅表明蓄奴制导致黑人丧失身份,而且从北方废奴主义者的观点看也否决了美国黑人完整的人权。在美国重建时期,种族言论变成了防御和保护南方白人女性的重要支持,这使得谋杀黑人男性合理化,然而脆弱的白人也公开挑战这一致命的话语,这点体现在福克纳精彩的短篇小说中。两位作家最后都揭露了美国白人自称的慈善种族话语中的伪善和残暴。

莫里森的《宠儿》获得了普利策文学奖,自1987年出版以来,就广受评论界的关注,讲述了广泛的奴隶经历,可以追溯到美国独立战争时期。很多学者都指出,小说叙事采用了非线性叙事,碎片化叙事,故事人物断断续续地讲述自己的经历,他们试图忘记或者至少避免痛苦记忆造成的伤害。迈克尔·克莱灵(Michael Kreyling)认为小说的叙事结构是"历史时间的碎片化与重组"。① 塞丝模糊的记忆引出从前发生的事,或者她把它命名为"重新记忆",是关于她和她妈妈在一起的短暂时光,其他的补充信息都是她妈妈的朋友楠(Nan)讲述的,告诉塞丝

---

① Michael Kreyling, "'Slave life; freed life—everyday was a test and trial': Identity and Memory in *Beloved*", *Arizona Quarterly*, Vol. 63, No. 1, 2007, p. 120.

她们是"一起从海上来的"①。小说的事件从 1808 年国际奴隶贸易的最后几天按照时间顺序展开,奴隶贸易与独立战争时期主张的自由原则相矛盾,因此被终结。如何维持一个直接与新建国家理想相抵触的机构是 1787 年宪法公约的一个重大问题,"尽管奴隶贸易提倡者是美国建国元勋中的少数派,他们的权力强大足够迫使政府做出让步……新宪法禁止国会取缔奴隶贸易长达二十年之久"。② 很多人认为,妥协最终将会"终止美国的蓄奴制"③。保罗·芬克曼(Paul Finkleman)指出,"截至 1804 年,北部弗吉尼亚、马里兰、特拉华州都直接终止了蓄奴制或者通过立法逐渐废除蓄奴制。这样 1804 年之后,蓄奴制就只存在于南方"。④ 但是到 1808 年,路易斯安那购地案和轧棉机的发明扩大了棉花市场,需要大量劳动力,这样给南方蓄奴制带来新的活力。因此,非洲运奴进口贸易迅速增长,"一部分原因是尽可能多地保证劳动力数量的决心,同时联邦政府也允许奴隶贸易"。⑤ 楠所指的"大海"和她与塞丝的妈妈"被水手带走了好几次"暗示她们在运送途中忍受的痛苦,根据塞丝的年龄推算,她十三岁被卖到加纳庄园,塞丝的妈妈处于最早的生育期年龄,当她生下第一个孩子把他"丢在了岛上"⑥ 时,她大约十二岁。楠说的是另一种不同的话,塞丝当时懂得,而现在却想不起来,楠告诉塞丝"其他许多跟白人生的她也都扔了"⑦。塞丝的妈妈只给她起了名字

---

① 〔美〕托妮·莫里森:《宠儿》,潘岳、雷格译,北京:中国文学出版社 1996 年版,第 74 页。
② Peter Kolchin, *American Slavery: 1619–1877*, New York: Hill and Wang, 1993. p. 79.
③ Peter Kolchin, *American Slavery: 1619–1877*, New York: Hill and Wang, 1993. p. 80.
④ Paul Finkleman, *Defending Slavery: Proslavery Thought in the Old South, A Brief History with Documents*, Boston: Bedford/St. Martin's, 2003, p. 2.
⑤ Paul Finkleman, *Defending Slavery: Proslavery Thought in the Old South, A Brief History with Documents*, Boston: Bedford/St. Martin's, 2003, p. 75.
⑥ 〔美〕托妮·莫里森:《宠儿》,潘岳、雷格译,北京:中国文学出版社 1996 年版,第 74 页。
⑦ 〔美〕托妮·莫里森:《宠儿》,潘岳、雷格译,北京:中国文学出版社 1996 年版,第 74 页。

并留下她。楠告诉塞丝:"只有你,她给起了那个黑人的名字。她用胳膊抱了他。别的人她都没用胳膊去抱"。① 楠的讲述证明塞丝妈妈多次被强奸,生下孩子,只有塞丝是例外。

塞丝对妈妈的记忆还是"一个看小孩的八岁孩子指给她的呢——从水田里弯腰干活的许多条脊背中指出来",也提到稻田、靛蓝色、大量的劳动力和"小岛",说明楠和她的妈妈都是南卡罗来纳州稻田庄园的奴隶,是非常艰苦、劳累的生活经历。② 而且,塞丝能听懂但是不记得了的语言可能是嘎勒语,"由非洲两个主要地区(几内亚和刚果/安哥拉地区)的人、非裔美国人、美国白人交融发展而来,用来区分南卡罗来纳州与美国本土大陆其他的黑人"。③ 塞丝仅有的与她妈妈见面的记忆真实再现了当时恶劣的生活条件。塞丝的妈妈带着她"到熏肉房后面。就在那儿,她解开衣襟,提起乳房,指着乳房下面。就在她肋骨上,有一个圆圈和一个十字,烙进皮肤里。'这是你的太太。这个,'她指着说,'现在我是唯一有这个记号的。其他人都死了。如果我出了什么事,你又认不出我的脸,你会凭这个记号认得我"④。

辛西娅·莱尔斯·斯科特(Cynthia Lyles-Scott)指出,"这些记号的目的不是表明他们是奴隶,而是用来标记他们名副其实地属于某个人的财产"。⑤ 烙印被用来识别曾经试图逃跑的奴隶或者识别非常大的种植园的奴隶。

塞丝的妈妈急切地让塞丝知道这些识别信息说明她在筹谋某个危险

---

① 〔美〕托妮·莫里森:《宠儿》,潘岳、雷格译,北京:中国文学出版社1996年版,第74页。
② 〔美〕托妮·莫里森:《宠儿》,潘岳、雷格译,北京:中国文学出版社1996年版,第37页。
③ Peter Kolchin, *American Slavery*: *1619 – 1877*, New York: Hill and Wang, 1993. p. 48.
④ 〔美〕托妮·莫里森:《宠儿》,潘岳、雷格译,北京:中国文学出版社1996年版,第72页。
⑤ Cynthia Lyles-Scott, "A Slave by Any Other Name: Names and Identity in Toni Morrison's Beloved", *Journal of Onomastics*, Vol. 56, No. 1, 2008, p. 24.

的计划，可能导致她死去而且如果不知道这个烙印可能就无法认出她的尸体。事实上，不久之后，塞丝就用上了这个信息。但是据塞丝回忆，"等到他们把她放下来的时候，谁也看不清楚她身上是不是有圆圈和十字，我尤其不能，可我的确看了"。①

燃烧头发的气味和火星又激起了塞丝对过去糟糕事情的回忆，"她又记起了某些她以为已经忘记的事情。事关耻辱的隐私，就在脸上挨的耳光和圆圈、十字之后，早已渗入她头脑的裂缝"。② 燃烧的头发和这个气味激发的耻辱强烈进入塞丝的记忆中，"好多人"③ 被绞死然后烧成灰，无法认出是谁，用来警示其他人，这暗示一场失败的暴乱阴谋，与1822年发生在南卡罗来纳州丹马克·维奇的黑人叛乱相似。马克·M.史密斯认为奴隶暴动"暴露了奴隶主确信他们的奴隶都满足而开心的想法是个谬论"。④ 这个观点是为回应北方批评南方保留蓄奴制发展而来，乔治·弗雷德里克森对其解释如下：

> 奴隶不但不适合获得自由反而非常适合蓄奴制；因为黑人只有在白人主人控制下才感到快乐和满足。一个作家曾经说黑人奴隶是"我们当中拥有快乐最多的人"。他们一点也没有被"贬低"，南方辩护者坚持认为与他们在非洲的生活相比，他们在蓄奴制下的生活已经改善很多……在宣扬快乐满足的奴隶典型形象过程中，南方人所做的不仅仅是宣扬与废奴主义者眼中可怜的奴隶截然相反的形

---

① 〔美〕托妮·莫里森：《宠儿》，潘岳、雷格译，北京：中国文学出版社1996年版，第73页。

② 〔美〕托妮·莫里森：《宠儿》，潘岳、雷格译，北京：中国文学出版社1996年版，第73页。

③ 〔美〕托妮·莫里森：《宠儿》，潘岳、雷格译，北京：中国文学出版社1996年版，第73页。

④ Mark M. Smith, *Debating Slavery: Economy and Society in the Antebellum American South*, New York: Cambridge University Press, 1998, p.9.

象,而是寻求办法解决奴隶暴动引发的不安和恐慌。①

塞丝对她妈妈最后的记忆是她在被残暴无法辨认的尸体上寻找一个印记,最终起到双重象征作用,标志奴隶主在维护绝对权威中的不安和暴力反应。

贝比·萨格斯的个人经历在很多方面和塞丝的妈妈相似,尤其是她们多次被强奸生下孩子。但是贝比·萨格斯的故事与塞丝母亲的又有很大差异,因为贝比·萨格斯不但留下了所有孩子而且深深地爱着他们,如保罗·D. 在小说后面提到,这是在冒感情风险。②莫里森还举了其他黑人女性被白人男性强奸的例子,艾拉的"青春期在一座房子里被一对父子分享,她称他们为'迄今最下贱的人'"③。玛莎·赫德(Martha Hodes)指出"南方白人认为黑人女性放荡和淫乱是为了否认白人奴隶主的性剥削"④。并且,黑人女性的性牺牲对黑人父亲、儿子、兄弟和丈夫都产生破坏性的后果。例如,小说人物斯坦普·佩德,出生时名字为约书亚,"他把妻子让给主人的儿子时给自己重新起了名字。他把她让出去,这样他就不会去杀死任何人,也不用杀死自己了,因为他的妻子命令他活下去"⑤。他把这个牺牲当作还清债务,"他通过帮助贫困的人们偿还和清算债务,来把这种无债可还向其他人推广"⑥。通过给自己重

---

① George M. Fredrickson, *The Black Image in the White Mind: The Debate on Afro-American Character and Destiny*, New York: Harper & Row, 2008, p. 52.
② 〔美〕托妮·莫里森:《宠儿》,潘岳、雷格译,北京:中国文学出版社1996年版,第54页。
③ 〔美〕托妮·莫里森:《宠儿》,潘岳、雷格译,北京:中国文学出版社1996年版,第309页。
④ Martha Hodes, *White Women, Black Men: Illicit Sex in the 19th - Century South*, New Haven: Yale University Press, 1997, p. 65.
⑤ 〔美〕托妮·莫里森:《宠儿》,潘岳、雷格译,北京:中国文学出版社1996年版,第220页。
⑥ 〔美〕托妮·莫里森:《宠儿》,潘岳、雷格译,北京:中国文学出版社1996年版,第220页。

新起名字的行为，斯坦普·佩德保持了自己的理智和人性，但是其他人物并不能都像他一样内心强大，忍受生活的痛苦。

当贝比·萨格斯和黑尔被卖给加纳时，莫里森讲述了蓄奴制与传统种植园的很多差异，却是奴隶们更普遍经历的真实写照。在美国内战前，大多数奴隶都归农场主和小种植园主而不是大种植园主所有。科尔钦认为，"拥有少于三十个奴隶的农场和小种植园……占有量超过农村拥有奴隶的十分之九，包括大部分奴隶"，再加上"少于十个奴隶的农场，通常可以看到奴隶主和奴隶在田野里一起干活，指挥他们干活的同时也与他们交流"。① 与"伤了她屁股的农活和腐蚀她思想的疲惫"② 相反，贝比·萨格斯认为"加纳夫妇施行一种特殊的奴隶制"，让她"站在哼歌儿的丽莲·加纳身边，两个人一起做饭、腌菜、浆洗、熨烫；做蜡烛、衣裳、肥皂和苹果汁；喂鸡、猪、狗和鹅；挤牛奶、搅牛油、熬猪油、生火……不算回事。而且没有人把她打翻在地"。③ 然而，她心想"这个地方更好，可我并不更好"④。

贝比·萨格斯搬到加纳夫妇的农场，"'甜蜜之家'同她以前待过的许多地方比起来实在很小。加纳先生，加纳太太，她本人，黑尔，还有四个多一半都叫保罗的男孩子，构成了全部的人口……'甜蜜之家'是一个显著的进步"。⑤ 值得注意的是"地方"（places）一词是复数形式。尽管不清楚贝比·萨格斯在被加纳买来之前在多少个地方待过，当加纳把她带到鲍德温家时，她跟加纳先生提过两个地方。她问加纳为什么叫

---

① Peter Kolchin, *American Slavery: 1619 – 1877*, New York: Hill and Wang, 1993. p. 102.
② 〔美〕托妮·莫里森：《宠儿》，潘岳、雷格译，北京：中国文学出版社1996年版，第167页。
③ 〔美〕托妮·莫里森：《宠儿》，潘岳、雷格译，北京：中国文学出版社1996年版，第166页。
④ 〔美〕托妮·莫里森：《宠儿》，潘岳、雷格译，北京：中国文学出版社1996年版，第167页。
⑤ 〔美〕托妮·莫里森：《宠儿》，潘岳、雷格译，北京：中国文学出版社1996年版，第166—167页。

她珍妮,他告诉她这个名字写在她的"出售标签"上,卖她的主人惠特娄在上面签了字。① 另一个地方与她结婚的丈夫有关,萨格斯是个"严肃、忧郁的男人,教会了她做鞋。他们两人达成了协议:谁有机会逃就先逃走;如果可能就一起逃,否则就单独逃,再也不回头。他得到了一个机会"②。他们被出售时黑尔十岁,他的年龄说明她与这个男人分开多年。加纳问她的丈夫是不是黑尔的父亲,她回答说:"不是,先生。"③ 科尔钦指出,"在美国南部偏北地区大约三分之一的第一次婚姻因强制分开而结束,接近一半的孩子都至少与一个家长分离"。④ 在贝比·萨格斯的经历中,

> 男男女女都像棋子一样任人摆布。所有贝比·萨格斯认识的人,更不用提爱过的了,只要没有跑掉或吊死,就得被租用、出借、购买、送还、储存、抵押、赢取、偷走或被掠夺。所以贝比的八个孩子有六个父亲。她惊愕地发现人们并不因为棋子中包括她的孩子而停止下这盘棋,这便是她所说的生活的龌龊。⑤

然而,蓄奴制和国内奴隶贸易的保护者们"坚持认为奴隶贸易的受害者只是承受短暂的痛苦,因为黑人缺乏白人具有的建立深厚长期关系的能力。⑥ 乔治·弗雷德里克森认为,"假设黑人对感情麻木否认了奴隶之间

---

① 〔美〕托妮·莫里森:《宠儿》,潘岳、雷格译,北京:中国文学出版社1996年版,第169页。
② 〔美〕托妮·莫里森:《宠儿》,潘岳、雷格译,北京:中国文学出版社1996年版,第170页。
③ 〔美〕托妮·莫里森:《宠儿》,潘岳、雷格译,北京:中国文学出版社1996年版,第169页。
④ Peter Kolchin, *American Slavery: 1619–1877*, New York: Hill and Wang, 1993. p.126.
⑤ 〔美〕托妮·莫里森:《宠儿》,潘岳、雷格译,北京:中国文学出版社1996年版,第28页。
⑥ Peter Kolchin, *American Slavery: 1619–1877*, New York: Hill and Wang, 1993. p.126.

的家庭感情，因此暗示家庭分离合情合理"。① 虽然这是广泛认同的想法，但是很多州颁布法律给家庭分离提供法律支持。芬科尔曼认为，"美国任何一个州他们都无法合法结婚，执行一个合同（即使为了自己的自由），或者申请对自己孩子的合法拥有权"。② 对于贝比·萨格斯而言，这些孩子包括帕蒂、罗莎丽、阿黛莉亚、泰瑞、约翰、南希、菲莫斯、黑尔。

　　加纳对待奴隶的方式和他允许黑尔通过干活赎买他的妈妈说明他是一个善良有人性的奴隶主，表面上强化了仁慈的奴隶主形象。然而，莫里森反复打破这个形象，她明确区分了一个善良的人和一个美德被奴隶主角色破坏的有人性的人。他的权威可能比较温和但也很绝对。加纳称呼并宣布他们为男子汉，但是保罗·D. 明白离开"仅仅是在'甜蜜之家'，还得经他允许"。③ 因为他的奴隶不允许独自离开农场，西克索有一次"半夜溜号"④，塞丝和黑尔"只有星期天他们才能在阳光下看见对方。其余时间里，他们在黑暗中说话、抚摸或者吃饭。黎明前的黑暗和日落后的昏暗"⑤。这样，当加纳试图反对鲍德温小姐的不同意见来捍卫自己时，他问贝比·萨格斯："在我家之前你住过更好的地方吗？"⑥ 贝比·萨格斯回答"没有，先生"，但是她心里保留批判的意见，暗想："可是你占着我的儿子，而我一无所有。我归天以后，他还得一直为了

---

① George M. Fredrickson, *The Black Image in the White Mind: The Debate on Afro-American Character and Destiny*, New York: Harper & Row, 2008, p. 58.
② Paul Finkleman, *Defending Slavery: Proslavery Thought in the Old South, A Brief History with Documents*, Boston: Bedford/St. Martin's, 2003, p. 10.
③ 〔美〕托妮·莫里森：《宠儿》，潘岳、雷格译，北京：中国文学出版社1996年版，第263页。
④ 〔美〕托妮·莫里森：《宠儿》，潘岳、雷格译，北京：中国文学出版社1996年版，第29页。
⑤ 〔美〕托妮·莫里森：《宠儿》，潘岳、雷格译，北京：中国文学出版社1996年版，第31页。
⑥ 〔美〕托妮·莫里森：《宠儿》，潘岳、雷格译，北京：中国文学出版社1996年版，第174页。

还债让你租来租去。"① 然而保罗·D. 从未体验过另外一种生活,"二十多年来,他们一直生活在那个摇篮里"。② 然而这个保护的摇篮被破坏了,因为"没有人料到加纳会死。没有人觉得有那种可能。那是怎么一回事?一切都建立在加纳活着的基础上。没有他的性命,他们的也就都完蛋了。那不是奴隶制是什么?"③ 彼得·科尔钦认为,"很多情况下奴隶发现自己又被买卖。其中最常见的是奴隶主死了,他们被其继承人和债权人之间当作遗产重新分配"。④ 加纳死了之后,加纳太太"刚一守寡就欠下的债务","哭得像个孩子似地"⑤,她卖了保罗·F.,"用他的卖身钱她已经过了两年"。⑥

法律使加纳执行他"特殊的奴隶制"同样也可以给"学校老师"特权拒绝加纳的做法并实施他自己的奴隶制。⑦ "学校老师"认为,加纳"惯坏"了他的奴隶们。因此他"发明了五花八门的矫正方法(他都记在了笔记本里)来对他们进行再教育"⑧。"学校老师"对"甜蜜之家"奴隶们的兴趣超过了管理农场。他把他观察、实验和对他问题的回答都记在本上,开始在思想层面支持和捍卫蓄奴制。弗雷德里克森认为,"思想和意识形态上的种族主义增长需要一种科学文化思想,这将证实

---

① 〔美〕托妮·莫里森:《宠儿》,潘岳、雷格译,北京:中国文学出版社1996年版,第174页。
② 〔美〕托妮·莫里森:《宠儿》,潘岳、雷格译,北京:中国文学出版社1996年版,第261页。
③ 〔美〕托妮·莫里森:《宠儿》,潘岳、雷格译,北京:中国文学出版社1996年版,第262页。
④ Peter Kolchin, *American Slavery: 1619-1877*, New York: Hill and Wang, 1993, p.126.
⑤ 〔美〕托妮·莫里森:《宠儿》,潘岳、雷格译,北京:中国文学出版社1996年版,第11页。
⑥ 〔美〕托妮·莫里森:《宠儿》,潘岳、雷格译,北京:中国文学出版社1996年版,第236页。
⑦ 〔美〕托妮·莫里森:《宠儿》,潘岳、雷格译,北京:中国文学出版社1996年版,第167页。
⑧ 〔美〕托妮·莫里森:《宠儿》,潘岳、雷格译,北京:中国文学出版社1996年版,第262页。

黑人因为不可改变的种族原因在道德上和智力上不如白人的观念"。①"'面相学家'和'骨相学家'的科学理论认为从面部角度和头盖骨厚度可以推断出黑人的劣等","环境理论学家把黑人现实中的文化劣势归结于蓄奴制的影响"。②"学校老师"的问题和记录证明"'一种早期生物观点的形成''据说可以解释精神和身体上的劣势'"。③ 塞丝回忆,"我们全都笑话它——就西克索例外。……'学校老师'把那绳子在我脑袋上缠来缠去,横过我的鼻子,绕过我的屁股。数我的牙齿。我觉得他是个蠢货。而他提的问题又是再蠢不过的"。④ 塞丝接着说:"我们只想到,他问我们问题是出于习惯。他由带着笔记本到处走、记下我们说的话入手。我一直觉得是那些问题把西克索给毁了。永远地毁了。"⑤"学校老师"让他的学生们"'把她人的属性放在左边,她的动物属性放在右边。别忘了把它们排列好'"⑥,听完这些话塞丝终于理解了当时西克索对问题的反应。

科学理论被用来捍卫蓄奴制,也被用来证明这个制度对奴隶有提升作用。理论学家宣扬这种想法:

> 黑人本质上野蛮粗暴。然而,蓄奴制驯化了他们,在有限程度上,使他们变得文明。因此温顺不是他天生的性格而是蓄奴制

---

① George M. Fredrickson, *The Black Image in the White Mind: The Debate on Afro-American Character and Destiny*, New York: Harper & Row, 2008, p. 2.

② George M. Fredrickson, *The Black Image in the White Mind: The Debate on Afro-American Character and Destiny*, New York: Harper & Row, 2008, p. 14.

③ George M. Fredrickson, *The Black Image in the White Mind: The Debate on Afro-American Character and Destiny*, New York: Harper & Row, 2008, p. 49.

④ 〔美〕托妮·莫里森:《宠儿》,潘岳、雷格译,北京:中国文学出版社1996年版,第229页。

⑤ 〔美〕托妮·莫里森:《宠儿》,潘岳、雷格译,北京:中国文学出版社1996年版,第45页。

⑥ 〔美〕托妮·莫里森:《宠儿》,潘岳、雷格译,北京:中国文学出版社1996年版,第231页。

的人工创造结果。只要奴隶主严格控制加强管理，奴隶就会忠诚有感情；但是去除或减弱奴隶主的权威，反过来他就会变成残忍的野蛮人。①

"学校老师"在训斥他的侄子时就持有这个观点：

> 让他想想——好好想想——如果打得超出了教育目的，你自己的马又会干出什么来。契伯和参孙也是一样。设想你那么过分地打了这两条猎狗。你就再也不能在林子里或者别的地方信任它们了。也许你下回喂它们，用手递过去一块兔肉，哪个畜生就会原形毕露——把你的手一口咬掉。……看看你把上帝交给你负责的造物打得太狠了的下场。……你就是不能一边虐待造物，一边还指望成功。……他们全部目睹了以一点所谓自由来欺骗这帮人的恶果，这些家伙需要世上一切的监督和指导，才能避免他们自己更喜欢的同类相残的生活。②

毒打留给塞丝的是后背上的一棵树，痛苦心碎的丈夫，逃跑的决心，塞丝也从"甜蜜之家"带走了一个信念："没有人，这个世界上再没有人，敢在纸上把她女儿的属性列在动物一边了。不。噢不。"③

虽然好几个人都成功从蓄奴制逃脱，但是莫里森指出北方生活只是相对的自由，种族主义依然存在。贝比·萨格斯的自由是她儿子赎买的，当她到了鲍德温家时，区分她自由的自我和种族定义的身份界限很

---

① George M. Fredrickson, *The Black Image in the White Mind: The Debate on Afro-American Character and Destiny*, New York: Harper & Row, 2008, p. 54.
② 〔美〕托妮·莫里森：《宠儿》，潘岳、雷格译，北京：中国文学出版社1996年版，第178—179页。
③ 〔美〕托妮·莫里森：《宠儿》，潘岳、雷格译，北京：中国文学出版社1996年版，第179—180页。

鲜明。加纳到了甬道，进了门口，"他就从一条小路向房后绕去"，在后门等着，她"似乎等了很久"。① 贝比·萨格斯也了解自由州和奴隶州之间的界限模糊不清，她说当"'学校老师'、一个侄子、一个猎奴者和一个警官"②"进了我的院子"③ 时，他们受1850年逃亡奴隶法案的法律保护，他们要把逃亡的奴隶"带回肯塔基，带回去正规培养，去干'甜蜜之家'亟待他们去干的农活"④。但是，塞丝"认出了'学校老师'的帽子"，她想，"不。不。不不。不不不。很简单。她就飞了起来。攒起她创造出的每一个生命，她所有宝贵、优秀和美丽的部分，拎着、推着、拽着他们穿过幔帐，出去、走开，到没人能伤害他们的地方去"⑤。经过这一"痛苦"⑥ 特殊的教训后，贝比·萨格斯便用残余的一点精力来"玩味色彩"⑦，她告诉斯坦普·佩德"找我在这儿应该找的：后门"⑧。

莫里森多次提到后门的象征意义，它代表种族隔离的北方，象征小说人物拒绝必要妥协的自我意识。塞丝内心斗争，纠结，她时常从店主那里偷点东西，她买得起，她"不愿和其他人一道窘迫地等在菲尔普斯商店外面，直到把俄亥俄每一个白人都伺候到了，店主才转身面对那些

---

① 〔美〕托妮·莫里森：《宠儿》，潘岳、雷格译，北京：中国文学出版社1996年版，第170页。
② 〔美〕托妮·莫里森：《宠儿》，潘岳、雷格译，北京：中国文学出版社1996年版，第177页。
③ 〔美〕托妮·莫里森：《宠儿》，潘岳、雷格译，北京：中国文学出版社1996年版，第213页。
④ 〔美〕托妮·莫里森：《宠儿》，潘岳、雷格译，北京：中国文学出版社1996年版，第178页。
⑤ 〔美〕托妮·莫里森：《宠儿》，潘岳、雷格译，北京：中国文学出版社1996年版，第195页。
⑥ 〔美〕托妮·莫里森：《宠儿》，潘岳、雷格译，北京：中国文学出版社1996年版，第202页。
⑦ 〔美〕托妮·莫里森：《宠儿》，潘岳、雷格译，北京：中国文学出版社1996年版，第4页。
⑧ 〔美〕托妮·莫里森：《宠儿》，潘岳、雷格译，北京：中国文学出版社1996年版，第214页。

从他后门的洞眼往里窥望的一张张黑脸"①。在鲍德温家,当简妮把丹芙领进厨房时,再次提到后门:"你先要知道该敲哪扇门"。② 丹芙必须离开家才能接受到门和身份区别的训练,塞丝拒绝教育她的孩子类似的事情。

鲍德温一家代表在内战前竭力主张废除蓄奴制的白人,战争结束后他们帮助曾经为奴的黑人逃跑,但是莫里森指出他们致力于政治而非人道主义事业,不同种族的人用不同的门就是证据,还有厨房里让人心碎的场景:

> 一个嘴里塞满钱的黑小子。他的脑袋超出可能地向后仰去,两只手插在兜里。除了大张着的红嘴,脸上只有两只月亮般鼓起的眼睛。他的头发是一团直挺挺、稀拉拉的钉子头。而且他采取跪姿。嘴像杯口一样宽,盛着够一次送货费或者其他小笔服务费的硬币,不过同样也可以盛扣子、别针或者酸苹果酱。他跪在一个底座上,上面漆着"听您使唤"的字样。③

而且,爱德华·鲍德温对内战前怀旧的回忆与斯坦普·佩德、艾拉、约翰、贝比·萨格斯尤其是塞丝的回忆截然不同。想到那些"美好的日子",鲍德温想起"老日子里的信件、请愿、会议、辩论、征兵、争吵、救援和彻底叛乱……教区设法让杀婴案和关于野蛮的叫嚷转了向,从而为废除奴隶制进一步奠定了基础。多好的年月啊,充满唾弃和

---

① 〔美〕托妮·莫里森:《宠儿》,潘岳、雷格译,北京:中国文学出版社1996年版,第226页。

② 〔美〕托妮·莫里森:《宠儿》,潘岳、雷格译,北京:中国文学出版社1996年版,第302页。

③ 〔美〕托妮·莫里森:《宠儿》,潘岳、雷格译,北京:中国文学出版社1996年版,第304页。

判决,再没有什么事情能那样激动人心了"。① 然而对于那些社会帮助的男人、女人和小孩,这些当然不是好日子,说明鲍德温努力无非是爱好一场战争,而不是他爸爸的信念,即"人的生命是神圣的,所有生命都是",可能这可以解释为什么他一直觉得他爸爸"在许多方面都是个古怪的人"。②

莫里森把小说事件叙述结束在一个历史断层线上,把黑人尤其是黑人男性形象带到一个更危险的领域。在美国内战之前,身心健康、年轻力壮的黑人男性奴隶证明有潜力,能干重体力活,因此确定了他们的市场价值,同时他们也获得与任何值钱"财产"一样的保护。但是蓄奴制被废除之后,这些同样的特征反而逐渐被认为会威胁社会、政治和性。到 19 世纪 90 年代,"即使是最受压迫、最底层的黑人佃农在白人至上主义中也被想象成恐怖的象征",这个想象"虚构了能够吓坏它的创造者的**魔鬼**"。③ 19 世纪末,韦恩·米克森(Wayne Mixon)解释说种族主义不仅在南方获得了巨大的思想意识认同,乃至整个美国和西方世界:"种族主义被历史记载,被宗教神化,被小说夸大,被写入立法,被 19 世纪晚期唯一重要的思想——科学研究调查,宣布黑人是'进化的倒退'"。④

米克森认为,极端种族主义者认为"摆脱蓄奴制束缚的黑人迅速退化到现在大多数白人普遍认为的'野蛮兽性'原始状态,白人心中普遍的黑人形象从蓄奴制时代快乐的黑家伙变成了想强奸白人女性的'黑色

---

① 〔美〕托妮·莫里森:《宠儿》,潘岳、雷格译,北京:中国文学出版社 1996 年版,第 311 页。

② 〔美〕托妮·莫里森:《宠儿》,潘岳、雷格译,北京:中国文学出版社 1996 年版,第 311 页。

③ George M. Fredrickson, *The Black Image in the White Mind*: *The Debate on Afro-American Character and Destiny*, New York: Harper & Row, 2008, p. 282.

④ Wayne Mixon, "The Ultimate Irrelevance of Race: Joel Chandler Harris and Uncle Remus in Their Time", *Journal of Southern History*, Vol. 56, No. 3, 1990, p. 462.

野兽'"①。威廉·福克纳在他1931年出版的短篇小说《干旱的九月》中展现了这个对立的双重文化形象,黑人男性一面是出名的广受指责的性侵者,一面是"威胁白人女性的人物"②,福克纳对比了这两个形象。然而,随着叙事的进一步发展,福克纳颠倒了这个范式,扭转了小说的恐怖来源。

  小说由五个明显的部分组成。首先,福克纳采用第三人称的有限叙述营造小说语境,交代小说内容。福克纳使用有限而不是全知全能的叙事视角巧妙地创造了小说"那是一起谣言,一个故事,随你怎么说吧"③的悬疑特点。通过建立"事件"或者"究竟发生了什么事"的可疑性质,福克纳引出答案可能什么都不是的可能性。视角接着被广泛讨论"随你怎么说吧"打破。

  第一个特别肯定自己观点的人物是霍克肖(Hawkshaw),他此刻不质疑事件的正确性,但是很清楚地肯定"但那不可能是威尔·梅耶斯(Will Mayes)干的"④。这个场景发生在一个理发店,好几个人物分别出场,加入到对话中。福克纳并没描写他们的外貌、职业,也没交代他们的名字或者其他可识别的特征,这样模糊了阶级、种族、性别的标记。这个场景中,理发店的讨论使读者辨别出参与者和威尔·梅耶斯的种族身份。霍克肖对谣言准确性的质疑最明显,他说:"我不相信。"⑤他的话被"不相信?见鬼了!"打断,这句话是一个"身材高大,穿着

---

① Wayne Mixon, "The Ultimate Irrelevance of Race: Joel Chandler Harris and Uncle Remus in Their Time", *Journal of Southern History*, Vol. 56, No. 3, 1990, p. 463.

② Sandra Gunning, *Race, Rape, and Lynching: The Red Record of American Literature*, New York: Oxford University Press, 1996, p. 23.

③〔美〕威廉·福克纳:《干旱的九月》,陈茜译,南京:江苏文艺出版社2014年版,第138页。

④〔美〕威廉·福克纳:《干旱的九月》,陈茜译,南京:江苏文艺出版社2014年版,第138页。

⑤〔美〕威廉·福克纳:《干旱的九月》,陈茜译,南京:江苏文艺出版社2014年版,第138页。

一件汗渍斑斑的丝质衬衫"① 的年轻人布奇（Butch）说的。布奇接着提到文化能力使白人女性、任何白人女性的话都要比"黑鬼"② 的话更可信。然而，也有其他人表示不愿意相信"那是一起谣言，一个故事，随你怎么说吧"。他们反复被布奇挑战，被一个外来人、一个推销员和一个陌生人支持，布奇不是依据合理的消息而是靠怀疑他们种族隐含文化所定义的男性气质挑战质疑。他问："要是这镇上的白人都死绝了，你可以把我算上一个。虽然我只是个跑街推销的题外人，但怎么说，我也算得上是一个堂堂正正的白人。"③ 两人进一步得到刚进门的麦克莱顿的支持，他"曾在指挥部队作战，也曾因其英勇而被授勋嘉奖"④。他问："你们这帮人是不是就打算坐在这儿，任凭狗娘养的黑鬼在杰斐逊的大街上强奸白人妇女啊？"⑤ 话语中"到底发生什么"的模棱两可被确实的强奸论断所掩盖，具体地说这与黑人性侵者和脆弱的白人女性种族对立密切相关。第三个人问："可真有这事吗？"并且指出："就像霍克肖说的她也不是头一遭被男人吓着了。大约一年前，她不是说有一个男人趴在厨房屋顶上，偷看她脱衣服么？"⑥ 福克纳用这个问话加强了谣言的模糊性，通过提到米妮小姐之前受过别的"男人吓着"⑦ 为整个事件增加了另一种可能性。

---

① 〔美〕威廉·福克纳：《干旱的九月》，陈茜译，南京：江苏文艺出版社2014年版，第139页。
② 〔美〕威廉·福克纳：《干旱的九月》，陈茜译，南京：江苏文艺出版社2014年版，第139页。
③ 〔美〕威廉·福克纳：《干旱的九月》，陈茜译，南京：江苏文艺出版社2014年版，第140页。
④ 〔美〕威廉·福克纳：《干旱的九月》，陈茜译，南京：江苏文艺出版社2014年版，第146页。
⑤ 〔美〕威廉·福克纳：《干旱的九月》，陈茜译，南京：江苏文艺出版社2014年版，第146页。
⑥ 〔美〕威廉·福克纳：《干旱的九月》，陈茜译，南京：江苏文艺出版社2014年版，第146页。
⑦ 〔美〕威廉·福克纳：《干旱的九月》，陈茜译，南京：江苏文艺出版社2014年版，第146页。

这个问题也暗示以前发生过的事说明"男人吓着"指的是男人，只是因为没有提到种族。如果之前的叙述涉及黑人男子，种族理所当然地与一个"偷看她脱衣服"①的男人某些问题有关。在这一点，福克纳没介绍米妮小姐这个人物就使她的"话"让人高度怀疑。麦克莱顿的话提出了故事中最明显的问题："是不是真有这事儿？不管有没有这事儿，这有什么关系？难道你们打算就这么放过那些狗娘养的黑鬼，好让他们有一天真的干出这种事来？"② 这个问题说明麦克莱顿不相信真的有什么事发生了，表明仅仅是一个白人女性指控黑人男性，需要白人男性的暴力回应。当他们离开采取行动时，"三个人站了起来，推销员也从椅子上一跃而起"③。麦克莱顿"咒骂着其余的人"，接着"彼此互不相望。紧接着，他们也一个个地站起身来，聚到麦克莱顿的身边"。④ 他们的犹豫表明他们没有确实证据反对麦克莱顿提出保护"脆弱白人女性"的文化隐喻。两个理发师跟到门口，霍克肖跑在后面，说："我不能让——"⑤ 第一个人想："'他能干什么呢？'"，但第二个就是重复："耶稣基督啊，耶稣基督啊！"⑥ 他们的话表明霍克肖即使冒险跟着这些人，他什么也做不了，他阻止不了那些人的计划。

接下来的部分继续是第三人称有限视角，开篇第一句就是："她的

---

① 〔美〕威廉·福克纳：《干旱的九月》，陈茜译，南京：江苏文艺出版社2014年版，第146页。
② 〔美〕威廉·福克纳：《干旱的九月》，陈茜译，南京：江苏文艺出版社2014年版，第146页。
③ 〔美〕威廉·福克纳：《干旱的九月》，陈茜译，南京：江苏文艺出版社2014年版，第147页。
④ 〔美〕威廉·福克纳：《干旱的九月》，陈茜译，南京：江苏文艺出版社2014年版，第147页。
⑤ 〔美〕威廉·福克纳：《干旱的九月》，陈茜译，南京：江苏文艺出版社2014年版，第148页。
⑥ 〔美〕威廉·福克纳：《干旱的九月》，陈茜译，南京：江苏文艺出版社2014年版，第148页。

年纪，不是三十八，就是三十九。"① 提供了米妮小姐的个人概况。这部分明显与福克纳在第一部分的叙事节奏不同，他故意模糊米妮小姐的年龄，三十八岁或者三十九岁，或像之前那些男人讨论过的四十岁。米妮小姐的"过着闲适安逸的生活——她家虽算不上是杰斐逊数一数二的阔绰人家，但也足够让她衣食无忧了"。年轻时，她"曾一度是小镇社交生活的风云人物"②。然而，她的社交生活突然早早地结束了，有天晚上，在一次晚会上"她无意中听到了一个男孩和两个女孩——三个都曾是她的同学——之间的谈话。从此，她不再接受任何邀请"。③ 通过这个场景，福克纳表明米妮知道谣言的力量，自己本身也是别人"闲谈"的受害者。"闲谈"的模糊性与小说开头"那是一起谣言，一个故事，随你怎么说吧"④ 的模糊性相呼应。评论家们经常把米妮小姐称为"镇里的老处女"，福克纳利用一个完全不同的文化刻板印象，这是从城镇八卦而非验证的证据中创造出来的。⑤ 十二年前，她和出纳员的关系引发了人们的闲言闲语。"镇里人开始说：'可怜的米妮啊'，'她这么大了，能照顾好自己的'。"⑥ 人们议论的结果是"她作奸犯科"⑦。关于米妮的这段关系并未提及对婚姻不忠，福克纳用"作奸"一词暗示未婚女性的性行为而不是超越婚姻界限的性行为，暗示堕落女人的形象而不是老处

---

① 〔美〕威廉·福克纳：《干旱的九月》，陈茜译，南京：江苏文艺出版社2014年版，第148页。
② 〔美〕威廉·福克纳：《干旱的九月》，陈茜译，南京：江苏文艺出版社2014年版，第149页。
③ 〔美〕威廉·福克纳：《干旱的九月》，陈茜译，南京：江苏文艺出版社2014年版，第149页。
④ 〔美〕威廉·福克纳：《干旱的九月》，陈茜译，南京：江苏文艺出版社2014年版，第138页。
⑤ Thomas Claviez, "The Southern Demiurge at Work: Modernism, Literary Theory and William Faulkner's 'Dry September'", *Journal of Modern Literature*, Vol. 32, No. 4, 2009, p. 25.
⑥ 〔美〕威廉·福克纳：《干旱的九月》，陈茜译，南京：江苏文艺出版社2014年版，第150页。
⑦ 〔美〕威廉·福克纳：《干旱的九月》，陈茜译，南京：江苏文艺出版社2014年版，第150页。

女,因为老处女形象专指未婚、没有性行为的女人。福克纳用这个差别进一步强化这些男人采取行动是出于对文化期待的反应而非保护或者为南方女性的纯洁复仇。这一部分也再次暗示米妮小姐的"话"是非常不可信的。

当那些男人到了冰厂,福克纳改变小说开头场景介绍人物的方式,这次在威尔·梅耶斯开口说话之前,福克纳就向读者交代了他的信息,使这个人物比理发店的其他人物性格更鲜明。当那些人把威尔·梅耶斯从冰场拽出来时,很显然他完全不知道他们为什么会出现在那里,他问:"'出什么事了,长官?''长官们,你们是谁?'"① 如霍克肖所说的,如果威尔·梅耶斯做了什么或者听到谣言,他肯定不会去上班啦,"'他肯定会逃的'"。② 他的问题也会更具体,这进一步说明那"不是威尔·梅耶斯"干的,只有霍克肖肯定这一点,其他人似乎完全不认可。

福克纳继续模糊处理车里的人数。第二辆车里的乘客人数不清,第一辆车前排座位坐着推销员和麦克菲登,霍克肖、威尔和军人坐在后排座位,布奇跳下车跑着跟在后面。当车"驶向了一条狭窄的偏僻小道,通向一座废弃的砖窑"之后,霍克肖跳出车,最后承认他无力阻止这些人。③ 海厄特·H. 瓦格纳(Hyatt H. Waggoner)认为小说"对无辜却被无端嫁祸的威尔·梅耶斯施以私刑的叙述引发我们内心无法忍受的恐惧感。然而它的暴力和恐惧并未终结;小说在普通意义上不是耸人听闻的。暴力和恐惧与判断相关"④。然而福克纳转变了恐惧的来源,他没有

---

① 〔美〕威廉·福克纳:《干旱的九月》,陈茜译,南京:江苏文艺出版社2014年版,第153页。

② 〔美〕威廉·福克纳:《干旱的九月》,陈茜译,南京:江苏文艺出版社2014年版,第152页。

③ 〔美〕威廉·福克纳:《干旱的九月》,陈茜译,南京:江苏文艺出版社2014年版,第154—155页。

④ Hyatt H Waggoner, *William Faulkner*: *From Jefferson to the World*, Lexington:University of Kentucky Press, 1966, p. 196.

描述暴力和恐惧的场景,却直接暗示威尔·梅耶斯的死亡。当霍克肖走回镇里,福克纳没有描述霍克肖跳下车和车子返回镇里这段时间发生的事。通过描述麦克莱顿的车疾驰而过暗示威尔·梅耶斯被谋杀了,"车里坐着四个人。布奇已不再站在脚踏板上"。①除了霍克肖,车上少的另一个乘客是威尔·梅耶斯。

威尔·梅耶斯消失以后,福克纳讲述米妮小姐"周六的晚上,当她梳妆打扮准备吃晚餐",暗示这是小说恐惧来源的中心。米妮小姐经过"店门口倚着几个年轻人,他们抬起帽子,向她点头致意,双眼则落在她那扭动的臀部及迈动的大腿,向前走着,绅士们见了纷纷脱帽致意,谈论着的人们则立马停了下来,一副小心关切的样子"。"这没有黑鬼,一个也没有"②。在黑暗的电影院,米妮小姐大笑不止,很多人惊愕的低语暗示米妮疯了,陷入"丧失理性和过度兴奋的漩涡"③。然而,米妮的反应发生在广场,她走过广场时,能够估量出"谣言"的作用使男人们又关注她了。她的笑声和她无法"收住笑"说明是计划成功使她高兴,而不是她疯了,这强烈暗示她编造传播的谣言导致了梅耶斯的死亡。汉斯·H. 斯凯(Hans H. Skei)认为米妮不在意她的谎言导致什么样结果;对她来说,唯一重要的是谎言证明了她的价值,而且最后一次有人对她的女性魅力有反应。在传统社区较好的社会阶层中,大多数女性都拥有的女性力量一次又一次被滥用,通常仅仅是因为被女性自己误解了。④

无关种族的早期谣言不起作用,但是与此相比,这次与种族直接相

---

① 〔美〕威廉·福克纳:《干旱的九月》,陈茜译,南京:江苏文艺出版社2014年版,第156页。
② 〔美〕威廉·福克纳:《干旱的九月》,陈茜译,南京:江苏文艺出版社2014年版,第157页。
③ Thomas Claviez, "The Southern Demiurge at Work: Modernism, Literary Theory and William Faulkner's 'Dry September'", *Journal of Modern Literature*, Vol. 32, No. 4, 2009, p. 27.
④ Hans H. Skei, *Reading Faulkner's Best Short Stories*, Columbia: South Carolina University Press, 1999, p. 95.

关的谣言说明米妮完全意识到"这个女性力量",并且实际上是明知故犯地利用谣言,她完全明白这个谣言必然的、致命的潜在影响力。从这个方面看,福克纳利用黑人性侵者,威胁脆弱白人女性的文化两面性并且完全颠覆了这个固有印象,让白人女性扮演了残忍的野兽角色,她的鲁莽轻率导致一个黑人无辜丧命。

蓄奴制存亡的争论经常被归结为种族意识形态的对立,最终导致美国内战的爆发,最后也解决了这个问题。但是作家、政治家、宗教领导者、科学家们都基本倾向于同意黑人劣等的理论,却不同意其赋予的社会和政治内涵。北方废奴主义者批判南方蓄奴制的同时,他们中大多数也认可普遍的社会歧视,很多也同意殖民观点。在美国重建时期,种族刻板印象对于美国黑人威胁程度迅速增长,"19 世纪 80 年代和 20 世纪 60 年代之间,在南方和美国的其他地方超过三千名黑人被暴徒非法处决"。[①] 历史记录直接揭示了美国历史上使美国黑人成为受难者的虚伪和不公正,像威廉·福克纳和托妮·莫里森一样的美国作家们使这些记录更人性化。埃德蒙德·沃尔佩(Edmond Volpe)认为像《干旱的九月》这样的作品是一个"绝望的比喻",其中"上帝抛弃了人类"[②],但是《干旱的九月》和《宠儿》的故事更明确表明人类抛弃了上帝。如托妮·莫里森在《宠儿》最后一页写的,"这不是一个可以流传的故事"。这句话自相矛盾却暗含多重喻义:对于读者,作为文学警告来了,然而却太晚了;作为已经写好的故事,则不能继续被忽视、忽略、置之不理了;而或作为一个故事太可怕,太难以言传,太准确反映历史以至于根本就不是虚构的故事了。

---

① James A. W. Heffernan, "The Simpson Trial and the Forgotten Trauma of Lynching: A Response to Shoshana Felman", *Critical Inquiry*, Vol. 25, Summer, 1999, p. 804.

② Edmond L. Volpe, "'Dry September': Metaphor for Despair", *College Literature*, Vol. 16, 1989, p. 63.

隐喻的力量：福克纳和莫里森对《创世记》1—3章的运用

〔美〕塔拉·塔特尔* 著　叶晓燕 译

诺思罗普·弗莱（Northrop Frye）在《伟大的代码：圣经与文学》（*The Great Code: The Bible and Literature*）一书中说："经过一段时间后，植根于某一特定社会的神话会留下关于共享的隐喻和语言经验的遗产，因而，神话有助于创造一种文化史。"① 在西方文学的遗产中，鲜有神话能比隐喻的《堕落》（the Fall）更受欢迎。让这种共享的隐喻再次流行已让女性们付出了相当大的代价，因为对《创世记》（Genesis）第1—3章的传统诠释，即将夏娃消耗肉体的行为与淫荡联系起来，把夏娃生育后上帝对她的惩罚解读成一种对女性的诅咒，这污蔑了肉体和女性的性行为。这种传统诠释强化了性别的等级制度及对女性被征服的性欲的不稳定、不洁性的假设；然而，对相同的经文进行平等主义解读，挑战的不仅是那些男性至上者的二元观，还有那些持传统观立场者的解释权威。小说家威廉·福克纳和托妮·莫里森位列于那些主张对包含"堕落

---

* 塔拉·塔特尔是一名英语助理教授，也是圣·卡萨林学院荣誉课程主任。她既是路易斯维尔大学人文课程的博士毕业生，也是该校妇女和性别研究项目的研究生毕业生。她的研究涉及20世纪美国南方小说中女性性欲与灵性之间的谈判内容。

① Northrop Frye, *The Great Code: The Bible and Literature*, New York: Harcourt, 1982, p. 34.

的神话"在内的《创世记》前三章进行平等解读的人中。我认为,福克纳和莫里森重启《创世记》1—3 章的文本是为了对谴责夏娃和女性的苛刻观念进行复查,从而修正利于读者产生共鸣的、对神话的传统分级解读。福克纳和莫里森在《喧哗与骚动》与《天堂》(Paradise)中,透过隐喻手法分别探讨了污蔑女性性欲和堕落神话的主叙事之间的关联。

在"文学典故的诗学"里,齐瓦·本-波拉特(Ziva Ben-Porat)将文学隐喻定义为"一种同步激活两个文本的手段"①,他表示,用来扩展意义的隐喻不仅出现在隐喻性文本里(指的是《喧哗与骚动》与《天堂》),还出现在参考文献里(指的是堕落的神话)。福克纳认为,《喧哗与骚动》中的凯蒂·康普生(Caddy Compson)代表了夏娃(Eve),小说描述了凯蒂的三个兄弟对她生活的解读,借此将叙事权威的问题探讨成控制女性性欲的问题,这在《喧哗与骚动》及《创世记》1—3 章堕落的神话里都存在。在《天堂》中,莫里森通过给女修道院的女人们贴上"胆大包天的黑夏娃们"的标签,压制鲁比镇出现另类的创造物,促使读者也参与到文本争论和解释力量的辩论中。通过将质疑《喧哗与骚动》的结构和《天堂》的情节引出的叙事权威,扩大到质疑福克纳和莫里森经常影射的文本的文本权威,将女性的性欲视为污染物、关于伊甸园神话的压制性解读可能会受到仔细审查,并可能通过这种审查而被取消。

Ⅰ. 福克纳的《喧哗与骚动》

朱莉娅·克里斯蒂娃(Julia Kristeva)在接受关于互文性的采访时

---

① Ziva Ben-Porat, " The Poetics of Literary Allusion", *PTL: A Journal for Descriptive Poetics and Theory of Literature* 1, 1976, p. 112.

告诫道:"我认为,假如读者阅读福克纳的书却不重温《圣经》、《旧约》、《福音书》,不重温当时的美国社会及自己的幻觉体验,那就无法还原文本自身的复杂性"①。读者们能借助隐喻用法让自己的情节在与神圣经文及宗教历史的联系中得到放大,而对《圣经》文本生疏的读者们会错失他丰富的隐喻手法。尽管对福克纳小说中运用圣经的问题已经写过很多,然而缺乏这种批评会令研究局限于《喧哗与骚动》中伊甸园和堕落的隐喻。已证实,福克纳对《创世记》的借鉴更受大众欢迎,但人们认为他这种隐喻分析的范围很宽泛,并不能详细审查特定文本的参考文献;例如,一些学者认为,创建家族王朝的过程类似于上帝创造世界或创造诸如"无辜"或"继承"这样的概念的过程,并不类似于描述和阐释暗喻《圣经》的具体实例的过程。

女性罪恶是《喧哗与骚动》里的核心冲突。这部小说主要将凯蒂·康普生描绘成受诅咒的夏娃,她因性罪遭受惩罚,她爱爬树的癖好和她留下的味道与智慧传播树明显相关。但是,与福克纳的小说《押沙龙,押沙龙!》一样,《喧哗与骚动》对堕落神话的隐喻将神话人物的多重性格理解为多个人物形象,正是这种写作技巧使得简单、相似的互文性阅读令人迷惑,正如福克纳使得一个统一记叙的故事集令人迷惑一样。

凯蒂·康普生在形象上与夏娃的联系很明显,福克纳称之为"文学作品中唯一能打动我的东西"②。这种形象是"凯蒂在她祖母的葬礼上爬上梨树往窗里看,而昆丁、杰生、班吉和黑人则仰视着她穿着满是泥水的衬裤的屁股"。福克纳拿与眼界、死亡有关联的这个梨树,暗指"善恶的智慧之树"。在《创世记》一书中堕落的神话里,吃树枝上的果实所获得的知识是通过视觉的隐喻来传达的:"他们俩都睁开了双眼,他

---

① Julia Kristeva, "Intertextuality: An Interview with Julia Kristeva", conducted by Thais Morgan, translated by Richard Macksey, in *Intertextuality and Contemporary American Fiction*, Baltimore: John Hopkins UP, 1989, p. 282.

② William Faulkner, "An Introduction for *The Sound and The Fury*", in *The Sound and the Fury: A Norton Critical Edition*, edited by David Miner, 2nd Edition, New York: Norton, 1994, p. 227.

们都知道。"同样，凯蒂坐在树枝上便认识到人生无常，这个场景里也有更多暗喻堕落的细节。凯蒂的父亲已禁止攀爬这棵特殊的树。但正如夏娃在伊甸园花园里没有听从上帝的旨意一样，凯蒂也违背了她父亲的命令。此外，在凯蒂爬上树之前，"一条蛇从房子下面爬出来"，但它并没有吓到凯蒂。作为在这群男孩、男人里唯一的女性人物，凯蒂成为转告戴蒙得死讯的人，这样看来，凯蒂成为主动的夏娃，男性似乎是较被动的亚当。"你看到了什么？"他们在她脚下低声耳语道，等着她传递知识。然而，在福克纳的眼中，男性只看到了她肮脏的臀部，只有凯蒂见证了重大事件的发生。她的重要性通过这个形象得到了强化，这预示着她会陷入性罪和昆丁自身的乱伦欲望中。

凯蒂不仅在年少爬梨树的过程中穿过树枝看到了死亡，正值青春期的她还获得了从家出来的自由。这样，在班吉记忆里，凯蒂对这棵树的用法就与她女儿对树的用法融为一体，因为凯蒂和昆丁小姐的情事都是借由与她们卧室窗户邻近的这棵树才有可能实现的。这棵树是反抗的一种媒介，促成她们获得进入罪恶的性欲知识。福克纳将这种联系表现在凯蒂的身体中。这种联系确确实实会从她的毛孔里冒出来，因为凯蒂身上的气味闻起来都像树。班吉在小说里的九次叙述都告诉读者"凯蒂闻起来像树叶……凯蒂闻起来像树"。

与凯蒂相关联的那棵树代表着知识，但也代表着不得体的举止，这种举止在凯蒂那个时代被看成是南方女性的天真无知。她的四个家人持这种观点，并在《喧哗与骚动》的文本里给予其肯定。对于昆丁来说，这关乎他作为一个男人的角色，也关乎凯蒂未能达到的女性规范。昆丁认为，知识获取只能由男性来承担，他们可能会告诉女性她们需要知道什么，或让女性继续无知下去。他们的母亲卡罗琳（Caroline）坚信这一点。在《喧哗与骚动》里，卡洛琳·康普生（Caroline Compson）与她的女儿凯蒂不同，她不爬树，闻起来的气味也不像女儿，她在家中隐居并保持着无知。关于滥交，卡洛琳·康普生称："感谢上帝，我不知道这种邪恶。我甚至不想知道。"卡洛琳的儿子杰生也赞同这一点。他声称:"一个好女人错过了很多她不知情的好事儿。"

福克纳没有像上帝那样在《创世记》中谴责获取知识的行为,而是将这种有意的无知披露成一种伪善。卡洛琳的立场实际上不触及她的知识,但却让她采取断然否决的态度。不过,她也受到男人们诅咒的影响。福克纳表示,卡洛琳想要继续当一位淑女的诉求(继续保持无知)毁了她,正如凯蒂因未能像淑女一样而遭受的痛苦一样(因为知道得太多)。菲利普·温斯坦(Philip Weinstein)说,卡洛琳"与她自己身体的力量脱离,被男人们的诅咒剥夺了她肉体欲望的权利……她是自己子宫的囚犯"。凯蒂同样尝到了男人们诅咒的苦头,但她还是会按照自己的意愿行事,她选择了不得体的举止而非得体行为,因而选择了知识而非无知,选择不遵从她母亲所希望的、所生活的惯例。越轨越多,获得的自主性和自由越多。

昆丁也和得体行为与知识之间的紧张关系及处于紧张关系核心的性别力量作斗争。昆丁对凯蒂女性身份的担忧和他对自己的男子气概的担忧相配。作为一位要捍卫真正女人的荣誉、正派的南方男性角色的继承者,他认为自己是凯蒂的保护者。一部分保护是让妇女远离知识(以防止花园里亚当再次失败)。他说:"父亲和我保护女性不受她们自己的影响,女人是这样的,她们不会向我们所爱的人获取知识。"这种态度可能源于《圣经》传统,受弥尔顿(Milton)的《失乐园》(*Paradise Lost*)影响。弥尔顿的文章赞同《创世记》1—3 章中对性别关系的分级解读("他们的性别似乎不平等"),正如弥尔顿所告诫的这个故事,夏娃是从亚当而不是直接从上帝那里学习到禁食智慧之树的果实的(书中第四章,第一部分,第 296 页;书中第四章,第二部分,第 408—439 页)。[①] 在《失乐园》和《喧哗与骚动》中,与知识获取有关联的是男

[①] John Milton, *Paradise Lost*: *A Norton Critical Edition*, edited by Gordon Teskey, New York: W. W. Norton, 2005, Book IV, 1. p. 296; Book IV, 11. pp. 408 – 439.

人而不是女人；但这一观念形成的是昆丁的理想体系，而非他和凯蒂所在的现实。在昆丁想象的伊甸园里，他保护了凯蒂免受肉欲知识的摧毁。但事实上，他并没有这么做。

昆丁认为保护女性是必要的，因为他觉得女性天生有邪恶的倾向。这样，他颠覆了人们对真正的女性意识形态的狂热崇拜，这种崇拜认为女性性本虔诚，必须在道德道路上遵守本性任性的男性。他认为：

> 她们只是生来就具有丰富的怀疑力，每隔一段时间就会怀疑一次，而且通常是正确的，她们与邪恶有着密切的关系，可以提供邪恶自身缺乏的任何东西。在你沉睡时它本能地为你做寝具，直达使心灵怀疑到邪恶的目的，无论它是否曾经存在或不存在。

在文本的后几页里，昆丁重申了他对女性生来邪恶的立场。"女性确实与……邪恶关系紧密"，他重述并继续设想在一个特别的伊甸园场景里凯蒂的形象，这个形象是："在苹果树的香气中，她的脑袋倚靠着暮色中的臂膀，那是在苹果的上方看到的，并用鼻子呼吸着伊甸园床上的衣服气味。"那一刻，福克纳显然使人想起了堕落的神话，也就是将昆丁笃信女性生来邪恶与想象着凯蒂嗅着苹果树的香味、引用伊甸园诗意的诺言相结合的时刻。

昆丁三次都引用这句"呼吸［过伊甸园］的声音"，每次都是为了纪念凯蒂结婚。继将凯蒂暗喻成夏娃之后，昆丁向他的父亲提出了近亲通婚的要求。通篇小说中，因为昆丁想要和凯蒂发生性关系、作为哥哥要求他捍卫她的荣誉，他却受到凯蒂的性欲折磨。他羞愧于失去自己的贞操，同样羞愧于与她通奸；即使她似乎屈从于他的性取向，昆丁也不能让自己犯性交的罪。他想知道："为什么不纯洁的人不是我而是她呢？"虽然他的男性身份给予他更多的性自由，但他更在乎的是性礼节和比凯蒂更甚的女性贞洁。正如卡罗琳·S. 万斯（Carolyn S. Vance）①指出的那样，他感受到性行为是"一个制约、压制和危险的领域，也同时是一个探索、愉快和能动的领域"。

这种对乱伦的执念让康斯坦斯·希尔·霍尔（Constance Hill Hall）将昆丁贴上"显然是被困在堕落与救赎空隙中的已堕落的亚当"的标签。昆丁和亚当在他们各自的故事中既没看到堕落，也没看到救赎，夏娃和亚当被逐出伊甸园，而凯蒂被赶出康普生家。昆丁在得知凯蒂已被放逐时，争抢着要和凯蒂一起被放逐。他徒劳地想着："如果可能只有……我们两个人不止会死，那么只有你和我身处在那干净的火焰所包围着的火点和恐惧中，甚至还要求凯蒂和他一起逃走。希尔认为，昆丁通过乱伦，希望模仿亚当和夏娃的原罪来替她承担自身的原罪；昆丁认为，与乱伦矛盾的是，它提供昆丁用于恢复凯蒂童年失去的贞洁的手段；他会把她道德越轨的行为转化为乱伦罪，装出他自己承担罪责的样子。"但他并未承担罪责。事实上，他害怕犯乱伦罪，因为他最终会向父亲坦白，但他怀疑凯蒂可能会真的这么做。

尽管如此，昆丁还是不想让凯蒂受诅咒。诅咒虽然早于凯蒂，但她却成为最终的替罪羊。必须有人为家庭衰落担责。弗莱（Frye）假定了一个断言，即断言《喧哗与骚动》里的凯蒂真的堕落（以及后来讨论的《天堂》里的修道院女人们）；他说："正是由于'堕落'，合法的隐喻开始贯穿整部《圣经》，人的生命受到检察官、辩护人的审讯判决。"与亚当和夏娃不同的是，昆丁力求赦免他的妹妹。当凯蒂怀了别的男人的孩子后，昆丁对凯蒂说："这是对我们的诅咒，但并非是我们的错。"暗示诅咒归咎于她的行为，进而安慰她（及他自己）。但杰生和他们的母亲卡洛琳却不同意这种观点，他们把她看作是罪恶的源头；卡洛琳坚持说凯蒂"破坏了房间里的空气"，并哀叹道，"她自己的情欲涌上来

---

① Carolyn S. Vance, "Pleasure and Danger: Towards a Politics of Sexuality", in *Pleasure and Danger: Exploring Female Sexuality*, London: Pandora P, 1989, p. 28.

诅咒她"。

凯蒂所犯的性罪转变为康普生家族的原罪。在吉尔斯·冈恩①（Giles Gunn）的关于《喧哗与骚动》里基督教信仰的文章中，他将凯蒂的风流韵事与道尔顿·埃姆斯（Dalton Ames）相联系，道尔顿使凯蒂怀了孕，并且将其风流韵事当作小说里的"起源事件"和"破坏家庭荣誉的保护性自我封闭，把外部世界带入康普生家庭模式的罪孽"。虽然他认为她的性罪将外界引入其家族，但凯蒂的性欲更明显地致使她被逐出家门。

凯蒂的唯一罪恶是她的性越轨行为，但此罪使她与一种隐喻性死亡束缚在一起。她的母亲，那个只看到一个吻后就说凯蒂死了的人，真认为她死了，把她从家里赶出来，并在她怀了私生子后禁止别人在康普生家说她的名字。凯蒂一旦知道她怀孕的消息就会告诉昆丁，"我告诉你，我知道我死了"。这样，在她和知识、性行为和死亡之间的联系里，她代表了夏娃的方方面面。

虽然凯蒂遵守要求惩罚她的道德准则，她的女儿却拒绝透过这个道德视角来评估自身行为。当凯蒂女儿昆丁小姐与其弟弟杰生之间继而发生同样的冲突时，昆丁小姐完全抵制了杰生谴责她的价值观。"我不在乎……我很坏，我也不在乎下地狱。我宁愿待在地狱里也不愿去你在的任何地方。"她说道。她跟随母亲从康普生家逃跑是她自愿的。事实上，她的逃亡让读者看到了福克纳对凯蒂最初的看法，这启发了小说的灵感。杰生看到了一件"弄脏的内衣"和可透过敞开的窗户看到的梨树。这棵树一直是昆丁小姐的梯子，她并不想看到房子里的死亡，而是想逃避死亡的诅咒。没有后代继承家族姓氏的康普生家的男人们似乎相继死亡，而随着卡罗琳·康普生毫无目的的离开，越轨的女儿们则逃向了未

---

① Giles Gunn, "Faulkner's Heterodoxy: Faith and Family in The Sound and the Fury", in *Faulkner and Religion*, edited by Doreen Fowler and Ann J. Abadie, Jackson: UP of Mississippi, 1989, p. 52.

来。只有小说里堕落的女性才能找到可能性，并有勇气反抗那些限制她们进入家庭、社会和宗教的权威。

福克纳将堕落的神话移植到《喧哗与骚动》的情节中，将夏娃带入了一个悲剧的南方家庭，但却为她提供了一条具备战术定位的树作为逃生路线。当迪尔西说"我要开始了，现在我看到了"，也许她是在暗示诅咒不会持续到最后的、有位女性被逐出家门的康普生家。在作出表态前，迪尔西毕竟尚未看到这些康普生族人相继死亡，但她已经看到了昆丁小姐离开的迹象。

虽然在《喧哗与骚动》中没有任何一个角色符合败局命定的思想意识所暗含的性别模型，但凯蒂的失败却成为人们关注的焦点。福克纳并不用小说来谴责凯蒂。在弗吉尼亚大学，他解释说："对我来说，她是美丽的，是我心的宠儿。"相反，福克纳展示了南部过渡时期男女双方所经历的挑战及由此产生的不稳定的社会阶层。在小说初篇，与夏娃联系起来的凯蒂以她的激情向读者证实了因违反礼仪要付出的过分苛刻的代价（违抗上帝和社会）。然而，她的堕落为她提供了一条离开康普生家和南方的路，这条路在她咬掉任何一个隐喻性的苹果之前，似乎受到诅咒。借由凯蒂，福克纳揭露了当女性们敢于挑战南方白人女性的贞操观念和作为母亲的风险时，无论她们是否遵守社会规范，她们所遭遇悲剧的可能性，通过她的女儿昆丁小姐，福克纳也提出了能摆脱这种诅咒的可能性。

莎朗·艾伦（Sharon Allen）断言：

> 福克纳的小说作为一种语言的交叉点，具有鲜明的社会和历史价值。因此，在一个堕落的人类世界里，尤其是现代的世界，福克纳重述了一个关于启蒙和继承的史诗故事，因为它最大的损失不属于物质性的东西或社会地位，而属于语言支撑的价值，它所揭示的机制和惯例剥夺了它的权威。

福克纳呼吁关注《喧哗与骚动》里的语言和征服。即使当凯蒂·康普生和昆丁小姐不被允许讲述自己的故事时，她们也会通过讲述别人的事来表达自己的心声。她们并不进一步强调她们对南方社会的征服；这是否是福克纳的意图还不得而知。同样，夏娃也没有为自己辩护或对事件作出自己的解释。

无论如何，凯蒂在小说中所处的难以琢磨的位置使她与堕落的神话有最近的联系。如果读者对凯蒂的探索也是对男性文本中女性主体性质的探究，这也是对这种主观性与语言所能说或不能说的关系的探究，对于那些考虑福克纳在《喧哗与骚动》中所隐喻的文本的读者来说，这难道不可能是真的吗？难道不能进一步探讨由特定的经文所强化的性别政治吗？鉴于本-波拉特和弗莱对隐喻的力量的讨论，福克纳的隐喻玩法迫使人们重新审视相关文献。

Ⅱ. 莫里森的《天堂》

像福克纳一样，托妮·莫里森对《创世记》的最初章节进行了大量的隐喻论述，借此使性别二元对立和女性性欲的假设问题化。《托妮·莫里森小说中的纯真罪》(The Crime of Innocence in the Fiction of Toni Morrison) 作者特里·欧登（Terry Otten）认为，莫里森的所有小说都"改写了堕落范式的要素，以凸出困在白人社会中的各种黑人角色的自我"①。尽管他的研究考察了莫里森小说中命运堕落的想法，但欧登在其作品中并未引用伊甸园神话的具体隐喻。不过，这类隐喻在《天堂》中却被展现得很明显，而且它们不仅用于强调"困在白人社会中的黑人角色的自我"，更具体的是强调被困在白人父权社会中的黑人女性角色。

---

① 参见 Terry Otten, *The Crime of Innocence in the Fiction of Toni Morrison*, p. 3.

莫里森着手解决了欧登所谓的可能是"最古老的思想",也就是"堕落及其相关主题:寻求身份、启蒙和从无知到体验的通路、善恶的本质、花园与蛇的模棱两可、自知之明的自相矛盾的后果"。广义上来说,她的每一部小说都提到了这些主题,但《天堂》中广泛呈现的文本证据表明,在20世纪90年代,伊甸园神话在她的意识中得到进一步发展,在此期间,她写下了她的三部曲:1992年的《爵士乐》,1993年的《宠儿》,1998年的《天堂》。

《天堂》这个标题所指的一个概念是社区的创建,它不仅有精心组织的鲁比镇,也有变化无常的修道院。为了回应他们被其他黑人城镇排斥,一群家庭形成了鲁比镇。它不单是一个地方性的社区;它是由对选择性繁殖感兴趣来维持血统的家庭组成的社区。鲁比镇的繁荣、家庭族长们的安全感在于停滞发展和周密控制。他们的新开端提供给他们的不仅是被拒绝的机会和庇护,而且还提供了一种看似超自然的保护,因为死亡并不会发生在鲁比镇。鲁比镇镇民唯一已知的死亡事件发生在城外。这样,它就像"最初的不死伊甸园"。① 这种不死之风加剧了族长们对镇民进行严格控制。他们认为这是保持原有家族血统完整性的结果,被称为"八石"。"在八石家庭里控制繁殖确保了这种血统的延续和保护。"因此,对"八石"家庭来说,近亲繁殖困难和后代的健康状况不佳让人费解;这些问题一定来自于外部污染源。当他们的一个年轻女性阿内特(Arnette)怀孕但似乎从来没有分娩时,这些担忧就达到了转折点。

通过这些冲突,莫里森将小说中的母性与解释权威两大主题联系在一起,她这样隐喻了《创世记》里的堕落。在总共318页的小说里,出现指代婴儿的文本有61页;"孩子"这个词在第42页,"小孩"一词在

---

① Sarah Appleton Aguiar, "Passing On's Death: Stealing Life in Toni Morrison's *Paradise*", *African American Review* 38.3, 2004, p.513.

第11页,"婴儿"一词出现在第8页。① 这种词出现的频率证实了在小说和鲁比镇中母性的优先性;堕胎在那里是可耻的。在女修道院拒绝给阿内特堕胎、阿内特试图自己流产后,她生下了一个不健康的婴儿,这个婴儿在三天后死亡。当鲁比镇镇民在她回来的时候没有看到孩子时,八石家庭就会认为女修道院的女人给她堕了胎,觉得这是圣母玛利亚无法救赎的"大胆的黑眼夏娃"。他们甚至把其影响称为"撒旦式"的。这种二分法把夏娃和圣母玛利亚分开,把罪恶与夏娃、玛利亚的救赎联系在一起。男人们以为,女修道院的女人们缺乏救赎,这证实了他们后来的任务是杀死她们。

针对夏娃在基督教神话中所扮演的角色,莫里森提出了两种观点:一种观点体现在鲁比镇的新教教义中,另一种则体现在康索莱塔(Consolata)肉身的融合途径——所奉承的精神性。虽然早先强调母性悲剧似乎强化了《创世记》1—3 章中诅咒女性生育的观点,但实际上莫里森的小说是歌颂女性在性创伤后的治愈力和耐力。不过这一点可能要到小说结尾才会明晰。受虐的女性来到修道院接受了对夏娃进行解读的康索莱塔的精神教导,而康索莱塔对夏娃的这种解读与前面提到的男性的"八石"观点形成鲜明对比。男性们将圣母玛利亚升华成她严格的女性性行为的母性表达中纯洁的、精神层面上的人物,却将夏娃与性关系、罪恶的肉欲相对应,这种看法诋毁了夏娃,但康索莱塔反对这种二分法。在她看来,母性,甚至是玛利亚的母性,并非救赎,因为它只是自然的,而不是神圣的。康索莱塔肯定了精神和肉体的同等地位,坚信它们像夏娃和玛利亚一样,是同一整体的不同方面。"永远不要把它们分成两半。不要把一个放在另一个上。夏娃是玛利亚的母亲。玛利亚是夏娃的女儿。"她说教道。为抵制消除夏娃罪过的玛利亚地位的升华,莫里森让康索莱塔对夏娃与玛利亚融合的身份据理力争。这一观点并不是

---

① 参见国王钦定版《圣经》。(*The Holy Bible*, Authorized King James Version)

谴责夏娃的智力或性欲,而是把她提升到玛利亚的神圣地位。莫里森表明,两者的分歧导致了痛苦和损失。

《天堂》里对夏娃的隐喻——康索莱塔对夏娃适合崇敬的坚信,且八石家庭把"夏娃"作为"妓女"的同义词——质疑了夏娃为堕落负责、也质疑了惩罚她身体的公正性。当夏娃成为人类堕落的替罪羊时,男人们把女修道院的女人们当作使鲁比镇消亡的替罪羊,但莫里森谴责了这些人的看法。莫里森并非仅仅满足于批判对基督教经文进行分级解释的性别歧视者,而是继续认同神秘的人类母亲。她在小说《天堂》的结尾假定了一位女神。女神彼达迪(Piedade)反映了康索莱塔描述的夏娃与玛利亚的融合,提供了一种能避开鲁比创始人的基督教所支持的二元思维的模式。因为在小说的最后一幕中,康索莱塔在彼达迪那里休息,如今神圣的圣母怜子像的孩子性别是女性。如果《天堂》的各种事件确实形成了一场战争,正如莫里森的小说原来所说的那样,那么在康索莱塔的关照和指导下,在修道院里治愈的女人们就会凭借适应力和耐力胜出,这和鲁比镇男人们强行停滞发展正相反。在世俗的、都是女性的天堂里,在苟延残喘中,在那些没有学习过男权价值观的女性面前,男人们的阳物力量的象征可能会不起作用。就像凯蒂·康普生一样,女修道院的女人们学会了适应的必要性,但她们比仅在创伤中存活做得更好。她们跳入空中,恢复了精神,武装起来,准备迎接未来。

女修道院女人们是否能够幸免于难,这个问题尚有争议。男人们称她们没有幸免,但是那些看出莫里森批判父权解释权威的批评者们,甚至在小说的结尾也非常愿意赞同他们的观点。关于语言和意义的斗争及上帝的话语始终贯穿在《天堂》的情节中,导致菲利普·佩奇(Philip Page)声称"莫里森在小说中构建了一个详尽的阅读和解释模式"。① 正

---

① Philip Page, "Furrowing All the Brows: Interpretation and the Transcendent in Toni Morrison's *Paradise*", *African American Review*, 35.4, 2001, p.642.

如佩奇所指出的那样，八石的族长们"确信他们的过去和他们对过去的单一解释具有神圣的约束力"，但是，不管他们是否成功地杀死了女修道院的女人们，他们贯彻这一观点的斗争最终失败了。

这些关于莫里森小说中的文本的争论证明了她在引起读者对小说意义思考方面的成功。莫里森说过，她故意让读者对她的小说中探讨的问题提出质疑。莫里森在接受克劳迪娅·塔特（Claudia Tate）的采访时表示："我的写作期望需要参与式阅读，我认为这就是文学应该做的。这不仅仅是讲述故事，它涉及我们读者（你是读者，我是作者）一起写这本书。"特鲁迪·哈里斯（Trudier Harris）也坚持认为，莫里森通过"挑战道德的信仰和挑战善恶的绝对性"来"锁定我们参与小说"。争论后剩下了悬而未决的问题，这些问题使读者从被动接受文本的过程进入到批评性分析的过程。他们可以很容易着手研究他们自己的生活和宗教的经文。通过采用许多美国读者所熟知的文化和宗教神话，莫里森为我们的传统提供了有价值的选择途径。对夏娃、伊甸园的景观及堕落进行暗喻，同时批判制度化的基督教新教，描绘康索莱塔的无组织的融合了热爱身体、有夏娃特征的宗教习俗和教义，莫里森鼓励人们重新评估这种神话的压迫性擅用，并对叙事权威的做法提出了质疑。

莫里森在《天堂》中所阐明的是，神话的解读是一种权力的实践。正如诺思罗普·弗莱所解释的那样，"一个统一的神话是社会权威和胁迫的有力工具，它也因此被运用"。只有通过篡夺解释力量，那些力量才能在这种征服之外找到其身份和自我理解。借由她对《创世记》第1—3章所述事件的隐喻，莫里森运用这种解释力量，揭露伊甸园神话在霸权话语中被滥用的不利方法，从压迫者手中夺取语言的力量，并将语言转变为解放的工具。

尽管在西方文明中，关于亚当和夏娃故事的白人的、父权的、性别歧视的观点已经占据了上风，但这种解释却遭到了抵制。从事这方面研究的小说家可能被列入想更民主地修改这种解释的人当中。《创世记》1—3 章中没有单一的真理，尽管许多作家都认为这是一个很好的例子，但是只揭示了支持他们主张的故事的各个方面，隐瞒了那些有其他可能性的东西。然而，堕落的神话却有着多元甚至自相矛盾的含义。埃莱娜·西苏（Helené Cixous）与卡特丽娜·克莱曼（Catherine Clement）观察到，"神话是根据文化演进……而改变的"。① 20 世纪南方的文化演变扩大了女性和非裔美国人的权利，因为政治和社会特权、权威已被那些拒绝受压迫的人夺取。福克纳和莫里森的小说不仅记载了这种文化的演变，而且他们也用多变的形式传播了伊甸园的神话。

在《喧哗与骚动》中，威廉·福克纳针对叙事权威、南方父权制、种族主义以及上帝的本性提出了严肃的问题。他隐喻夏娃诱惑他人和所犯罪恶也揭示了父权制神话的失败在多大程度上束缚了女性，或这种隐喻有效地将她们从南方社会中驱逐出来。女权主义神学家玛丽·戴利（Mary Daly）在她的作品《妇科医学》（*Gyn/Ecology*）中提到的神话，阐明了伊甸园神话在福克纳小说中的作用。她写道，

> 父权制借由神话继续进行欺骗。神话据说是能够直观地洞察和叙述神的活动的故事。神话人物都是象征物。据说，这些神话人物开辟了离"我们"很近的现实深度。通常，这并不是说神话人物隔离了向我们开放的现实深度。②

福克纳的小说突出了宗教教义中实行的性别歧视、种族主义所造成的"深度封闭"。虽然站在女权主义者的立场，有时福克纳对女性和非洲裔美国人的描述是有问题的，并且，虽然他的确是使用白人男性的话

---

① Helene Cixous and Catherine Clement, *The Newly Born Woman*, translated by Betsy Wing, Minneapolis: U of Minnesota P, 1986, p. 6.

② Mary Daly, *Gyn/Ecology: The Metaethics of Radical Feminism*, Boston: Beacon, 1990, p. 44.

语的白人男性作家,但他总是在小说中对被压迫者产生同情。福克纳通过在他的各种隐喻里挖掘伊甸园神话的可能性,揭示了《创世记》1—3章文本和任何单个谬见的适应性。将其权威版本作为社会秩序的秘诀。他的各种隐喻与那些用神话来支持种族主义、奴隶制和征服女性的解释者形成了鲜明的对比。福克纳的抵抗方法表现为"从统治到转变的辩证运动的一部分"。①

托妮·莫里森和福克纳一样,用伊甸园的神话来反抗任何对奴隶制的支持,她把南方的种植园看作是一个不正常的伊甸园,而不是她早期小说中的田园诗般的空间,她在《天堂》里把隐喻运用到更明显的政治领域。她还提供宗教实践的实例,这些实例能提升而非责难身体和实际经验。她甚至假定了女神存在的可能性,把夏娃提升到玛利亚的地位,揭示了白人男权统治是如何演变成对女性的暴力行为、排除种族"不纯"的。最后,莫里森还强调了文本中存在的模糊性,否定了"整个故事"被封装在任何一个叙述中的可能性。

这些小说家通过在他们的作品中运用伊甸园神话的象征物,质疑传统阅读的真实性,并提出了类似堕落的神话和神圣的可选择的方法。在《窃取语言》(*Stealing the Language*)一书中,艾丽西娅·奥斯特里克(Alicia Ostriker)指出,女性修正主义者与男性现代主义者在写作中运用神话的方式不同,"没有怀旧的痕迹,也不相信过去是真理、善良或理想的社会组织的宝库"。② 福克纳强调堕落的过程,掩盖了未来能改变他文本的零星希望。福克纳并不直言力求平等,他试图在小说中推翻自己的白人男性特权。然而,莫里森修正了伊甸园神话的分级解读里认为黑人和女性卑微的神话故事,并且在她的小说中,这种分级解读已"被

---

① Darby Ray, *Deceiving the Devil*: *Atonement*, *Abuse*, *and Ransom*, Cleveland, OH: Pilgrim P, 1998, p. 136.

② Alicia Ostriker, *Stealing the Language*: *The Emergence of Women's Poetry in America*, Boston: Beacon, 1986, p. 236.

改变,且完全由经验丰富的女性的知识所改变,这样她们就不再作为男性集体幻想的基础或作为支撑男权中心文化的支柱"。① 生态女性主义者卡罗琳·默切特(Carolyn Merchant)肯定了这一点,她解释说:"新的宏大叙事必须允许人们作为积极的参与者为自己构建叙事,而不是屈从于将其构建为被动、可控制的、实体的'主叙事'。"通过分析威廉·福克纳和托妮·莫里森作品中有关伊甸神话故事的隐喻力量,这种新的叙事得以出现。

---

① Alicia Ostriker, *Stealing the Language*: *The Emergence of Women's Poetry in America*, Boston: Beacon, 1986, p. 215.

"我们都在那里":莫里森《宠儿》和福克纳《去吧,摩西》中集体身份的建构

〔美〕亚当·朗* 著　王丽丽 译

威廉·福克纳和托妮·莫里森都试图探讨社区中通过建立集体身份努力摆脱创伤困扰的主题。《宠儿》中,莫里森探讨了美国内战之后非裔美国社区共同的集体身份,具体来说,她聚焦黑人社区无法支持帮助主人公塞丝这一关键时刻,而没有选择个体身份。同样福克纳《去吧,摩西》中,莫莉·布钱普(Molly Beauchamp)抵制其他家庭成员的自私和贪婪,试图建立集体身份联系麦卡斯林(McCaslin)两边的家族。这些文本不是道德寓言,却凸显了无私的道德价值,而且,他们都探讨了建立集体身份治愈种族暴力导致创伤的必要性。

我将福克纳和莫里森一起比较并不意味着莫里森在某些方面继承和模仿福克纳。菲利普·诺瓦克(Philip Novak)简要评述了这个问题:

> 任何将托妮·莫里森的作品和其他作品并置一起的努力——尤其是其他早期白人男性作家——都会遭到莫里森的警示,"我不像詹姆斯·乔伊斯,我不像托马斯·哈代,我不像福克纳,那个意义

---

* 亚当·朗,美国堪萨斯大学南方文学方向博士研究生,《哲学评论》(*Philosophical Rev*)前任助理编辑。

上我和他们不一样"……他们的评论以莫里森与其他作家相似为基础,她的评论强调对她作品的批评不要仅仅集中在美学上,应该更多关注在建立互文关系过程中政治内涵的解读。①

这里的警示是为了避免对莫里森作品的错误解读。同化她的作品,把她的作品纳入某个权威作家话语中都是不恰当的。记住这一点,忽略莫里森和福克纳作品中共同的主题思想也是错误的,因此,应该把这些主题看作延续的对话,其中任何一方都不是主导,但是可以从全新的角度理解文本和评论文本。

我认为《去吧,摩西》和《宠儿》就是这样的一种对话,两个文本都以构建集体身份为主题,在建构过程中起到治愈种族创伤的作用。斯蒂芬·康奈尔(Stephen Cornell)和道格拉斯·哈特曼(Douglas Hartmann)研究了集体身份的形成,尤其从种族认同的角度。理查德·A.舍莫霍恩(Richard A. Schermerhorn)及其他学者认为集体身份"包括三种权利:拥有广泛意义的亲属关系;拥有某种共同的历史;拥有某些集体身份核心的象征"。②重要的是,这些权利是自我认同而不是生物基因决定的。也就是说,拥有"亲属关系"不能说明他们是生物意义上的后代,而是广义上拥有共同信念的亲近关系,在社区中的自我认同。

《宠儿》中,塞丝在逃离蓄奴制后发现自己是自我认同社区中的一份子。这个社区以共同的亲属关系和共同历史经历,即蓄奴制为基础。小说人物宠儿是这个社区的象征。小说唯一以她的视角叙事的部分讲述了奴隶买卖从非洲到美洲的航程,叙述语言模糊,它反映的不仅是个人

---

① Phillip Novak, "Signify Silences: Morrison's Soundings in the Faulknerian Void", in Stephen M. Rose, Judith Bryant Wittenberg and Carol A. Kolmerten (eds.), *Unflinching Gaze: Morrison and Faulkner Re-Envisioned*, University Press of Mississippi, 1997, p. 199.

② 康奈尔和哈特曼引用了舍莫霍恩的种族群体定义"较大社会中的集体,拥有真正或者假定的共同祖先,共同历史,过去的回忆,被定义为他们群体缩影的一个或多个象征元素的文化聚焦。"见 Richard Alonzo Schermerhorn, *Comparative Ethnic Relations: A Framework for Theory and Research*, Chicago: University of Chicago Press, 1978。

历史而且是黑人社区的历史。首先,她讲述了自己个体与母亲的联系:"我跟她并未分离,我不在任何地方停留。"① 接着,她讲述她失去母亲,人称发生了改变:"现在我们不再蜷缩了我们站着。"② 宠儿现在不再是"我",而是"我们"。下面一章继续讲述宠儿的经历和更大黑人社区之间的关系。宠儿说:"塞丝是我在桥下流水中找到又丢失的那张脸。"③ 宠儿母亲的形象变成了塞丝,这样,宠儿似乎把她自己的故事和社区的故事融为一体。④

宠儿是这个社区过去的恰当标志。因为她对自己个人的过去不清楚,暗示她可能是附近社区被关起来虐待的没有名字的女孩,讲述埋藏在记忆中的创伤;也有暗示她可能是塞丝杀死的孩子的化身。当然,塞丝认为她是那个孩子。然而,她真正经历过奴隶贸易买卖旅程的可能性比较小。小说的背景设置在1873年,内战结束八年。如果宠儿自己亲身经历了奴隶买卖的航程,她也是最后一批。她的记忆来源于童年,更有可能的是,她在奴隶买卖中的经历是一个社区创伤的缩影,尽管个人并未亲身经历,但却是整个社区共同的创伤。⑤ 杰弗里·C. 亚历山大(Jeffrey C. Alexander)认为:"身份是不断建构并稳定的,不但通过面对

---

① 〔美〕托妮·莫里森:《宠儿》,潘岳、雷格译,北京:中国文学出版社1996年版,第251页。
② 〔美〕托妮·莫里森:《宠儿》,潘岳、雷格译,北京:中国文学出版社1996年版,第252页。
③ 〔美〕托妮·莫里森:《宠儿》,潘岳、雷格译,北京:中国文学出版社1996年版,第255页。
④ 萨提亚·P. 莫罕蒂(Satya P. Mohanty)提到讨论个人集体身份内在的复杂性。我建议我们用以下方式重新调整文化身份的理论:不把身份看作明显基于文化或者社会群体成员真实经历(身份政治之下的观点),反而把身份看作与他们自以为真实人的真实经历同样不真实的程度,因为经历是一个极端神秘的术语(这是后现代的另一种说法),我们需要探讨从客观社会位置理论研究社会文化身份的可能性。这两个极端似乎就是亚历山大通过区分个人和集体创伤努力绕过的二元对立。
⑤ 重要的是,亚历山大认为集体创伤可以被个体感受。因此,即使宠儿的确经历过中途旅程,描述与个人创伤相关的独特语言也意味着集体创伤。

现在和未来,而且通过建构社区的早期生活。"① 那么集体创伤是对过去故事的叙述而不是对个人的攻击。在塞丝的社区中,成员都把自己同蓄奴制的历史联系起来,这样奴隶买卖贸易对所有人都是创伤,宠儿代表的创伤超越宠儿个人的创伤。

塞丝的社区不但与共同的创伤过去有关,而且与共同有象征意义的现在有关。这个现在以一个地点为中心,象征社区中心的地方,就是贝比·萨格斯祈祷的林间空地。这个地方只有社区知道:是一个"密林深处、小路尽头一块宽敞的空地,只有野鹿和早先的开垦者才会知道它的由来"。② 在这里,社区施行一种他们独特的精神祈祷。贝比·萨格斯告诉他们热爱自己的身体,热爱自己,人们用身体回应,他们跳舞、唱歌、哭泣、跑步。林间空地就这样成为黑人社区的中心,受到社区支持的个人身份定义的社区,如贝比·萨格斯所言,她说:"在这个地方,是我们的肉体;哭泣、欢笑的肉体;在草地上赤脚跳舞的肉体。热爱它。强烈地热爱它。在那边,他们不爱你的肉体。"③ 明显的人称变化再一次出现,社区是"我们",包含每个个体的我们。这个"我们"与"他们"相对,他们对个人的体现(在"肉体"中)不感兴趣。这个社区没有失去个体,相反通过社区支持个体。

然而,当这个社区暂时拒绝集体认同而被霸权文化的身份——基于个人而非集体叙事的身份——重新占据时,社区开始陷入困境。为了欢迎回家,贝比·萨格斯举办一场盛大的宴会,但是社区因宴会过量的食物而恼火。他们认为:"面包和鱼是上帝的权力——它们不属于一个大概从来没有往磅秤上搬过一百磅的重物,恐怕也没背着婴儿摘过秋葵的

---

① Jeffrey C. Alexander, "Toward a Theory of Cultural Trauma", in Jeffrey C. Alexander and others (eds.), *Cultural Trauma and Collective Identity*, Berkeley: University of California Press, 2004, p. 22.
② 〔美〕托妮·莫里森:《宠儿》,潘岳、雷格译,北京:中国文学出版社1996年版,第103页。
③ 〔美〕托妮·莫里森:《宠儿》,潘岳、雷格译,北京:中国文学出版社1996年版,第104—105页。

解放的奴隶。……甚至没有逃脱过奴隶制——其实是被一个孝顺儿子买出来，再被一辆大车运到俄亥俄河边的。"① 这段描写通过引用耶稣创造的大量的鱼和面包，将读者引入《圣经》，逃亡的女儿回来了，但是在家的兄弟姐妹们并不感到释然，而是感到嫉妒。他们专注在他们经历的差别上（他们经历了更多的身体痛苦）而不是社区集体的健康上。这种自私导致的现实后果就是第二天社区里没有人提前告诉塞丝"学校老师"来抓捕她。

"学校老师"的突然到来导致了塞丝的过激行为，证明他的方法不恰当。当"学校老师"返回重新获取塞丝和她孩子的拥有权时，塞丝结果索取了对自己的所有权。塞丝宁愿杀死自己的孩子也不让"学校老师"带走，这样做使塞丝获得了对孩子生命的所有权。玛丽·珍·索罗·伊略特（Mary Jane Suero Elliot）认为："通过杀死自己的女儿，塞丝试图……抵抗蓄奴制，蓄奴制把她定义为财产，同样威胁着她的女儿。她的暴力抵抗证明她努力通过颠覆角色推翻压迫制度。"② 这个抵抗仅仅是颠覆了奴隶主和奴隶的叙事，其中塞丝证明自己是新的主人。这样，集体身份的丧失使塞丝失去抵抗的支持，再次陷入奴隶拥有文化的对峙中。

小说结尾处当塞丝又一次被一个白人闯入者吓到时，这个场景再次出现。当鲍德温来到塞丝的房子前面，塞丝再次变得暴力。然而，这次她暴力攻击的对象是鲍德温，而不是自己的家人。最后黑人社区的人们阻止了她的袭击，人们的歌声使塞丝不再迷糊，不再攻击他人，倒在她们的臂弯中：

---

① 〔美〕托妮·莫里森：《宠儿》，潘岳、雷格译，北京：中国文学出版社1996年版，第163页。

② Mary Jane Suero Elliot, "Postcolonial Experience in a Domestic Context: Commodified Subjectivity in Toni Morrison's *Beloved*", *MELUS*, Vol. 25, No. 3, 2000, p. 190.

>　　她们一起站在门口。对塞丝来说，仿佛是"林间空地"来到了她身边，带着它全部的热量和渐渐沸腾的树叶；女人们的歌声则在寻觅恰切的和声，那个基调，那个密码，那种打破语义的声音。……它震撼了塞丝，她像受洗者接受洗礼那样颤抖起来。①

伊略特认为这一场景象征塞丝过去的困扰得以解决。她指出："黑人社区的歌声成功打破了循环往复囚禁塞丝和宠儿的桎梏。"② 从集体身份角度看，黑人社区返回到以社区中个人作用为基础的身份，这样他们可以一起摆脱暴力。

在《去吧，摩西》的结尾，莫莉·布钱普参与创造了与此相似的集体身份。然而，莫莉所在的社区人种不复杂，她嫁到麦卡斯林家族，这是一个以白人和非裔美国人通婚出名的家族。格洛莉亚·安莎迪亚（Gloria Anzaldúa）关于女混血意识形象对研究莫莉形成的集体身份很有用处。安莎迪亚认为"形成新的女混血意识过程中体现了外族意识"③。对她来说，女混血（混合种族的女人）象征着打破主导社会秩序边界的能力。她预见了生活在两种文化交融边界的女混血，因为所处的特殊位置，她们必须学会在两个社会中生存，因此必须学会容忍模糊而不是紧抓住两种对立不放。伊略特认为美国南方最近获得自由的非裔美国社区就这样生活在两个边界，"在已建成的奴隶殖民文化抗争的新社区"④。她还认为，"安莎迪亚的'女混血意识'的定义补充了霍米·巴巴通过

---

① [美] 托妮·莫里森：《宠儿》，潘岳、雷格译，北京：中国文学出版社1996年版，第312页。

② Mary Jane Suero Elliot, "Postcolonial Experience in a Domestic Context: Commodified Subjectivity in Toni Morrison's *Beloved*", *MELUS*, Vol. 25, No. 3, 2000, p. 195.

③ Gloria Anzaldúa, "*La Conciencia de las mestiza*: Towards a New Consciousness", in Robyn R. Warhol and Diane Price Herndl (eds.), *Feminisms: An Anthology of Literary Theory and Criticism*, New Brunswick, New Jersy: Rutgers University Press, 1997, p. 765.

④ Mary Jane Suero Elliot, "Postcolonial Experience in a Domestic Context: Commodified Subjectivity in Toni Morrison's *Beloved*", *MELUS*, Vol. 25, No. 3, 2000, p. 188.

殖民狂热和固定形象形成的'殖民主体'和殖民主体性过程转移位置的定义"。① 这样解读安莎迪亚很有用，因为它允许解读实际上不是女混血人物能够实现女混血意识的另一种方式，这种女混血是指实际上不是混合种族但同样处于边缘位置的女性。

然而，运用安莎迪亚和巴巴的理论解读介于两种文化交界的人物并非没有困难。尤其侯萨姆·阿布尔·艾拉（Hosam Aboul-Ela）指出了巴巴定义的问题。他认为，作为解构主义者巴巴的著作创造了殖民者和被殖民者间不公平的对等关系："对我而言，重要的是空间不平等和经济社会等级批评让位给种族主义分析，以免政治经济的使用变成计量经济，批判种族理论变成种族主义者。"② 也就是说，文学种族问题确实重要，因为"种族"成为非常现实的压迫系统的正当理由。然而这是真的，记住这点很重要，正如亨利·路易·盖茨（Henry Louis Gates）及其他学者指出种族是社会建构的结果。正因如此，认识种族可建构性和认识到这些建构真正而可怕的内涵同样重要。这是为什么安莎迪亚的定义在研究类似南北战争后美国南方后殖民空间中处于文化冲突夹缝中的人物尤其重要；她坚持认为，女混血模糊性并没有忽略过去的压迫，相反开创了研究多种族处于文化夹缝中的人物形成女混血意识的新方法。

在安莎迪亚提出研究模式之后，《去吧，摩西》的评论中鲜有莫莉尝试形成集体身份的研究。③ 仅有为数不多的关于莫莉·布钱普的评论

---

① Mary Jane Suero Elliot, "Postcolonial Experience in a Domestic Context: Commodified Subjectivity in Toni Morrison's *Beloved*", *MELUS*, Vol. 25, No. 3, 2000, p. 182.

② Hosam Aboul-Ela, "The Political Economy of Southern Race: Go Down, Moses, Spatial Inequality, and the Color Line", *Mississippi Quarterly: The Journal of Southern Cultures*, Vol. 57, No. 1, 2003, p. 61.

③ 卡尔·F. 赞德尔（Karl F. Zender）追溯了《去吧，摩西》的新批评方法，检视了文本的多种统一，集中研究了主要人物艾克和路喀斯的失败。他也收集了后来的批评，大量引用解构主义，关注到文本缺乏统一性。这样后期的批评有时包括受限认为的讨论，但通常聚焦在他们让文本不稳定的方式。这不是忽略了大卫·W. 罗宾逊（David W. Robinson）和卡伦·J. 汤（Caren J. Town）或者赛迪丝 M. 戴维斯（Thadious M. Davis）的文本，他们深信不疑地论证了托梅的图尔的成功，但是重点与我在本文中的论述完全不同。

相似地（错误地，我认为）聚焦她陷入文化夹缝无法摆脱的困境。例如，格伦·米特尔（Glenn Meeter）和雷艾尔·戈尔德（Lael Gold）讨论莫莉和加文·史蒂文斯（Gavin Stevens）的宗教时，他们认为莫莉代表基督教的口语传统与史蒂文斯的书面语传统完全相反。接下来的讨论围绕哪种形式更好，忽视了这种对莫莉的解读无非使她陷入新的夹缝中：书面语和口语，真的信条和空洞的宗教。我认为，事实上莫莉的宗教话语中不存在这种对立；相反，她创造的模糊性提供了多种研究莫莉女混血意识可能性中的一种。

在莫莉和加文·史蒂文斯第一次对话中，她借用《圣经·创世记》解释她孙子遇到的麻烦。她说："洛斯·爱德蒙兹出卖了我的便雅悯。在埃及卖掉了他。法老得到了他。"① 很多批评家和史蒂文斯一样，对这句话不解。因为似乎是对《创世记》的错误引用（因为《创世记》中被卖到埃及做奴隶的是约瑟而不是便雅悯），也是对情境的误解（洛斯驱逐了布奇是因为他犯罪，不是为了谋利或者奴役他）。我认为这些不是莫莉的误解，相反是传统的混合。安莎迪亚认为女混血"发现自己不能持有严格界限的观念或者想法，这种界限以脱离固有模式或者目标转向更完整角度为特征，不是排除而是包含其中"②。似乎莫莉已经这样做了。她使用《圣经》的方式是把黑人社区的口头传统与白人社区的书面传统混合。实际上她并没有错误引用《圣经》。虽然约瑟被卖为奴隶，但是他的弟弟便雅悯被约瑟设法留下来考验其他兄弟。以色列（约瑟和便雅悯的父亲）失去便雅悯当是致命的打击，如果便雅悯不回家他们会心痛不已。莫莉不属于加文·史蒂文斯的社会，这个社会如此擅用书面圣经以至于加文"严肃从事的本职却是一项做了二十二年

---

① 〔美〕威廉·福克纳：《去吧，摩西》，李文俊译，北京：北京燕山出版社 2016 年版，第 320 页。

② Gloria Anzaldúa, "La Conciencia de las mestiza: Towards a New Consciousness", in Robyn R. Warhol and Diane Price Herndl (eds.), *Feminisms: An Anthology of Literary Theory and Criticism*, New Brunswick, New Jersy: Rutgers University Press, 1997, p. 776.

还未完成的把《旧约》译回到古典希腊文"①。这个最先出现的例子也可以被解读成她具有使用社区标记（文本细节）和她自己标记（逃离埃及寓示解放）的能力，以此强调失去布奇对社区的损失，即使洛斯认为布奇偷东西的想法没错。② 安莎迪亚认为："她（女混血）用新标记重新解读历史，她创造了新的神话"，包含早已存在文化对立间的模糊性神话。③ 这些神话如同塞丝的林间空地成为莫莉混合集体身份的标志性中心。

除了莫莉混合使用圣经传统描述布奇的场景，她在处理葬礼时也混合使用了白人和黑人文化。一方面，她参与了对加文·史蒂文斯来说非常陌生的黑人悼念形式，加文看到这个场景感到非常不舒服。当他看过莫莉和沃瑟姆的悼念后，"他急急地穿越过厅，几乎是在奔跑……很快我就可以去到外面了，他想。那样就可以享受到空气、空间和呼吸了"。④ 见到这个完全陌生的过程，史蒂文斯快窒息了。另一方面，莫莉坚持参与白人社区的悼念仪式。例如，她坚持给布奇举办一个公共的葬礼，并且葬礼的消息要在当地报纸公布。她问加文："你准备在报纸上登消息吗？我要在报上全登出来。一点也不漏。"加文意识到这是一个不同寻常的请求，于是他回答说："嗨，你又不识字，大婶。"⑤ 然而，莫莉坚持要把这个消息登在报纸上。

安莎迪亚描述女混血不得不从两个对立文化中选择一些方面，并把

---

① 〔美〕威廉·福克纳：《去吧，摩西》，李文俊译，北京：北京燕山出版社2016年版，第319页。
② 〔美〕威廉·福克纳：《去吧，摩西》，李文俊译，北京：北京燕山出版社2016年版，第320页。
③ Gloria Anzaldúa, "*La Conciencia de las mestiza*: Towards a New Consciousness", in Robyn R. Warhol and Diane Price Herndl (eds.), *Feminisms: An Anthology of Literary Theory and Criticism*, New Brunswick, New Jersy: Rutgers University Press, 1997, p.769.
④ 〔美〕威廉·福克纳：《去吧，摩西》，李文俊译，北京：北京燕山出版社2016年版，第328页。
⑤ 〔美〕威廉·福克纳：《去吧，摩西》，李文俊译，北京：北京燕山出版社2016年版，第331页。

它们融进自己的生活方式:"她摸摸自己的背包,留下她的日记和地址簿,扔掉城市地铁站地图。硬币太沉了,下次再用,然后美元纸币在空中飘扬。她留下小刀、罐头启瓶器和眉笔。"① 安莎迪亚认为培养女混血意识需要创造力,汲取两种文化中的有用部分并混合在一起,同时去除任何一种文化中不重要的部分。② 莫莉自我认同了两种文化中的一部分。她保留了社区内部的哀悼仪式部分帮助她摆脱失去孙子的悲伤,她也坚持把这个消息登报纸,强调她和布奇是这个小镇更大集体中的一部分,虽然这样强调让史蒂文斯感到不寻常。这样,莫莉的文化混合强调了社区的重要性,这是她新的神话中心。

莫莉选择两种文化场景与艾克形成鲜明对比。当艾克试图找到"老班"熊时,他也在文化中选择,他不是抛弃了所有让他感到颓废的事情,而是抛弃了所有的一切。"他站住了一会儿——一个外来的孩子,迷失在这片毫无标志的荒野的绿幽幽的、高达穹苍的晦暗中。接着他把自己的一切舍弃给这荒野。还有只表和那只指南针呢。他身上仍然有文明的污染。他把表链和系指南针的皮带从工装上解下,把它们挂在一丛灌木上。"③ 为了离开文明世界融入自然世界,艾克必须放弃一切。但是放弃使他不能存在于任何一个世界中。小说的结尾,他住在城镇里而不是森林里。他放弃了继承的财产,住在他妻子曾经拥有的小屋里。事实上,他主要特点是缺少与社区的联系。小说这样介绍他:"如今是个鳏夫,半个县的人都叫他大叔,但他连个儿子都没有。"④ 他作为"半个县

---

① Gloria Anzaldúa, "*La Conciencia de las mestiza*: Towards a New Consciousness", in Robyn R. Warhol and Diane Price Herndl (eds.), *Feminisms: An Anthology of Literary Theory and Criticism*, New Brunswick, New Jersy: Rutgers University Press, 1997, p. 768.

② Gloria Anzaldúa, "*La Conciencia de las mestiza*: Towards a New Consciousness", in Robyn R. Warhol and Diane Price Herndl (eds.), *Feminisms: An Anthology of Literary Theory and Criticism*, New Brunswick, New Jersy: Rutgers University Press, 1997, p. 769.

③ 〔美〕威廉·福克纳:《去吧,摩西》,李文俊译,北京:北京燕山出版社2016年版,第171页。

④ 〔美〕威廉·福克纳:《去吧,摩西》,李文俊译,北京:北京燕山出版社2016年版,第1页。

的人都叫他大叔"的身份指出了潜在的社区，但是削弱了他失去家庭、妻子死去、没有子嗣的事实。除了没有家庭，福克纳强调了艾克濒临死亡，在给出他是鳏夫的信息前，先交代了他的年龄"早过七十都快奔八十了，他也就不再实说自己的年纪了"①。鉴于他不能吸取文化中灵活的部分（即不是所有或全都不是），他与死亡的关系让人不足为奇，正如安莎迪亚所说，"死板意味着死亡"。②因为抛弃了一切，艾克从任何一种文化中都无法获益。相反，通过参与强调社区的两种文化中的哀悼仪式，莫莉能够混合两种文化。

莫莉对社区的强调非常重要，尤其对于伊略特解读安莎迪亚而言。如同塞丝，莫莉在社区的声音中找到了突破文化对立束缚的能力。在沃瑟姆家哀悼时，社区的声音融合一起："现在（他）能听见第三个人的声音了，那该是汉普那老伴的——一个地道的、一直在唱的女高音，没有歌词，在姐弟俩的主唱与对唱底下潜行。"③事实上，当史蒂文斯问莫莉是否在沃瑟姆家时，沃瑟姆没有直接回答"是的，她在"而是说"我们全都在那儿"。④然而人称代词再一次说明了集体。接着，在莫莉的哀悼中，她不仅在言辞行为上体现社区的作用，她也被表现出悲伤的重要社区所拥抱，伊略特指出这种社区对于实现安莎迪亚的女混血意识非常必要。

并且，莫莉集体身份的形成使她反对二元对立系统。伊略特认为这系统的消极作用胜过积极作用。为了证明这点，很有必要看看莫莉的行

---

① 〔美〕威廉·福克纳：《去吧，摩西》，李文俊译，北京：北京燕山出版社2016年版，第1页。
② Gloria Anzaldúa, "La Conciencia de las mestiza: Towards a New Consciousness", in Robyn R. Warhol and Diane Price Herndl (eds.), *Feminisms: An Anthology of Literary Theory and Criticism*, New Brunswick, New Jersy: Rutgers University Press, 1997, p. 766.
③ 〔美〕威廉·福克纳：《去吧，摩西》，李文俊译，北京：北京燕山出版社2016年版，第329页。
④ 〔美〕威廉·福克纳：《去吧，摩西》，李文俊译，北京：北京燕山出版社2016年版，第327页。

为和她丈夫路喀斯的行为。路喀斯也重视社区，（错误地）认为扎卡·爱德蒙兹（Zack Edmonds）通过和莫莉有染试图分裂他的家庭。作为回应，路喀斯暴力地想用一个剃刀杀死扎卡。在这场争斗中，路喀斯的重点不是他的家庭，相反，他更在意什么是真正属于他的。他像塞丝占有自己的女儿一样，他说："你知道我是不怕的，因为你知道我也是麦卡斯林家的子孙而且是父裔方面的……你想让我服输，这你永远也做不到！即使明日此时我被吊死在树枝上，浇的煤油还在燃烧，你也永远没法让我认输。"① 对于路喀斯来说，失去莫莉并不会威胁到失去社区，而是对他男性气质的挑战。路喀斯关心什么是真正属于他的，而非什么是对他家庭最好的。② 这样，路喀斯重新调整了拥有的意义，用他自认为的拥有含义取代了威胁到他的拥有意义。

相反，为了保护社区莫莉反对拥有制度本身。当她意识到路喀斯的贪欲在毒害家庭，她请求洛斯·爱德蒙兹（Roth Edmonds）想办法让她离婚。她解释说她担心路喀斯要找到他一直搜寻的埋在地下的钱，路喀斯的贪欲会毁掉他们女儿纳特（Nat）和乔治·威尔金斯（George Wilkins）的婚礼。她说，

> 你还不明白吗？他不但会接着使用机器，就跟归他所有的时候一样，而且还会把上帝的诅咒转移到我最小的幺妹子纳特身上去。已归还给上帝的东西谁碰了都会遭到报应的。我要机器留在他那儿！我非得离开，就是为了让他留着，连转送给乔治的念头都不

---

① 〔美〕威廉·福克纳：《去吧，摩西》，李文俊译，北京：北京燕山出版社2016年版，第43页。
② 这不是贬低路喀斯的处境。安莎迪亚认为："所有的反应都依赖并受反对对象的限制。因为反对态度源自外部和内部权威的问题，摆脱文化统治走向自由的一步，但这不是一种生活方式。"路喀斯的行为是朝向正确方面走出了一步，但他被困在那个体制中也把自己囚禁在二元对立的夹缝中，这是首要问题。

用起！①

她关注的不是自己的利益，而是挽救家庭免于沉迷给双方家庭带来灾难的财产。② 她能与拥有财产制度对抗，用离婚威胁改变路喀斯的想法而不是改变自己适应拥有制度。

莫莉是这部小说中具有女混血意识最典型的人物。她把麦卡斯林家族的双方混合到一个社区，占有思想曾经让社区分离，但是并未改变莫莉所在的社区。其他人物也具有与莫莉相似的特征。例如，托梅的图尔也抵制这个拥有制度，寻求建立一个摆脱拥有的社区。与很多逃跑奴隶的故事不同，托梅的图尔的逃跑故事不是真正意义上的逃跑，因为他并不想方设法摆脱抓捕。相反，他努力建立家庭，想办法和谭尼结婚。显而易见，他具有拥有对抗而不是被同化的能力。他能够轻易躲避猎奴队的抓捕，但他并没有逃跑，反而就在种植园门外等着游戏的下一个部分。他说："我现在有保护了。我只消做到在得到那句话之前别让老布克逮住我。"③ 接着他等着种植园的女人们去安排，他的命运就随扑克牌游戏而定了。后来他再次站在门外等着被叫进去交易。托梅的图尔的交易谈妥之后，布钱普被迫弃牌怀疑这笔交易是早就定好的。他看看托梅的图尔，然后问布克："是谁发这些牌的呢，阿摩蒂乌斯？"④ 布钱普弃牌的结果是他可以搬到布钱普的庄园，在那里和谭尼结婚。托梅的图尔似乎参与到对情况灵活反应的过程中。在安莎迪亚看来，这个情况对于女混血至关重要，女混血意识的能量源于"连续的创造性移动不断打破

---

① 〔美〕威廉·福克纳：《去吧，摩西》，李文俊译，北京：北京燕山出版社2016年版，第102页。
② 具体地说，她最爱自己最小的孩子，她的失去彻底让她崩溃了。这令她联想到约瑟和便雅悯的故事，后来她借这个故事筹集布奇葬礼的钱。
③ 〔美〕威廉·福克纳：《去吧，摩西》，李文俊译，北京：北京燕山出版社2016年版，第10页。
④ 〔美〕威廉·福克纳：《去吧，摩西》，李文俊译，北京：北京燕山出版社2016年版，第24页。

新范式的一致方面"①。每个新情况出现时，托梅的图尔就等在门外，等待对游戏下一步灵活而创造性地反应。这样，他和莫莉一样，抵制现有体制建立一个主导社会谴责试图分裂的集体身份。

　　第三个具有女混血意识的人物是在"三角洲之秋"最后出现的洛斯的爱人，她成功摆脱文化对立建立了社区。洛斯重新讲述了老卡洛瑟斯的故事。他曾经有一个黑人亲戚的孩子，现在他付钱给女仆让她把孩子带走。洛斯被社区否认被财产机制肯定（用钱换来的孩子）。洛斯把钱交给艾克让他把钱退给女人告诉她说"不行"，是指洛斯不愿意和她成家。当洛斯的爱人出现时，她拒绝了洛斯的钱，而是为她女儿选择了社区。安莎迪亚认为拒绝被责备也是形成女混血意识的一部分："我们不能永远责备你，也不能拒绝白人部分、男性部分、生病的部分、奇怪的部分、脆弱的部分。在这里我们不带任何武器，敞开双臂。"②洛斯的爱人近乎不带任何武器（拒绝责备洛斯），敞开双臂（拥抱社区）。首先，她对钱不感兴趣，说："里面就只有钱。"③ 接着她解释给艾克说洛斯拒绝她，她并不惊讶。她说他没对她说谎："他没有这个必要。我也没有要求过他。我当时知道自己在干什么。我一开始就知道，早就知道了，到后来名誉（我相信他是用这个说法的）才告诉他，是时候了，该用一套漂亮话来告诉我他的行为准则（我相信他是用这个说法的）不允许他永远这样做。而且我们一致同意了。"当艾克问她当时为什么开始这段关系时，她说："老先生……难道你活在世上太久，忘记的事情太多，竟然对你了解过、感觉过、甚至是听说过的关于爱情的事儿一点点都记

---

　　① Gloria Anzaldúa, "La Conciencia de las mestiza: Towards a New Consciousness", in Robyn R. Warhol and Diane Price Herndl (eds.), *Feminisms: An Anthology of Literary Theory and Criticism*, New Brunswick, New Jersy: Rutgers University Press, 1997, p. 767.

　　② Gloria Anzaldúa, "La Conciencia de las mestiza: Towards a New Consciousness", in Robyn R. Warhol and Diane Price Herndl (eds.), *Feminisms: An Anthology of Literary Theory and Criticism*, New Brunswick, New Jersy: Rutgers University Press, 1997, p. 773.

　　③〔美〕威廉·福克纳：《去吧，摩西》，李文俊译，北京：北京燕山出版社2016年版，第310页。

不起来了吗?"① 这个女人对钱不感兴趣,但是对爱情感兴趣,而且她将来的计划也很重要。她计划带着孩子"回家",回到她的家庭,回到她的社区。② 洛斯的爱人关注社区而不是指责,这样做展示了女混血意识,和莫莉或者托梅的图尔一样更看重家庭。

洛斯的爱人搬回北方和埋葬布奇·布钱普都不是"完美的结局"。最后,托梅的图尔还是奴隶,莫莉·布钱普还属于贫穷被压迫阶级。当然,加文·史蒂文斯必须从汉普家离开,他还是无法参与莫莉进行的混合哀悼仪式。《宠儿》结尾失去的一样真实。实际上,塞丝仍然承受过去鬼魂的困扰,她的家庭也因为蓄奴制的暴力而四分五散。她死去的孩子已经死去,丈夫也没有回来。形成集体身份并不是一个简单的解决办法,也不是一个可以被用来结束全世界罪恶的良方。两个作者都清楚地表明了这一点;在两本小说中,小说结尾我们/他们的互动仍然很强烈;加文和鲍德温都无法逾越鸿沟。《宠儿》结尾反复出现的一行凸显了模糊性,"这不是一个可以流传的故事"③。一方面,意指这不是一个可以分享的故事,不是一个可以流传到社区之外的故事。另一方面,也可以指这不是一个在读者中间传颂的故事,或者类似于让它死去的故事(俗话说,流传)。这个模糊性对两部小说都很重要。集体身份的形成有必要继续我们/他们的互动,这个互动使得对立难以打破?或者,基于混合而不是支配的集体身份为治愈过去的创伤提供微薄的希望。

两位作者暗指后者,集体身份的形成至少是迈出很好的第一步。如安莎迪亚认为"凡事除非先在我们的头脑中形成形象,否则在真正的世

---

① 〔美〕威廉·福克纳:《去吧,摩西》,李文俊译,北京:北京燕山出版社2016年版,第315页。
② 〔美〕威廉·福克纳:《去吧,摩西》,李文俊译,北京:北京燕山出版社2016年版,第313页。
③ 〔美〕托妮·莫里森:《宠儿》,潘岳、雷格译,北京:中国文学出版社1996年版,第329页。

界里什么都不会实现"①。这个结论强调了自我想象身份的重要性。群体身份不是生理决定而是叙事的问题。为了改变真实世界的事情,有必要改变它周围的叙事。福克纳和莫里森都努力改变这个叙事,参与到探讨身份依赖叙事的对话。这种叙事再想象对于改变更大的社会政治世界更重要。

---

① Gloria Anzaldúa, "*La Conciencia de las mestiza*: Towards a New Consciousness", in Robyn R. Warhol and Diane Price Herndl (eds.), *Feminisms: An Anthology of Literary Theory and Criticism*, New Brunswick, New Jersy: Rutgers University Press, 1997, p. 772.

福克纳的《熊》和莫里森的《宠儿》中神圣的、被玷污的土地

〔美〕克莱尔·克雷布特里* 著　　王丽丽 译

边界（frontier），即人类文明消融、野蛮开始的地方，在美国文学中经常被用作标记与父权制相关的合法定居地的界线，然而长期以来人们一想到"野蛮"就会有意识或者无意识地联想到女性、土著人或者非裔美国人。美国文明——自然法则的悖论——夹杂着野蛮，应该被用来建立社会秩序，确定土地所有权，但同时也把人作为财产合法化拥有。这些构成了福克纳《去吧，摩西》、《熊》和托妮·莫里森《宠儿》几部小说的主要内容。通过年轻的艾萨克·麦卡斯林（Isaac McCaslin）的视角，福克纳揭示了蓄奴制合法化的肮脏理论。艾克（Ike）慢慢学会用非语言的方式解读森林，这说明他准备解密家庭财产分割，揭示了他强取遗产的暴力和不合理性。四十年后，托妮·莫里森重新建构了读者对历史的理解，不仅使塞丝——一个奴隶——成为意识觉醒的主题，而且在奴隶的身体上体现了法律与自然的矛盾。福克纳书写了南方父权制的削弱，莫里森则描写了伤痕累累的女人们，蓄奴制迫使她们的丈夫被卖掉、被逼疯、被杀害。

---

* 克莱尔·克雷布特里，美国底特律大学创意写作项目主任、教授，女性及性别研究方向。

暂且先不管他们之间是否有影响，已经有很多研究论述两个文本的互文性，我希望探讨两个小说的概念框架：神圣和玷污的概念；法律、财产、墨水的概念；土地、自然、鲜血和女性的概念。我试图揭示《宠儿》中除了使黑人女性成为言说的主体，莫里森还运用大量的象征和意象揭示蓄奴制合理化的暴行，最残忍的是刻在奴隶身上的印记。她重新构建了女性文化理念的框架，这曾被一些理论学家如拉康和伊利格瑞讨论过，认为女性是发散的、流动的、无知的，与法律上男权主义观点相反，她认为女性是集中的、稳定的、理智的。[①] 土地和法律、奴役和自由的二元对立在树木、鲜血和墨水的意象中被质疑和复杂化。

美国文学中土地和边界的观点很复杂，难以定义。安妮特·科罗德尼（Annette Kolodny）认为，早期欧洲定居者经常把土地认为是女性化的，他们自己则是种子的男性播种者，秩序的维持者，如果土壤贫瘠，他们则是肥沃土壤的培育者。[②] 因此，荒野通常和野蛮相连，女性也被看作是没有理性和无法控制的。边界仅仅是个界限，一条分隔野蛮的界线，也指界限不清的地区，一个介于野蛮和文明的中间地带。接受福克纳骑士文化传统假设的人认为被政治限制定义的边界是确定的、统一的、男性的，然而作为定居的、逐渐被侵蚀、被取代的地区，更具女性化，空间无限延缓。然而边界地带和限阈空间，如《熊》中斯班少校卖给伐木场主的狩猎场和《宠儿》中的林间空地可能模糊了二元对立，成为小说人物自由和精神解脱的场所。

《熊》和《宠儿》中都充满了大量自然界的象征——树木、森林、动物、鲜血和水——与分账本和墨水代表的人为强加的框架对立，这是两部小说都反映的主旨，但它们的象征意义远远超越了小说主题。父权

[①] 雅克·拉康和露西·伊利格瑞在《拉康选集》和《非"一"之性》中探讨了彼此的女性气质和流动性的复杂概念。

[②] Annette Kolodny, *The Lay of the Land: Metaphor as Experience and History in American Life and Letters*, Chapel Hill: University of North Carolina Press, 1984, p. ix.

制的权力蕴含在金属和机械中。福克纳用这些意象表示狩猎的猎枪、铁路及伐木工业给自然造成的破坏。莫里森描写了惩罚奴隶用的铁链、脚镣和金属的马嚼子,提醒他们白人把他们当成动物看待。墨水成为法律的象征。自相矛盾的是,墨水被用来书写编纂法律,也提供法律不公正的证据——从布克(Buck)和布蒂(Buddy)乱涂的记录和他们每天表现出的恐惧以及"学校老师"用墨水把塞丝和其他奴隶归为单独的一类物种中可以看出。

很明显两个作品中的语言无论是口头的还是书面的,都减轻了蓄奴制难以容忍的痛苦,语言本身是不够的;非语言的、附属语言的象征、记忆和交流从艾克·麦卡斯林和塞丝的意识中流露出来。流动的或是渗出的水和鲜血的意象标志着从无知到了解的过渡。自然物品和动物都起到象征的作用,但是也起到辅助语言表达作用。自然环境中的生物勾勒和抵抗法律的破坏侵蚀,成为对抗文明的武器。

《熊》中衰弱父权制生命的历史素材被莫里森重新改写,创造了《宠儿》中脆弱的母权制。例如,对于福克纳,鲜血可能是具体的——狩猎仪式中的一部分,或者是抽象的——麦卡斯林家族的血脉。对于福克纳,"发黄的纸页与浅褐色的墨水"① 记录蓄奴制和麦卡斯林家族永恒不变的过去。然而,对于莫里森,鲜血则是暴力的标记和延伸,象征性地与代表法律中自然和理性的墨水联系起来。塞丝用"樱桃树胶和橡树皮"② ——自然物质散发出微弱的气味——制造墨水,"学校老师"用墨水记录奴隶的头和身体的尺寸。墨水和鲜血意象混合,自然力量和法律的永恒不变融和一起,这是对象征理性的法律的曲解。这样,塞丝被迫参与了贬低和客体化自己的身份。她不能解读"学校老师"的测量记

---

① 〔美〕威廉·福克纳:《去吧,摩西》,李文俊译,北京:北京燕山出版社2016年版,第219页。

② 〔美〕托妮·莫里森:《宠儿》,潘岳、雷格译,北京:中国文学出版社1996年版,第6页。

录,但是她后背上形状像树的疤痕成为她被奴役无法磨灭的印记,这是法律。塞丝记得当她还是小孩的时候,她妈妈叫她"识别"她胸前的标记,万一她被杀害无法认出,塞丝可以用这个标记认出她妈妈。对于塞丝和她在非洲出生的妈妈,墨水记录在纸上的事情变成用鲜血刻画在肉体上的标记。

艾克认为森林本身是神圣的,但是奴隶主利用奴隶扩张的种植园是被污染的。对于塞丝和她的爱人保罗·D.,蓄奴制的残酷使他们无法体验到土地的美丽,痛苦的经历玷污了自然美景。塞丝记起"甜蜜之家"美丽的梧桐树,她仍然受梧桐树枝上残忍的记忆困扰。在塞丝对"甜蜜之家"的"重新记忆"中,梧桐树美丽强大但是"耻辱",因为"藏在花边状的树丛里"的是小伙子们吊死在"世上最美丽的梧桐树上"。①

福克纳对森林的神圣观点体现在艾克的导师山姆·法泽斯身上。艾克是福克纳骑士传统创作的人物,因为他和土地、荒野、遗产的联系,他在男性子孙后代中占有优势。十岁时,艾克从山姆·法泽斯身上看到蓄奴制的不适宜,山姆是一位印第安酋长和一个有四分之一黑人血统的女奴的儿子,在森林中受到尊重,但是"他被迫当黑人都当了七十年了"②。对于山姆指导下的年轻的艾克来说,森林神圣的本质通常无声地为他开启了一扇门,帮助他理解即将成年的意义,在艾克的世界里山姆既是仆人也是神圣的牧师。

菲利普·温斯坦(Phillip Weinstein)及其他学者都指出过福克纳的森林显然是男性的狩猎场,但是从某种意义上来说,这个概念也使土地更具有女性特征,因为男性确实猎捕兔子和熊。③ 山姆的雌雄同体的本

---

① 〔美〕托妮·莫里森:《宠儿》,潘岳、雷格译,北京:中国文学出版社1996年版,第7页。

② 〔美〕威廉·福克纳:《去吧,摩西》,李文俊译,北京:北京燕山出版社2016年版,第177页。

③ Phillip M. Weinstein, *What Else But Love? The Ordeal of Race in Faulkner and Morrison*, New York: Columbia University Press, 1996, p.135.

质支持这个观点,像熊本身一样,他自己无儿无女,是个鳏夫,这一身份就证明这一点。像提瑞西阿斯(Teresias)一样,随着年龄增长,他彻底搬到森林中,"老班"熊被杀死时他也会死在那里。对于福克纳来说,尽管有铁路和伐木的威胁,只要男人们还在那里打猎,继续光荣地和老班对抗,显然作为边界的森林是"不可侵犯"的。

大自然被认为具有女性特质,从精神上弥补了母亲的缺憾,森林显然是艾克的见习阶段和精神诞生的地方:

> 他进入了大森林。……孩子就这样进入了熟悉真正的荒野生活的见习阶段,有山姆在他身边……方才暂时对他开放来接纳他的荒野在他身后合拢了……一条通道……大车并没有按自己的意志往前行进,而是由人和大车所造成的纯净的气流浮托着在往前滚动,大车在打瞌睡,听不见一点声音,也几乎见不到一点光线。他觉得自己长大到十岁时竟亲眼目睹了自己的诞生。①

森林的女性空间欢迎年轻的男孩和山姆,他们谦逊地进入森林。福克纳描写森林中的季节:"夏季、秋季、下雪的冬季、滋润的充斥汁液的春季,一年四季周而复始永恒地循环着,这是大自然母亲那些不会死亡的古老得无法追忆的阶段,她使他几乎变为一个成年人。"森林"对一个黑女奴和契卡索酋长所生的老人来说也像父母亲一样,这老人曾经是他精神上的父亲,如果某人能是一个人精神上的父亲的话;有一天他本人会结婚……但是森林仍将是他的情人、他的妻子"。②

对福克纳来说,荒野是粗野的、女性的、男性经常进入的地方。尽

---

① 〔美〕威廉·福克纳:《去吧,摩西》,李文俊译,北京:北京燕山出版社2016年版,第159页。

② 〔美〕威廉·福克纳:《去吧,摩西》,李文俊译,北京:北京燕山出版社2016年版,第284页。

管如此,它的象征意义极其复杂。在艾克和他的堂兄卡斯·爱德蒙兹(Cass Edmonds)争论艾克放弃继承财产行为的部分,艾克说他的行为是"不是在大森林之前,而是在土地的前面,不是想追逐什么、贪求什么,而是想有所舍弃"。① 拥有森林和种植园的权利写在继承法里,但是狩猎场意味着对所有参与打猎的各种族男性的精英教育。福克纳在意荣誉、土地、血统,备加珍惜最后被玷污削弱的父权制。森林中没有女人,被提到的女人少之又少,成年后艾克要娶的妻子起到破坏性作用。

《熊》和福克纳的其他作品几乎一样,围绕认识论问题展开情节,这些问题关于主体性和人物如何逐渐认知现实世界。一个敏感的小男孩,无父无母,经历了密西西比森林中传统的狩猎意识后,进入了成年期,拥有福克纳式的耐心、热情、谦逊、勇猛等美好品德。无论山姆在不在现场,他从森林里学到的大部分都是无声无语地被感知,从山姆的鼻孔嗅到的微薄气味到一闪而过的熊的身影,狗的狂吠声,啄木鸟突然停止啄木头,这些都是老班出现的记号。学习"解读"森林,标志学习解释历史的开端;艾克成年的重要表现就是放下家庭种植园的财产,解读真理,放弃继承的行为。在艾克的例子中,他爸爸和叔叔幼稚的记录揭示了过去乱伦的暴行,托梅的图尔的诞生就是艾克祖父卡洛瑟斯·麦卡斯林(Carothers McCaslin)的罪证。重要的是,淹死女黑奴尤妮丝(Eunice)——怀孕了的托梅的母亲——对于艾克来说意味着托梅的怀孕是他爸爸乱伦的结果,随着她的死去,怀孕也将终止。

女性空间的拥有权问题在这里就引发争议——斯班少校为了获取伐木利益出售狩猎场,使得狩猎远离杰斐逊好多年,在艾克的记忆中,卡洛瑟斯·麦卡斯林不仅占有种植园土地还占据尤妮丝和托梅的身体。在艾克和他的表外甥卡斯讨论艾克不会继承财产过程中,艾克告诉卡斯那

---

① 〔美〕威廉·福克纳:《去吧,摩西》,李文俊译,北京:北京燕山出版社2016年版,第213页。

片土地因为蓄奴制已经被"诅咒"和"玷污"了。①荒野中交谈前的交流及艾克和卡斯对蓄奴制的长篇争论的相互作用强调了对荒野的本能认知及公正和法律的男性逻辑间的认知张力。

艾克的妻子拒绝和他发生性关系，使他们不可能生出儿子，这是对艾克拒绝继承财产的报复，切断了麦卡斯林家族的血脉，也强化了艾克的牺牲。然而，福克纳对艾克妻子的刻画有些极端，类似《喧嚣与骚动》中的凯蒂·康普生。有人认为艾克的妻子是福克纳笔下受挫的女人中的一个，像《献给艾米丽的玫瑰》中的艾米丽·格里尔森（Emily Grierson），一个在她的文化和社区中拥有极其微弱权力的女人。或者有人认为她仅仅是拥有自己的身体，和作为女奴的尤妮丝、托梅不同，她们没有自己身体的拥有权。但是艾克的妻子并不打算挑战父权制的法律，相反，她想以作为土地主人的艾克妻子的传统角色从继承的财产和财富中获利。重要的是，艾克假定是没有一个儿子而不是一个女儿，卡斯·爱德蒙兹认为自己是女儿分支所生的后代，艾克是老卡洛瑟斯男性后裔的直系后代，因而更具有继承财产的优势。艾克和老班以及山姆·法则斯一样，无儿无女，基本是禁欲婚姻中的鳏夫，象征着麦卡斯林父权制的终结。

另一方面，《宠儿》中的鲜血是蓄奴制导致的暴力行为的标记，如塞丝后背上的血肉模糊的"树"和脓血，让爱弥·丹芙（Amy Denver）疑问："真纳闷上帝当时是怎么想的"②，还有被杀死婴儿的血混着塞丝的乳汁被刚出生的丹芙吸吮。从某种意义上来说，捕捉塞丝的白人的厌恶感而不是她杀害孩子的行为挽救了她，使她不用被抓回到"甜蜜之家"。

然而《熊》中的单身女人都具有腐蚀性、破坏性，莫里森笔下的保

---

① 〔美〕威廉·福克纳:《去吧，摩西》，李文俊译，北京：北京燕山出版社2016年版，第219页。

② 〔美〕托妮·莫里森:《宠儿》，潘岳、雷格译，北京：中国文学出版社1996年版，第94页。

罗·D.给予的爱滋养了女性。更重要的是，莫里森重新构建了福克纳关于女性尤其女性性爱观点的各种文化假设。福克纳认为女性性爱是流动的、容易爆发和无法控制的，是她们非理性感知本质的体现，在其他作品如《喧嚣与骚动》和《野棕榈》①中被讨论过。鲜血和河流象征适婚女人，像艾迪·本德仑（Addie Bundren）和乔安娜·伯顿（Joanna Burden）这样"干涸"的女人在激情被点燃时，会表现出猥琐的性行为。福克纳在《喧嚣与骚动》中描写凯蒂的月经出血是被玷污的和有污染性的，并没有和女性遭受的暴力联系起来而是和女性腐败的本质联系起来。树枝上的水对凯蒂"毁灭"的本性没有任何治疗作用，她试图擦掉。对莫里森而言，液体如鲜血、牛奶、水可能赋予生命，也可能具有破坏作用，或者是两者的混合。河流和溪水意味着非洲奴隶贸易航程和逃跑获得自由的记忆。对于莫里森，蓄奴制切断了家庭纽带，尤其把孩子像"棋子"②一样从他们父母身边挪走；塞丝的奶水被偷象征奴隶主剥夺滋养孩子成长的天然养分。我怀疑，莫里森为了找到体现蓄奴制恐怖的最原始的方式，她反对将强奸视为种族主义父权制暴行的观点。

然而艾克在分账本干枯的信纸上找到不受欢迎的信息，《宠儿》中有问题的信息更直接、更残忍，直接写在塞丝自己的后背上。塞丝后背上的"树"是她逃跑之前被"学校老师"的侄子鞭打留下的疤痕，她已经麻木没有感觉了。在被毒打受伤之前更大的伤害是他们偷走了塞丝的奶水。某种意义上三个治疗塞丝后背伤的人是为塞丝疗伤的"助产士"——"白人女孩"爱弥把蜘蛛网放到塞丝的后背上，替她接生丹芙；塞丝到达辛辛那提郊区后贝比·萨格斯给她洗澡，照顾她；十八年后，保罗·D.爱抚她"后背变成的雕塑，简直就像一个铁匠心爱得不

---

① 例如，见盖尔·莫迪默（Gail Mortimer）在《喧嚣与骚动》对女人和液体的讨论，及克莱尔·克雷布特里（Claire Crabtree）对夏洛特·里特梅尔（Charlotte Rittenmeyer）和琳达·斯诺普斯（Linda Snopes）的讨论。

② 〔美〕托妮·莫里森：《宠儿》，潘岳、雷格译，北京：中国文学出版社1996年版，第28页。

愿示人的工艺品"。① 莫里森能够从奴隶主残忍的记录上创造出更有力的象征意义，既简单又复杂，伴着塞丝对梧桐树的记忆，还有保罗·D.寻找成为"兄弟"的树。爱弥把塞丝后背的肉体伤痕描述成一棵樱桃树，"通红通红的，朝外翻开，尽是汁儿……还有这些，要不是花才怪呢。小小的樱桃花，真白。你背上有一整棵树。正开花呢"。② 伤疤也暗示塞丝称作的"再次记忆"，从过去尤其是过去的痛苦记忆中迸发出来。这棵树是一种书写记录方式，是断定"学校老师的侄子"们拥有黑人的白人权力，也是男性权力控制女性身体的象征。

　　艾克记忆中的麦卡斯林土地合法的一面是通过男性直系后代继承，《宠儿》中的土地也有它合法的一方面——俄亥俄河，穿越过这条河就意味着摆脱奴隶身份获得相对安全。然而，莫里森将整齐划分出的政治界限扩展成了一个清晰的女性空间。莫里森把羊水和河水结合起来："一走近这条河，塞丝自己的羊水就涌出来与河水汇聚"。③ 丹芙出生在俄亥俄河东岸的一艘破船上，这个意象与小说后面出现的破碎的奴隶船意象互相呼应，同时暗示自由来之不易。刚生产完的塞丝，身体虚弱，双脚肿胀，加上后背撕裂的疼痛，和她刚刚出生的孩子被黑人们送过俄亥俄河。塞丝和她的婆婆——贝比·萨格斯和她的孩子们包括"已经刚刚会爬"的小女儿团聚，她还为她攒着奶水。家庭成员重聚，唯独缺少塞丝的丈夫黑尔，在贝比·萨格斯提供的女性空间中享受了二十八天理想的快乐和自由。这个状态被马背上的法律打破了——"学校老师"，曾经强暴她的"学校老师"的一个侄子，猎奴者，一个警官，四人骑马的场景犹如一场劫难。四个人代表合法但是具有破坏力的蓄奴制度，

---

① 〔美〕托妮·莫里森：《宠儿》，潘岳、雷格译，北京：中国文学出版社1996年版，第21页。
② 〔美〕托妮·莫里森：《宠儿》，潘岳、雷格译，北京：中国文学出版社1996年版，第93页。
③ 〔美〕托妮·莫里森：《宠儿》，潘岳、雷格译，北京：中国文学出版社1996年版，第99页。

"学校老师"尤其代表父权制的强制命令。他在"甜蜜之家"实行了加纳先生死前从未听说过的残酷制度,试图用奴隶的身体特征证明他们不具备人性。"学校老师"的残忍比他"文明"、有文化、有理性的虚伪外表更野蛮。

蓝石路上的房子,辛辛那提郊区的田野,为黑人们提供了一个避难所,是人们融入自然的地方,作用与艾克的森林一样,人们在这里成长疗伤,《宠儿》中最典型的地方就是林间空地。森林中的林间空地是贝比·萨格斯为重新获得自由的黑人布道祈祷的地方,象征精神的边界,一个暂时自由的场所,最重要的是没被玷污的自然空间。山姆引导艾克穿过森林来到林间空地,"老班"熊和艾克在这里相遇(在艾克放弃那些象征理性、统治的东西,如指南针、猎枪、手表之后),贝比·萨格斯建立了母权空间的林间空地,举行的仪式不是狩猎而是哭泣、欢笑和舞蹈。对于莫里森,塞丝和其他被蓄奴制伤害过的人的内心边界是与过去的恶魔抗争、重建自我的地方。但是塞丝杀害自己孩子的行为中断了疗伤,剩下的是贝比·萨格斯的死亡,鬼魂出没的屋子,逃离房子的儿子。值得注意的是,距离林间空地不远有一条小溪,在小说的结尾再次出现,好像提醒读者蓄奴制普遍的、残留的伤害痛苦将继续存在。

塞丝穿过俄亥俄河的旅程预示着她的精神超脱之路,这发生在超越地理界限的边界,一个被定义为自由或者束缚、完整或者破碎意思上的界限。这个边界也是鬼魂宠儿居住的空间。她的状态由一座桥体现出来,桥的含义模糊,或者是指河上面的桥,或者是指奴隶船上面的通道。在采访中莫里森拒绝解释这个模糊性,她更愿意让读者自己解读其含义,是指广泛意义上的桥还是有什么特殊含义。重要的是莫里森在宠儿身上创造了在一种集体共同过去之间移动的一个人物,体现在抒情式的模糊记忆,奴隶船的记忆和可能被中断的婴儿阶段都暗示她可能是塞丝的孩子。塞丝杀害自己的孩子不但是为了瓦解父权制带给个人的伤害,而且是抵抗父权统治最有破坏力的拓展形式——蓄奴制。

过去，即南方和奴隶的历史，对于塞丝更甚于艾克以一种本能的方式相互交织无法摆脱。就像那棵树，塞丝远离痛苦的过去，但是又深刻地以另一种方式呈现给她："学校老师"侄子对她施行的暴行，偷走她的奶水。塞丝的"重新记忆"和保罗·D. 讲述她的丈夫黑尔可能疯了或者被杀害再次呈现她的过去。然而她自己杀害还是婴儿的女儿的记忆顺序完全不同；塞丝拥抱这个记忆，忍受婴儿小鬼和后来被命名为"宠儿"的女孩的折磨，这个女孩被认为是她女儿的化身。艾克因为失去儿子而难过，但是他的儿子并未出生，不像宠儿以鬼魂的形式出现。

　　对于塞丝，过去的记忆既不是抽象的也不是从别人那里听来的。艾克放弃继承遗产，他必须承担赎罪行为；塞丝必须面对自己的身体及其记忆，驱除记忆的阴影，摆脱宠儿的鬼魂困扰，才能存活下来并开始新生活，她和保罗·D. 可能拥有另一个孩子证明了这一点。艾克放弃了拥有幸福婚姻和儿子的希望，保罗·D. 鼓励塞丝忘记鬼魂，如果那是她死去的女儿的鬼魂。

　　然而福克纳的英雄尽管作出了自我牺牲，他还很奢侈地拥有道德选择和牺牲的自由，但是塞丝必须带着亲手杀害自己孩子的痛苦记忆活着。小说中塞丝的任务不是作出道德选择而是摆脱绝望为自己存活下来。沮丧的塞丝为失去宠儿而悲伤时，"她是我最宝贵的东西"，保罗·D. 用他自己典型的简单话语回答说，"你自己才是最宝贵的"。①

　　尽管主题和象征意义的共同之处非常突出，这篇论文的主要观点是莫里森的小说呈现了变化的，重新以黑人、奴隶、女人在蓄奴制中的经历为中心的主题；福克纳的主体性的现代主义主题被翻转了，在莫里森之前可能只有拉尔夫·埃里森（Ralph Ellison）将黑人经历的主体性作为主题。艾克的故事是一个一出生具有优势条件的人放任自己意识到被边缘化，然而黑人人物在他的作品中仍然处于边缘。

---

① 〔美〕托妮·莫里森：《宠儿》，潘岳、雷格译，北京：中国文学出版社1996年版，第326页。

似乎在呼应山姆·法则斯，塞丝在《宠儿》结尾差点死去。她不是因为失去婴儿而是因为最后被自称为宠儿的成年女人、被她认定是女儿鬼魂化身的想法折磨得筋疲力尽。如同莫里森在小说前面把碎片化和完整性体现在好几个人物形象中，宠儿自己也经历了碎片化，例如她最后消失之前丢掉了牙齿。对于塞丝，她逃离"甜蜜之家"之后缓慢的疗伤仪式以一种破碎感为标志，因为贝比·萨格斯擦洗塞丝疼痛的身体，一部分一部分地擦洗。小说结尾宠儿消失以后，保罗·D. 建议绝望的塞丝洗澡，她心里想："他会分成几部分来洗吗？先洗脸，然后洗手、大腿、脚、后背？最后来洗她疲倦的乳房？就算他会一部分一部分地洗，那些部位绷得住劲吗？"① 重要的是，在"白人女孩"爱弥和贝比·萨格斯之后，一个男性能在莫里森的小说世界中扮演治疗女人伤痛的角色，与艾克的妻子彻底阻断了他的未来截然相反。

　　从某种意义上来说，小说中宠儿这个人物没有过去，出现时与任何历史没有关系；然而她就是所有过去的化身，脖子上的伤疤，对塞丝水晶或者钻石耳环的记忆，光滑的皮肤，对甜食的无限欲望，一岁孩子的大小便失禁，都说明这点。宠儿消失时不知自己来自哪里，她住在一种精神平静区域里。莫里森笔下的人物如此吸引人却又不透明，增强了莫里森的创作力。森林和林间空地象征自我成长和疗伤的空间，流过森林的小河即宠儿出生地也是回归的地方。那个期待爱的姑娘炸裂得七零八落之后，小溪边还能看到她的脚印来了又去，树林里还有手里拿着鱼的女孩的踪影。② 最主要的物质，水象征集体和个人的历史。与尤妮丝溺水或者托梅刚一出生就差点死在血泊中不同，用水清洗的仪式象征经历痛苦后获得重生的可能性。

----

① 〔美〕托妮·莫里森：《宠儿》，潘岳、雷格译，北京：中国文学出版社1996年版，第325页。
② 〔美〕托妮·莫里森：《宠儿》，潘岳、雷格译，北京：中国文学出版社1996年版，第329页。

似乎莫里森让溺水的尤妮丝复活了,她以溺水自杀来表达她的愤怒(和福克纳最著名的英雄,昆丁·康普生放一起),莫里森在《宠儿》中赋予了她声音。重要的是,尤妮丝的自杀和塞丝亲手杀死自己孩子的行为都是身为奴隶的女性们普遍存在的自我毁灭的方式。认为莫里森在《宠儿》中表达了尤妮丝的愤怒不是否认作者的原创性,也不是为了说明她故意填补福克纳留下的弥合美国历史的一个裂口——蓄奴制的内心体验——那是福克纳所缺失的,其文学功力所不及的。

"我出事了！"：
见证福克纳《圣殿》中的创伤

〔美〕伊登·威尔斯·福里德曼* 著　白　晶　译

《圣殿》(*Sanctuary*)是一本让人难以忍受——并且令人生畏——的读物。一个女孩被手持玉米棒子芯的性无能者强奸的故事读来引人作呕，毛骨悚然。这部小说尽管题材骇人听闻，其畅销程度却持续超过福克纳从《喧嚣与骚动》到《我弥留之际》的公认经典。① 丽贝卡·韦斯特（Rebecca West）认为本书能够奇怪地受人青睐是源于读者对恐怖猎奇的喜爱，对低俗小说的迷恋。② 杰拉尔德·朗格弗德（Gerald Langford）指出，谭波儿·德雷克（Temple Drake）的故事或许令人震撼，但读者却会情不自禁、目瞪口呆地欣赏《圣殿》那"华丽庸俗，哗众取宠"③的行文手法。为支持这一观点，批评家们也许会引用作者本人在介绍小说时作出的评论："（他）能够想象得到，最为可怕的故事"，一个

---

* 伊登·威尔斯·福里德曼，新罕布什尔大学的博士生。她的著作关注创伤理论、种族和性别语境下的20世纪美国文学。目前她正在研究读者如何回应创伤性叙事，以期建立一套说者和听者都可以目击创伤事件的阅读理论。

① Ryuichi Yamaguchi, *Faulkner's Artistic Vision*: *The Bizarre and The Terrible*, Madison: Fairleigh Dickinson UP, 2004, p. 14.

② Rebecca West, " Literary Poses ", *Daily Telegraph*, Oct. 2, 1931, p. 18.

③ Gerald Langford, *Faulkner's Revision of* Sanctuary: *A Collection of the Unrevised Galleys and the Pubished Book*, Austin: U. of Texas P. , 1972, p. 4.

"廉价的想法","以赚钱为目的而特意构思的想法"①。

但是,考虑到福克纳的诺贝尔文学奖致辞,《圣殿》或许应被重新审视。在小说出版二十年后发表的这篇演讲中,获奖者宣告,作为作家,他的"特权"和"责任"**不是**利用恐怖故事牟利,而是为了激励他那些因创伤而破碎的读者,去"忍耐并取胜"②。作者自相矛盾的陈述提出了这个问题:比如在一部如《圣殿》的作品中,文学转化性的观点如何起作用?一本书如此令人作呕,它果真能够鼓励读者战胜悲剧吗?

肯定的答案在于认识到,无论谭波儿·德雷克多么让人激动,其言行都显示她是一个罹患创伤后应激障碍(Post Traumatic Stress Disorder)③的受害者。许多现代文本的中心议题中充斥着意识形态的破裂,当将主人公本人的个体经历扩展到这种普遍破裂时,其创伤具有更大意义。就此而论,按照王尔德的表述,作品可以被解读为个人悲剧和现代时期普遍悲伤的"表面和象征"④:谭波儿的故事残酷地提醒那些习惯于面对现代困境的读者,停留在一个破碎的世界中意味着什么。

虽然如此,对创伤的准确描述仍不足以满足这位作家的诺贝尔奖愿景。举例来说,谭波儿几乎不能在被强奸后幸存;毫无疑问,她没有战胜创伤。在小说的末尾,谭波儿不过是那个曾经生机勃勃的女孩儿的映像,她茫然注视着灰色的巴黎天空,"升入在雨水和死亡季节的怀抱里

---

① William Faulkner, "Introduction to the Modern Library Edition of *Sanctuary*, 1932", *Essays, Speeches, & Public Letters*, 1965, James B. Meriwether (ed.), New York: The Modern Library, 2004, p. 176.

② William Faulkner, "Upon Receiving the Nobel Prize for Literature, 1950", *Essays, Speeches, & Public Letters*, 1965, James B. Meriwether (ed.), New York: The Modern Library, 2004, p. 120.

③ PTSD 直到 1980 年才得到美国精神病学会(American Psychiatric Association)的官方认可。因此,在 1931 年发表《圣殿》之时,福克纳可能不会已经能够将女主人公的觉醒过度阶段、受限阶段和侵入阶段分类。尽管如此,作者还是完美地,也许是基于直觉地,将之融入创伤受害者的声音主题之中。

④ Oscar Wilde, "The Preface", *The Picture of Dorian Gray and Other Writings*, Richard Ellmann (ed.), New York: Bantam Classic, 2005, p. 17.

平卧着，被征服了的天空"①。似乎读者也没有因她的故事而取得胜利。事实上，劳拉·坦纳（Laura Tanner）认为，在带着野蛮的好奇和若狂的欣喜细读谭波儿的悲剧时，读者加入到了施暴者行列，侵犯了她。②这种破坏性的冲动几乎无法使读者对福克纳所承诺过的"爱""尊重""同情"和"牺牲"精神产生共鸣。③

即便如此，文本中的**事**（*something*）所引发的不止是让人兴奋，更是暗指救赎。因为尽管谭波儿的读者们参与到对她的强暴中来，他们也有机会见证她的故事，看穿她的眼睛，读懂她的声音，并通过这种做法参与到她的受害之中。换言之，倘若读者在"进入谭波儿头脑"④的同时，仍能保持着独立个体的"位置和视角"⑤，他将得以进入一个受害者**与施暴者奇妙统一**的角色之中。从这个有利位置，读者得以正视现代条件下的黑暗元素之一：由于存在于世，人就注定要遭受并影响悲剧——伤害他人，也为他人所伤。然而，**如果**读者能够见证这种令人不安的现实，他就可以把《圣殿》看为一种**解决**个人痛苦和文化痛苦的方式——不仅能够忍耐，而且可以取得胜利。

谭波儿的受害者情结清晰地展现在觉醒过度或"持续危险预期"阶段之中。⑥朱迪丝·赫尔曼（Judith Herman）解释了在创伤体验中"人类的自我保护系统"进入一种永久恐慌的状态，似乎危险将随时再次出现。⑦

---

① William Faulkner, *Sanctuary*, 1931, New York: Vintage, 1993, p. 317.

② Laura E. Tanner, *Intimate Violence: Reading Rape and Torture in Twentieth-Century Fiction*, Bloomington: Indiana UP, 1994, p. 18.

③ William Faulkner, "Upon Receiving the Nobel Prize for Literature, 1950", *Essays, Speeches, & Public Letters*, 1965, James B. Meriwether (ed.), New York: The Modern Library, 2004, p. 119.

④ Joseph Urgo, "Temple Drake's Truthful Perjury: Rethinking Faulkner's *Sanctuary*", *American Literature* 55.3 (1983), p. 442.

⑤ Shoshana Felman and M. D. Dori Laub, *Testimony: Crises of Witnessing in Literature, Psychoanalysis, and History*, New York: Routledge, 1992, p. 48.

⑥ Judith Herman, *Trauma and Recovery*, New York: Basic, 1997, p. 35.

⑦ Judith Herman, *Trauma and Recovery*, New York: Basic, 1997, p. 35.

结果是受害者经常过度反应，过度敏感，① 他们容易受惊，② 歇斯底里地尖叫，哭泣，③ 甚至会因轻微的挑衅而恼火。④

谭波儿呈现出以上一切症状。滞留在戈德温家中之时，谭波儿不断地为强奸预期所湮没，以至于变得歇斯底里，在房间中疯狂地四处走动。她首先坐在床上，双腿"并拢"，按在一起，随后，抬起头，跳起来，揭开连衣裙，蹲伏在地，扔掉裙子，然后像只恐慌的动物一样，"抓起""乱找""揪住""飞速转"，直到，最终，精疲力尽，自己"扑"到椅子上。⑤ 这种持续的动作伴随着不断升级的恐惧，似乎在全然独处的状态之下，主人公遭受了强暴，这反映了创伤受害者的"广泛性焦虑"，受害者无法维持"正常""基线水平的""警醒而又放松的关注"，表现出"高唤醒"，她的身体永远为她**知道**将要到来的"（那个）危险而警醒"。⑥

在文本的主体部分，谭波儿不断被觉醒过度所困扰。当一位老人经过，这个年轻女孩儿如此确信强奸即将发生，以致她立即"屏住了呼吸，"继而失控尖叫，"胸腔里空了好久，横膈膜还在费劲的抽动"。⑦ 之后，当她在"木板"之间遭遇一只耗子，即使"危险"已然过去，她仍无法自抑地尖叫，发抖。⑧ 这个少女就这样发狂似地"身子一再向前冲"，拒绝协助。⑨

然而，谭波儿遭受创伤的证据并不局限于觉醒过度。事实上，受害者经常摇摆于歇斯底里和受限发作之间。由于无法确定创伤事件的严重

---

① Judith Herman, *Trauma and Recovery*, New York: Basic, 1997, p. 20.
② Judith Herman, *Trauma and Recovery*, New York: Basic, 1997, p. 35.
③ Judith Herman, *Trauma and Recovery*, New York: Basic, 1997, p. 20.
④ Judith Herman, *Trauma and Recovery*, New York: Basic, 1997, p. 35.
⑤ 〔美〕威廉·福克纳：《圣殿》，陶洁译，上海：上海译文出版社2010年版，第60页。
⑥ Judith Herman, *Trauma and Recovery*, New York: Basic, 1997, p. 36.
⑦ 〔美〕威廉·福克纳：《圣殿》，陶洁译，上海：上海译文出版社2010年版，第44页。
⑧ 〔美〕威廉·福克纳：《圣殿》，陶洁译，上海：上海译文出版社2010年版，第78页。
⑨ 〔美〕威廉·福克纳：《圣殿》，陶洁译，上海：上海译文出版社2010年版，第79页。

性,受害者在摇摆中会进入一种退缩状态,模糊的"一片空白"。① 《圣殿》中,受限主要体现在福克纳对结构性空白的使用,作品中运用的这些空缺部分表示了一种无法表达但又切实的存在。② "高温(Gowan),"女孩儿请求道,"我害怕。"③ 当她尝试说出害怕的**对象**时,却无法用语言表述。她颠三倒四地说:"(鲁碧[Ruby])叫我们离开这儿……"④ 在这里,省略号隐去了谭波儿深深的恐惧,她惊恐至极,以至无力言语。

如此,谭波儿的语言镜映出她是位创伤受害者。她重复自己的话,而不与人沟通,没提供关键信息就结束交流。结果是,女主人公预期的经历从未被讲出。如此真实的创伤变得难以形容,无法置信,即使在创伤发生之前亦是如此。此外,谭波儿的省略号出现在双引号之内,这暗示着福克纳把这些"强制沉默"⑤ 当作话语来描述。这样,缺失就成为主角言语结构中一个不可或缺的部分。

谭波儿语言的缺失倾向再次出现在她被强暴的那个场景中,在她尝试见证所受侵犯之时。本段落中,受限感如此之强,以至于,短时间内,"声音和寂静"被"颠倒",⑥ 她无法充分用语言描述所发生在她身上的事件。福克纳写道:"(谭波儿)开口说我就要出事啦……'我出事了!'她对着他尖声喊叫。"⑦ 在这里,作者并没有在第一次出现**就要出事啦**的位置使用双引号。受害者似乎在安静地思考这个短语,而没有把她的惊恐直截了当地表达出来。当她**确实**喊出"我出事了",她没有能力表达那件事是什么;她所阐述的伤害是口头的沉默,杂乱的单词和短语,缺乏意义和上下文。

---

① Judith Herman, *Trauma and Recovery*, New York: Basic, 1997, p. 42.
② Judith Herman, *Trauma and Recovery*, New York: Basic, 1997, p. 168.
③ 〔美〕威廉·福克纳:《圣殿》,陶洁译,上海:上海译文出版社2010年版,第41页。
④ 〔美〕威廉·福克纳:《圣殿》,陶洁译,上海:上海译文出版社2010年版,第41页。
⑤ Dodman, Trevor, "'Going All to Pieces': *A Farewell to Arms* as Trauma Narrative", *Twentieth Century Literature* 52.3 (2006), p. 251.
⑥ 〔美〕威廉·福克纳:《圣殿》,陶洁译,上海:上海译文出版社2010年版,第86页。
⑦ 〔美〕威廉·福克纳:《圣殿》,陶洁译,上海译文出版社2010年版,第86页。

此外，**事**（*something*）本身拥有缩窄性内涵。这个词既是有定名词（一些真实而具体的事正在发生），又是无定名词（这件事的意义和重要性并不明确）。当谭波儿喊道"我出事了"，字面意思可能是"任何事（anything）①"，结果却被缩减为了无一事。"事（thing）"这个字也与受限关联在一起，在这里"事"指代"说话人或作者无法——列举的事物"，"无法被详细描述"的事物。② 因此，即使某人留心听取受害者的呼喊，听者对正在发生的事情也将一无所知。无论读者如何解读谭波儿的**事**，受害人当时的情形依然没有得到记录，受到局限——她的创伤未被表达，难以言传。

随着故事的发展，谭波儿用语言描述自己创伤的能力并没有得到提升。此外，受限遇到了觉醒过度，例如，被强奸后，谭波儿没有针对任何个人大声呼喊"我告诉过你我要出事了！"③。无论是受害者继续说下去，还是不再继续说，她都"把一字一句像炽热宁静的水泡落入它们周围的明亮的寂静之中"④。她亢奋恍惚的言语是无效的。而且，谭波儿使用的**它**相较她提出警告时所使用的**事**（*something*）来说不甚明晰。因为如同"事（thing）"一样，"它（it）"也包含着确定或不确定的内涵⑤，这种内涵指从一件明示或默示的事项，到"未定义的……主题"⑥ 再到"性关系"⑦。谭波儿有能力传递"事"将要发生在她身上（或正在或已经发生），但是，她的恐惧阻止她清晰描述她的创伤，阻止她解码**它**的真实含义。

纵观《圣殿》，谭波儿反复尝试公布她所遭受的侵犯，但是因为受限，谭波儿没有能力讲述自己的故事。例如，当她尝试向霍拉斯·班鲍

---

① "Anything", *Oxford English Dictonary Online*, 2008, Oxford UP, Apr. 28, 2008, sense 6c.
② "Thing", *Oxford English Dictonary Online*, 2008, Oxford UP, Apr. 28, 2008, sense 8c.
③ 〔美〕威廉·福克纳：《圣殿》，陶洁译，上海：上海译文出版社2010年版，第86页。
④ 〔美〕威廉·福克纳：《圣殿》，陶洁译，上海：上海译文出版社2010年版，第86页。
⑤ "It", *Oxford English Dictonary Online*, 2008, Oxford UP, Apr. 28, 2008, sense B1c.
⑥ "It", *Oxford English Dictonary Online*, 2008, Oxford UP, Apr. 28, 2008, sense B3g.
⑦ "It", *Oxford English Dictonary Online*, 2008, Oxford UP, Apr. 28, 2008, sense B1d.

(Horace Benbow)详细讲述创伤细节时,实际上她没有提到强奸。反而,她告诉他,

> 在那破败的房子里度过的那一夜……从她走进房间用椅子抵住房门一直到女人来到床前把她领出去。在全部经历过程中似乎唯有这一段给她留下了深刻的印象……霍拉斯时不时地试图引她往下讲,谈谈那桩罪行本身,但她总是避而不谈……"是的;就是这么回事,"她说。"就这么发生了。我搞不懂。"①

从这段文字中,班鲍能够做出的所有推论,只是一些不可名状的事情已然发生。谭波儿努力确认并拥有**那个**（that）,却无法将**它**诉诸语言。

然而,受限并不仅仅限定于无力表达创伤的实际状况。在此阶段,赫尔曼解释道,受害者进入了一种"超然平静的状态","恐惧、愤怒和疼痛消失了"②。认知麻木和扭曲,人的时间感被改变;人看待生活如同慢动作一般。事实上,受害者或许感到特定事件**并未**正在发生或并未已然发生;她"跳出自己"观察自己,仿佛生活就是一场使人无法醒来的噩梦。③

谭波儿几乎一直被描述为有心理创伤的受害者——"缄默且毫无反应"④。虽然她富有魅力的本性为批评家所尊崇,但是福克纳却更多将女主人公的特点用面具样、鬼怪似地来描述。他写道,"灰白色的"⑤——不是可爱的——"洋娃娃脸"类似一个"苍白的小面具",⑥"苍白

---

① 〔美〕威廉·福克纳:《圣殿》,陶洁译,上海:上海译文出版社2010年版,第184—185页。
② Judith Herman, *Trauma and Recovery*, New York: Basic, 1997, p. 43.
③ Judith Herman, *Trauma and Recovery*, New York: Basic, 1997, p. 43.
④ Judith Herman, *Trauma and Recovery*, New York: Basic, 1997, p. 20.
⑤ 〔美〕威廉·福克纳:《圣殿》,陶洁译,上海:上海译文出版社2010年版,第53页。
⑥ 〔美〕威廉·福克纳:《圣殿》,陶洁译,上海:上海译文出版社2010年版,第49页。

的……像个鬼怪似的"①,眼睛"像两个深洞似的"②。确实,正如批评家所严厉斥责的,她"充满性欲"③,比起泼妇的说法,谭波儿更像一台自动化装置。福克纳用"呆呆地站着,面色苍白,像个梦游者,注视着"④ 来描绘她。这个女孩被强暴后,"直勾勾地"看着鲁碧,"但毫无认识她的表示";她的眼神"没有活跃起来"。⑤ 叙述者坚称,"在……女人看来""谭波儿的脸像个死灰色的小面具,用一根绳子牵着从她面前拉过去",然后逐渐消失"走了",⑥ 当女主人公**确实**离开这种无实体状态,她却试图尽快返回这一状态,从现实退回到虚无:"那我并不在这儿,她想。这不是我。"⑦

在对戈德温的审讯中,她也展现出一种收缩的状态。在证人席上,谭波儿"像孩子似地一动不动地坐着,像个服过麻醉药的人,把眼光越过那些人脸,凝望着屋子的后部……她纹丝不动"。⑧ 她既没看自己的律师,也没看她指证的无辜男人,而是定睛于"房间后部的某样东西"⑨。埃德温·阿诺德(Edwin Arnold)提出谭波儿期待金鱼眼(Popeye)进入法庭,或者期待他指派手下来鼓励她。通过他们的共同出席,来证实攻击她的人无罪。⑩ 杰伊·沃特森(Jay Watson)提出质疑,受害者茫然的表现被写入了起诉书,这个女孩在律师的"精心设计的作品中"出演

---

① 〔美〕威廉·福克纳:《圣殿》,陶洁译,上海:上海译文出版社2010年版,第56页。
② 〔美〕威廉·福克纳:《圣殿》,陶洁译,上海:上海译文出版社2010年版,第59页。
③ Elizabeth Kerr. *William Faulkner's Gothic Domain*, New York: Kennikat P, 1979. p. 93.
④ 〔美〕威廉·福克纳:《圣殿》,陶洁译,上海:上海译文出版社2010年版,第52页。
⑤ 〔美〕威廉·福克纳:《圣殿》,陶洁译,上海:上海译文出版社2010年版,第88页。
⑥ 〔美〕威廉·福克纳:《圣殿》,陶洁译,上海:上海译文出版社2010年版,第88页。
⑦ 〔美〕威廉·福克纳:《圣殿》,陶洁译,上海:上海译文出版社2010年版,第129—130页。
⑧ 〔美〕威廉·福克纳:《圣殿》,陶洁译,上海:上海译文出版社2010年版,第249页。
⑨ 〔美〕威廉·福克纳:《圣殿》,陶洁译,上海:上海译文出版社2010年版,第245页。
⑩ Edwin T. Arnold, and Dawn Trouard, *Reading Faulkner: Sanctuary*, Jackson: UP of Mississippi, 1996, p. 219.

了被指定的角色。① 然而，少有文本原文支持这些推测。而且，谭波儿是受限的，无论她去哪，板条之间，妓院中，还是法庭上，都为"事"所烦扰。

创伤后应激障碍最终的病理结果是侵入，侵入是指创伤时刻，一种"异常记忆形式"，被深深植入，这种记忆"不由自主地"出人意料地"进入"受害者的潜意识。② 主人公因此持续不断地"在现实中再次体验（创伤事件）"③。纵观福克纳的整个文本，伴随着觉醒过度和约束限制，侵入呈螺旋式上升。当谭波儿尝试向班鲍讲述自己的故事，例如，她狂躁地以所受攻击为中心顾左右而言他，围绕强暴叙述事情经过，重复案件的"真相"，但是——如霍拉斯所言——分享了"错误细节"。④ 然而在这回避的案例中，创伤事件的阴霾侵入了。如佛罗伦斯·多尔（Florence Dore）所说，谭波儿最经常回顾的是床垫上玉米壳的声响。⑤ 这份记忆，尽管微弱，却让人回想起"曾经充满在玉米壳中的"玉米棒子芯，此刻，被粗暴地用于充斥谭波儿的身体。⑥ 这就是侵入的实质，即使当受害者尝试讲述一个不同的故事时（任何故事，除了这个她**无法讲述的故事**之外），她都着魔似地、一次又一次讲回到她所受创伤的源头来。

在觉醒过度、受限和侵入的呈现中，谭波儿·德雷克现实中一贯是

---

① Jay Watson, "The Failure of Forensic Storytelling in *Sanctuary*", *Faulkner Journal* 6 (Fall 1990), p. 57.

② Judith Herman, *Trauma and Recovery*, New York: Basic, 1997, p. 37.

③ Judith Herman, *Trauma and Recovery*, New York: Basic, 1997, p. 37.

④ Florence Dore, "Counting as Decent: Obscenity and Masculinity in William Faulkner's *Sanctuary.*" *The Novel and the Obscene: Sexual Subjects in American Modernism.* Stanford: Stanford UP, 2005, p. 216.

⑤ Florence Dore, "Counting as Decent: Obscenity and Masculinity in William Faulkner's *Sanctuary*", *The Novel and the Obscene: Sexual Subjects in American Modernism*, Stanford: Stanford UP, 2005, p. 216.

⑥ Florence Dore, "Counting as Decent: Obscenity and Masculinity in William Faulkner's *Sanctuary.*" *The Novel and the Obscene: Sexual Subjects in American Modernism.* Stanford: Stanford UP, 2005, p. 82.

个受害者。由于主人公在被强暴**前**表现出遭受创伤后应激障碍的迹象,不管怎样(在对创伤的期待中),《圣殿》的中心创伤不能**排除**她所受的强暴而单独存在。与此相反,如特雷弗·多德曼(Trevor Dodman)对《永别了,武器》(Farewell to Arms)的评价,小说似乎"记录了"现代性"与创伤暴力的叙述碰撞"①——这种创伤福克纳描述为"持久不变的""普遍性恐惧"②。苏姗·兰瑟(Susan Lanser)指出,人不能"从一种文化(的文本中)分离出一个单独个体的文本"③。如果她是正确的,谭波儿的悲剧可能反映了福克纳针对现代性创伤更广大的假设。

事实上,整部书似乎都在指向普遍意义上的哀伤。福克纳在《圣殿》开头使用"显得散乱""无根无源"④⑤来描绘阳光,并且用霍拉斯·班鲍所提及的西塞罗(Cicero)的"噢,时代啊!噢,习俗啊!"(O tempora! O mores!)结束,又附加了他本人书写的挽歌"噢,地狱啊!"("O Hell"),似乎暗示在经历人间地狱时,现代性与故有之物被区分开来。同样,正如谭波儿挣扎着屈服于所受创伤,莉芭小姐(Miss Reba)用低语"我们都要遭受它"来安慰她。然而,漫不经心的渲染,这位女士的安慰引出了某些难题——例如,**我们**(we)是谁?**它**是什么?——指向文本的中心主题:从一个女孩的苦难和折磨延伸到所有那些忍受现代性的人们,他们为某些事物所长期困扰,这些事物既有特定的,又有共有的,或被略微提及,或永远未被提及。

如果像莉芭小姐那样,一定去合并无形的、思想上的创伤与真实的强暴,毫无疑问,是有困难的。然而,从文学角度而言,性侵犯的严重

---

① Trevor Dodman, "'Going All to Pieces': A Farewell to Arms as Trauma Narrative", Twentieth Century Literature, 52.3 (2006), p. 249.
② William Faulkner, "Upon Receiving the Nobel Prize for Literature, 1950", Essays, Speeches, & Public Letters, 1965, James B. Meriwether (ed.), New York: The Modern Library, 2004, p. 119.
③ Qtd. in Deborah Horvitz M., Literary Trauma: Sadism, Memory, and Sexual Violence in American Women's Fiction, New York: SUNY UP, 2000, p. 1.
④ 〔美〕威廉·福克纳:《圣殿》,陶洁译,上海:上海译文出版社2010年版,第1页。
⑤ 〔美〕威廉·福克纳:《圣殿》,陶洁译,上海:上海译文出版社2010年版,第237页。

性不会因其与普遍性苦难间的联系而有所减少。与此相反，强暴是广义的创伤最合适的隐喻说法，因为两种状态在主题和词源上是有联系的。"创伤"来源于希腊语"使受伤"或"刺入"，指的是皮肤之上的例如处女膜、阴道或肛门"由于外部暴力而造成破碎"的损伤。① 在《超越快乐原则》(Beyond the Pleasure Principle)中，依据强行渗透的说法，弗洛伊德(Freud)定义创伤为"一种来自外部的刺激，力量足够大，以至于冲破了防护屏障"②，凯西·卡鲁斯(Cathy Caruth)着重强调了把创伤归类于外界，未经任何中介，已然进入内部的这个类比。③ 因此，性侵犯俘获了创伤的生理上和心理上的双重后果。使用强暴作为现代条件下的隐喻并不会有损受害者个人的尊严，反而会为全球观众开启独特的体验，正如所有具有转化能力的文学作品一样。

然而《圣殿》对创伤的处理并不足以提供救赎。举例来说，河村隆一·山口(Ryuichi Yamaguchi)就主张《圣殿》"全然无力改变世界"，它仅仅传递了"恐怖和诡谲"④——一种恐怖，可能植根于谭波儿无能力接受自己所遭受的强暴。乔纳森·谢伊(Jonathan Shay)作出解释，为了战胜一次痛苦的经历，幸存者必须"把由创伤所引发的潜意识碎片拼接在一起"，然后，与他人分享这份新鲜的、"充分实现的叙事"，⑤ 换句话说，如果受害者无法为她的故事向自己和一群听众作见证，她将无法胜过她的经历。

---

① J. Laplanche, and J. B. Pontalis, *The Language of Psycho-Analysis*, Donald Nicholson-Smith (trans.), New York: W. W. Norton, 1974, p. 465.

② Sigmund Freud, *Beyond the Pleasure Principle. The Standard Edition of the Complete Psychological Works of Sigmund Freud*, James Strachey (ed. and trans.), London: Hogarth P., 1953 – 1974, p. 18.

③ Cathy Caruth, "Violence and Time: Traumatic Survivals", *Assemblage* 20: "Violence, Space" (1993), p. 24.

④ Ryuichi Yamaguchi, *Faulkner's Artistic Vision: The Bizarre and The Terrible*, Madison: Fairleigh Dickinson UP, 2004, p. 164.

⑤ Qtd. in Kirby Farrell, *Post-Traumatic Culture: Injury and Interpretation in the Nineties*, Johns Hopkins University Press, 1998, p. 1.

谭波儿正是如此。即使在**证人**席上，她也仅仅暗示了强暴而已；她从未真正描述过所发生之事。与此相反，在霸道的父亲将她拖出法庭之前，她茫然同意了过分热心的检察官的意见。因此，尽管地方检察官做出结论，"你们听见了这位年轻姑娘讲述的骇人听闻的、难以置信的故事"①，事实上，受限中的谭波儿没有一次识别、承认或表达过她的创伤。她没有拥有自己所遭受的侵犯。

此外，法院并没有为谭波儿提供安全环境来为强暴作见证（假设她有能力如此作见证）。正如她的听众无法理解受害者的故事，也就不能见证说者的真实。相反，谭波儿面对的是一个充斥着窥淫狂和意图成为施害者之辈的法庭，每一个人都渴望津津有味地倾听所发生事件中绘声绘色的细节，极少关心坐在他们面前那个真实的人。因此，谭波儿无法迈向"更深入的领悟和重整"②。她未能从创伤的打击中恢复，而且无法战胜创伤。

似乎为要承认谭波儿尚需被拯救，福克纳写了一部续集《修女安魂曲》（*Requiem for a Nun*），在续集中，福克纳强调了见证的重要性，并且给予了谭波儿最后的机会去胜过。这位诺贝尔奖获得者发表获奖感言之后不久，这部续集出版了。文中，悲剧继续吞噬着谭波儿的内心。确实，谭波儿在《圣殿》中被强暴之后，虽然多年已经过去，但是那个"时刻"仍在烦忧着她，她"永远不能回想，不能忘记，不能解释，不能饶恕，甚至不能停止想起"那"时刻"。③ 她坦言：

> 全都结束了，似乎它从未……发生过……在杰斐逊的法院，我不在乎……不再在乎任何事……在巴黎的年月……我仍不在乎……

---

① 〔美〕威廉·福克纳：《圣殿》，陶洁译，上海：上海译文出版社2010年版，第248页。

② Qtd. in Kirby Farrell, *Post-Traumatic Culture: Injury and Interpretation in the Nineties*, Johns Hopkins University Press, 1998, p. 20.

③ William Faulkner, *Requiem for a Nun*, 1951, New York: Vintage, 1975, p. 63.

因为它似乎从来没有……然后高温来到巴黎……我们结婚了——在大使馆，过后在克利翁举办的婚宴，如果宴会不能用烟熏消毒在美国的过往，又有什么可以用来消毒呢……更不要提新车和蜜月了……只有——（谭波儿停顿了一下，支支吾吾地，只踌躇了片刻，然后说道）我其实并不想消除（身上的）臭味。①

谭波儿寻求康复的决心已然失败。她承认，对文化资本的依赖并没有带来安慰。谭波儿无法作见证，这预先就制止其胜过往事。

尽管无法从过往中康复，谭波儿还是尝试牢记过去，以求治愈。谭波儿想要分享自己的故事，"只是要把故事讲出来，大声将故事用语言、用声音讲出来。只是要被听到，只是要讲给那些与故事不相干的某些人，任何人，任何陌生人……仅仅因为这个人有能力倾听，有能力理解这个故事"②。谭波儿在《圣殿》的法庭上所作的见证，与她在这里渴望作的见证有着明显的不同。地方检察官为满足个人目的而塑造她的故事，相反，受害者自愿向那些"有能力理解故事"的人、向那些读者讲述她的故事，也许，那些饶有兴趣、色迷迷地望向她的人——也可以见证她的创伤。

这种渴望也促使谭波儿对治安官说"所以这就是证人席"③，尽管她是在治安官办公室里，而不是在法院中。她承认："我必须把它全讲出来，否则我不会来这儿。"④ 最终，在公开自己悲剧人生的细节过后，女主人公认定唯有爱才会转化她的历史，从充满疼痛转向富有意义。"爱，"她感到疑惑，"但也不仅仅是爱……有一些事情……必须面对的……即使是当……你永远无法将它忘却。"⑤ 谭波儿允许自己不从创伤

---

① William Faulkner, *Requiem for a Nun*, 1951, New York: Vintage, 1975, p. 133.
② William Faulkner, *Requiem for a Nun*, 1951, New York: Vintage, 1975, p. 79.
③ William Faulkner, *Requiem for a Nun*, 1951, New York: Vintage, 1975, p. 101.
④ William Faulkner, *Requiem for a Nun*, 1951, New York: Vintage, 1975, p. 112.
⑤ William Faulkner, *Requiem for a Nun*, 1951, New York: Vintage, 1975, p. 134.

中恢复，但是她可以学习穿越创伤去爱，通过向其他人见证她的痛苦，让他们为她见证这份痛苦。作为回报，"她得以自信地面对创伤"，她继续讲道："永远别再烦扰我们；因为我们彼此相爱，让我们一起臭气熏天。"① 谭波儿坚信通往胜过的道路是接纳并忍耐，作见证并去爱。所以，受害者被修补了："我很好。"② 她站起来，愉悦地回家了，带着对痊愈的确信。

然而谭波儿的观众，没有这么容易满足，因为尽管谭波儿宣布自己已被治愈，但是她却没有真正清楚地表达过她受的创伤。确实，在《修女安魂曲》中，女主人公所有关于见证的必要话语，几乎一直是加文·史蒂文斯（Gavin Stevens）替她讲的，他抓住一个按道理说是她的故事去讲述。经过福克纳的替身旁白代向观众讲述她的历史后，这个受害者才宣布她"很好"，这揭示出小说的另一个缺陷：谭波儿的痊愈太过不自然，让人难以置信。在女主角忍耐了一切过后，读者很难接受她和颜悦色地宣告最终是爱解决了一切。简而言之，当《修女安魂曲》提醒读者创伤见证的重要性，这部续集在帮助其中的人物胜过创伤方面，并没有超过前书所为。

这两部作品都没有为**观众**提供目击创伤的机会——如果考虑到作者确信他写作的目的是帮助读者痊愈，那么这是一个相当大的缺陷。事实上，谭波儿远远没有被《圣殿》的悲剧所转化，坦纳断定福克纳的读者们与那些在法庭中向谭波儿"叹息""报以嘘声"③ 的人们没有不同：坦纳主张，在面对受害人时，读者并没有进入她的恐惧，反而试图再一次填写她所受侵犯的详细图解，窥阴般地通过小说再一次撕扯她，踩躏

---

① William Faulkner, *Requiem for a Nun*, 1951, New York: Vintage, 1975, p. 135–136.
② William Faulkner, *Requiem for a Nun*, 1951, New York: Vintage, 1975, p. 244.
③ Laura E. Tanner, *Intimate Violence: Reading Rape and Torture in Twentieth-Century Fiction*, Bloomington: Indiana UP, 1994, p. 288.

她。① 根据这种解读，小说在多个方面都令人失望，因为如果读者不能目击《圣殿》的创伤，也就不能胜过创伤。

然而在讲述一个失败的故事中，福克纳**确实**给读者提供了机会——无论多小——去通过《圣殿》的创伤来工作。尽管，读者色迷迷地看待谭波儿，像个施暴者一样看穿她的故事，但是读者也读到她的声音，并用她的声音来讲话。读者在头脑中听到谭波儿的叙述，与受害者一同申诉：**我出事了**。黛博拉·霍维茨（Deborah Horvitz）就这一见证发表了看法："叙述者的心情日益抑郁，认知越发颠倒，读者逐渐被安置于这样的心绪之中。"②。鉴于这种预估，透过阅读谭波儿的故事，读者应该分担她的创伤。

要承认，读者既是文本的亵渎者，又是折磨着主要角色的创伤事件的见证者。然而这两个定位与刚出现时并没有不同。例如两者都是侵入性的立场。通过深入探索受害人可能希望忘却的过往，精神病科医生帮助病人从痛苦记忆中康复。读者处于类似的位置：为了探明《圣殿》的悲剧，读者必须侵犯谭波儿的隐私。在见证中，读者以同样的方式深入受害者和文本。认真的读者可能不愿意与亵渎者的说法有关联，但是这种见证类型也代表了一种方式，读者可以使用这种方式去揭示小说的——**和受害者的**——真实情形。

此外，如果读者能忍受自己既亵渎文本，又见证文本所带来的不适，则可能会发现阅读体验的第三种要素：与受害者同分担的亲密。在治疗创伤病人的过程中，肖珊娜·费尔曼（Shoshana Felman）和杜里·劳伯（Dori Laub）证实，"要成为受害者不一定非要经历创伤"③。当

---

① Laura E. Tanner, *Intimate Violence: Reading Rape and Torture in Twentieth-Century Fiction*, Bloomington: Indiana UP, 1994, p. 18.

② Qtd. in Deborah M. Horvitz, *Literary Trauma: Sadism, Memory, and Sexual Violence in American Women's Fiction*, New York: SUNY UP, 2000, p. 22.

③ Shoshana Felman, and M. D. Dori Laub, *Testimony: Crises of Witnessing in Literature, Psychoanalysis, and History*, New York: Routledge, 1992, p. 57.

然，一个人可以分担另一个人的悲剧，并通过接纳讲述者的见证，使**自己成为受害者**。费尔曼澄清道，"要想感受与幸存者类似的伤痛，倾听他们的故事就足矣了"①；劳伯证实："开始了解到幸存者，人也就开始了解自己。"② 那么，在正视《圣殿》创伤的过程中，读者不只是施暴者，同时也是受害者。

读者最初是被动接受谭波儿觉醒过度阶段的受迫害心理的。浏览《圣殿》的封底，读者得知谭波儿将要被强暴。结果，每一次谭波儿惊慌失措，读者就与她一同恐慌。事实上，觉醒过度植根于叙事结构之中。福克纳写道："有样东西在（谭波儿）倚靠的墙的另一侧在活动。随着一阵干巴巴的嗒嗒声，它带着细碎的磕磕绊绊的声响穿过屋子。它走进过道，她……望着老人两腿分得很开的拖着脚步顺着过道朝后走。"③ 由于这段文字中每句话的主语是**有样东西**（something）或**它**，名词和代词所延迟的指示对象——老人直到这一情节末尾才被具体指明，读者由此进入了觉醒过度状态。伴随着逐渐加增的惊恐，读者每阅读一页，都说服自己这段文字最终将会描述强暴。每次谭波儿被"拯救"，读者都被暂时地安抚，**有样东西**，不是强奸这个女孩的罪犯，而仅仅是一个老人、动物或者朋友。

直到这段文字末了读者仍未得到安慰，不管怎样，由于读者不断期待强暴，之后这变为等待强暴，所以读者永远不会完全进入故事。相反，读者狂暴地撕碎小说的书页，期盼着，与谭波儿一起，既避免亲临现场，又来到现场——仅仅为了让不可避免的事情发生来将它摆脱。通过这一过程，读者的恐怖成倍加增；读者直接经历了受害者的恐惧。

---

① Shoshana Felman, and M. D. Dori Laub, *Testimony: Crises of Witnessing in Literature, Psychoanalysis, and History*, New York: Routledge, 1992, p. 57.

② Shoshana Felman, and M. D. Dori Laub, *Testimony: Crises of Witnessing in Literature, Psychoanalysis, and History*, New York: Routledge, 1992, p. 72.

③ 〔美〕威廉·福克纳：《圣殿》，陶洁译，上海：上海译文出版社 2010 年版，第 44 页。

受限和侵入也通过叙述声音所展现（由此进入读者的意念）。如坦纳所作的注解，关于谭波儿所受的强暴，福克纳给我们提供了至少六种不同的叙述——例如私刑暴民闲话它，审讯时谭波儿暗指它，地方检察官证明它的发生①——作者从没真正写到《圣殿》的强暴场景。② 就此可论，叙事者似乎也遭受着谭波儿的创伤后应激障碍，既不去直接地描述强暴（受限），又不去避免它持续不断的回归（侵入）。

在非线性的、循环编码侵入之后，《圣殿》的叙事如一份真实创伤记忆般被精心制作。片断的叙述次序颠倒，事件被循环重复（例如谭波儿在被强暴**前**作为受害者讲话）。小说的时间感要么是非同步的，要么是非时间的，谭波儿在小说末尾拜访卢森堡公园（Luxembourg Gardens）时，既没有年份也没有月份为她的新赛季来架构背景。因此，当阅读文本时，伴随读者的是遭受觉醒过度、限制和侵入的痛苦。在见证谭波儿的创伤时，读者本人成了受害者。

建立受害者和见证人**过于**紧密的联结并不是毫无问题的。多米尼克·拉卡普拉（Dominick LaCapra）警告说读者应"谨防在创伤的概念上外延过宽，"**真实的**幸存者的举止态度与听话者和观察者的举止态度存在"较大差异，"③ 费尔曼（Felman）作出了补充说明：听话者是"独立的人"，他经历了"属于自己的危险和挣扎"。④ 因此，当见证人的经历与受害者的经历重叠时，"他维持着自己独立的空间、位置和角度，这是军队在自己体内肆虐的战场，这也是他不得不注意和尊重之

---

① 〔美〕威廉·福克纳：《圣殿》，陶洁译，上海：上海译文出版社2010年版，第244页。
② Laura E. Tanner, *Intimate Violence: Reading Rape and Torture in Twentieth-Century Fiction*, Bloomington: Indiana UP, 1994, p. 18.
③ Dominick La Capra, *Writing History, Writing Trauma*, Baltimore: Johns Hopkins UP, 2001, p. 102.
④ Shoshana Felman, and M. D. Dori Laub, *Testimony: Crises of Witnessing in Literature, Psychoanalysis, and History*, New York: Routledge, 1992, p. 58.

处"①。然而，这份告诫并没有破坏见证人与谭波儿的关系，反而强调了读者的多面角色。尽管自己不是受害者——或施暴者，就此而言——读者仍与谭波儿联结，并在她的受害中同情着她。因此，在见证谭波儿的创伤时，读者，不管怎样自相矛盾，仍占据受害者和强暴者的双重位置。

事实上，这种阈限阶段指向谭波儿本人，在努力见证创伤过程中，她既充当受害者，又充当施暴者。例如，谭波儿对报复的渴望，有人将其解释为被侵犯的本能直接与她的受害联系在一起。按照赫尔曼的说法，侵入在受害者生活中显明的一条道路是全神贯注于复仇。② 考虑到谭波儿向霍拉斯吐露出阉割攻击者的幻想，所以，她既表现为受害者，又表现为施暴者。她叙述道：

"我要是有那个法国玩意儿就好了……那带子上面有些长尖钉，等到他发现已经太晚了，我会用尖钉来扎他。我会一直扎进去把他扎穿，我还会想象血会流到我的身上，我会说我想这对你是个教训！我看这下子你不会再来找我麻烦了吧！我会这么说的。我没想到情况会正好相反。"③

在此处，谭波儿仍无法讲出强暴的行为。她详细描述了自己的幻想，但当幻想变为描述她计划报复的**内容**时，一如她的性格，谭波儿闪烁其词。通过是她，而不是攻击者，被"扎"的暗示，谭波儿间接提到所受的强暴，但是她没再提供更多解释。作为施暴者，谭波儿详细叙述了她报仇的计划；作为受害者，她回溯到自己创伤的主题，但是避开期间的

---

① Shoshana Felman, and M. D. Dori Laub, *Testimony: Crises of Witnessing in Literature, Psychoanalysis, and History*, New York: Routledge, 1992, p. 58.
② Judith Herman, *Trauma and Recovery*, New York: Basic, 1997, p. 121.
③ 〔美〕威廉·福克纳：《圣殿》，陶洁译，上海：上海译文出版社 2010 年版，第 187 页。

详细情节。

谭波儿"蔓延的混乱"① 也指向她的双重身份。例如她对雷德（Red）貌似真实的渴望，反映了对俘获她的人某种病态的妄想。赫尔曼坚持认为在每一次创伤体验中都有谎言。② 此外，谭波儿，在受害者—施暴者力量动态倒置中，使用她的身体来惩罚强暴她的人，使他们互相竞争。谭波儿威胁金鱼眼："你会为此而后悔的……等我告诉了雷德。难道你不希望自己就是雷德吗？……难道你不希望自己也能干他能干的事情吗？难道你不希望看着我们干的人是他而不是你？"③ 通过挑战金鱼眼的男子气概，攻击他的性无能，谭波儿对强暴她的人发泄了精神上的报复。她甚至让她的俘获者激动到要谋杀雷德，这把她从他的热切关注中解脱出来。最终，谭波儿在对戈德温的审讯中显示了她的双重角色，通过作假见证，证明被告有罪，向其施暴时，她始终保持着自以为合理的受害者情结。这样做时，她无法避免地表现为受害者和污损者。

福克纳的故事原本漫无目的，最终，这种双重立场的完全展现似乎成了故事的目的。也许，最终，一部如《圣殿》般混乱的小说，阅读的要点——写作的目的——是要揭示出这个可怕的事实，即每个人都表现出受害者和施暴者的某种融合。有些人可能抗拒这种人物塑造，害怕这种把幸存者与攻击者结合在一起的做法侵犯了她的受害者情结。尽管如此，读者也不应忘记，无论如何现实地渲染，谭波儿也是一个虚构的角色，福克纳作为她的改编者，不只关注她的个体体验，而且关注**他的女主角所象征的部分**：我们的两面性和这两面经常无法保持一致的可怕现实。

福克纳宣布，这个时代的情绪可以被一个问题标明："我什么时候

---

① Robert Schmuhl, "The Dialectic of *Sanctuary*: The Last Laugh of Innocence", *Notes on Mississippi Writers* 6 (1964), p. 78.

② Judith Herman, *Trauma and Recovery*, New York: Basic, 1997, p. 22.

③ 〔美〕威廉·福克纳:《圣殿》，陶洁译，上海：上海译文出版社2010年版，第200页。

会爆炸?"① 正如这位获奖者所期待的破碎形体,个人的碎片式身份包含彼此重叠而互相矛盾的尖利碎片,它们互相撞击,形成一个整体。那么阅读《圣殿》的好处就在于,通过用受害者的声音来解读,同时,亵渎她的悲剧,读者可能会同时体验并战胜现今时代的创伤。

福克纳没有断言可以完全治愈他的读者们,但是他有帮助人类永存并取得胜利的诉求。因此,即使读者读过小说后,仅仅感受到**我出事了**,这种意识本身可能就具有变革能力。朱丽娅·克里斯蒂娃(Julia Kristeva)提出"作为一种连续质疑的"方法,文学起到了"秘密反抗"工具的作用。② 通过在小说中认识自己,朱丽娅·克里斯蒂娃坚持说,那个反射的幻象无论有多可怕,读者都进入一种"不断重生的状态",这使得读者能够解决自己陷入困难的驱动系统的问题。③ 如果在亵渎和占据谭波儿·德雷克的受害者情结时,读者见证了她的故事,且不论《圣殿》所激起的不适,用霍拉斯·班鲍和谭波儿·史蒂文斯两人的话讲,归根结底《圣殿》可能只是,"有一定的目的"。④⑤

---

① William Faulkner, "Upon Receiving the Nobel Prize for Literature, 1950", *Essays, Speeches, & Public Letters*, 1965, James B. Meriwether (ed.), New York: The Modern Library, 2004, p. 120.

② Julia Kristeva, *Intimate Revolt: The Powers and Limits of Psychoanalysis*, Jeanine Herman (Trans), New York: Columbia UP, 2002, p. 68.

③ Julia Kristeva, *Intimate Revolt: The Powers and Limits of Psychoanalysis*, Jeanine Herman (Trans), New York: Columbia UP, 2002, p. 233.

④ William Faulkner, *Sanctuary*, 1931, New York: Vintage, 1993, p. 292.

⑤ William Faulkner, *Requiem for a Nun*, 1951, New York: Vintage, 1975, p. 235.

从边缘到中心：杜威·德尔的实用主义还原
——《我弥留之际》中的女儿

〔美〕安吉莉·艾琳·欧莉芙* 著　　岳铁艳　译

评论界对威廉·福克纳《我弥留之际》的解读主要集中于本德仑家中深奥而神秘的女主人——艾迪，以及如同她般莫测的儿子——达尔，对家族中女儿——杜威·德尔（孕妇）或是无视，抑或将其视为偏离传统的女性。事实上，杜威·德尔这一角色常常通过其与母亲的关系或分歧的方式解读，相对母亲，艾迪，对世俗和女性的摒弃，她仅仅是"能生儿育女"的女人。此外，对比达尔的理智，杜威·德尔常被批判为卑鄙、性欲强的人物角色。因此，对杜威·德尔的价值观固然捆绑于母亲与兄长的价值观——她被建构成一个偶然性而非主要性的人物。例如：艾米·伍德（Amy Wood）认为，艾迪代表了女性对"社会、婚姻及宗教的终极反叛"[①]，而试图打胎但却以失败告终的杜威·德尔"深受女性身份的困扰，并像'一颗潮湿的种子，待在热烘烘

---

* 安吉莉·艾琳·欧莉芙（Angeline Irene Olliff）是美国洛杉矶西北部北岭市加州国立大学的一名研究生。本论文集收录的文章是她就读本科时写的论文。此后，以本文作为跳板，她进一步深入研究一些规范性及非规范性著作中所运用的诸多理论的社会及政治内涵解说。

① Amy Wood, "Feminine Rebellion and Mimicry in Faulkner's *As I Lay Dying*", *Faulkner Journal*, Vol. 9, No. 1–2, 1993, p. 99.

的闷死人的土地里,很不安分'①"②。因此,伍德认为她是一个被剥夺了选择权与行动权的女性代表,是一个完全扎根于母性存在并作为艾迪形象的对比才具有意义的存在。她解释说:"小说以杜威·德尔打胎失败,坐在自己家的马车上吃香蕉,尽显母性文化而告终。"③ 伍德暗示:如果女性挑战社会传统,那么就只能实现非典型女性身份。换句话说,她认为艾迪有权对杜威·德尔表面的被动进行反抗。通过摧毁人物形象以至于将其视为代表性人物的存在,伍德忽视了杜威·德尔这一人物的复杂性和动原性。

伊内克·布克汀(Ineke Bockting)在《〈我弥留之际〉的多重呼声》中论证了一个似乎丧失某种权利但又有所不同的杜威·德尔。与伍德不同的是,她没有将杜威·德尔理解为"女性文化的代表"以提升形象或剥夺其个性。布克汀认为杜威·德尔在不断寻求一种方式来填补内心的空虚;抚平"因结清账目而被送走"④ 所引起的孤寂感。从这一视角来看,对杜威·德尔的解读不再是单向的:她的所作所为是为了慰藉自己。布克汀指出,杜威·德尔借"性欲体验来寻求安慰"的方式在不断应对自身消极情感以及母亲艾迪无力的爱。她只能通过与家畜牛的沟通寻求她渴望的那种"亲密和重视"⑤。布克汀也指出:"杜威·德尔的母性行为是她的另一应对策略,通过这种行为,她能给予别人她自身缺

---

① 〔美〕威廉·福克纳:《我弥留之际》,李文俊译,上海:上海译文出版社2004年版,第53页。

② Amy Wood, "Feminine Rebellion and Mimicry in Faulkner's *As I Lay Dying*", *Faulkner Journal*, Vol. 9, No. 1–2, 1993, p. 111.

③ Amy Wood, "Feminine Rebellion and Mimicry in Faulkner's *As I Lay Dying*", *Faulkner Journal*, Vol. 9, No. 1–2, 1993, p. 111.

④ Ineke Bockting, *Character and Personality in the Novels of William Faulkner: A Study in Psycholinguistics*, New York: UP of America, 1995, p. 143.

⑤ Ineke Bockting, *Character and Personality in the Novels of William Faulkner: A Study in Psycholinguistics*, New York: UP of America, 1995, p. 124.

少的东西。"① 这两种应对机制——她的性需求和母性趋向,使她成为一个受动性的人物。如果她所有行为都源于她对宽慰的盲目渴求,那么她一定是作为周围环境的受害者而非主体出现。与伍德的观点相比,尽管杜威·德尔的动原性和目的性解读增强了人物的边缘感,但这一解读并未考虑到另一种可能:杜威·德尔·本德仑不仅被视为一个卑鄙、性欲强的人,又或是母性的抽象再现。

在重新解构像杜威·德尔这样极其边缘化的人物时,我认为应该摒弃类似这些缺失性的解读,主张用女性实用主义视角进行剖析。我会以此来说明不能把杜威·德尔看成过于简单化的人,而要把她当作是具有多重性别角色、努力生存着的务实主体,这是至关重要的。鉴于这种务实顺应性,我认为杜威·德尔的沉默并不预示先天的默从;家庭中,这种表面边缘化的处境绝非偶然;不能顺利打胎并非就意味着她的屈服。我会用女性实用主义视角解读杜威·德尔。她不是边缘化的存在,或是工具性人物,在她的自我世界中心,表现出一个积极、乐于参与并不断体验着的主体存在;最重要的是,她更多表现的是一个努力求生存的人。她同时扮演养育者和摧毁者的角色——既是妈妈,却又力图毁掉她的孩子——尤其表征了她的务实顺应性。在应对家庭和社会关系时,她明确并落实了一些可接受的做法,主要是维护继续作选择的能力。通过女性实用主义视角,我会阐明杜威·德尔不再限于一个简化、俗套了的女性身份,而是透过自身(内在)行为来塑造自我角色。因此,这一人物比之前想的更具活力。最后,我认为不要把杜威·德尔(Dewey Dell)与大地上带露水的山谷(dewy dells)(谐音)对应,而是要与语用学传承伟大思想家约翰·杜威(John Dewey)(谐音)看齐。

然而,在用女性实用主义分析杜威·德尔前,首先我们必须看看作为解放性话语的女性实用主义发展概况,粗略回顾实用主义自身的发

---

① Ineke Bockting, *Character and Personality in the Novels of William Faulkner: A Study in Psycholinguistics*, New York: UP of America, 1995, p. 124.

展。这一典型美国哲学基础以其彻底、鲜明地摆脱本体论而得名,重视理性而非经验,赞成对事件的调查研究,将理论付诸实践及认知自我身份。其理论根源可以追溯到 18 世纪晚期杰瑞米·边沁提出的功利主义和 19 世纪中期约翰·斯图亚特·米勒对功利主义的修正——两种理论确立了之前未提及的自我与群体间的利益关系。边沁预言了脱离笛卡尔形而上学思想的实用主义哲学。然而,功利主义理论强调"通过刻意避免痛苦而实现幸福最大化"① 这一经验性行为的重大意义。约翰·斯图亚特·米勒对功利主义进行了修正,认为幸福是"期盼的最终结果"而不是"自身的终结"。② 他的理论注重个人行为的情感基础及个人行为对社会产生的影响,因而,进一步发展了新型的对社会交往及个人经验的哲学性评价。这些理论为 19 世纪晚期 20 世纪初期美国实用主义代表人物查尔斯·桑德尔斯·皮尔士、威廉·詹姆斯、约翰·杜威提出相关理论提供了借鉴,这些理论尤其是实用主义认识论的重要组成部分。实用主义认识论中的自我是"按照感觉经验行事的,通过与其环境相互作用产生认知的"③。

美国实用主义正式始于查尔斯·桑德尔斯·皮尔士 1878 年发表的具有开创意义的文章——《如何使我们的观念清楚》,但直到 1907 年,威廉·詹姆斯《实用主义》一书的出版,实用主义才真正繁荣起来。在与约翰·斯图亚特·米勒合作的《实用主义》一书中,詹姆斯以皮尔士的理念为基础,指出经验及其"实际效果"能使我们认识自我,了解我们自身的想法。因此,"真理是我们经验的结果,而非我们一直在寻找

---

① Donald Sharpes, *Faulkner's Women: The Myth and the Muse*, Montreal: McGill-Queen's UP, 1977, p. 105.

② Donald Sharpes, *Faulkner's Women: The Myth and the Muse*, Montreal: McGill-Queen's UP, 1977, p. 109.

③ Donald Sharpes, *Faulkner's Women: The Myth and the Muse*, Montreal: McGill-Queen's UP, 1977, pp. 113 – 114.

的"。① 事实上,真理绝非固定的、普遍的,詹姆斯认为个体在活动和感知结果过程中是不断变化着的。接下来,约翰·杜威对教育改革的实验,以及对美国生活中工业化和城市化的恶劣效应研究终究证明了这一观点;他探索了一种实用主义教育方案,帮助个体通过从经验中获得真知的能力去改正社会恶俗,反过来,运用这一知识以富有成效、建设性的方式进一步作用于他们所处的社会环境。对于杜威来说,我们的行为,以及先前行为与经验和我们目前认识与视角的辩证关系意识才使我们充分了解自己,才能有效地改进社会恶俗。

尽管威廉·詹姆斯和约翰·杜威早期对美国实用主义的贡献是实用主义开创和得以接纳的重要基础,但近期学术领域对实用主义发展过程中其他显赫人物,以及运用实用主义原理的新方法进行了主要研究,以此表明实用主义的多样化根源及其在当代社会和哲学语篇中的关联性。实际上,随着第二波女性主义的兴起,既而妇女对社会、政治及经济平等进一步诉求,女性主义理论家也在下意识寻找重构性本质观念的新方法,以求废除女性受压迫的等级制度。女性话语已经意识到实用主义与女性主义是互利、互补的关系。到目前为止,两者对自我如何构成作出了变革,这也不足为奇。例如:罗莎琳德·罗森堡(Rosalind Rosenberg)于1982年出版的具有重大意义的作品,《超越各自领域:现代女性的智慧之源》,探讨了世纪之交那些接受过大学教育的女性的持续影响,她们摈弃了维多利亚时代的女性观,对社会科学发展作出了巨大贡献。具体来说,20世纪80年代及90年代初期,威尔玛·米兰达(Wilma Miranda)的教育研究主要修正杜威的教育理论,最为有效地解决了那些经常受美国教育制度忽视及打击的女孩和妇女的特定需求。

但是,直到20世纪90年代初期,诸如弗利·鲁尼(Phillis Rooney)、简·杜兰(Jane Duran)这样的女性主义理论家才开始把经典实用

---

① Donald Sharpes, *Faulkner's Women: The Myth and the Muse*, Montreal: McGill-Queen's UP, 1977, pp. 119–120.

主义理论在意识形态上与女性主义相关联，把它视作对女性生活经验现有解读进行修正的丰富来源。杜兰在 1993 年的"实用主义与女性主义的交叠"一文中断言早期实用主义者仅仅注意到了在构造身份和决策过程中评价与融入生活经验的重大意义，而女性主义理论认为之前对生活经验评价的忽视直接导致了"以男性为主"的思维模式。因此，实用主义理论为已确立的认识论进行具有社会意义的女性再解读奠定了基础。这种再解读强调"感觉经验"，因此可以用来评价女性的生活经验。[1] 此外，弗利·鲁尼在 1993 年的"女性实用主义修正"中解释到，实用主义对"理想主义、空想和普遍化"[2] 的反对也是女性主义思想的重要组成部分。她尤其借鉴了威廉·詹姆斯的"情感'传统角色'"理论，并利用他的观点"重新审视了情感与'女性'有史以来的融合和抵触"。[3] 鲁尼需要的是一个融入对情感、佯装和基于价值决策进行重新评价的实用女性主义理论。她特别指出，人的情感经验不应被看成是毫无目的的或是需要压抑的，相反，它确是构建人的身份与自我的重要组成部分。

沙琳·哈多克·齐格弗里德（Charlene Haddock Seigfried）1996 年出版的《实用主义与女性主义：重组社会结构》，即是目前女性实用主义语篇最高成果，又呼吁进一步研究。首先，她认为像艾拉·弗拉格·杨（Ella Flagg Young）、简·亚当斯（Jane Adams）这样的女性对早期实用主义理论的贡献表明：实用主义发展于大量思想家和一些积极活跃分子，而非少量（男性）大学学者。而且，实用主义女性渊源的发现表明尽管女性实用主义刚获其名，但它绝不是新生的概念。齐格弗里德在对实用主义和女性主义相互关联性分析中认为，实用主义能够是——也

---

[1] Jane Duran, "The Intersection of Pragmatism and Feminism", *Hypatia*, Vol. 8, No. 2, 1993, p. 161.

[2] Jane Duran, "The Intersection of Pragmatism and Feminism", *Hypatia*, Vol. 8, No. 2, 1993, p. 15.

[3] Phyllis Ronney, "Feminist-Pragmatist Revisionings of Reason, Knowledge, and Philosophy", *Hypatia*, Vol. 8, No. 2, 1993, p. 24.

已经是——重构女性社会思想和理论的宝贵方法。她重申：根据实用主义理论，"经验是有机体与环境相互关联……主体与客体双方作用于这一关联的过程"，"真理是在经验过程中确立的信念，因此是不可靠的，要经受进一步的修正"。① 这些实用主义主要原则对经验主义和逻辑实证主义认知论提出了质疑，因为它们将自我认知局限于孤立、可观察的经验之上。但经过女性主义视角修正，这些原则可用于迄今为止被排外、边缘化的身份解读中，这是传统实用主义未经研究的。因此，基于女性经验的辩证性和实用性视角，女性实用主义使得个体通过自身（内部）行为来构建自我，而非受制或局限于通过预期、实质的方式获得或认知身份。自我是通过自身选择构建起来的，更具体地说，自我是通过应对更大社交群体时不断内化并建立生活经验的能力来构建自我的。

在解读杜威·德尔的经验和意义时，读者不仅要把她的行为及其后果看成是源于沉闷、冲动或实质式的本性反应，也要看她这一人物怎样在一系列不断复杂的社会交往和社会观察中被塑造出来。经验和实验都是在一定"社会背景和情景语境中得以理解的"，而不是源于一系列孤立的个体和事件，进一步说，这种类型的实验是"实用性的，既改变了调查者本身，也改变了被调查的客体"。② 在《我弥留之际》中，并非像艾迪和达尔那样，杜威·德尔的大部分行为都捆绑于其他人物行动中——她不是独立于他们的存在，而是与他们密切关联——在与他人的交往中，通过扮演母亲角色、破坏者（堕胎）角色以及两者之间角色的交换，她的身份才得以辩证地转变和发展。正如齐格弗里德所说，"一个人为有效行事必定获得标签，同时为不受控于一个维度而获得自我动

---

① Charlene Haddock Seigfried, *Pragmatism and Feminism: Reweaving the Social Fabric*, Chicago: U. of Chicago P., 1996, pp. 6-7.
② Charlene Haddock Seigfried, *Pragmatism and Feminism: Reweaving the Social Fabric*, Chicago: U. of Chicago P., 1996, p. 57.

态感也要遗弃那些标签"①,杜威·德尔就是这样做的。她与其他人物的关系,尤其对他们的母性行为,并未预示着意外性或依赖性,却是真正使其得以持续发展。

本德仑家女主人死后,杜威·德尔通过扮演母亲以及养育者的角色将自己牢固树立于自我世界的中心;通过这一明显优势,她能敏锐地洞察并评价周围环境而获得经验。随着叙事的揭开,我们开始听到杜威·德尔的呼声,见证她如何内化自身的生活经验,如何打破局限,扮演不同角色以求生存而展现人物多变性。杜威·德尔的首次独白揭露了她不仅仅是作为母性的存在,因为她主要关心自己及其目标而非她的母亲和家庭;在为母亲扇风时,她全神贯注于自己的处境,猜想她的家人是否发现她与莱夫发生性关系并已怀孕的事实。此外,她的独白也表明杜威·德尔是一个能够积极融入家庭关系、洞察力极强的人物。在与别人交往中,杜威·德尔按实用主义观念行事,"人类在一定的社会环境中才能成长,因为我们彼此是相互关联的,我们无法不考虑他人行为而行事"②。因此,杜威·德尔对女性责任和家庭重任的被动接受也可以解读为她是在有意参与人际关系中,这种关系最终会影响并引领她的个人发展。

为评价他人之前的行为和习惯性动作对她的最终影响,她对他们进行了观察:她解释说"爹不可以出汗因为他有病怕送了命","朱厄尔是啥都不管的,他跟我们不亲,所以不操心","卡什只知道把一个个漫长、烦躁、愁闷、发黄的白天全都用在锯木头钉东西上面",最后,她"不认为达尔会发现,他人坐在晚餐桌前,眼睛却越过了饭菜和灯"。③

---

① Charlene Haddock Seigfried, *Pragmatism and Feminism: Reweaving the Social Fabric*, Chicago: U. of Chicago P., 1996, p. 9.

② Charlene Haddock Seigfried, *Pragmatism and Feminism: Reweaving the Social Fabric*, Chicago: U. of Chicago P., 1996, p. 92.

③〔美〕威廉·福克纳:《我弥留之际》,李文俊译,上海:上海译文出版社2004年版,第20页。

那么,她的父亲既懒惰又不独立,朱厄尔完全以自我为中心又极其独立,卡什沉浸于体力劳动和提高生产率的自我世界中,达尔则沉浸于自己的思绪中,因冥思的本性而完全孤立。反过来,这暗中表明了杜威·德尔的世界观和处世之道。她强烈意识到其他人的行为模式,她利用这种洞察力计划着自己的行动方案。当然,在解读他人的过程中(她对达尔对她的兴趣及洞察的误解①)绝非完美,她所有决策也并非获得满意的结果。然而,通过对他人的感知和关系而建立的联系使她在他们之间行事游刃有余而未被察觉,当她未获所期待的结果时,也并未有人注意到。

事实上,杜威·德尔通过讽刺性使用母亲这一角色来掩盖她不想做妈妈的自我保护欲。因此,在试图堕胎过程中,她能够协调为家人接受却不被抛弃的这种微妙局势。她完全扮演着兄弟们及父亲的养育者这一角色,以至于在小说的第一部分,她似乎是死去母亲的延续。因为,她的男性亲属皮博迪博士以及邻居科拉·塔尔都是这样认为的。当她弟弟朱厄尔窥探母亲病房时,他"可以看见那把扇子还有杜威·德尔的胳膊"②,当皮博迪顺便拜访艾迪时,他看见"那个姑娘站在床前,给她扇扇子"③。后来,她与瓦达曼、朱厄尔和卡什的关系一直通过她适度扮演母亲的角色来维系。然而,她这样做并不意味着她毫无目的——就好像她"进入"了本质角色。相反,因为她在整个叙事过程中不仅承担着一个角色,所以可以肯定地说,如若需要,她能把这一角色扮演到炉火纯青的境地。

洪水过后,卡什受伤,杜威·德尔随即成为卡什的护士:她"用裙

---

① 〔美〕威廉·福克纳:《我弥留之际》,李文俊译,上海:上海译文出版社2004年版,第20页。

② 〔美〕威廉·福克纳:《我弥留之际》,李文俊译,上海:上海译文出版社2004年版,第10页。

③ 〔美〕威廉·福克纳:《我弥留之际》,李文俊译,上海:上海译文出版社2004年版,第36页。

子边给他擦掉",将他的"脑袋放回到叠起来的外套上面,把他的头稍稍扭动一下以免他呕吐"。① 照料卡什的过程中,她展现出养育性的一面,同时随即压抑了自己的苦楚,但这并非是她绝对自私的结果。因为这很实用,所以她才这样做;因为在特定时间内,堕胎的目的并未达成,为保持已往的容颜,她必须承担适当的角色,所以她这么做了。杜威·德尔将自己置身于现实世界中,置身于具有照料及养育特性的女性世界中。并且,无论何时需要她都一直承担着某一角色。在朱厄尔跳入洪水取卡什的工具时,杜威·德尔甚至扮演起他母亲这一角色。她"突然"出现在男人们身后并尖叫,"你们让他回来","喂,朱厄尔!"② 她这一喊,让人想起了她的母亲,她这样做尽显了母性的权威——在内心深处考虑他人最大利益的母亲,一生中毫无畏惧引领着自己孩子们的母亲。

然而,这些蓄意的母性行为很快与此后明显的毁灭性、独立性行为形成对比。她带着背着她父亲藏下的十美元,亲自来到莫特森镇寻求堕胎"良药"。她对药剂师莫斯利直接诉求无果,因为她的请求是非道德的,她却并没有屈服或者无所作为,相反,通过以卡什护士的身份回到马车上保持安然无恙的姿态。杜威·德尔并不反对莫斯利的价值观,却从中得到教训,又重新调整了自己的计划。她并未像在莫特森镇那样,赤着脚、闷闷不乐地进入杰弗生镇,她决定聪明点,扮演一个不同的角色。她下了马车换了套衣服,回来时穿着"她星期天穿的好衣服,珠链、皮鞋、长袜,都一应俱全"③,她推测用穿着得体的女士礼服哄骗下一个药剂师来满足她的需求。此外,当父亲因她不听话而对其责骂时,

---

① 〔美〕威廉·福克纳:《我弥留之际》,李文俊译,上海:上海译文出版社2004年版,第140页。
② 〔美〕威廉·福克纳:《我弥留之际》,李文俊译,上海:上海译文出版社2004年版,第137页。
③ 〔美〕威廉·福克纳:《我弥留之际》,李文俊译,上海:上海译文出版社2004年版,第197页。

她"没有回答,也不看我们"①。她并没有被动地听从父亲的指令,从实用主义出发,她决定不对其解释,因为她知道她父亲会责骂她。因此,她利用母性行为来应对家庭关系,与此同时,她又要顺应并且独立应对堕胎这一大的社会环境。在处理与他人关系时,她绝非是一个扁平似的(单调的)或者本质主义这样的人物角色,她是那些不受严格角色、界限限制的少数人物之一。

年轻的药店员工说服杜威·德尔以性关系作为交换"良药"的筹码,堕胎的最后尝试也受到阻碍,大多数评论家把她的话"不会起作用的。那个坏小子"② 理解为一种妥协也不足为奇。例如,大卫·威廉姆斯(David Williams)争论道:一旦父亲拿走她的十美元,"杜威·德尔知道打胎就是不可能的了,必定马上妥协于生命的力量"③。但这也无法解释她仍隐瞒怀孕的事实。当父亲向她要钱时,她仅仅编了一些借口,哀求道:"爹,爹"④,但她从来没有打出最后一张亲情牌,毫无掩饰地祈求父亲的帮助,她也没有找他人帮她摆脱困境。她的努力一次次地失败,但因为她一直保守着秘密,读者不能认为她屈服了;她更愿重新评价约翰·杜威所指的"暂时结尾"⑤。并不像暗示最终结局那样的传统式"结尾"一般,这种暂时性收尾"还有待进一步发展,因此是不可靠的"。杜威·德尔关于怀孕的决定是仍可以改变的临时收尾:"因为已经选择了临时收尾,因此,我们可以从事一系列的活动,但我们当然没有

---

① 〔美〕威廉·福克纳:《我弥留之际》,李文俊译,上海:上海译文出版社 2004 年版,第 197 页。

② 〔美〕威廉·福克纳:《我弥留之际》,李文俊译,上海:上海译文出版社 2004 年版,第 218 页。

③ David Williams. *Faulkner's Women: The Myth and the Muse*. Montreal: McGill-Queen's UP, 1997, p. 97 – 126.

④ 〔美〕威廉·福克纳:《我弥留之际》,李文俊译,上海:上海译文出版社 2004 年版,第 221 页。

⑤ Israel Scheffler, *Four Pragmatists: A Critical Introduction to Pierce, James, Mead, and Dewey*, New York: Humanities, 1974, p. 230.

消除后续评价及调整计划的可能"①。杜威·德尔再一次通过向家人隐瞒怀孕的事实,来使她的选择性更为宽泛。她可能最终作出决定,屈服于不可避免地成为私生子的母亲,或者最终接近皮博迪博士,又或甚至去寻找一种更为野蛮、冒险的打胎方式,但是她绝不屈服于任何一种行为。约翰·杜威这样写道:"想象中试过的行为不是最终或宿命的。是可挽回的"②,如果杜威·德尔拼命大声说出她真正需要这笔钱的原因,她就不能收回她的行为,因此,就会努力诉诸另一种没有多少必要的调整空间的做法。杜威·德尔在面对父亲猛烈干预时表现出的镇定,并未表明她投降了,却辩证证实了她更倾向于坚定地体验生活和成长。与母亲及虔诚的基督徒邻居科拉·塔尔相比,杜威·德尔的经历和社交关系明显不同于她经常被捆绑的那些代表性旧框框。然而,艾迪和科拉表现出两种极端品质——一方面,对教条性原则的叛逆式直言不讳和公然否决;另一方面,对宗教教义的虔诚恪守——杜威·德尔坚持自己的想法,一直到最后也避免着与他人明显冲突,并利用他人极端行为更好地理解和应对自身处境。实用主义哲学家约翰·杜威告诫道:"无论何时……人类游走于墨守成规或遵从于一时兴起,顺从于那些可避免的恶行都该受到谴责"③,我们看到杜威·德尔却试图游走于两个极端,而科拉·塔尔和艾迪却无法超越两者。科拉·塔尔通过严格遵守流传下来的教义而循规蹈矩,因为这些教义只对人的意识形态起作用,并不反映她的实际体验。她"一直按上帝和正常人的标准,堂堂正正地做人,为了我信奉基督教的丈夫的荣誉和安康,也为了我信奉基督教的孩子们的爱

---

① Israel Scheffler, *Four Pragmatists: A Critical Introduction to Pierce, James, Mead, and Dewey*, New York: Humanities, 1974, p. 230.
② Israel Scheffler, *Four Pragmatists: A Critical Introduction to Pierce, James, Mead, and Dewey*, New York: Humanities, 1974, p. 218.
③ Israel Scheffler, *Four Pragmatists: A Critical Introduction to Pierce, James, Mead, and Dewey*, New York: Humanities, 1974, p. 195.

和自尊"①,她利用这些原则去评判、最终谴责他人。当艾迪说:"我每天的生活就是没完没了的认罪和赎罪",科拉断然挑衅她:"你是什么人呢,居然敢说什么是罪什么不是罪?判定何者为罪那是上帝他老人家的事;我们的责任是去赞美他的仁慈和他的生命好让世人都可以听见"②,然而就在她这么说之后,她不仅夺取了"上帝"的评判权,同时对艾迪的行为进行指责评判。她自己就给艾迪定了罪:"她犯下的唯一的罪就是偏爱那个不爱她的朱厄尔——这不是咎由自取吗?——却不喜欢那个上帝亲自施恩的达尔,我们凡人都觉得他有些古怪,而他却是真正爱她的。"③科拉对教义的崇拜把她限制于一个角色,一个感知体;她深受她的预断和意识观念的限制以至于她的行为和经历都被削弱。尽管艾迪生活在思索和怀疑的世界,践行着另一个极端,也不好于科拉。她这样评价科拉的"信仰":"对于罪仅仅是言辞问题的人来说,得救在他们看来也是只消用言语便可以获得的。"④,因此,她决定不会加入充满言语和诺言的虚无世界,而是最终要找到一种解脱。艾迪深受困扰——她屈服于失去声音的痛苦,认可只有死亡才会带来自由。科拉和艾迪通过或是循规蹈矩、或是完全打破传统的方式"顺从于可避免的恶行"⑤,杜威·德尔却将科拉·塔尔得体的、养育性女性观与艾迪对自由和独立的渴望融合。因此,她在不断经历着并以行动为导向确立自我认知感。她也通过生活经历和处理事务的经验,而非从孤立、不偏不倚或者观念性的视角来践行这种认知。每一次经验不是决定了她的角色而是铸就了她的品

---

① 〔美〕威廉·福克纳:《我弥留之际》,李文俊译,上海:上海译文出版社2004年版,第18页。
② 〔美〕威廉·福克纳:《我弥留之际》,李文俊译,上海:上海译文出版社2004年版,第143页。
③ 〔美〕威廉·福克纳:《我弥留之际》,李文俊译,上海:上海译文出版社2004年版,第144页。
④ 〔美〕威廉·福克纳:《我弥留之际》,李文俊译,上海:上海译文出版社2004年版,第252页。
⑤ Israel Scheffler, *Four Pragmatists: A Critical Introduction to Pierce, James, Mead, and Dewey*, New York: Humanities, 1974, p. 195.

格，每一次新的经历，她都会融入之前经历中获得的知识从而建构一个辩证的崭新身份。

整个叙事中，杜威·德尔与他人的关系中，最令人头疼而且对她务实性回归构成最大威胁的就是她的兄弟达尔。杜威·德尔因与达尔的不和谐关系致使她似乎偏离了务实顺应，这就是典型的例子，随着杜威·德尔对达尔的攻击而达到高潮。然而，在小说结尾她对他进行攻击时，她的行为仍有利于她的女性实用主义人物刻画。尤其是不仅要注意观察杜威·德尔都做了什么，而且要注意她都是什么时候做的。当她发现警察来逮捕达尔时，她"像只野猫似的朝达尔扑去，这样一来，两个家伙中的一个只得腾出手去拉她，不让她像只野猫似的对着达尔又是抓又是撕"①。她对达尔的厌恶及恐惧整篇都非常明显，那么为什么她要等到达尔被逮捕才去攻击他呢？她这样做可能是他对她已不再构成威胁了；她没有必要再压抑对他的小心谨慎和憎恨，因为他很快就不再出现在她的体验域。在这之前，杜威·德尔隐藏了她对达尔的情感，就连他们的兄弟卡什认为："要是让我说我们哥儿几个当中她最喜欢谁，我得说最喜欢的是达尔。"② 因此，不应该把她这种暴力性反应看成是违反了她的务实性，相反，这正体现并加强了她的务实性。只要达尔是自由的，是家庭的一份子，她认为惹怒或者攻击他都不明智，但是一旦明确他不再回到她的世界，她便可以安全释放她一直怀有的"恶意"。她一直保持镇静，直到她明确他已然不再构成威胁，不再是她作出反映的对象。她并不否定之前已经确立的可操作性经验和行为，最终表明她是一位在构建和经历自身生活的个体。

此外，经过日复一日（可能年复一年）的压制，杜威·德尔强烈、

---

① 〔美〕威廉·福克纳：《我弥留之际》，李文俊译，上海：上海译文出版社2004年版，第205页。
② 〔美〕威廉·福克纳：《我弥留之际》，李文俊译，上海：上海译文出版社2004年版，第205页。

自然的情感流露"表明从极其被动接受经历到主动利用经历的初始性突破"①。杜威·德尔并非一直担当特定的性别角色，她在尝试一种不同以往的实验性行为；她积极表达其强烈的情感，这样做的同时，表明她在不断辩证地成长。从更为宽泛的女性实用主义视角来看，对达尔进行暴力式、凶猛攻击的意义——抽象手法和理性主义的缩影——也可解读为打破迄今为止对女性思想不可调和性分歧的象征性尝试。通过运用心理分析理论解释家中男士脱离女性时产生的思想和情感，简·杜兰观察发现："突然脱离女性世界会引起脱离感和距离感，这是男性思想的特征，理论确实如此。"② 她辩解道，就因为这一点，"男性思想"也就成了升华式的科学思维和公平寓意，"女性思想"就与附属、具体（世俗的）经验以及共同和相互情感相关联。认为女性思想不科学、认识上无价值的性别贬低论导致人们对所有事物持有等级价值观，即"男性"比"女性"更具特权。因为杜威·德尔在小说大部分叙事中无可否认地体现了女性思想的这些特征，我们现在可以清楚为什么她经常被归为母性和世俗这一类，为什么评论家们能赞成在认识论上绝不把她看成被剥夺特权的女性。

菲利斯·鲁尼在对实用主义的女性评判中解释道："对理性、思想及知识的理解，尤其与作为'女性'所经历身体与精神上的苦难和诋毁紧密相联。"③ 达尔所具有以男性为主的男性品质最终被看作是动态、复杂的，显然杜威·德尔所担任的女性角色及被观察的视角经常使她被边缘化。因此，除了表明她追求务实性的耐心和与他人下意识建立关系以外，杜威·德尔最终的情感侵犯行为也展示了象征性的转变，她不再因

---

① Charlene Haddock Seigfried, *Pragmatism and Feminism: Reweaving the Social Fabric*, Chicago: U. of Chicago P., 1996, p. 169.

② JaneDuran, "The Intersection of Pragmatism and Feminism", *Hypatia*, Vol. 8, No. 2, 1993, p. 164.

③ Phyllis Ronney, "Feminist-Pragmatist Revisionings of Reason, Knowledge, and Philosophy", *Hypatia*, Vol. 8, No. 2, 1993, p. 20.

女性视角而被边缘化。相反，通过将自己的身体——已孕女性身体——投向表面看起来精神已经脱离肉体的兄弟时，她重新拾起自己被批判的边缘化力量——她的肉体、情感以及对世俗的依恋——并运用它来反抗最具代表性的"男性思想"人物。事实上，迄今为止，务实但又具有养育品行的杜威·德尔对兄弟身体上发自肺腑、激情昂扬的人身攻击是对男性将女性孤立、分离这一特权最为有效的挑战。

达尔、艾迪和杜威·德尔每人都试图协调他们扎根内心深处的挫败感及与外部现实的争斗。他们的主要区别在于，杜威·德尔具有应对内外世界、家庭及社会关系而生存的能力，艾迪和达尔没有这样做或者说没有做成功。小说结尾，艾迪不仅离世并被掩埋，而且也被取而代之，达尔以极端的方式摆脱现实和社交最终使他沦落到精神病院。相反，杜威·德尔高高坐在马车上，与其他几位兄弟吃着香蕉，大概在等待她下一步计划。她的结局，与艾迪和达尔不同，是非决定性的，她也并非屈服于任何外部力量，尤其是母性的力量。相反，最初的临时性收尾现在看只是一系列临时结尾的一部分，是一种开放式、尚未明确过程的一部分。因为她在不断以自己的方式协调自身经历充满危险、挫折、但最终充溢希望的世界。

评论家们经常推崇艾迪的反传统观和达尔善于分析和富有诗意的意识观。但是，舍夫勒解释道："一个人的幸福取决于……通过自身的行动对未来重新创造条件以处理当下紧急困难的能力。"[①] 他们不能适应周围环境，不愿参与现实，不会在特定社会环境中社交，因此，艾迪被埋葬，孤零零一人，甚至被遗忘，达尔被隔离、发疯，他们都无法弥补观念与经验、理论与现实的鸿沟。对杜威·德尔边缘化的批判来源——表面上看，她担当"大地之母"这一传统角色，这一名字的字面意是"露

---

① Israel Scheffler, Four Pragmatists: A Critical Introduction to Pierce, James, Mead, and Dewey, New York: Humanities, 1974, pp. 233–234.

水之谷"① ——正如我在这里展示的,也是她个体能动性以及成功应对自身环境的源泉。她能将顺应、潜意识的及交互式的自我融入到养育者及母亲这一既定角色中,这种复原能力赋予她巨大力量使其在叙事上远比她母亲和兄弟更具活力。或许我们的实用主义者杜威·德尔与实践主义哲学家约翰·杜威更具相同之处,她远非常被关联的"露水"② 这一自然景观。又或许,更恰当地说,她的名字预示着实用主义和女性主义的成功结合。在这种结合中,实用主义者打破了"'将理想、个人、角色以及服从强加到截然对立的一级'的二分法思维",为女性主义重新评价女性当下的生活体验奠定了基础。③

---

① Ineke Bockting. *Character and Personality in the Novels of William Faulkner: A Study in Psycholinguistics*, New York: UP of America, 1995, p. 124.

② 词汇 dew(露水)与人名 Dewy Dell(杜威·德尔)中 Dewy 谐音。

③ Charlene Haddock Seigfried, *Pragmatism and Feminism: Reweaving the Social Fabric*, Chicago: U. of Chicago P., 1996, p. 147.

托妮·莫里森《宠儿》和《恩惠》中的后殖民美学审视

〔中〕何文敬* 著　　王丽丽 译

> 我一直跪着。跪在尘土里，我的心将每日每夜地留在那里，尘土里，直到你明白我所知道并渴望告诉你的事：接受支配他人的权利是一件难事；强行夺取支配他人的权利是一件错事；把自我的支配权交给他人是一件邪恶的事。
>
> ——托妮·莫里森：《恩惠》①

一、引言

自 2008 年出版以来，《恩惠》一直被认为是托妮·莫里森最著名、被广泛讨论的《宠儿》的姊妹篇。实际上，两部小说都聚焦美国奴隶制问题，但是《恩惠》的故事背景发生在 17 世纪晚期，而《宠儿》的背景是在 19 世纪中期和晚期。这篇文章将托妮·莫里森归为后殖民作家，

---

* 何文敬，中国台湾逢甲大学教授，密西根大学博士，曾任台湾欧美研究所研究员。
① 〔美〕托妮·莫里森：《恩惠》，胡允桓译，海口：南海出版公司 2013 年版，第 184 页。

探讨作家如何运用后殖民艺术家的手法创作《宠儿》和《恩惠》。莫里森首先重新书写了历史人物玛格丽特·加纳的生活，又建构了17世纪美国奴隶制的起源。在文章中，我首先运用卡梅伦·麦卡锡（Cameron McCarthy）和格莱格·狄米崔亚迪斯（Greg Dimitriadis）强调的后殖民艺术的三种策略分析两部小说。莫里森首先采用反霸权表现手法富有想象地重构了《宠儿》的奴隶叙事，追溯了《恩惠》早期殖民地时期奴隶制的起源。莫里森采用的另一个后殖民策略是"双重赋码"（double coding），将反殖民的主题与有瑕疵的主体性联系起来。最后，正如后殖民象征与"阵地战"（引自斯图尔特·豪）的内在关联过程，《宠儿》和《恩惠》的结尾是开放性的，期待非裔美国人和其他受压迫的人的"一种明天"①。

自从2008年11月出版以来，《恩惠》广泛受到好评，学术界发掘出这个既丰富又有挑战性的文本的深层含义还有待时日。相反，在过去的二十年，众多莫里森的研究者们已经开始从后殖民主义的视角研究《宠儿》。萨塔·P. 莫翰提（Satya P. Mohanty）研究了《宠儿》中的后殖民身份和道德认识论，他认为："这些与个人经历、社会意义和文化身份密切相关。"② 在《殖民传统，多元文化的未来：他者的相对主义、客观性和挑战性》一文中，莫翰提也将《宠儿》解读为后殖民文本。在霍米·巴巴的《文化的定位》的介绍中，他简要从后殖民角度解读了《宠儿》。萨利·基南（Sally Keenan）认为莫里森的文本是全球化背景下对历史的重新书写，她将《宠儿》融入到普遍的后殖民语境中解读："《宠儿》在当代非裔美国作家作品中占有重要的位置，这些作品坚持审视美国的文化和历史，《宠儿》关注到了'内部殖民'

---

① 〔美〕托妮·莫里森：《宠儿》，潘岳、雷格译，北京：中国文学出版社1996年版，第326页。

② Satya P. Mohanty, "The Epistemic Status of Cultural Identity: On *Beloved* and the Postcolonial Condition", *Cultural Critique*, Spring, 1993, p. 42.

的过程。"①基南认为,美国历史的修正就是一个内部殖民的过程,也是"重构超越北美大陆普遍认同地理解过去"②的过程。最近,结合了格洛莉娅·安莎迪亚（Gloria E. Anzaldua）"女混血儿意识"的定义,霍米·巴巴"殖民主体"关系转换的定义及其殖民主体性是通过殖民依恋和刻板印象形成的见解后,玛丽·珍·索尔卢·伊略特（Mary Jane Suero Elliott）更着重强调商业话语是叙事中确定的后殖民范式。但是本文的论述重点在于莫里森在《恩惠》中如何运用后殖民写作方式追溯殖民时期美国蓄奴制的起源,在《宠儿》中如何建构美国奴隶时期和重建时期的历史。莫里森后殖民美学是由什么组成的？在论文主体部分,我会运用麦卡锡和狄米崔亚迪斯提出的后殖民艺术的三种理论探讨《宠儿》和《恩惠》中的颠覆式写作方式。

二、莫里森的反霸权式书写

在卡梅伦·麦卡锡和格莱格·狄米崔亚迪斯的文章《艺术与后殖民想象:第三世界美学和理论制度化的再思考》中,他们首先提出了当代艺术美学批评思想的三种话语传统,他们认为话语"否认了历史特色,消解了后殖民叙事的生产力和艺术实践及文化形式的传承性";③三大话语运动是反民粹、亲民粹及后现代批评主义。他们继续提出了"更有启

---

① Sally Keenan, "'Four Hundred Years of Silence': Myth, History, and Motherhood in Toni Morrison's *Beloved*", in Jonathan White (ed.), *Recasting the World: Writing after Colonialism*, Baltimore: Johns Hopkins University Press, 1993, p. 46.

② Sally Keenan, "'Four Hundred Years of Silence': Myth, History, and Motherhood in Toni Morrison's *Beloved*", in Jonathan White (ed.), *Recasting the World: Writing after Colonialism*, Baltimore: Johns Hopkins University Press, 1993, p. 46.

③ Cameron McCarthy and Greg Dimitriadis, "Art and the Postcolonial Imagination: Rethinking the Institutionalization of Third World Aesthetics and Theory", *ARIEL*, Vol. 31, No. 1 & 2, 2000, p. 231.

发意义的思想和重新理解后殖民艺术的基础"①。麦卡锡和狄米崔亚迪斯认为，后殖民艺术形式包括小说家、剧作家、画家、音乐家的作品，这些作品是破坏性殖民历史、强制性移民、非法监禁取消的产物。后殖民中的"后"不能理解为"此后"的时间标记，而是被边缘化的道德、政治和艺术形式与西方霸权争夺空间的文化标记。正如他们指出的，"后"最终具体化为殖民和后殖民历史的共同发声，而不是利己的分离主义和隔离主义。②但是后殖民艺术的特点是什么呢？麦卡锡和狄米崔亚迪斯强调了三个重要的主题和方向——反霸权书写，双重或三重赋码，解放或乌托邦视野。

根据麦卡锡和狄米崔亚迪斯的理论，在这一部分，我将探讨莫里森在《宠儿》和《恩惠》中运用的第一个后殖民美学策略。首先，什么是"反霸权书写"？麦卡锡和狄米崔亚迪斯认为，后殖民艺术强烈挑战了经典现实主义和真实社会中的西方固化的霸权式书写模式。

> 在这些现实主义和虚伪的模式中，话语层次保留了西方人的主体性……在这些霸权话语中，殖民/后殖民主体更容易受到弗朗茨·法农称作西方客体性"毒药"的伤害。后殖民艺术的反现实主义批评从哲学和表现手法上批评了西方统治形式的叙述主体。后殖民艺术家的文化形式中，第三世界的视野字面和隐喻层面都倾向于西化，观点呈现多角度、多方面、多层次特点。③

---

① Cameron McCarthy and Greg Dimitriadis, "Art and the Postcolonial Imagination: Rethinking the Institutionalization of Third World Aesthetics and Theory", *ARIEL*, Vol. 31, No. 1 & 2, 2000, p. 233.

② Cameron McCarthy and Greg Dimitriadis, "Art and the Postcolonial Imagination: Rethinking the Institutionalization of Third World Aesthetics and Theory", *ARIEL*, Vol. 31, No. 1 & 2, 2000, p. 233.

③ Cameron McCarthy and Greg Dimitriadis, "Art and the Postcolonial Imagination: Rethinking the Institutionalization of Third World Aesthetics and Theory", *ARIEL*, Vol. 31, No. 1 & 2, 2000, p. 234.

记住这一定义，我们分别细致解析莫里森的《宠儿》和《恩惠》中反霸权表现的主题。

《宠儿》文本复杂，融合了第三人称和第一人称叙事，叙事视角不仅在黑人叙事者之间转换，而且在不同种族叙事者之间转换。举以下几个例子为证。在第二部分的第一章中，读者通过两个叙事者的交替讲述使读者知道了发生在蓝石路 124 号的事。叙事从斯坦普·佩德（Stamp Paid）——小说中第二个男性叙事者——的全知全能视角转换到塞丝的视角。在这些第三人称的叙述中，出现了两次第一人称叙事，贯穿在塞丝的意识流中。塞丝的第一个内心独白出现在 183 页和 184 页中，"我什么都不必再记起了。我甚至不必解释。她会明白。"① 如果塞丝的第一个内心独白记录了她的白日梦，莫里森在她的第二个更长的内心独白中，展现了塞丝的心理活动，她的头脑"满脑子全是她能够忘记的事情"②，好像她在和宠儿对话："感谢上帝我什么都不用回忆不用说，因为你知道。全知道。……你记得我做的那些事，对吗？记得我找到这里以后，奶水足够所有孩子吃的，对吗？"③ 记录"124 号宅子里女人们的思绪，不能诉诸言语，也没有诉诸言语"④，莫里森在接下来的三个章节中分别展现了塞丝、丹芙和宠儿的意识流。接下来的一章（第二十三章）以宠儿的意识流开头，接着是三个声音杂糅一起叙述，就像多个声部在吟唱。

除了展现曾经为奴的人物视角，莫里森也展现了白人视角。《宠儿》的叙事中间有两个部分是不同声音讲述的。第十五章是以贝比·萨格斯

---

① 〔美〕托妮·莫里森：《宠儿》，潘岳、雷格译，北京：中国文学出版社 1996 年版，第 218 页。
② 〔美〕托妮·莫里森：《宠儿》，潘岳、雷格译，北京：中国文学出版社 1996 年版，第 228 页。
③ 〔美〕托妮·莫里森：《宠儿》，潘岳、雷格译，北京：中国文学出版社 1996 年版，第 229—237 页。
④ 〔美〕托妮·莫里森：《宠儿》，潘岳、雷格译，北京：中国文学出版社 1996 年版，第 238 页。

的视角讲述,她已经过世九年了,导致塞丝弑婴的事件通过西方人的视角讲述①。这一章开头一句是"四个骑马的人到来的时候……"② 小说的关键事件以白人视角讲述,使整个事件显得冷漠、孤独、疏离。这样的叙事方式使得公然的种族主义和白人对黑人生存困境的冷漠态度跃然纸上。事实上,白人认为塞丝的杀婴事件"他们全部目睹了以一点所谓自由来欺骗这帮人的恶果,这些家伙需要世上一切的监督和指导,才能避免他们自己更喜欢的,同类相残的生活"③。从白人种族主义者的视角来看待塞丝的杀婴事件正好是推进反废除主义者事业的鲜活例子。

从情节上看,莫里森熟练运用非洲或非裔美国的民间传统,颠覆批判西方的基督教《圣经》。最明显的例子是贝比·萨格斯在林中空地的布道。贝比·萨格斯不是教堂里正式的牧师,"她没有要求他们去洗刷他们的生命,也没有要求他们不得再有罪过。她没有告诉他们、他们是地球上的有福之人,与生俱来地温顺,或者永世流芳地纯洁"④。相反,她鼓励曾经为奴的黑人们学会爱自己的肉体,才能找到自己的价值。在黑人集体驱逐宠儿鬼魂时,莫里森再次把西方的基督教变成了独具非裔美国人特点的仪式:"开始时还没有语言。开始时只有声音,而她们全都听到过那种声音。"⑤⑥ 黑人妇女们的声音使塞丝想起了"林间空地",它"震撼了塞丝,她像受洗者接受洗礼那样颤抖起来"。⑦

---

① 莫里森的安排表明《宠儿》叙事的中心在于塞丝的杀婴事件。
② 〔美〕托妮·莫里森:《宠儿》,潘岳、雷格译,北京:中国文学出版社 1996 年版,第 177 页。
③ 〔美〕托妮·莫里森:《宠儿》,潘岳、雷格译,北京:中国文学出版社 1996 年版,第 180 页。
④ 〔美〕托妮·莫里森:《宠儿》,潘岳、雷格译,北京:中国文学出版社 1996 年版,第 104 页。
⑤ 〔美〕托妮·莫里森:《宠儿》,潘岳、雷格译,北京:中国文学出版社 1996 年版,第 309 页。
⑥ 很明显,这是《圣经》创造书写形式的颠覆:"从宇宙一开始就有声音,声音与神同在,声音就是神"(John 1: 1)。
⑦ 〔美〕托妮·莫里森:《宠儿》,潘岳、雷格译,北京:中国文学出版社 1996 年版,第 312 页。

同样，莫里森在她的最新一部小说也采用了"多角度、多方面、多视角"的叙事方式。事实上，在《恩惠》中，莫里森每章都转换第一人称和第三人称叙事。尽管《恩惠》中每章节既没有标题也没有序号，这与《宠儿》相同，十二章中一半可以标为一、三、五、七、九，第十一章是名字叫佛罗伦斯的十六岁主人公以第一人称说给没有名字的铁匠的话。最后一章是她妈妈的独白，她解释给女儿在她七岁或者八岁时让"黄头发的高个子男人"① 带走她的原因。剩下的五章偶数章节，以第三人称叙事，分别通过雅各布·伐尔克（Jacob Vaark，第二章）、莉娜（Lina，第四章）、丽贝卡（Rebekka，第六章）、"悲哀"（Sorrow，第八章）、威拉德·邦德（Willard Bond）和斯卡利（Scully）（第十章）的视角讲述。

事实上，《恩惠》的故事背景"设置在种族区分刚刚出现的美国历史早期"，② 小说中多声部的叙事既包括黑人和美国本土奴隶的叙事声音，还包括奴隶主和白人仆人的声音。莫里森在追溯殖民早期奴隶制的起源的同时，艺术地创作了弗吉尼亚弥尔顿农场的一个各种族生活在一起的大家庭的故事。1690 年 5 月，白人奴隶主雅各布·伐尔克尚未完成建造自己的大豪宅突然去世，不久他的邮购妻子丽贝卡又染上了天花。

莫里森在《恩惠》"开创了广泛的宗教和方言传统"③，融合了罗马天主教、犹太基督教《圣经》、非洲民间传说、美国土著文化等各种宗教传统。这本小说可以被看作是对"美国殖民历史的研究"④，小说中充满了宗教传统。雅各布·伐尔克来到马里兰，这里的天主教信仰震撼了他。如第三人称叙述者所讲述的："马里兰地区允许与外国市场互通有

---

① 〔美〕托妮·莫里森：《恩惠》，胡允桓译，海口：南海出版公司 2013 年版，第 180 页。
② Stephanie Li, *Toni Morrison: A Biography*, Greenwood, 2009, p. 115.
③ Cameron McCarthy and Greg Dimitriadis, "Art and the Postcolonial Imagination: Rethinking the Institutionalization of Third World Aesthetics and Theory", *ARIEL*, Vol. 31, No. 1 & 2, 2000, p. 238.
④ Stephanie Li, *Toni Morrison: A Biography*, Greenwood, 2009, p. 115.

无……这块领地完全为天主教所控制。"①雅各布记得济贫院儿童部启蒙读本中读到的词句:"要厌恶那彻头彻尾的娼妓罗马和她一切亵渎神明的言行/不要饮用她那遭诅咒的杯中的水/不要遵从她的教令"。②除了德奥尔特加朱伯里奥庄园信奉天主教,风景如伊甸园般美丽的弥尔顿农场附近的村庄也进行洗礼活动,而雅各布从长老会买到莉娜。长老会给这个土著女孩起名叫麦瑟琳娜,因为他们认为土著民都是邪恶野蛮的人,尽管这并不正确。但是以防万一,他们简称她为"莉娜","以示一丝希望"。③麦瑟琳娜与瓦莱瑞亚·麦瑟琳娜有关,她是罗马帝国皇后,克劳狄一世的第三个妻子。她是一位很有权力和影响力的女人,以"女色情狂"的形象闻名于世,因为谋反她的丈夫被发现而被处决。宗教,就丽贝卡从她母亲那里得来的体会,是"由某种奇妙的憎恶点燃并维持的一团火焰"④,除了简单提到第五王国派⑤,小说中白人男主人和女主人的名字也都蕴含《圣经》的典故。《圣经》中的雅各布(Jacob)是希伯来文化创始人之一,莫里森的雅各布却没能"在弗吉尼亚山上建造自己的一座城"。他的姓氏代表弗吉尼亚方舟,意味圣经中的诺亚方舟和新文明的建立。⑥在《旧约》中,丽贝卡是雅各和埃索的母亲,也是艾萨克的妻子,四个女性家长之一。

在后殖民作品中,"个体总是嵌入到集体命运中——混合或多重","个人的意愿和命运也总是与集体命运密切关联"。⑦《宠儿》第一部分

---

① 〔美〕托妮·莫里森:《恩惠》,胡允桓译,海口:南海出版公司2013年版,第13—14页。
② 〔美〕托妮·莫里森:《恩惠》,胡允桓译,海口:南海出版公司2013年版,第14页。
③ 〔美〕托妮·莫里森:《恩惠》,胡允桓译,海口:南海出版公司2013年版,第52页。
④ 〔美〕托妮·莫里森:《恩惠》,胡允桓译,海口:南海出版公司2013年版,第81页。
⑤ 〔美〕托妮·莫里森:《恩惠》,胡允桓译,海口:南海出版公司2013年版,第82页。
⑥ Tim Adams, "Return of the Visionary: A Review of Toni Morrison's *A Mercy*", *The Observer* (England), October 26, 2008, Book Review: 21.
⑦ Cameron McCarthy and Greg Dimitriadis, "Art and the Postcolonial Imagination: Rethinking the Institutionalization of Third World Aesthetics and Theory", *ARIEL*, Vol. 31, No. 1 & 2, 2000, p. 237.

中，保罗·D.坚持不懈地努力与塞丝和她仅存的女儿丹芙"创建新生活"就证明这一点。正如他所说：

> 塞丝，有我在这儿陪着你，陪着丹芙，你想去哪儿就去哪儿。你想跳就跳吧，我会接着你的，姑娘。我会在你摔倒之前就接住你。你在心里想走多远就走多远，我会握住你的脚脖子。保证你能再走出来。我不是为了能有个地方呆才这么说的。那是我最不需要的东西。我说了，我是个过路客，可是我已经朝这个方向走了七年了。在这一带转来转去。北边的州，南边的州，东边的，西边的；没有名字的地方我也去过，在哪儿都不久留。可是我到了这儿，坐在门廊上等着你，这时我才知道，我不是奔这个地方来的，是奔你。我们能创造一种生活，姑娘。一种生活。①

同样，《恩惠》中佛罗伦斯寻找铁匠的旅程既是为了自己也是为了她卧病在床的女主人，她的命运也与弥尔顿殖民农场的集体命运相连。莉娜和丽贝卡的担心都以意识流的形式表达出来："不要死，太太。不要。她本人、'悲哀'、一个新生儿，也许还有佛罗伦斯——三个无主的女人和一个婴儿远在这里，不属于任何人，因而会成为任何人都可以猎取的野物。""多久她才能回来，他会在那里吗，他会回来吗，某个游民会不会强奸她？"②

然而，殖民主义美学传统与此相反，作者"在美学作品中心展现独立自由的主体，在隐含阅读或者观看中展现连贯而完整的主体"，莫里森的集体和蕴藏在其中的灵魂特点突出，一方面很脆弱，偶尔很有凝聚

---

① 〔美〕托妮·莫里森：《宠儿》，潘岳、雷格译，北京：中国文学出版社1996年版，第55页。
② 〔美〕托妮·莫里森：《恩惠》，胡允桓译，海口：南海出版公司2013年版，第63、79页。

力,另一方面又很有活力。① 保罗·D. 允诺与塞丝和丹芙一起创建的新生活危害到自称"宠儿"鬼魂女人的存在,当他从斯坦普·佩德口中得知塞丝十八年前亲手杀死了自己的孩子后,他对新生活的梦想破灭了。同样,《恩惠》中如果没有弥尔顿农场多个心灵破碎又团结一心的人们的共同努力,如果没有自由人铁匠的聪明才智,雅各布·伐尔克建立的混合社区也会分崩离析。

三、莫里森的双重赋码策略

莫里森的《宠儿》和《恩惠》充满了后殖民想象,以独特的创作方式和意义建构为特点。我在前一部分讨论了这一点,在这一部分我将讨论后殖民美学主题的另一点——双重赋码策略。麦卡锡和狄米崔亚迪斯认为:

> 后殖民想象的艺术作品重新书写了现代性和现代化,二元对立逻辑试图解构西方帝国世界,创造了双重对立的用词"中心"和"周边","发达"和"落后","闻名"和"原始"。……然而,后殖民艺术的现代化故事是对立的故事,启蒙的观点总是被隐藏的残暴行为所掩盖。为了回应现代性的主流叙事,后殖民艺术采用双重或者三重赋码标记,这些标记如此深入地根深蒂固在主导生存法则中。②

---

① Cameron McCarthy and Greg Dimitriadis, "Art and the Postcolonial Imagination: Rethinking the Institutionalization of Third World Aesthetics and Theory", ARIEL, Vol. 31, No. 1 & 2, 2000, pp. 236, 238.

② Cameron McCarthy and Greg Dimitriadis, "Art and the Postcolonial Imagination: Rethinking the Institutionalization of Third World Aesthetics and Theory", ARIEL, Vol. 31, No. 1 & 2, 2000, pp. 234-235.

麦卡锡和狄米崔亚迪斯认为双重赋码是指后殖民艺术家在任何给定的作品中倾向于关联两个或多个领域的习惯用语,也就是威尔森·哈瑞斯所指的"相反的联姻"。后殖民艺术家因此引用或混合方言和标准语言、传统和现代、东方文化形象和西方文化形象、第一世界和第三世界、奴隶主和奴隶。①

《宠儿》中,莫里森倾向于融合黑人传统方言和经典标准语言、第三世界和第一世界、奴隶和奴隶主。通过出色地讲述奴隶制的种族和文化记忆,读者既接触到了西方幽灵鬼魂的传统又理解了其所蕴含的意义,也体验了"鲜活的"源于非洲的传统素材。《宠儿》中另一个双重赋码主题的例子是奴隶主和奴隶形象的混合。主体和他者的结合鲜明地体现在莫里森对具有讽刺意义的"甜蜜之家"庄园生活的描述,尤其是在"学校老师"和他的两个学生到来之后。事实上,莫里森对西方与非洲传统的双重赋码暴露了蓄奴制的敌对环境,因为非洲人被客体化为可买卖的商品。除了混合黑人英语和官方英语,莫里森在她的第五部小说中也暗示白人对黑人语言的压制,这些语言是塞丝的母亲和楠所使用的,她"说的是另一种不同的话。塞丝当时懂得,而现在却想不起来、不能重复的话"②。除了塞丝的已经失传的非洲母语,莫里森还向读者介绍了西克索放弃讲英语后使用的一种非洲语言。

在定义双重赋码策略时,麦卡锡和狄米崔亚迪斯区分了后现代批评家如查尔斯·詹克斯在定义后现代主义时使用的双重赋码概念。后现代主义者的"双重赋码"预示了个人主义和特立独行想象主导叙事的瓦解,后殖民的"双重赋码"则强调"集体的目标,集体的历史,集体的

---

① Cameron McCarthy and Greg Dimitriadis, "Art and the Postcolonial Imagination: Rethinking the Institutionalization of Third World Aesthetics and Theory", *ARIEL*, Vol. 31, No. 1 & 2, 2000, pp. 240 – 241.

② 〔美〕托妮·莫里森:《宠儿》,潘岳、雷格译,北京:中国文学出版社1996年版,第73页。

视野组成了后殖民艺术项目岌岌可危的中心问题"①。莫里森将《宠儿》献给"六千万甚至更多",引导读者关注蓄奴制的集体历史,关注奴隶贸易途中的大屠杀。在回答艾尔西·B. 华盛顿(Elsie B. Washington)关于她如何写《宠儿》护封文字的问题时,莫里森说:

> 我努力探索一个民族——这种情况下一个个体或者一小群个体——在个人层面如何完全理解和抗拒无法消化无法理解的信息(蓄奴制)。在时间长度和破坏力的本质及具体形式上,这些都史无前例。如果希特勒赢得了战争建立了他的千年帝国,从某种程度上,他会停止屠杀他周围令他生厌的人,因为他还需要免费的劳动力。那个帝国的前两百年就会和这个国家这个时期的黑人境况相同,就会和这一样。不是五年,不是十年,而是两百年或者更久。②

结合贝比·萨格斯的集体祷告和塞丝的逃亡,或者保罗·D. 在教堂内殿听到斯坦普·佩德讲述塞丝杀婴后的强烈反应,莫里森反复强调非裔美国人集体和邻里关系的重要性。在艾尔西·B. 华盛顿的采访中,她说:

> 小说中没有一个人,没有一个成年黑人通过自尊、自恋、自私可以幸存下来。他们不在乎集体感。他们从来想不到他们可以脱离集体。离开集体就无法生存,无论如何他们不会那样选择。在那个

---

① Cameron McCarthy and Greg Dimitriadis, "Art and the Postcolonial Imagination: Rethinking the Institutionalization of Third World Aesthetics and Theory", *ARIEL*, Vol. 31, No. 1 & 2, 2000, p. 241.

② Elsie B. Washington, "Talk with Toni Morrison", in Danille Taylor-Guthrie (ed.) *Conversations with Toni Morrison*, Jackson: University Press of Mississippi, 1994, p. 235.

年代，黑人真的愿意有其他黑人的陪伴。①

如果塞丝的逃亡展示了莫里森反对"个人主义和特立独行的想象"，那么艾拉组织的集体驱鬼则是莫里森强调非裔美国人共同为"集体目标"努力的例子。如果丹芙没有"至少她迈出了大门，寻找她所需要的帮助，而且想工作"②，这一切就不可能发生。

与《宠儿》相同，莫里森在《恩惠》中也采用了双重赋码手法，她将第一世界和第三世界、奴隶主和奴隶、黑人方言和经典英语融合一起。她富有想象地重建了殖民时期的美国历史，伐尔克、德奥尔特加和签约的白人仆人代表第一世界，佛罗伦斯、佛罗伦斯妈妈、贝斯、莉娜和"悲哀"代表第三世界。奴隶主和奴隶的紧张共存关系通过雅各布·伐尔克的做法一部分得以缓解，同时他也与朱伯里奥庄园的白人绅士德奥尔特加为伴。《恩惠》中另一个双重赋码的例子出现在最后一章，佛罗伦斯的妈妈讲述她和贝斯如何在安哥拉被抓捕，如何被白人和黑人强奸，如何被运到巴巴多斯，最后被德奥尔特加买来当作奴隶。像《宠儿》中的加纳先生，实施一种特殊的奴隶制，雅各布·伐尔克对待他的奴隶也更有人性。然而，他要建造像德奥尔特加那样的大豪宅的欲望使他堕落，尽管他宣称自己厌恶蓄奴制，但他还是榨取了巴巴多斯黑人奴隶劳动的血汗钱。他为自己的朗姆酒生意投资辩解，他想"确确实实，在朱伯里奥庄园黑奴的亲密无间和远在巴巴多斯的劳动力之间存在着一个深刻的差异"③，读者明白这差异只是受奴役程度不同。叙述者通过莉娜的视角讲述："砍死那么多树，而不经它们同意，他的努力当然会招来厄运。果然，宅子封顶竣工时，他病倒了，脑子里除了房子再

---

① Elsie B. Washington, "Talk with Toni Morrison", in Danille Taylor-Guthrie (ed.) *Conversations with Toni Morrison*, Jackson: University Press of Mississippi, 1994, p. 235.

② 〔美〕托妮·莫里森:《宠儿》，潘岳、雷格译，北京：中国文学出版社1996年版，第306页。

③ 〔美〕托妮·莫里森:《恩惠》，胡允桓译，海口：南海出版公司2013年版，第37页。

没有别的东西了"。①

《恩惠》中另一个双重视角混合的例子是莫里森如何展现莉娜在被雅各布·伐尔克从长老会买来后重塑自我,她在席卷土著村庄的天花传染病中幸存下来。有时,她在农场感觉孤独无聊,遭受极度痛苦后,母亲去世了,在这之前她教给莉娜一些东西,现在她决定将它们拼凑起来,以使自己变得强大。依靠记忆和自己的才智,她把被忽略的习俗胡乱攒集在一起,把欧洲医术和本族医术、把经文和口头传说相结合,回想起或创造出蕴含于事物当中的意义。换言之,就是找到一种在这个世界上存在的方式。②

在《黑暗中游戏:白人性和文学想象》一书中,莫里森反思美国的建立,她检视了新世界的矛盾特点:它所宣扬的自由和民主和实际存在的不自由相矛盾。使用"非洲主义"术语为了指出"非洲民族蕴含的黑人性的外延和内涵,和以欧洲为中心的对这个民族研究的整个观点、假设、解读和误读"。莫里森号召人们仔细审视文学"黑人性"从而发现"文学白化的本质和深层原因"。③ 通过刻画一系列背景和社会地位不同的被奴役女性形象,莫里森强调黑人性与束缚和基于宗教的邪恶观念密切相连。佛罗伦斯在寡妇伊玲家的经历明显地再现了这一点。

麦卡锡和狄米崔亚迪斯认为"被殖民者和殖民者主体融为一体是威尔斯·哈瑞斯《孔雀的宫殿》的中心"④,这种融合在莫里森的《宠儿》和《恩惠》中也显而易见。如果伊恩·麦克莱恩和戈登·贝内特

---

① 〔美〕托妮·莫里森:《恩惠》,胡允桓译,海口:南海出版公司2013年版,第48页。
② 〔美〕托妮·莫里森:《恩惠》,胡允桓译,海口:南海出版公司2013年版,第53页。
③ Toni Morrison, *Playing in the Dark: Whiteness and the Literary Imagination*, Cambridge and London: Harvard University Press, 1992, pp. 6 - 7, 9.
④ Cameron McCarthy and Greg Dimitriadis, "Art and the Postcolonial Imagination: Rethinking the Institutionalization of Third World Aesthetics and Theory", *ARIEL*, Vol. 31, No. 1 & 2, 2000, pp. 244 - 245.

的观点"在自己的家中感到无家可归是后殖民时期的普遍状况"① 是真实的,那么所有的奴隶在具有讽刺意味命名的肯塔基"甜蜜之家"庄园、弗吉尼亚的弥尔顿农场和马里兰的朱伯里奥庄园都有强烈的无家可归感。

四、莫里森的解放憧憬

后殖民想象的第三个也是最后一个主题是艺术与解放憧憬的关系。麦卡锡和狄米崔亚迪斯指出后殖民艺术家的作品:

> 预示了批判反思和思考的模式,这些是解放实践的关键要素,解放实践是指艺术家用沃尔特·本杰明所谓的"忧郁"冷静地回顾他或者她自己的传统。怀疑态度与努力憧憬的社区感有关,在这个社区中每个成员的标准都一样,具有遗传特点或者政治平台中的成员并没有优先权。②

如麦卡锡和狄米崔亚迪斯的观点,如果后殖民艺术探讨的是 C. L. R. 詹姆斯在《美国文明》中倡导的"为快乐而奋斗",那么莫里森的《宠儿》展现的是塞丝、保罗·D.、丹芙及其他黑人为"创造新生活"痛苦的挣扎之路,从枯燥的经历中寻求一丝可能。他们的抗争之路注定是痛苦的,作为后殖民艺术家的莫里森意识到"斗争绝不简单,胜利绝非

---

① Cameron McCarthy and Greg Dimitriadis, "Art and the Postcolonial Imagination: Rethinking the Institutionalization of Third World Aesthetics and Theory", *ARIEL*, Vol. 31, No. 1 & 2, 2000, pp. 241 – 242.

② Cameron McCarthy and Greg Dimitriadis, "Art and the Postcolonial Imagination: Rethinking the Institutionalization of Third World Aesthetics and Theory", *ARIEL*, Vol. 31, No. 1 & 2, 2000, p. 235.

唾手可得"。①

在某种意义上,《宠儿》是关于塞丝和保罗·D. 以共同疗伤的方式回忆过去。对于塞丝和保罗·D. 来说,挣扎就是面对和接受他们各自的过去。然而塞丝的过去就是宠儿的化身,生锈的烟盒象征保罗·D. 的过去。对丹芙而言,她的抗争既包括努力理解塞丝逃离毫无人性的蓄奴制的痛苦经历,也包括她自己逃离与世隔绝的蓝石路 124 号。莫里森写道:"虽然她(宠儿)有所要求,但是没有人要求她。"② 然而当小说最后一个词宠儿出现时,塞丝已经学会把宠儿的灵魂不仅从外面的世界而且从她的内心、她的头脑中彻底清除。③

再次回到蓝石路 124 号以后,保罗·D. 同情也理解了女性既是奴隶又是母亲的痛苦。在这一刻,他发现通过与神秘而让人难以抗拒的宠儿精神上或肉体上的结合,他重建了与非洲起源的联系。叙事者说,宠儿是奴隶贸易航程的鲜活象征,与宠儿结合,保罗·D. "心怀感激,因为他又被护送到了他曾经身属的海洋深处"④。在《宠儿》的结尾,保罗·D. 将塞丝视为"精神上的朋友",这本来是西克索用来描述他对"三十哩女人"的感觉的词语,因为"是她把我捏拢的,老弟。我是一堆碎片,她把它们用完全正确的次序捏拢了,又还给我"⑤。正如"三十哩女人"捏拢了西克索的碎片又还给了他,塞丝告诉保罗·D. 她要逃

---

① Cameron McCarthy and Greg Dimitriadis, "Art and the Postcolonial Imagination: Rethinking the Institutionalization of Third World Aesthetics and Theory", *ARIEL*, Vol. 31, No. 1 & 2, 2000, pp. 246, 248.

② 〔美〕托妮·莫里森:《宠儿》,潘岳、雷格译,北京:中国文学出版社 1996 年版,第 328 页。

③ Sharon P. Holland and Michael Awkward, "Marginality and Community in *Beloved*", in Nellie Y. McKay and Kathryn Earle (eds.), *Approaches to Teaching the Novels of Toni Morrison*, New York: MLA, 1997, p. 55.

④ 〔美〕托妮·莫里森:《宠儿》,潘岳、雷格译,北京:中国文学出版社 1996 年版,第 315 页。

⑤ 〔美〕托妮·莫里森:《宠儿》,潘岳、雷格译,北京:中国文学出版社 1996 年版,第 326 页。

走,但不看他脖子上的饰物,以此保证他的男子气概不被破坏。想到这些,保罗·D. 决定把自己的故事同她的放在一起。"塞丝,"他说道,"我和你,我们拥有的昨天比谁都多。我们需要一种明天。"① 保罗·D. 的爱会治愈塞丝的创伤,使她不必重蹈覆辙,摆脱贝比·萨格斯的命运,将她的碎片重新捏合在一起。最后,保罗·D. 抚摸着塞丝的脸颊,低声对她说:"你自己才是最宝贵的,塞丝。你才是呢。"②

除了保罗·D. 的成长,在小说的结尾,丹芙也长大成人,变成一个善良的年轻女人。但是丹芙成长也是缓慢而痛苦的。如同保罗·D. 的成长过程,她的蜕变也是一个"批判性反思和思考"的过程,也是"解放实践"的一个要素。③ 随着保罗·D. 和宠儿先后来到124号,丹芙发现她不能像过去一样独占而是要与他们分享塞丝的关爱。因为她喝塞丝奶水时尝到了她姐姐的鲜血,当她看到自称为宠儿的女人时,出于本能,她认出这就是她死去的姐姐的化身。为了取悦宠儿,她回忆自己在船上出生的故事,同时她感同身受地理解了十八年前母亲分娩的痛苦。叙事者说:"此刻丹芙看到了,也感受到了——借助宠儿。感受到她妈妈当时的真实感受。看到当时的真实景象。"④ 直到宠儿彻底将保罗·D. 赶出124号并且开始报复折磨塞丝,丹芙才开始走出124号。丹芙通过与琼斯女士、内尔森·洛德、简妮·威根的交流,宠儿的讲述实际上帮助读者"具体化了社区感",在这个集体中丹芙学会如何成为一名有价值的成员。像丹芙出生的河岸上的蓝羊齿的孢子一样,这个善良的年轻女

---

① 〔美〕托妮·莫里森:《宠儿》,潘岳、雷格译,北京:中国文学出版社1996年版,第326页。
② 〔美〕托妮·莫里森:《宠儿》,潘岳、雷格译,北京:中国文学出版社1996年版,第326页。
③ Cameron McCarthy and Greg Dimitriadis, "Art and the Postcolonial Imagination: Rethinking the Institutionalization of Third World Aesthetics and Theory", *ARIEL*, Vol. 31, No. 1 & 2, 2000, pp. 235.
④ 〔美〕托妮·莫里森:《宠儿》,潘岳、雷格译,北京:中国文学出版社1996年版,第92页。

人成了"正在沉睡的整整一代对未来充满信心的种子"。①

《恩惠》讲述了北美大陆 17 世纪的殖民历史,它包含麦卡锡和狄米崔亚迪斯定义的"解放和乌托邦憧憬"。麦卡锡和狄米崔亚迪斯认为,后殖民艺术家经常"将艺术形式中的劝说技巧与第三世界人民争取幸福生活联系起来",他们刻画被殖民者的抗争是为了"从日常生活中获得一丝可能,一线希望,刺激卡利班式的当代社会文化的再调整"。② 与《宠儿》一样,《恩惠》的结尾也充满悬念,因为读者不知道佛罗伦斯真放火烧了房子还是她和"悲哀"一起逃离了弥尔顿农场,因为当时弥尔顿农场已经由身体恢复但是更苛刻的女主人管理。除了这些悬念,2008 年出版的这部小说结尾也给被殖民者一丝希望,包括两个穷苦的白人。

雅各布·伐尔克因感染天花去世两周以后,农场的两个契约白人劳工威拉德·邦德和斯卡利回来帮忙整修农场。现在女主人变成了宗教忏悔者,开始给他们发工钱,这些钱明显改变了他们对待工作的态度。文中写道:"她给的那些先令是他们获得的第一笔钱,这将他们的劳动从职责提升到奉献,从怜悯提升到利益。"③ 斯卡利将这些钱存起来,攒起来,他希望用这些钱能实现他买一匹马的梦想。在这章的结尾,叙事者表达了同性恋者的可能性:"或许他们的工钱没有那个铁匠的多,但对斯卡利和邦德先生而言,那已经足够他们去设想一个未来了。"④

威拉德和斯卡利,而不是"悲哀"想象出的朋友"双胞"帮助她顺利生下一个小女孩,这之后,"悲哀"也发生了改变。叙事者说,

---

① 〔美〕托妮·莫里森:《宠儿》,潘岳、雷格译,北京:中国文学出版社 1996 年版,第 100 页。

② Cameron McCarthy and Greg Dimitriadis, "Art and the Postcolonial Imagination: Rethinking the Institutionalization of Third World Aesthetics and Theory", *ARIEL*, Vol. 31, No. 1 & 2, 2000, p. 246.

③ 〔美〕托妮·莫里森:《恩惠》,胡允桓译,海口:南海出版公司 2013 年版,第 158 页。

④ 〔美〕托妮·莫里森:《恩惠》,胡允桓译,海口:南海出版公司 2013 年版,第 171 页。

尽管一生中总是被男人——船长、锯木工的两个儿子、老爷，如今则是威拉德和斯卡利——拯救，但她自信她这次独自完成了一件事，一件重要的事。由于专注于女儿，她几乎没注意到"双胞"不在。她当即就知道了该给她起什么名字。该给自己起什么名字。①

如今"悲哀"的地位发生了变化，母亲是她的新角色，"悲哀"决定不再彷徨。威拉德和斯卡利也认为"她不再那么稀里糊涂，应付日常杂务的能力也提高了"。② 第八章接近结尾的地方，叙事者评价了"悲哀"做了新妈妈后的转变，她的第一个孩子被莉娜淹死了，

"双胞"走了，无影无踪，唯一认识她的那个人对她没有丝毫留恋。"悲哀"也停止了游荡。如今她开始料理日常杂务，一切围绕着宝宝的需要来安排，对别人的抱怨一概充耳不闻。她曾凝视过女儿的眼睛，在那里面看到当一艘船在大风里航行时，冬季大海上闪烁的那种灰白色的光。"我是你的妈妈，"她说，"我的名字叫完整。"③

除了"悲哀"把自己的名字改成"完整"，佛罗伦斯在她艰难而漫长的路程之后也有显著的进步。佛罗伦斯的成长从她与铁匠分手和后来返回弥尔顿农场的路途中就可以看出来，这一次，她没有穿鞋。佛罗伦斯的生母让好心的雅各布·伐尔克带走她，她来到农场后，雅各布·伐尔克买来的土著人莉娜就充当了她的母亲角色，她无法忍受光脚，在她

---

① 〔美〕托妮·莫里森：《恩惠》，胡允桓译，海口：南海出版公司2013年版，第148页。
② 〔美〕托妮·莫里森：《恩惠》，胡允桓译，海口：南海出版公司2013年版，第160页。
③ 〔美〕托妮·莫里森：《恩惠》，胡允桓译，海口：南海出版公司2013年版，第148页。

的路程刚刚开始时,莉娜说她的脚:"没有用处,面对生活永远都太过娇嫩,而无法拥有一双生活所需要的、比皮革还要结实的脚底板"。① 脚底板(sole)这个词显然是灵魂(soul)的双关语,意味着在小说结尾佛罗伦斯的脚底板像"柏树一样坚硬"②,这象征她感情和精神的成长。在凯文·南希的访谈中,莫里森说,

> 她对佛罗伦斯有特殊的情感……她学到了一种艰难的方式,即爱情也无法代替独立思考。"她变得狂野,坚韧不拔,决心保护自己……这个女孩变得有点坏,自私小气,但是也许只有这样她才能生存下来。"③

佛罗伦斯的成长还可以从她称呼铁匠的方式中看出来。

佛罗伦斯在死去的主人放弃了的还未建好的大宅中用钉子在墙上刻字,她不仅在抒发失去铁匠和母亲的痛苦,也是在"获得自我",之前铁匠在回应她的愿望时就劝告过她(她对铁匠说"只有你拥有我")。④ 在刻字完成之后,佛罗伦斯发出一系列命令,这一次她不再谦卑地称呼铁匠为"你",在此之前,书中其他部分她都这样称呼铁匠。

正如塞丝宁可亲手杀死自己两岁的宠儿也不愿意让她再次沦为奴隶,佛罗伦斯的母亲让"长着黄头发的高个男人"带走自己八岁的女儿是希望她能过上更好的生活,因为她看出德奥尔特加和雅各布·伐尔克

---

① 〔美〕托妮·莫里森:《恩惠》,胡允桓译,海口:南海出版公司2013年版,第2页。
② 〔美〕托妮·莫里森:《恩惠》,胡允桓译,海口:南海出版公司2013年版,第177页。
③ Kevin Nance, "The Spirit and the Strength", *Poets and Writers Magazine*, Vol. 36, No. 6, 2008, p. 54.
④ 〔美〕托妮·莫里森:《恩惠》,胡允桓译,海口:南海出版公司2013年版,第156页。

本质上的区别,"他的心里没有野兽"。① 雅各布的来访给佛罗伦斯的母亲提供一次解救女儿免于遭受她所经历的痛苦生活的机会。如佛罗伦斯母亲所说:"完全没有保护。在这种地方做女人,就是做一个永远长不上的裸露伤口。即使结了疤,底下也永远生着脓。"②因此,当她听到主人和雅各布说话时,她故意拉着佛罗伦斯和她的弟弟站在他们跟前。佛罗伦斯对雅各布·伐尔克的整体印象呼应了阿尔伯特·麦米在《殖民者与受殖者》中一开头写到的:"我们有时喜欢把殖民者描绘成高大的人……他是一个高贵的探险者,正直的先驱者形象。"③

五、结论

总之,我选择《宠儿》和《恩惠》作为文本,将托妮·莫里森放置在卡梅伦·麦卡锡和格莱格·狄米崔亚迪斯定义的"后殖民"小说家的位置上。在《艺术与后殖民想象》中,麦卡锡和狄米崔亚迪斯凝练了后殖民艺术的三个重要主题和方向:也就是反霸权书写,双重或三重赋码,解放或乌托邦视野。莫里森在《宠儿》和《恩惠》中的反霸权书写包括多种族交叉的观点,第一人称和第三人称叙事的混合。在《宠儿》的主要情节上,莫里森用非洲或非裔美国传统来颠覆基督教《圣经》,《恩惠》中土著人的传统摆脱基督《圣经》的约束。莫里森融合西方和本土传统、第一世界和第三世界、奴隶主和奴隶的叙事方式揭露了文化霸权导致的不安定环境。《宠儿》和《恩惠》的混合式叙事暴露了美国

---

① 〔美〕托妮·莫里森:《恩惠》,胡允桓译,海口:南海出版公司 2013 年版,第 180 页。
② 〔美〕托妮·莫里森:《恩惠》,胡允桓译,海口:南海出版公司 2013 年版,第 180 页。
③ Albert Memmi, *The Colonizer and the Colonized*, Translated by Howard Greenfeld. Exp. ed., 1965, London: Earthscan, 2003.

蓄奴制历史真实的罪恶，也揭露了欧洲移民对土著人和黑人的残忍。最后，《宠儿》的解放视野首先体现在塞丝将宠儿鬼魂对她心灵的困扰彻底从头脑中清除，第二体现在保罗·D. 的思想成长最后回到124号，第三体现在丹芙理想地成长为一个善良年轻的女人。实际上，《宠儿》中源自罗马的卷首语也预示着这部小说的解放主题。同样，《恩惠》的结尾也蕴含被殖民者解放的"可能性"，包括两个签约的白人奴仆。事实上，小说的题目本身就有解放视野的含义，因为佛罗伦斯的妈妈祈求雅各布·伐尔克带走自己的女儿来抵还主人欠他的债务，她也是出于保护佛罗伦斯免受德奥尔特加和他两个儿子的性虐待。

托妮·莫里森在中国的批评与接受

〔中〕杨金才* 著　　王丽丽 译

20世纪80年代，中国开始向西方寻求灵感，学者们首次尝试介绍托妮·莫里森到中国。20世纪70年代末期至80年代初期，中国学者开始兴起研究西方文学的广泛兴趣，美国作家在中国尤其受到重视。例如，1978年中国社会科学院外国文学研究所的董衡巽和他的同事们编著了《美国文学简史》[①]，在这本书中，他们简要介绍了纳撒尼尔·霍桑、赫尔曼·梅尔维尔、埃德加·爱伦·坡、西奥多·德莱赛、杰克·伦敦以及其他几位美国作家。大量的西方现代主义文学被翻译成中文，这使得当时的中国知识分子品味到西方文学的芬芳。在这一背景下，湮没近十年的文学研究在中国迅速复苏。

中国文学研究者们将世界闻名的美国作家的出现看作刚刚兴起的中国文学界典范。他们介绍美国作家，撰写美国作家的评论，引发了美国文学翻译的热潮。在众多学者中，董衡巽、朱虹、李文军、陶洁为美国文学在中国研究作出特别重要的贡献。20世纪80年代，中国学者就已从不同角度研究了很多美国现当代作家如欧内斯特·海明威、威廉·福克纳、尤金·奥尼尔、约瑟夫·海勒、诺曼·梅勒、约翰·厄普代克。

---

* 杨金才，南京大学教授，外国文学研究所所长。擅长19世纪美国作家研究，著有多部学术著作。
① 董衡巽等：《美国文学简史》第一卷，北京：人民文学出版社1978年版。

但是，毋庸置疑，中国学者对托妮·莫里森的研究始于那个时刻。1981年，董鼎山先生在中国主要刊物《读书》上发表了他的文章《美国黑人作家的出版近况》，他简要介绍了莫里森的三部小说《秀拉》(1980)、《柏油孩子》(1981)、《所罗门之歌》(1977)，莫里森的名字首次出现在中国学界。

五年之后，董鼎山发表了一篇更具学术性的文章《美国黑人女作家的双层桎梏》，在此文中他更详细解读了《最蓝的眼睛》(1970)、《所罗门之歌》和《秀拉》，肯定莫里森小说中充满了大量黑人叙述。董鼎山认为莫里森成功展现了在黑人男性和白人双重压迫下黑人女性的焦虑。在莫里森的小说中，黑人女性的生存状态通常受到社会、种族、心理情感的限制。他得出结论："要研究莫里森的作品，不仅要考虑美国黑人女性的生活经历和生存环境，也要考虑她们的性别和性状态。"① 董鼎山观察到黑人女性扭曲的性状态，奴隶制对黑人男性和黑人女性个体的消极影响。值得一提的是他的研究很深刻，堪称早期中国莫里森研究的最高成就。

几乎与此同时，董衡巽等编撰的《美国文学简史》出版，其中有两页被用来介绍莫里森，并研究她从第一部小说《最蓝的眼睛》到《柏油孩子》的写作风格变化。② 这本书之后，胡允桓发表了题为《黑色的宝石——当代美国黑人女作家托妮·莫瑞森》的学术文章，主要研究了莫里森小说的主题。基于他对《最蓝的眼睛》《柏油孩子》《所罗门之歌》《秀拉》这些小说的翻译③，结合小说的不同主题思想，他探讨莫氏笔下的人物形象、文学思想、创作风格，指出她细致地描绘场景和人物。一方面，他指出莫里森在这些作品中如何揭示和谴责美国社会存在的种族

---

① 董鼎山：《美国黑人女作家的双层桎梏》，载《读书》1986年第4期，第143页。
② 董衡巽等：《美国文学简史》，北京：人民文学出版社1978年版。
③ 胡允桓（出生于1939年）是翻译家、文学批评家，翻译了莫里森的《所罗门之歌》《秀拉》《天堂》和《柏油孩子》。

歧视和阶级压迫；另一方面，他赞赏莫里森精炼巧妙的用词，使文本具有抒情效果。① 胡先生在其翻译的小说中撰写的前言同样值得关注，这代表莫里森研究在中国的早期特点。他为《秀拉》中译本撰写的序言可以被看作是一篇学术文章，他不仅研究了小说中秀拉人物的形象建构，而且探讨了叙事声音的重要性。② 胡先生非常善于探讨小说的主题和艺术特色。《所罗门之歌》译本中的序言可以被认为是撰写序言的典范，除了深刻阐释如何处理翻译和克服在翻译过程中遇到的信息转换、俚语翻译等困难之外，他还详尽分析了这部小说。他敏锐观察到莫里森继承了美国黑人文学传统，这点尤为突出，胡先生的研究影响深刻，后来的批评者都采用同样类似的方法。③ 王友轩便是众多追随学者之一。1990年，在他翻译莫里森的《娇女》时，他同样撰写了序言。他以仔细研读小说开始，探讨小说的主题，研究小说人物保罗·D.和塞丝两个人物形象。在王友轩的序言中特别引人注意的是他批判性的评论："莫里森的《娇女》是一个精心构想的故事，融各种叙事结构和叙事技巧于一炉，映射出20世纪80年代美国黑人的生存状态，很多方面与19世纪70年代和80年代的状况相似。"④ 他认为，娇女的故事背景虽然发生在19世纪80年代，但反映的问题也适用于20世纪80年代的黑人社区。他称赞小说重构了奴隶叙事，将个人身世放到种族命运的高度来考察，表现了种族的集体力量。⑤

1988年，托妮·莫里森的《宠儿》获得普利策奖后，很多中国学

---

① 胡允桓：《黑色的宝石——当代美国黑人女作家托妮·莫瑞森》，见钱满素主编：《美国当代小说家论》，北京：中国社会科学出版社1987年版，第242、243页。
② 〔美〕托妮·莫里森：《秀拉》，胡允桓译，北京：中国社会科学出版社1988年版。
③ 〔美〕托妮·莫里森：《秀拉》，胡允桓译，北京：中国社会科学出版社1988年版，第2—4、7页。
④ 〔美〕托妮·莫里森：《娇女》，王友轩译，长沙：湖南文艺出版社1990年版，第9页。
⑤ 〔美〕托妮·莫里森：《娇女》，王友轩译，长沙：湖南文艺出版社1990年版，第9页。

者开始研究她的单部作品,在一些学术期刊上发表了一系列文章,如王黎云的《评托妮·莫里森的〈最蓝的眼睛〉》,探讨了小说的叙述结构,认为莫里森叙事中混合使用全知全能的叙述和第一人称叙事。① 在他的讨论中,王黎云高度评价莫里森对美国社会有色人种问题的拷问,黑人同时遭受白人和黑白混血儿的歧视。② 罗选民的文章也探讨类似问题,他的文章题为《荒诞的理性与理性的荒诞——评托妮·莫里森〈心爱的[人]〉小说的批判意识》。他研究了小说中的母性问题,莫里森认为母性的传统态度具有限制性和破坏性,她的批判体现了小说的人文关怀。③ 王家湘和田亚曼没有局限于研究一部小说,对多部小说的研究不仅拓展了前期的批评范围,同时使莫里森的研究更加全面。前者在他的《黑人女作家托妮·莫里森作品初探》细致研读了《最蓝的眼睛》《所罗门之歌》《秀拉》《柏油孩子》每本小说,揭示了这些小说反映出的一个重要方面,即迫切寻求文化身份和自我价值的黑人扭曲生活经历。④ 同样,田亚曼研究了莫里森的五部小说《最蓝的眼睛》《所罗门之歌》《秀拉》《宠儿》《爵士乐》,出版了更具学术性的专著。她认为母爱是五部小说共同的主题,每部小说都包含深情的母爱,滋养孩子的成长。⑤ 她还认为,尽管莫里森对种族冲突和歧视的描绘略显沉重,但是莫里森是乐观的,在小说中可以看到一线希望,因此她也展示了自己

---

① 王黎云:《评托妮·莫里森的〈最蓝的眼睛〉》,载《杭州大学学报》1988年第4期,第146页。

② 王黎云:《评托妮·莫里森的〈最蓝的眼睛〉》,载《杭州大学学报》1988年第4期,第147页。

③ 罗选民:《荒诞的理性与理性的荒诞——评托妮·莫里森〈心爱的[人]〉小说的批判意识》,载《外国文学评论》1993年第1期,第64—65页。

④ 王家湘:《黑人女作家托妮·莫里森作品初探》,载《外国文学》1988年第4期,第78页。

⑤ 田亚曼:《母爱与成长:托妮·莫里森小说》,北京:中国社会科学出版社2009年版,第242—244页。

作为作家的社会责任。① 此外，中国学者参考与她同时代的作家，研究了伴随美国文学发展的主流和主要特点。在这些研究中，莫里森作品被看作是美国黑人文学的典型范例。例如，在申慧辉的文章《美国文学现状谈》中，她用几段探讨莫里森的《宠儿》，分析它的叙事特征，赞扬了主人公乐观的生活态度。②

20世纪80年代到90年代早期可被称作中国莫里森研究的第一次浪潮，具有双重特征：一方面是对莫里森早期作品的评价及译者撰写的前言或者序言；另一方面，这一阶段研究还局限在对少数作品和一些批评主题的关注。很少学者在研究莫里森作品时会引用美国学者的观点。在很大程度上，对莫里森作品的早期批评接受促动或者鼓励了对莫里森作品的双重阅读、早期作品的翻译和后期小说的评介。王守仁的论文是这一批评接受的典型例子，他的论文篇幅较长，题为《走出过去的阴影——读托妮·莫里森〈心爱的人〉》，1994年发表在中国权威学术期刊《外国文学评论》上。这篇文章超越单纯的文本分析，标志着中国莫里森研究的重大转折。文章中，王守仁开始引用美国学者对这部小说的评论，他几处引用凯伦·卡米安（Karen Carmean）著作《托妮·莫里森的小说世界》中的观点来讨论小说中过去与现在的关系，莫里森对历史和记忆的描写产生对幽灵鬼魂的痴迷和占有感觉。③ 王守仁认为《心爱的人》探究美国黑人历史上最令人心痛的部分，这与米西·丹·库比契科（Missy Dehn Kubitschek）几年后出版的《托妮·莫里森导读》一书中的观点契合："《心爱的人》继续早期对黑人社区、母性、男性和女性关系主题探索，同时，它将每个主题与逃离奴隶制联系起来，这拓宽了

---

① 田亚曼：《母爱与成长：托妮·莫里森小说》，北京：中国社会科学出版社2009年版，第245页。
② 申慧辉：《美国文学现状谈》，载《外国文学评论》1991年第1期，第127—128页。
③ 王守仁：《走出过去的阴影——读托妮·莫里森〈心爱的人〉》，载《外国文学评论》1994年第1期，第38、41页。

研究范围。"①

1995年，王守仁的论文再次探讨莫里森在创作小说时对文化背景的兴趣。王守仁认为，《爵士乐》的故事背景设置"在美国最大城市纽约市黑人聚居区哈莱姆。本世纪20年代美国黑人运动达到一个高潮，形成具有深远影响的'哈莱姆文艺复兴'"。②在他的讨论中，王守仁认为莫里森在缺少爱的世界中探索爱的主题。他高度评价莫里森对爱的不断追求，他相信爱可以缓解或者安慰黑人受伤的心灵，爱心可以消除种族歧视。他引用小说中的句子作为结论："**我爱的只有你，把我的一切只交付给你，再没有别的人。我要你也爱我，并表示出你的爱。**"③王守仁对莫里森的研究很有深度，有独特的学术视角。他的研究基于莫里森文本的细致解读，但他的分析并未局限于此。他的研究在很多方面超越了中国传统传记研究方法，如撰写中译本的序言或前言，他采用马克思主义、文化批评等理论视角研究莫里森的小说，对中国莫里森的研究产生了深远影响。

1994年中国涌现出对莫里森关注的新热潮，标志着中国莫里森研究的转折点。④在这一年之前，中国学者倾向于介绍托妮·莫里森；实际上他们的批评方法变化不大，多数从探索她的生平开始，研究莫里森个人经历如何融入小说创作中。以下几篇文章可见相似的研究方法，即莫里森本人与其创作间的密切联系，如《伟大的女性 杰出的作家——诺贝尔文学奖的女得主》《美国黑人文学的又一个里程碑——评1993年诺

---

① Missy Dehn Kubitschek, *Toni Morrison: A Critical Companion*, Westport, CT: Greenwood P, 1998, p. 157.
② 王守仁:《爱的乐章——读托妮·莫里森的〈爵士乐〉》，载《当代外国文学》1995年第3期，第93页。
③ 王守仁:《爱的乐章——读托妮·莫里森的〈爵士乐〉》，载《当代外国文学》1995年第3期，第96页。
④ 1994年，关于莫里森的研究论文超过十四篇发表在各种期刊上，如《外国文学评论》《当代外国文学》《外国文学研究》《外国文学》，这些文章对推进中国莫里森研究起到了重要作用。这些文章研究多种主题，采用多个视角，这些文章相较早期文章更有学术性和复杂性。

贝尔奖金获得者托妮·莫里森》《意想不到的诺贝尔文学奖获得者：莫里森其人其书》。①

1994年以后，莫里森研究的关注点发生变化。研究体现出两种趋势：其一，阐释莫里森作品以适合更广泛的读者；其二，解读作品中的文学思想和独特写作特点。批评文章在主题和方法上都趋于多元化。很多学者开始寻求新的研究角度，探讨莫里森所有作品的多样性和微观特征。他们开始采用各种理论视角分析莫里森后期作品。莫里森批评的全盛时期到来了，这一时期被称为莫里森研究的第二次浪潮。特别值得一提的是王守仁和吴新云合作出版的著作《性别 种族 文化——托妮·莫里森与美国二十世纪黑人文学》。这本书出版于1999年，是中国第一本研究莫里森的专著，标志着莫里森在中国的研究达到一个新阶段。王和吴认为莫里森的小说通过描写哈莱姆地区生活场景如地址、租赁组织、非法酒吧、女性团体、爵士乐，标记自1873年以来发生的巨大变化。王和吴都强烈推荐这本小说，他们认为《爵士乐》阐释了爵士乐运动与哈莱姆文艺复兴间的重要关联。他们对小说叙事艺术的探讨也值得一提，提出了叙事视角和现代叙事风格的独特观点。《爵士乐》中存在多重叙事声音，精心构建的情节，拼凑式或者碎片式的叙事模式，大胆的诗意语言，跌宕的情节，丰富的意象，"展现了莫里森叙事的现代风格，如同爵士乐的创作"。② 可以看出，王和吴的研究将莫里森作品与黑人历史紧密结合，肯定了莫里森作为一名黑人作家的文化根源和深刻思想以及她对美国文学的巨大贡献。③ 在《心爱的人》部分，他们肯定自20世

---

① 杨传鑫：《伟大的女性 杰出的作家——诺贝尔文学奖的女得主》，载《中南民族学院学报》1995年第5期；孔祥平：《美国黑人文学的又一个里程碑——评1993年诺贝尔奖金获得者托妮·莫里森》，载《外语与外语教学》1994年第6期；心航：《意想不到的诺贝尔文学奖获得者：莫里森其人其书》，载《读书》1994年第1期。

② 王守仁、吴新云：《性别 种族 文化——托妮·莫里森与美国二十世纪黑人文学》，北京：北京大学出版社1999年版，第25页。

③ 王守仁、吴新云：《性别 种族 文化——托妮·莫里森与美国二十世纪黑人文学》，北京：北京大学出版社1999年版，第25页。

纪80年代后莫里森开始关注黑人历史,她的小说有明显转折,"她开始仅仅描写历史"。① 五年之后,他们重新出版了修订本,著作名称改为《性别 种族 文化——托妮·莫里森的小说创作》,同时增加了专门研究莫里森新作《爱》的章节,题为"对《爱》进行新的思考"。文章重点研究了小说的叙事结构和多重叙事视角,阅读《爱》就像在玩拼图游戏。②

作为在中国莫里森研究的重要学者,王守仁采用理论与文本细读结合的研究方法,开辟了莫里森在中国研究的新路径。他懂得借鉴美国学者观点获得灵感以丰富自己的研究。后来的学者几乎都是采用特定文学理论或者借鉴美国学者观点研究莫里森的作品。在众多学者中,蒋欣欣和李喜芬熟练采用女性主义理论研究莫里森的作品。前者发表了两篇代表性的文章,分别是2002年的《黑人女性主体的建构——解读托妮·莫里森的〈宠儿〉》和2005年的《认同与分裂:自我身份的实践——解读〈秀拉〉》;后者的文章《重构黑人女性的自我——解读莫里森小说〈宣叙〉的叙事奥秘》,这篇具有开创意义的文章深入挖掘了故事的叙事特点。然而,新世纪以来最好的学术研究成果应该是章汝雯的文章《〈所罗门之歌〉中的女性化话语和女权主义话语》,她深入研读了小说人物科林西亚丝的反抗式话语。③ 她认为莫里森刻画的黑人女性都为反抗父权社会争取个性解放做出了努力④,黑人文化给黑人妇女带来力量。⑤ 她偶尔引用福柯和多罗茜·史密斯的观点作为论证的理论支撑。

---

① 王守仁、吴新云:《性别 种族 文化——托妮·莫里森与美国二十世纪黑人文学》,北京:北京大学出版社1999年版,第145页。
② 王守仁、吴新云:《性别 种族 文化——托妮·莫里森的小说创作(修订版)》,北京:北京大学出版社2004年版,第197页。
③ 章汝雯:《〈所罗门之歌〉中的女性化话语和女权主义话语》,载《外国文学》2005年第5期,第89页。
④ 章汝雯:《〈所罗门之歌〉中的女性化话语和女权主义话语》,载《外国文学》2005年第5期,第85页。
⑤ 章汝雯:《〈所罗门之歌〉中的女性化话语和女权主义话语》,载《外国文学》2005年第5期,第90页。

早期批评家运用女性主义理论研究莫里森作品时更多关注具有象征意义的黑保姆形象，一方面反映了白人女性的梦想，另一方面揭示黑人女性的生活状况和艰苦处境。白人女性希望黑人女性永远承担繁重的家务劳动。与白人高高在上的地位形成鲜明对比的是黑人女性遭受的压迫与奴役，同时她们也展示出勤劳、善良、坚忍等各种美德。①

除了女权主义批评，文化批评也是20世纪90年代末和21世纪初众多学者的研究视角。学者们研究了美国黑人历史背景下莫里森创作的文化范畴，即美国文化、黑人文化、女性文化。莫里森之前的黑人女性作家作品也被列入研究范畴。莫里森的创作智慧多大程度融入她所处的时代？她的作品提供了多大程度的文化批评空间？

例如，曾艳钰强调莫里森继承了黑人文学传统又发展了黑人文学历史。曾认为莫里森植根于美国黑人文化背景，擅长融合黑人历史、神话、文化，传承黑人民族的讲述及书写传统。她引用伯纳德·W.贝尔的观点："从主题及结构来看，自布朗以来到里德的美国黑人文学传统以摆脱各种压迫、争取自由为主，由实现作为美国黑人复杂双重文化身份的全部可能的个人历程所支配。"② 寻求莫里森与美国黑人文学传统和她祖先之间的关系是这一时期莫里森研究的一个趋势，尝试研究莫里森作品中的社会历史主题是另一重要关注点。很多学者努力研究虚构与现实之间的界限，尤其是过去与现在，虚构、历史、族谱之间的关系。例如，王湘云的文章《论〈至爱〉对黑人"二次解放"的呼唤》讨论了莫里森的《至爱》，再现美国黑人如何摆脱奴隶制的阴影。她认为万恶的奴隶制是造成黑人精神和肉体伤害的根源，莫里森的小说刻画了美国黑人民族的创伤历史。其他几位学者的研究也很有价值。陈法春和王秀杰

---

① 邹惠玲：《美国文学中黑人女性形象简论》，载《徐州师范学院学报》1993年第1期，第39页。

② 曾艳钰：《论托妮·莫里森对黑人文学传统的继承与发展》，载《湘潭师范学院学报》1999年第1期，第47页。

都研究了莫里森小说中的种族主义问题。前者研究《天堂》的主题,他认为这部小说是对美国种族主义的反讽,①而后者着重探讨丑恶的奴隶制下扭曲的母爱。②王玉括的文章《莫里森的文化立场阐释》论及莫里森的文化融合和它的意义,从理论和文本角度研读了莫里森的《宠儿》和《天堂》,认为她的文化融合成就和文化立场超越了种族和性别。③ 这些从多种文化角度研究莫里森作品的文章丰富了莫里森在中国批评的成果,有助于深入解读莫里森作品。

除了多元文化角度,还有众多文章采用叙事学视角研究莫里森的作品。这些文章细致解读了莫里森的叙事艺术。大多数学者都是中国大学的老师,例如,外交学院的翁乐虹教授认为莫里森的《宠儿》以人物作为叙事策略,其他人物与宠儿的互动关系就是小说的叙事空间。④ 她的另一篇文章题为《以音乐作为叙事策略——解读莫里森小说〈爵士乐〉》很有价值,因为她详细分析了《爵士乐》的叙事策略,关注爵士乐与人物塑造的互动。文章中,她强调莫里森融合了传统第三人称全知全能的叙述和对话等多个方面,直接呈现人物的行为,预设了爵士乐的独特作用。⑤ 杜维平的文章发表于前一年,也值得一提,题为《呐喊,来自124号房屋——〈彼拉维德〉叙事话语初探》,他细致解读了124号房屋的象征意义,分析小说中叙事声音的对话特征。⑥ 胡笑瑛的《托妮·莫里

---

① 陈法春:《〈乐园〉对美国主流社会种族主义的讽刺性模仿》,载《国外文学》2004年第3期,第77—79页。
② 王秀杰:《难以忘怀的过去——谈莫里森的〈宠儿〉》,载《学术交流》2006年第6期,第159—160页。
③ 王玉括:《莫里森的文化立场阐释》,载《当代外国文学》2006年第2期,第106、108—109页。
④ 翁乐虹:《以人物作为叙述策略——评莫里森的〈宠儿〉》,载《外国文学评论》1999年第2期,第68—69页。
⑤ 翁乐虹:《以音乐作为叙事策略——解读莫里森小说〈爵士乐〉》,载《外国文学评论》2000年第2期,第53—54、57页。
⑥ 杜维平:《呐喊,来自124号房屋——〈彼拉维德〉叙事话语初探》,载《外国文学评论》1998年第1期,第66—68页。

森〈宠儿〉中的叙述话语》、高继海的《托妮·莫里森小说的叙述特色》、杜志卿《〈秀拉〉的后现代叙事特征探析》也从不同角度研究了莫里森作品的叙事特征。

20世纪90年代末以来,中国莫里森批评出现了对莫里森及其同时代作家及前辈作家的比较研究。很多学术论文发表,比较研究莫里森与威廉·福克纳、艾莉丝·沃克、加夫列尔·加西亚·马克西斯等在中国已经众所周知的著名作家。他们的研究方法比较接近,都是两部作品写作技巧的比较分析。这一角度研究成果中最重要的一篇是习传近的《魔幻现实主义与〈宠儿〉》,解读了《宠儿》中的魔幻现实主义特征,他认为小说从分别十八年的保罗·D.和塞丝的再次重逢开始,接下来以闪回方式回忆痛苦的过去。这种写法具有魔幻现实主义痕迹,但是莫里森并没有简单模仿而是发展并创新了写作手法,在故事高潮处书写鬼魂故事。① 同样,田祥斌的文章《南北美洲交相辉映的两朵艺术奇葩——论〈百年孤独〉与〈所罗门之歌〉的成功与魅力》从比较视角研究了这两部小说,进一步探索莫里森的魔幻现实主义特征。田祥斌细致分析了《百年孤独》和《所罗门之歌》中的魔幻现实主义特征,他认为两部作品中的超自然现象使小说富有魔幻色彩,而这些都源于来自非洲的黑奴,两部作品在使用魔幻现实主义彰显主题上有所差异。② 他认为莫里森运用魔幻超现实主义探索美国黑人的复杂性、恐惧和生活中的爱。③

其他学者如章汝雯和胡笑瑛也比较研究了莫里森与福克纳。前者比较了《宠儿》和《喧哗与骚动》,讨论了莫里森在写作上与福克纳的继

---

① 习传近:《魔幻现实主义与〈宠儿〉》,载《外国文学研究》1997年第3期,第106、108页。
② 田祥斌:《南北美洲交相辉映的两朵艺术奇葩——论〈百年孤独〉与〈所罗门之歌〉的成功与魅力》,载《国外文学》1998年第4期,第86页。
③ 田祥斌:《南北美洲交相辉映的两朵艺术奇葩——论〈百年孤独〉与〈所罗门之歌〉的成功与魅力》,载《国外文学》1998年第4期,第91页。

承关系，① 而后者则分析两位作家主题、艺术特征、反映美国南方生活方面的相似与不同。② 尽管这些学者的思想创新，研究具有开创性，但是她们的方法非常相似，她们都没有提及出版于美国的比较研究福克纳和莫里森的专著，即卡罗尔·A.科尔马登、斯蒂芬·M.罗斯、朱迪斯·布莱恩特·威登博格共同编著的《毫不畏惧的凝视：再次审视莫里森和福克纳》。显然，在中国学术界运用比较方法研究莫里森还处于萌芽阶段，缺乏系统的学术研究。但是，接下来的莫里森在中国的批评接受足以令人兴奋。在过去十多年里，众多研究莫里森的个人专著相继出版。21世纪以来，共有十二本研究莫里森的专著出版，实际上，这些专著是博士论文扩展后出版的，还有一本论文集题为《托妮·莫里森小说研究》。③ 这些丰硕的研究成果表明中国批评家们在中国推荐宣传莫里森作品方面作出很大努力。他们的个人见解准确而有用，成为学生和不太熟悉莫里森作品的普通读者入门阅读材料。在这些书中，读者可以领略到美国黑人女性作家主要作品和主题的多种全面详尽

---

① 章汝雯：《艺术手法的继承 思想内容的超越——评〈宠儿〉及〈喧哗与骚动〉》，载《浙江学刊》2001年第2期，第132、134页。
② 胡笑瑛：《〈押沙龙，押沙龙!〉与〈宠儿〉之比较》，载《广东外语外贸大学学报》2003年第4期，第22、24、26、27页。
③ 赵莉主编：《托妮·莫里森小说研究》，哈尔滨：东北林业大学出版社2008年版；十二本书分别如下：朱荣杰：《伤痛与弥合：托妮·莫里森小说母爱主题的文化研究》，开封：河南大学出版社2004年版；王玉括：《莫里森研究》，北京：人民文学出版社2005年版；毛信德：《美国黑人文学的巨星：托妮·莫里森小说创作论》，杭州：浙江大学出版社2006年版；王泉：《拉康式解读莫里森的三部小说》，北京：外文出版社2006年版；唐红梅：《种族、性别与身份认同——美国黑人女作家艾丽丝·沃克 托妮·莫里森小说创作研究》，北京：民族出版社2006年版；章汝雯：《托妮·莫里森研究》，北京：外语教学与研究出版社2006年版；胡俊：《非裔美国人探求身份之路——对托妮·莫里森的小说研究》，北京：北京语言文化出版社2007年版；杨中举：《黑色之书：莫里森小说创作与黑人文化传统》，北京：中央文献出版社2007年版；焦小婷：《多元的梦想："百衲被"审美与托妮·莫里森的艺术诉求》，开封：河南大学出版社2008年版；蒋欣欣：《托妮·莫里森小说中黑人女性的身份认同研究》，长沙：湖南人民出版社2008年版；田亚曼：《母爱与成长：托妮·莫里森小说》，北京：中国社会科学出版社2009年版；王娘娘：《托妮·莫里森〈宠儿〉、〈爵士乐〉、〈天堂〉三部曲中的身份建构》，厦门：厦门大学出版社2010年版；李美芹：《用文字谱写乐章：论黑人音乐对莫里森小说的影响》，杭州：浙江大学出版社2010年版。

的分析。

莫里森的作品在中国被多方面、多角度解读。首先以胡允桓为代表的以传记方式引入介绍，他指出莫里森将会成为"一名植根于美国黑人文化的作家"。后来，发展为多位学者采用多种理论视角和完全成熟的科学方法细致研读莫里森作品，莫里森在中国的批评接受不断发展，周而复始。最近胡俊的文章便是例证，文章题为《〈一点慈悲〉："家"的建构》提供了一个崭新的研究视角，他认为莫里森在作品中揭示她对于美国作为一个国家的深入思考。他认为，莫里森对美国作为移民国家并不满意，她拷问美国公民的身份问题，因为她坚信美国历史不仅仅属于白人，而是属于所有人种。[1]

总之，莫里森在中国的研究有广阔的发展前景，目前有大量的批评作品被出版，已经形成广泛的阅读范围。因为他们的兴趣，在中国已经可以买到附有简介的莫里森作品精装本。她的长篇小说和短篇小说已经成为大学英语课堂的主要阅读材料。研究生们也以她的小说和杂文作为毕业论文选题，这些学生毕业之后在大学任教，乃至晋升教授后依然从事莫里森的研究和授课。这些博士论文作者包括翁乐虹（外交学院英语教授）、王玉括（南京邮电大学英语教授）、陈法春（天津外国语大学英语教授），他们都已成为中国莫里森研究的知名学者。通过中国批评家们近三十年的不懈努力，莫里森在中国得到广泛认可和喜爱，这一点恐怕她自己都没有预料到。

20世纪80年代、90年代和21世纪对于莫里森作品研究的文本选择和理论方法多种多样。在最初萌芽发展阶段，中国读者对于莫里森的观点并不一致，有时，莫里森的人文价值观和艺术完全被误解。当然，这只存在于20世纪80年代，因为当时中国学术界还受到局限。很多批评者对美国作家如何揭露资本主义和种族主义的美国社会罪恶感兴趣。毫

---

[1] 胡俊：《〈一点慈悲〉："家"的建构》，载《外国文学评论》2010年第3期，第202—203页。

无例外地,他们关注莫里森小说中的种族歧视和社会压迫,却忽略了她的美学价值。直至20世纪90年代,中国学者逐渐放弃他们的传统观念,开始将莫里森看作一位文学艺术家。正是这一巨大变化引发了中国莫里森研究的丰硕成果。

译后记

  2014年我从中国人民大学博士毕业回哈尔滨工程大学外语系继续工作，见到我的同事王丽丽，她一直做莫里森的研究，我笑说咱们可以合作研究一个福克纳与莫里森的项目。那时恰逢同是研究福克纳作品并刚刚从美国东南密苏里州立大学福克纳中心访学归来的同事白晶，她分享了一个令我们惊喜的学术动态，2012年该中心举办了一场名为"福克纳与莫里森"的国际会议，2013年结集出版了其中的优秀论文。怎么这么巧！王丽丽博士论文做莫里森研究，我和白晶硕士论文做福克纳研究，如果能够合力做二者的比较研究，说不定可以有点新发现，至少读一读这本会议论文集会比阅读手头的资料更新鲜有趣。我们想如果能翻译这本会议论文集，让中国更多的学者了解国外福克纳与莫里森比较研究的动态意义更大。

  于是，我立刻与美国东南密苏里州立大学福克纳中心取得联系。非常感谢美国东南密苏里州立大学福克纳中心前任主任罗伯特·W.汉柏林（Robert Hamblin）和现任主任克里斯托弗·瑞格（Christopher Rieger）和该校出版社前任社长苏珊·斯沃特·伍德（Susan Swartwout）和现任社长詹姆斯·布卢贝克（James Brubaker）的大力支持！翻译版权获得后，该校福克纳中心官网还报道了我们这一翻译事件。此次翻译雄心勃勃的开始,过程却并不一帆风顺。王丽丽一边进行在美访问学者的忙碌生活,一边艰苦地完成了她负责的部分,我一边进行北京外国语大学的博士后项目,一边挺着待产的大肚子翻译。白晶无法完成的部分则由岳铁艳、张毅、郝红玲、回春几位同事,加上我的硕士叶晓燕每人翻译一篇。尽管在进产房之前已经开始寻找出版社,好不容易确定一家出版社又反复出现选题和版权审核的问题。版权过期、续签,更换出版社,出版日期一再推迟,这些都没能阻断美国东南密苏里州立大学出版社和福克纳中心主任对本书翻译出版的支持。值得一提的是,该中心长期招收来自中国的访问学者,促进了福克纳在中国的传播和研究。还要非常感谢哈尔滨工程大学外语系,也就是本书译者们所在单位对福克纳和莫里森项目的资助。福克纳的研究前后受到过黑龙江省哲学社科项目、省社科联外语专项项目的支持,为本次翻译出版奠定了基础。同时,感谢我的博士后在站单位北京外国语大学给予的优越的博士后工作条件。

走上福克纳研究之路,最要感谢我的硕士研究生导师、曾任哈尔滨工程大学外语系主任、二级教授欧阳铨老师。欧阳铨教授当年远赴重洋修读福克纳以及后来受到使馆表彰的事迹,他严谨的治学和为人的风范,深刻地影响着每一个学生,没有欧阳铨老师对几位译者在研究生阶段的学术训练,走上福克纳研究及翻译之路恐怕更加难为。感谢欧阳铨教授对本书的翻译提供了宝贵的修改意见。还要感谢雷萍和李宝峰两位副教授对本书所作的校译工作,他们的认真和耐心是值得学习的。翻译是一项费力不讨好的活,而我固执地认为它比写几篇论文要有意义,感谢几位译者对这次翻译工作的认同和辛苦付出。

最后感谢中央编译出版社的苗永姝编辑,感谢她最终没能拒绝我一催再催的请求,感谢她特别细致耐心的聆听、审读和专业的建议,这些都令人感动并佩服。同时,也感谢邓彤编辑为本书的出版所作的努力,是她给予本书现在的中文版书名。本书译者大多第一次参与文学论文翻译，书中翻译不妥之处，望读者指正。

2019 年岁末
于冰城哈尔滨